허준의 동의보감으로 배우는 건강법

산부인과 의사 지침서
160가지 性의학 건강상식

허준의
동의보감으로 배우는
건강법

편저자/최학룡   감 수/황산벌

임신 · 불감증 · 조루 · 사정불능등
스트레스에 대한 명쾌한 해결책 !

해피&북스

서 문

    고대 그리이스 시대에는 남녀의 나신이 수많은 예술작품의 기본 소재가 되기도 하였다. 이후 동서양을 막론하고 성에 대한 사회적 관념은 폐쇄적이었다. 이는 기독교 또는 유교 등을 비롯한 금욕적 종교관과 사회질서를 위한 윤리적 배경이 원인이었으리라.

    다른 동물들과 마찬가지로 인간 역시 남과 여의 차이는 염색체, 내부 및 외부생식기, 작용홀몬 등으로 구분된다. 여기에 심리-정신적 인지, 사회적 관념이 덧붙여져 남성 또는 여성으로서의 구분이 완성되는 것이다. 자연적 또는 물질적인 관점에서 성이란 종족보존 즉, 후손을 얻기위한 생식의 관점에서 해석되고 이해되면 족하다. 그러나 원시 인간사회에서는 어찌하였던지 자세히 알지는 못하지만 문자시대 이후의 인간사회에서의 성에는 이와는 다른면, 쾌락이라는 의미가 노골적으로 가해져 있다. 성으로부터 얻을 수 있는 쾌락이라는 것이 과연 인간에게 부여한 것인지 아니면 인간 스스로가 신의 뜻과는 무관하게 후차적으로 획득한 것인지에는 의문의 여지가 남는다.

    성에 대한 지식을 알리고 공유하는 데에 소극적이고 폐쇄적이었던 이유는 아마도 이런 쾌락의 의미때문이 아니었던가?

현대는 이미 지식이나 정보의 독점시대가 아니다. 수많은 인쇄물, 전파 그리고 인터넷 등의 매체를 통해서 원하는 지식과 정보는 무한정 얻을 수 있다. 성에 대한 지식 또한 그 대상에서 벗어나지 못함은 물론이다. 그러나 이들 대부분의 지식들은 "생식으로서의 성" 또는 쾌락으로서의 성"이라는 단면성 만을 내세우거나 때로는 과대, 과장 더 나아가 현혹적이기까지 하다.

본 저서에서는 "생식으로서의 성"과 "쾌락으로서의 성"을 구별하지 않고 조화시키고자 최대한 노력하였다. 아울러 사이사이에 동양의학의 개념을 가미시킨 동서의학의 조화에 대한 시도도 역시 특이하다고 본다.

남과 여, 또는 암수로 구별되게한 자연 또는 신의 깊은 섭리를 미천한 인간의 입장에서 이해하지 못함은 당연할 지라도 구별의 내용을 알고 이해하며 응용하는 것은 인간으로서의 당연한 권리가 아닐까?

이 책으로 부터 얻을 수 있는 지식이나 정보가 올바르게 이용되기를 기대하면서.

최 학 룡

제1장 전음질환 I - 여자의 성과 건강

제2장 전음질환 II — 남자의 성과 건강

제3장 성관련 현상과 질병

제4장 성상식용어

제5장 성기능에 영향을 줄 수 있는 일반적인 질병

제1장 전음질환 |

-여자의 성과 건강-

1. 고름섞인 대하엔 반드시 진찰을!

동의보감등 한방에서 골반내 감염증(Pelvic Inflammatory Disease)은 **경래복통(經來腹痛)**이라고 하는 것으로 부속기(附屬器)의 염증인데, 이 염증은 자궁경부, 자궁 또는 난소에서도 자주 발견되지요.

난관염은 대개 성적으로 활발한 젊은 여성에게서 보입니다. 보통 임질이 원인이 되는 일이 많지만, 임균 이외의 다른 미생물도 부속기염을 일으키고요 또 임신중절, 출산 또는 피임링(IUD) 삽입 후에 세균감염이 되는 경우도 있어요.

염증이 임균에 의한 경우에는 고름이 섞인 다량의 분비물이 자주 나오고, 권태감과 미열을 동반하죠. 또 요도로부터 나오는 분비물이 섞여 있는 경우가 많아 오줌이 자주 마렵고 배뇨시에 통증을 동반해요. 이러한 증상이 나타나지 않거나, 가볍게 끝나서 치료를 하지 않아도 낫는 경우도 있구요.

부속기염의 증상은 1주일에서 3주일 사이에 악화되기 쉽고, 월경 직후에 일어나는 일이 많거든요. 그 초기 증세로, 하복부가 심하게 아프고 신경이 과민해지며, 열이 나고 질에서는 고름이 섞인 분비물이 나오기도 한답니다.

부속기염은 불임의 원인이 되기 쉽죠. 감염된 후에는, 수란관이 자주 차단되거든요. 조기에 항생물질로 치료하면 염증을 고치고 불임을 피할 수 있지만 **때로는 생명을 위협해요. 뿐만**

아니라 난관의 농양(膿瘍)이 파열되는 일도 있구요. 이 경우에는 쇼크가 일어나 1시간 이내에 환자가 사망하는 수도 있답니다. 그래서 농양의 파열은 긴급한 수술을 필요로 해요.

임질성 부속기염에 걸린 여성과 성적으로 접촉한 사람은 임균에 의한 무증성 감염의 우려가 있기 때문에 반드시 양방 비뇨기과·산부인과 진찰을 받아야 하죠. 치료를 게을리 하면 재발할 가능성이 높아요. 부속기염 환자의 치료에는 허리부분의 정밀검사나 임균배양검사가 포함되요. (→유산, 임질, 불임증, 피임링)

위험이 덜한 경우 : ①[가미오령산]

②무우잎말려 ⟶ (더운물)로 목욕

③뽕나무뿌리 ⟶ 복용

④가감반룡탕

주) ⟶ :데운다, 끓인다, 굽는다 등 대개 물을 넣고 달여 열을 가한다는 뜻(:가열반응)

2. 골반울혈엔 보음전!

(독자들을 진찰실에 내진온 환자처럼 부드럽게 지칭해야 하는데 저술상 문제로 이하 존칭과 경어법을 생략하니 양해해주세요!)

성적 홍분을 느끼면서 절정감에 도달하지 않는 경우가 반복되면 동의보감에서 말하는 **혈산 또는 어혈산(於血疝)**이라고 부르는 골반울혈 증후군(Pelvic Congestion)이 나타나는 일이 자주 있다.

일반적으로 월경의 양이 증가하고 고통을 동반하며 질에서 물과 같은 분비물이 나온다. 답답하고 고통을 동반하는 불쾌감이 있기 때문에 여성은 초조함을 느끼는 일이 많다.

골반울혈 증후군은 비교적 많이 나타나는 증상이지만, 그것을 성적인 욕구불만과 연결짓는 여성은 별로 없다.

이때 의사가 진찰하면 하복부와 자궁이 예민하게 되어 있는 것을 알 수 있다. 질의 점막은 임신 초기와 같이 검고 부드러우며, 외음부는 부풀어서 그 증세를 쉽게 관찰할 수 있다.

그 치료법으로서, 성적인 긴장감을 풀어야 한다. 즉 어떤 방법으로든 오르가즘에 도달하는 것이 좋다. 또한 여성은 어떻게 하면 쾌감을 얻을 수 있는 가를 알아내서 그 정보를 남성에게 전해 주어야 한다. 하지만 성적인 긴장을 느낄 때마다 반드시 남성의 도움을 빌어서 오르가즘에 도달해야 하는 것은 아니다. 남성이 없을 때나, 남성 쪽에서 욕구가 일어나지 않

을 때에는 마스터베이션을 하는 것도 하나의 방법이다. (→요
통, 마스터베이션)

숙지황 10~40g, 인삼, 산약, 주초 각 8g, 당귀, 진피, 감초 각
4g, 승마1~2g, 시호 0.5~1g에 생강 5편을 넣고 달여서 복용
한다.

3. 프로이드의 오르가즘학설-G스포트

조사에 따르면 여성의 성기에는 〈그레펜베르그 스포트 (Grafenberg Spot)〉 또는 〈G스포트〉라고 불리는 조직이 있다고 한다. 이 성적 자극에 민감한 장소가 있다는 것은 몇 백 명의 여성에 의해서 확인되었다. 연구자들은 보통 이 성감대가 거의 모든 여성에게 있는 것이 아닌가라고 추측하고 있다.

임상보고에 의하면, 그레펜베르그 스포트는 깊숙히 질의 상부 앞벽, 요도에 가까운 치골과 자궁경부의 거의 중간이 되는 곳에 위치해 있다고 한다. 그 모양은 계란과 같고 콩알만한 크기로, 자극을 받으면 부풀어 오른다. 보통은 남성의 손가락으로 자극을 받는다. 왜냐하면 G스포트는 상당한 압박이 필요하고, 여성이 누운채로 자신이 만지는 것은 어렵다. 하지만 화장실에 앉아있을 때 찾아낼 수 있다고 하는 여성도 있다. 성교 중에는 여성 상위의 체위일 때 가장 페니스의 자극을 받기 쉽다.

많은 여성이 그레펜베르그 스포트의 자극에 의해서도 오르가즘에 도달할 수 있다는 것은 틀림없다. 그러한 여성은 우선 참을 수 없는 요의를 느끼고, 그 다음 오르가즘과 함께 격렬한 쾌감을 느낀다. 이 감각을 클리토리스 자극에 의한 것보다 〈깊다〉고 표현하는 여성이 많다. 이것이 프로이드 등에 의해 제창된 〈질의 오르가즘〉이 아닌가 추측된다.

그레펜베르그 스포트에 의한 오르가즘이 있은 다음에 요도에서 우유같은 액체가 나오는 여성이 10명에 1명 꼴로 있는 것 같다. 화학분석에 의하면 이 액체는 소변이 아니고 전립선액에 포함되는 산성 포스파타제 성분이 많고, 남성에게서 나오는 액체와 비슷하다. 실제로 G스포트는 남성 전립선의 여성판이라고 생각된다.

분비되는 액체의 양은 두 세 방울부터 5, 60g까지 다양하다. 그런 액체가 나오는 여성의 대부분은 오르가즘을 느끼는 동안, 상당한 시간 요의를 느끼며, 그 중에는 의사로부터 〈긴장성 실금〉에 의한 것이라고 진단받은 사람도 있다. 아주 적은 수이기는 하지만 실금이 아닐까하는 걱정 때문에 오르가즘을 느끼지 못하는 경우도 있다. (→오르가즘)

4. 제 먹을 것은 다 갖고 태어난다 난관불임수술에 대한 辯-

「생육하고 번성하라 땅에 충만하라」 가능하면 이 명제를 검증하기 위해서도 난관불임수술은 안하는게 좋다.

이 불임수술에서는 난소와 자궁을 연결하는 난관을 결찰(외과수술에서 혈관 따위를 잡아 묶음)하든지, 또는 소작(燒灼: 태우는 것)한다. 이 방법에 의해 난자가 자궁에 도달할 수도 없고, 정자가 이 관을 통과할 수도 없기 때문에 영구적인 피임방법이 된다. 수술 부위를 다시 연결하여 임신을 하게 하는 방법도 있지만, 그러한 예는 극히 드물다. 가장 널리 행해지고 있는 방법은 복강경을 사용하는 것이다. 복부를 조금 절개해서 그곳에서 긴 관의 형태를 한 복강경을 삽입한다. 복강경에 붙은 거울과 조명을 사용해서 의사는 난관을 발견해서 소작하든지 조이든지, 또는 절개한다. 이때의 소작법은 소장 또는 대장을 태울 우려가 있다.

재래의 난관결찰법은 〈개복술〉이라고 불리웠으며, 복부 수술의 흔적도 몹시 컸었다. 의사는 양쪽 난관을 각각 절단해서 떼어낸 끝을 묶는다. 이 수술은 언제라도 가능하지만, 자궁이 커져서 난관에 닿기 쉬운 출산직후에 자주 행해진다. 난관결찰은 성적 반응에 영향을 미치지 않는다. 월경은 계속해서 있고 호르몬 분비는 정상이며, 난소나 자궁이나 질에도 영향은 없다. 난자는 생성되어 매달 배출되지만, 난관이 끊겨져 있는

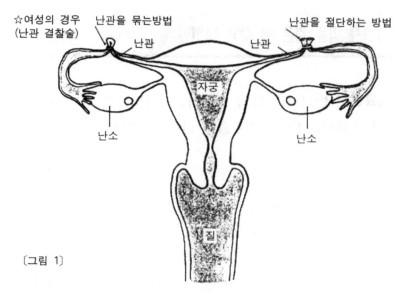

☆여성의 경우　　난관을 묶는방법　　　　　　　　난관을 절단하는 방법
(난관 결찰술)

난관　　　　　　난관

자궁

난소　　　　　　　　　　난소

질

〔그림 1〕

부분에 도달하면 그 이상 앞으로 나아갈 수 없기 때문에 분해되어서 아무런 해도 없이 몸으로 흡수된다.

난관 불임수술(Tubal sterilization) 후 원래의 상태로 되돌리는 것은 가능하지만, 복원 수술의 성공률은 대단히 낮다. 따라서 여성은 아이를 원하지 않는다고 확신하는 경우에만 불임수술을 받는 것이 현명하다.

여성은 또 생식기, 즉 양쪽의 난관, 양쪽의 난소, 또는 자궁을 제거하면 불임이 된다. 이와 같은 수술은 보통 상처가 생기거나 병에 걸린 조직을 제거하기 위해 행해진다. 불임의 처치라는 목적만으로 이러한 수술을 하는 경우는 아주 드물다. (→피임)

 참고로 난관과 관련되는 난소염에는 → 대황목단피탕

5. 다모증 여성은 자연미 그대로

털이 많은 여성은 생물학적으로 보면 지극히 정상이다. 인종에 따라서 털이 짙고 많은 정도의 차이가 있을 뿐이다. 예를 들면 코카서스 인종이나 셈족계 사람들은 앵글로색슨보다 털이 많다.

대개의 경우 여성은 폐경기 이후 입술 위나 턱에 다소의 털이 자란다. 그러나 젊은 여성의 경우, 갑자기 얼굴이나 가슴, 복부, 팔다리의 털이 짙어지면 호르몬에 이상이 있을지도 모르기 때문에 내분비과의 진찰을 받는 편이 현명하다. 또 아이가 성별에 관계없이 다모증이 있게 되면 의사에게 진찰을 받아야 한다.

때로는 다모증(Hirsutism) 이외에도 남자와 같이 머리가 벗겨지거나 목소리가 굵어지며 몸집이 남성화 되는 등 남성의 2차 성징이 나타나는 여성도 있다. 그와 동시에 유방이 작아지고 클리토리스가 커지는 현상도 있다.

이와같은 변화가 일어나는 것은 부신이나 난소에 종양이 있기 때문이기도 한다. 적절한 치료를 하면 대개는 원래의 상태로 돌아온다.

또 다모증은 〈쿠싱증후군〉이라고 불리는 성기능장애 증상의 하나라고도 생각될수 있고, 스테로이드나 스트렙토마이신의 부작용인 경우도 있다. 때로는 X선치료라든가 깁스나 대량의 붕대에 의한 피부마찰 때문에 털이 많아지는 일도 있다. 또한 화장품 중 마사지 크림에 의하여 털이 짙어진다고 하는 것은 잘못이다, 여성은 피부가 건조해서 거칠어지기 쉬운 폐경기에 들어서면서 이런 크림을 사용하기 시작하는 일이 많고, 폐경에 따라 털이 짙어진 것을 크림의 탓으로 생각할지도 모른다(∵폐경기의 호르몬요법은 털이 짙어지는 것을 저지하거나 원래대로 되돌리지는 않는다) 털이 많아졌을 때 어떻게 하면 좋을까? 대부분이 의료라고 하기보다 미용의 문제이지만, 그러한때는 다음과 같은 방법이 있다.

(1) 탈색의 방법은 가장 간단하고, 보통 피부라면 그 피해도 적다. 제대로 하면 입 부근이나 팔의 털 등이 눈에 띄지 않게 된다. 잘못 하면 털이 끊기거나 피부에 조금 검버섯이 생길지도 모른다. 지나치게 탈색을 하면 털이 딱딱해져 바삭바삭하게 되기도 한다.

탈색하기 전에 아세톤(매니큐어의 제광액)으로 털을 제거해 보는 것도 좋은 방법이다.

(2) 깎는 것은 팔이나 다리의 지저분한 털을 제거하는 데 가장 좋고 또한 가장 빠르다. 여성이 얼굴의 털을 깎는 것은 금기시하는 경우도 있지만, 의학적으로는 아무런 해가 없다.

다만 한 가지 곤란한 점은 계속 깎아야 한다는 것과 상처가 나지 않도록 주의할 필요가 있다는 것이다.

깎으면 털이 더 강해진다든가 짙어진다고 하는 것은 잘못된 생각이다.

하나하나의 털은 그 색깔이나 길이와는 관계없이 피부에 가장 가까운 부분이 가장 짙고 두껍다. 피부의 표면에서 떨어진 곳이라면 털에 무엇을 하든지 모근이 영향을 받는 일은 없다.

(3) 털을 뽑는 것은 다시 자라날 때까지 시간이 걸리기 때문에 얼굴의 털인 경우에는 가장 좋을지도 모른다. 가슴과 같이 긴 털이 드물게 자라는 곳도 뽑는 것이 적당하다.

이런 경우 털을 뽑으려고 하는 부위에 뜨거운 타월을 대면 좋다. 뽑을 때 털이 자라나 있는 방향으로 뽑아야 한다. 그렇게 하지 않으면 모공이 커진다. 눈썹의 형태를 보기 좋게 하기 위해서는 뽑는 것이 가장 좋은 방법이다.

털을 뽑은 후에 전보다 짙어지는 일은 없지만, 그렇게 보일 수도 있다. 털은 짧은 것이 두꺼운 법이다. 뽑으면 모유두(毛乳頭)의 바로 위든가 모공 아래 부분에서 털이 뽑혀진다. 털을 뽑으면 피부암에 걸리기 쉽다는 것도 사실과 다르다. 그러나 점에 자라난 털을 뽑으면 피부에 자극을 주기 때문에 그런 경우에는 자르는 편이 좋다.

(4) 초를 발라서 힘있게 벗기는 것은 조금 아플지도 모르지만, 한꺼번에 털을 뽑는데는 이 방법이 좋다. 녹인 납을 얇게 피부에 바르고 그 위에 천을 덮어서 식힌다. 천을 벗기면 납 안에 굳어진 털이 뽑힌다. 이것은 털이 자라는 방향과 반대쪽으로 재빨리 벗겨야 한다. 그렇지 않으면 털이 당겨져서 늘어나거나 구부러지거나 피부보다도 위에서 잘리거나 한다.

여성 호르몬(에스트로겐)은 광고문에 있는 것만큼의 효과는 없다. 에스트로겐 함유 크림을 병용해서 벗기면 두 번 다시 털이 자라지 않는다고 하는 주장에 대해서 미국 의학협회는 아무런 과학적 근거도 발견할 수 없다고 반박하고 있다.

(5) 화학약품의 탈모제는 위험하고 번거로우며 시간도 많이 걸린다. 또한 기본 성분의 티오그리콜산염은 단백질의 결합을 바꾸고 털을 분해한다.

이밖에도 약품의 포장에 쓰여 있는 주의사항을 잘 지키고 습진이나 접촉피부염 등을 일으키지 않도록 해야 한다. 아프면 우유나 습포제가 효과가 있다. 스테로이드연고도 좋다.

(6) 경석(輕石)으로 문지르는 것은 현명한 방법이라고는 할 수 없다.

넓은 면적에는 무리이고, 너무 강하게 문지르면 피부에 좋지 않다. 경석으로 털을 문질러 뽑은 다음에는 크림이나 로션을 발라 두어야 한다.

(7) 전기분해법은 유일한 영구적 탈모법이다. 그 중 하나인 전기응고법은 가는 바늘을 모간 아래의 모공까지 끼우고 전기로 가열해서 모근의 세포를 태운다. 이것은 시간과 비용이 들고 때로는 고통도 따른다.

자격이 있는 전문가의 손으로 바르게 행해진다면 이 방법은 안전하지만, 섬세한 기술을 필요로 하기 때문에 가정용 장치로는 적합하지 않다.

6. 불감증 여성은 가미소요산을!

일반적으로 여성이 어떤 형태의 성적 자극에도 반응이 없는 만성적 장애를 말한다. 이런 경우는 보통 오르가즘에 도달할 수 없다. 봉한 샘 덮은 우물이란 비유랄까, 언뜻 들으면 당사자들 경우엔 무안과 수치 또 언급하는 이의 입장에선 결례로 비쳐지겠지만 전연 그런 의도와 뜻은 아니니 오해마시기를!

오르가즘에 도달하기가 곤란하다는 것은 신체상의 원인에 의한 것일 수 있다. 이 장애를 일으키는 여러 가지 의학적 조건 가운데에는 당뇨병, 척수손상, 알콜 중독, 다발성 경화증, 내분비이상 등이 있다. 따라서 오르가즘 기능부전에 대한 심리요법을 받으려면 그 이전에 생리학상의 장애를 제거해야 한다.

여성이 성적으로 반응이 없는 것은 성에 대한 무지, 또는 어릴 때의 성경험에 의한 죄의식이나 수치심에 기인하는 예가 많다. 성교 상대방과의 의사 소통이 잘 안되 불감증(Frigidty)의 커다란 요인이 되는 경우도 자주 있다.

막연한 불안이나 성교 상대에 대한 적의도 오르가즘에 도달하는 것을 방해할 수 있다.

임상자료에 의하면 마음이 산만하거나 지쳐 있거나, 다른 것에 마음을 빼앗기고 있다면 만족할 만한 성행위를 하는데 눈에 보이지 않는 장애가 된다고 한다. 때로는 여성이 자기를 잊거나 억제력을 잃어버리는 것에 불안감을 갖기 때문에 오르가즘이 저해되는 일도 있다.

 가미소요산을!

오르가즘에 잘 도달하지 않는 사람은 성교육을 다시 받으면 낫는 일이 자주 있다. 여성의 성생리학 그리고 기초적인 성교육에 대해서 한 번 간단한 설명을 들은 다음 비로소 오르가즘을 맛볼 수 있었던 여성도 있다. 삽입중에 오르가즘에 도달하지 않아도 클리토리스의 자극에 의해 도달할 수 있는 여성도 많다.

여러 가지 접촉을 시도해 보면 여성은 점차 자신감을 가지게 될 것이다. 페니스를 질 안으로 삽입하는 것이 잘 안되는 경우에는 오럴섹스가 여성에게 절정감을 맛보게 하는 수도 있다.

오르가즘에 도달하는 것이 곤란하거나 또는 불가능하다고 생각하는 여성은 스스로 몸을 더듬고 만져 봐서 어떻게 반응하는가 조사를 해보면 좋다.

그 점에 대해 알려진 자료들에서는 다음과 같이 충고를 하고 있다.

"당신 자신이 자신의 몸을 또다시 눈뜨게 해서 재발견하고, 재교육을 받지 않으면 안됩니다. 스스로 어디를 만졌더니 어떻게 느껴진다는 걸 찾아내는 것입니다. 만졌을 때 몸의 어느 부위가 당신에게 가장 쾌감을 주는가 찾아내세요. 그리고 당신 남편에게 말하는 것입니다."

그 다음은 성교육 치료 프로그램에서 인용된 말을 소개한다. 물론 남성의 도움이 절대적이다.

(1) 애무는 긴장을 풀고 애정관계를 깊게 한다 : 애무는 접촉을 통해서 두 사람의 마음을 통하게 하고 애정을 표현하기 위한 것이며 동시에 성교에 들어가기 전에 서로의 긴장을 풀어주는 역할을 한다.

애무를 함으로 부인과 그 남편은 의도적으로 성교 행위를 기다리자고 미리 약속하는 것이다. 적어도 4일간은, 1시간 이상 걸쳐서 행하는데, 상대를 만지거나 상대방이 만져 주는 것에 대해 쾌감을 느끼도록 한다.

만지는 것은 성적 자극의 중요한 근원이다. 성적인 느낌을 충분히 표현하기 위해서는 두 사람은 접촉을 통해서 기분을 서로 전달할 수 있어야 한다. 접촉은 여러 가지 감정, 즉 부드러움, 애정, 편안함, 욕망 등을 전달할 수 있다.

두 사람은 각자 자신이 좋다고 느낀 점을 말이나 행동으로 전달한다.

서로 키스하거나 애무하거나, 만지거나 가볍게 두들기면 좋다. 단 가슴이나 성기는 피하도록 한다. 많은 커플은 애무를 통해서 상대방의 친밀감을 느낄 수 있을 것이다.

그 가운데에는 그러다 남성이 발기해도, 성교하려고 하면 안되는 경우도 생긴다. 애써 발기를 하고도 결국엔 쓸모가 없게 되어 유감스럽게 생각하는 남녀도 있을지 모르지만, 성적

기능이 제대로 준비되지 않은 남녀가 조급하게 성교를 하면
실패해서 오히려 사태를 악화시킬 수도 있다. 남성의 경우,
발기할 때마다 삽입해야 하는 것은 아니다. 마찬가지로 여성
의 질이 젖어있는 것을 느꼈다고 해서 반드시 성교를 해야 할
필요도 없다.

(2) 성기애무 : 애무 단계 치료기간 4일째나 5일째에 남편
이 만지작거리고 있을 때 부인은 자신의 성기에 손을 얹고 자
신이 좋아하는 강도나 신체 부위를 넌지시 가리켜 준다. 남성
도 여성에게 자신의 성기를 만지게 하면서 마찬가지로 한다.
그러는 동안 접촉의 범위를 상대방의 성기나 그 이외의 성적
흥분을 일으키는 장소로 넓혀가도 좋다. 그러나 두 사람 모두
상대방에게 성적 반응을 요구해서도 안되고 오르가즘에 도달
하려고 해서도 안된다.

이것과 관련, 자신이 어떤 성적 애무에 의해 자극받는지 여

성이 알 수 있도록 좋은 체위를 하나 소
개한다. 남성은 침대 위쪽에 앉아서 베게
로 몸을 지탱한다. 그리고 여성은 남성의
가슴에 뒤로 향하여 기대어 앉아서 머리
를 그의 어깨에 기대는 것이 그것이다.

남성은 여성의 욕구를 마음대로 추측하
거나 자기 나름대로의 방법으로 여성을
자극하려고 해서는 안된다. 즉 '이런 성
행위를 능숙하게 하는 사람'처럼 행동해

서는 안된다(∵ 그것이 남성다움의 표시라고 일반적으로 오
해하고 있어서). 두 사람에게 있어서의 목표는, 여성이 실제

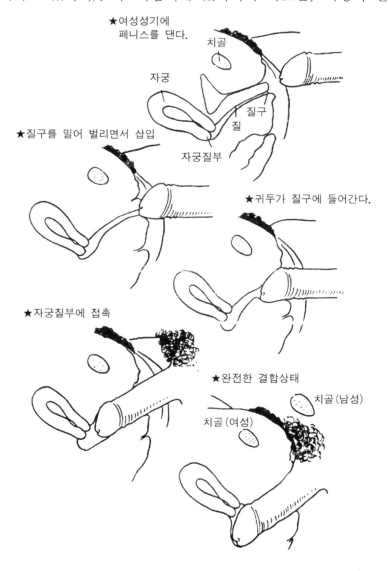

★여성성기에
페니스를 댄다.

치골

자궁

질구

질

★질구를 밀어 벌리면서 삽입

자궁질부

★귀두가 질구에 들어간다.

★자궁질부에 접촉

★완전한 결합상태

치골(남성)

치골(여성)

로 좋아하는 것을 발견해서 그것을 실행하는 것이다.

임상연구에 의하면 대개의 경우 남성이 저지르는 최대의 실수는 성희를 시작하자마자 클리토리스의 윗부분을 만지는 것이라고 한다. 이렇게 하면 각 여성의 고유한 성적 반응의 패턴을 깨뜨리기 쉽다. 클리토리스 윗부분은 대단히 민감해서 직접 만지면 통증이 일어나는 일도 있다. 많은 여성은 클리토리스의 양쪽 끝을 부드럽게 애무해 주는 것을 좋아할 것이다.

질과 달리 클리토리스는 분비액으로 젖는 일이 없기 때문에 마른 상태로 닿으면 불쾌한 느낌이 든다. 질의 분비액이나 타액, 또는 수용성 젤리나 크림으로 적셔두는 편이 좋다.

질의 가장 깊은 부분에는 신경이 거의 없기 때문에 손가락을 안으로 넣었을 때 성적 자극을 느끼는 여성은 거의 없다.

여성이 무리하게 오르가즘에 도달할 필요는 없다. 그 사람 나름대로 성적 자극이 최고도에 이르렀을 때 자연스럽게 오르가즘이 일어난다.

여성이 오르가즘에 도달하려고 초조해 해서는 안된다. 어떤 단계에서 클라이맥스에 도달하지 않았다고 해서 실망할 필요도 없다. 반대로, 아무런 거리낌 없이 완전히 마음대로 자신을 표현할 수 있고, 즉시 또 다른 기회가 온다는 것을 이해해 두어야 한다.

(3) 삽입 : 성기 애무에 의해 부인이 충분히 흥분하게 되면 다음 단계로 진행해도 무리가 없다. 즉 남성은 위를 향해서 눕는다. 여성은 그와 마주해서 그 허벅다리에 걸쳐 앉는다.

여성이 손수 남성의 페니스를 스스로에게 삽입한 뒤 여성은 아직 움직이지 말고 그대로 있는다. 그리고 오르가즘에 도달하려는 것은 전혀 생각하지 말고, 그것만으로 자신의 질 조직이 어떠한 쾌감을 느끼는가 본다.

자극이 더욱 필요해지면 여성은 자신의 성기를 페니스에 살짝 대고 천천히 앞뒤로 움직여도 좋다. 페니스를 자신의 것이라고 생각해서 함께 기뻐하고 즐기는 것이 좋다. 질의 감각을 높이기 위해서는 조금 시간이 걸릴지도 모른다.

(4) 찌르기와 빼기 : 여성의 질 감각이 고조된 후에 비로소 남성은 자신의 허리를 이용해서 성교에 들어간다. 처음에는 천천히 삽입한다. 클라이맥스에 더욱 나아가려고 필요 이상 애쓰지 않아도 된다.

여성은 자신에게 맞는 것을 말이나 동작으로 남성에게 알리는 것이 좋다. 남편이 자신의 동작을 조절하면서 협력해오면 그때의 모습은 부인이 즐기는 데에 도움을 될 것이다. 이것은 남성의 취향에 맞출 뿐이었던 전통적 습관에서 벗어나는 중요한 변화이다.

(5) 옆을 향한 체위 : 남성을 타고 앉는 체위에서 두 사람이 옆으로 눕는 체위로 바꾸어도 좋다.

남성은 옆으로 누워서 아래쪽 다리를 구부린다. 여성은 그 허벅지 안쪽으로 누워서 남성의 다른 한쪽의 다리에 자신의 한쪽 다리를 걸친다.

몸을 바짝 붙이기 위해 두 사람 모두 무릎을 침대에 붙여

두어도 좋다.

이 체위를 배운 남녀는 대개 마음에 들어 한다. 동작이 자유롭고 남성은 사정을 조정할 수 있으며 밀고 빼는 등 좋아하는 속도를 전달하는데 좋다.

또 바이브레이터(vibrator), 즉 진동떨림기구가 오르가즘을 촉진하는데 자주 도움이 된다. 연속된 리드미컬한 자극은 오르가즘을 한 번도 경험한 적이 없는 여성에게 특히 효과적이다.

하지만 오르가즘에 도달한 적이 없는 여성은 바이브레이터를 마지막 수단으로 하는 것이 좋다. 바이브레이터를 사용하면 부인은 남편으로부터 지치지 않고 끊임없이 작동하는 바이브레이터와 같은 자극을 기대하기 쉽다고 생각하는 전문가도 있다.

일단 여성이 오르가즘에 도달하는 능력이 자신에게 있다는 것을 체득하면 바이브레이터는 즐거움을 얻는 데 도움을 주는 완구가 된다. 사람에 따라서는 질의 운동도 오르가즘에 도달하기 쉽게 하는데에 효과가 있을 수 있다.

〈~잠근 동산이요 덮은 우물이요 봉한 샘이로구나〉든가 〈네 두 유방은 백합화 가운데서 꼴을 먹는 쌍태 노루새끼같구나〉라든지 〈다리는 정금받침에 세운 화반석 기둥같고〉 또는 〈배꼽은 섞은 포도주를 가득히 부은 둥근 잔같고 ~네 넓적다리는 둥글어서 공교한 장색의 만든 구슬꿰미같구나〉 혹은 〈네 유방은 포도송이같고〉 등등 수식어로된 에로틱한 문학이나 환상도 효과가 있을 것이다. 심리학자인 앨버트 에리스는 성적으로 잘 흥분하지 않는다든가 클라이맥스에 잘 도달하지 않은 여성에게 다음과 같이 조언을 하고 있다.

"그때의 성행위에 흥미를 촉진시키는 것이라면 어떤 것이라도 좋으니까 성적 자극을 느끼는 사물에 집중해서 생각을 계속 하십시오."

그러므로 이와같은 심리요법은 여러 가지 성기능부전 치료에 효과를 거두고 있다. 이것은 심층심리에 있는 개인적인 문제나 성교 상대방이나 남성 일반에 대한 적의가 원인으로 작용하여 오르가즘에 도달할 수 없는 여성에게 특히 효과가 있다. (→질의 운동)

 (태어날때 부터 쇠약)→대영전 . 오복음 복용

7. 불임부부는 기도원이나 교회에서 기도를!

만약 부부가 피임을 하지 않고 정상적인 성생활을 일년간 계속해서도 임신을 하지 않으면 불임증(Infertility)이라고 생각할 수 있다.

임신을 원하고 노력했는데도 그 징후가 일 년간 없을 때는 의사의 진찰을 받는 편이 좋다. 여성이 35세를 넘은 경우라면 결혼후 또는 관계후 6달 안까지는 진단을 받는 편이 좋다. 이 시기에 치료를 하면 불임 부부의 절반 이상이 거의 임신을 할 수 있을 것이다.

임신을 하기 위해서는 남성이 적당한 수의, 정상적이고 건강한 정자를 만들어서 사정을 하고, 여성은 난소에서 정상적인 난자를 만들어야 한다. 그리고 그 난자는 난관을 빠져나와 수정해서 자궁으로 옮겨져서 착상한다. 이 과정에서 어느 한가지라도 없으면 임신할 수 없다.

불임의 원인은 남성이나 여성, 또는 양쪽에 모두 있을 수도 있다. 남편도 아내도 생식기관의 진찰 말고도 건강진단을 받을 필요가 있다. 수태 문제의 전문의로서 남성은 비뇨기과를, 여성이라면 산부인과를 찾아야 한다. 만성적인 질환이 있으면 불임으로 연결되는 경우가 많다. 갑상선기능부전과 같은 내분비의 이상은 생식에 영향을 준다. 뇌하수체, 부신, 생식기의 선(腺)으로부터 분비되는 호르몬의 결핍이 수태를 방해하기도 한다. 장애의 원인을 찾아보면, 만성적 감염증, 영양실조, 비만, 빈혈, 여러 가지 대사기능부전이 많다.

담배를 너무 많이 피우는 것이나 알콜 섭취도 수태에 영향을 준다. 이것에 의한 장애는 대개 비교적 간단히 치료할 수 있어서 치료 후 2, 3개월 안에 임신할 수 있다.

또한 강한 정신적 스트레스는 호르몬의 흐름을 늦추게 하거나 멈추게 해서 난자나 정자의 생성을 저해하기도 한다. 너무 과도하게 일하거나 업무상의 긴장은 스트레스에 가득찬 상황을 만들기 쉽다. 물론 정신적인 문제가 불임의 원인이 되는 경우는 드물지만, 그것은 진단이나 치료상에서 생각해야 할 중요한 요소가 포함되어 있다.

 조경종옥탕(:월경도 고르지 못할 때)

이때 부부생활을 하는 도중 성관계의 습관을 바꾸면 호전되는 경우도 있다. 한 달 가운데 여성이 가장 수태하기 쉬운 시기에 성교를 하는 것이 좋다. 그것은 배란기이고, 다음 월경이 시작되기 약 2주 전이다. 월경주기가 28일인 여성이라면 배란은 약 14일째가 될 가능성이 가장 높다. 배란하기 전 3일간은 성교를 피하는 편이 좋다. 여행을 자주 하는 남성은 아내가 배란기일 때는 집에 있도록 여행 계획을 조정할 필요가 있다.

이때 남성은 2, 3일 정도의 사이도 두지 않고 다음 성교를 하려고 할지도 모른다. 빈번한 성교는 정자가 성숙하기도 전에 사정하게 되기 쉽다. 물론 이와 반대로 회수가 극단적으로 적으면 임신을 할 수 있는 기회는 더욱 적어진다.

정자는 고온에 약하다. 그렇기 때문에 남성이 뜨거운 목욕탕에 장시간 있는 것은 피하는 것이 좋다. 이것은 정자의 생산을 방해한다. 생식부전의 문제를 가지고 있으면서 대단히 높은 온도 속에서 일하는 남성은 때때로 자기의 업무를 바꾸어 볼 필요가 있다.

배란기를 정확하게 알고 싶은 여성은 기초체온그래프를 그려 보는 것도 좋다. 체온은 배란 직전에 조금 내려가고, 그 다음에 상승해서 다음 월경까지는 거의 안정된다. 그렇게 몇 달간 그래프를 그려보면 자신의 배란주기를 잘 알 수 있게 될 것이다. 또한 배란기에 질의 점액 농도를 조사해도 알 수 있다.

배란전과 후의 점액은 끈적끈적한 느낌이 들며 배란기나 그 직전에는 얇고 투명하며 깨끗하다.

배란기에는 남성이 위이고 여성이 아래라는 남성 상위의 성교 체위가 수태에 가장 적합하다. 이 체위라면 정자는 자궁경관 깊숙이까지 들어가 밖으로 새는 양이 적을 것이다.

의사로부터 자궁이 상당히 안쪽으로 들어가 있다고 말을 들은 경우는, 여성의 무릎과 가슴을 맞붙인 자세로 성교를 하는 것이 가장 수태하기 쉬울 것이다. 즉 여성은 무릎과 가슴을 붙이고 웅크리고 남성은 등 뒤에서 삽입하는 것이다.

난관의 폐색(閉塞)은 종종 불임의 원인이 된다. 이것은 감염증이라든가 임질의 영향으로 장애가 될 수도 있다. 정신적 스트레스가 원인이 되어 배관이 경련하는 일도 있다. 가벼운 정도의 난관폐색은 진찰 단계에서 열리는 일이 자주 있다. 중증에는 몇 종류의 외과적 처치가 있고, 성공사례도 여러 가지이다.

수술로도 열 수 없었던 심한 난관폐색의 여성에 대해서 의사들은 현재 새로운 방법에 의한 처치를 시도하고 있다. 실험실에서 난자에 남편의 정자를 수정시키고 나서 그것을 여성의 자궁에 착상시키는 것이다.

이것이 바로 〈시험관 아기〉시술로서, 최근에 불임부부들이 자주 시도하는 불임증 해결방법이다.

불임증의 여성 5명 중 약 한 명꼴로 배란이 없기 때문에 임신할 수 없는 경우가 있다.

또 배란은 있어도 비정상적인 난자인 경우도 있다. 그 중에는 여성 호르몬의 하나인 프로제스테론의 분비에 이상이 있기 때문에 수정란을 받아들이는 자궁의 준비가 되어 있지 않은 예도 있다. 자궁의 종양, 포리브, 감염증도 임신의 방해가 될 수 있다. 자궁이 작다든가 뒤로 들어가 있는 것만으로 수태할 수 없는 예는 좀처럼 없다.

배란할 수 없는 여성에게는 난소에 자극을 주어 성숙한 난자의 배출을 촉진하는 약이 효과적이다. 이 약제는 때때로 다수의 배란을 유발하여 둘이나 셋 이상의 쌍생아를 출산하는 경우도 있다.

또한 수태에 필요한 얇고 투명한 점액 대신에 자궁경을 막는 짙은 점액을 내는 여성도 가끔 있다. 또 점액의 화학적 성질이나 박테리아 등의 유기물에 의해 정자 유입이 저지되거나 정자 자체가 파손되는 경우도 있다. 그 가운데에는 남편의 정자에 대한 항체를 만드는 여성도 있어서 그 결과로 수태에 면역이 생기게 된다.

자궁경부의 점액이 정자를 저지할 때는 보통 여성 호르몬인 에스트로겐으로 치료한다. 또는 남편의 정자를 직접 자궁에 주입해도 좋다. 임신을 저해한다고 보여지는 박테리아 감염증의 치료에는 항생물질이 사용된다.

불임증상의 여러 가지 원인 가운데 40% 이상은 직접 또는 간접적으로 남성 측에 책임이 있다. 남성의 생식기능부전의 원인으로 자주 나타나는 현상은 정자가 발육되지 못하거나 양이 불충분한 경우이다. 이 경우 소수이긴 하지만 정자를 전혀 배출하지 못하는 남성도 있다.

이하선염(耳下腺炎)으로 고환이 손상되어 충분한 정자를 만드는 기능이 파괴되기도 하고, 성병에 의한 흉터가 수정관(輸精管)을 막는 경우도 있다.

임신시킬 수 없는 남성의 대부분은 선천적으로 생식기 계통의 장애를 가지고 있다. 전립선의 만성적 감염증이 원인인 경우도 있고, 정류고환에 의한 것도 있다.

일반적으로 남성은 생식능력의 유무에 대한 의미를 잘못 받아들이고 있기 때문에 생식불능이라는 진단을 받으면 남성다움을 상실하는 것으로 생각하여 큰 충격을 받는다. 실제로는 성에 강한 남성이 오히려 빈약한 정액을 가지고 있거나, 성에 별로 흥미가 없는 남성이 완전한 생식능력을 갖추고 있기도 하다.

남성의 정자 수가 적을 때는 정액을 분비하는 방법을 사용 하여 임신을 이룰 수도 있다. 즉 사출(射出)된 정액 가운데 가장 활발하고 건강한 정자를 가장 많이 갖고 있는 최초의 부분을 용기에 담아 자궁경관에 직접 보내 주는 것이다.

아내에게는 생식능력이 있는데도 남편에게 없는 경우, 부부는 정자제공자의 정자를 여성의 자궁에 주입하는 인공수정을 생각할 수도 있다.

미국에서는 매년 이러한 신생아가 만 명 정도 인공수정으로써 출생한다.

임신하려는 노력이 오히려 성행위에 지장을 초래하는 경우도 있다. 달력에 따라 성생활을 해야 한다는 것은 이미 긴장한 상태에 있는 곳에 더욱 긴장을 가하는 것이 될 것이다. 아이를 가지려고 노력하는 부부는 임신의 성공에만 초점을 맞추어 사랑 놀이의 즐거운 면을 잃어버리기 쉽다. 이러한 부부에게는 성욕의 감퇴나 일시적인 임포텐스, 오르가즘 불능 등의 문제가 자주 일어난다. 이럴 경우 두 사람 모두 성관계에 있어 죄의식이나 비난, 억압, 부적응, 분노 등을 가질 우려가 있다.

임신을 목표로 하는 부부는 가능한 한 성생활을 자연스러운 쪽으로 이끌어 가는 것이 무엇보다도 중요하다. 가능한 한 의도하는 목적보다도 성행위의 즐거운 과정 쪽에 집중하는 것이 좋다. 체온표와 같은 검사 등은 목적을 달성하면 즉시 중지해야 한다. 매일 새벽에 성경 1쪽씩을 무릎 꿇고 읽고 교회새벽기도회에 나가 기도하여 수태되 애기를 낳은 나이가 많은 여성의 사례도 있다. 또한, 50이 넘은 남자분이, 나이가 많고 정자에도 문제가 있어, 임신이 불가능하다는 산부인과의사의 말을 현대의학의 과학적 근거라고 인식, 수태불가라는 의사의 진단을 확고한 믿음으로 받아들여 체념하고 있다가, 우연히 같은 교회 목사님의 간증을 듣게된 바, 자신보다 나이가 많은 목사님이 하나님께 아뢰었더니, 이같은 늦동이 아이를 주셨다고 싱글벙글하는 걸 보고, 목사님의 하나님이면, 나도 같은 교회다니니, 나에게도 하나님이 역사하시겠군하고 불임이라고 불가능하고, 확신하고있던 신념(信念)을 180° 전환해서 임신가능이라는 믿음이 들어오자, 기도시작하여 똑같은 늦둥이를 얻어 기뻐하는 사례도 있다. (→정류고환)

(여자 하초가 냉해서 불임일때) → 가미익모환
(남자인 경우)→온신환

8. 도서벽지라도 꼭 산부인과 진찰을

우리의 할머니, 어머니들은 병원에 안가도 쑥쑥 잘만 낳더라. 오싱을 보라!

이것은 전반적인 산부인과 진찰법(Pelvic Examination)의 일부이고, 그 내용은 다음과 같다.

(1) 외음부의 시진(視診)

(2) 질 내부의 질경진(膣鏡診)

(3) 내부 생식기관의 쌍합진(雙合診)

국부의 진찰에 있어서, 여성은 내진대에 위를 보고 누워서 머리를 베개에 기대고 양 다리를 벌려서 말 안장을 타 듯이 하거나 벌리고 눕는다.

진찰할 때 국부에 이상이 없고, 의사의 태도가 친절하고 여성이 복부와 허리 근육의 긴장을 풀고 있으면, 그 진찰은 불쾌한 것이 아니다. 의사가 설명해서 환자에게 안심하도록 하면 육체적으로도 심리적으로도 불쾌감을 최소로 하는데 도움이 될 것이다.

의사는 외음부를 진찰하고 염증이나 감염의 징후, 또는 종양의 유무를 조사한다.

다음에 〈질경〉이라고 부르는 기구를 삽입한다. 이 가구는 질벽을 좌우로 눌러 열어서 측벽을 보이도록 한다. 이렇게 해서 그 전반적인 성질, 색, 그리고 점액의 강도를 조사한다.

자궁경은 명료하게 관찰할 수 있고, 의사는 자궁경과 질 세포의 견본을 채취할 수 있다. 견본은 슬라이드에 놓아서 이상 유무를 조사한다.

〈세포진(細胞診)〉이라고 부르는 이 절차에 의해 자궁경이나 자궁의 암, 그리고 질의 어떤 감염증을 검출 할 수 있다.

쌍합진에 있어서는 의사는 질경을 빼고 검지와 중지를 침착하게 질 안으로 삽입한다. 다른 한쪽의 손은 환자의 하복부에 둔다. 이렇게 해서 의사는 한손으로 조용하게 누르면서 자궁, 난소, 난관, 그리고 국부 전체에 대해서 종양, 낭포(囊胞), 근종, 기타 이상의 유무를 조사한다. 경우에 따라서는 직장에 손가락을 하나 삽입해서 직장과 질 사이의 부분도 진찰한다.

이때 대부분의 의사는, 여성이 자신의 몸 상태를 알 수 있는 좋은 기회라고 생각해서 환자에게 자신의 난소나 자궁에 복벽 너머도 만져 보도록 환자에게 권하는 의사도 있다.

매년 받는 산부인과 검진 가운데에 내진이 포함되어 있는 경우, 유방 진찰도 그와 병행해서 하는 경우가 많다. 대개의 의사는 그 이외에 갑상선, 혈압, 소변, 헤모글로빈의 검사를 하고 청진기에 의한 가슴 부위의 검사도 아울러 실시한다.

9. 출산후 계속되는 출혈엔 뽕나무 껍질을!

출산 이후의 기간은 육아뿐만 아니라 새로운 생활형태에 순응하는 기간이다.

신생아는 생후 4~6주간의 생활이 대단히 불규칙하기 때문에 부모에게는 커다란 부담이 된다. 산모는 극도의 수면 부족 때문에 피로를 더욱 심하게 느낄 것이다.

이때 산모에게는 심한 기분변화나 가벼운 우울증이 자주 일어난다. 사람에 따라서는 초조해지거나 신경이 예민하게 되며 특별한 이유 없이 울기도 한다.

산후 여성은 생활의 관리능력을 잃어버린 것같이 느끼기도 한다. 모든 시간이 아이의 요구를 만족시키기 위해 소비되기 때문에 몹시 지쳐 버리고, 그러한 생활이 영원히 계속되는 듯한 기분이 든다. 자신의 다른 아이를 돌보아야 할 때에는 그런 기분이 더욱 강해진다.

산후 우울증은 보통 몇 주일이 지나면 자연스럽게 해소된다. 이 상태는 심리적인 스트레스와 분만 후의 호르몬 변화가 서로 얽혀서 일어나는 것이다.

새로 어머니가 된 여성은, 때때로 육아에서 멀어지도록 하면 우울증에서 빠져나오는 데 도움이 된다. 하루에 몇 시간, 자유시간을 갖는 것만으로도 기분이 상쾌해지기 때문이다. 아기가 태어나기 전에 가사나 식사, 육아의 도움을 얻을 수 있도록 준비를 해 두는 것이 현명하다. 가족이나 친구에게 지원을 받는 것도 좋다.

출산 후, 특히 모유로 기를 때에는 영양가가 높은 음식이 중요하며, 단백질이 풍부한 식사가 바람직하다.

또한 우울증이 심할 때는 전문적인 치료로서 정신과 의사의 도움이 필요하다. 그러나 산후 우울증이 심한 경우라도 정신장애로 발전한 예는 극히 드물다.

분만 후 질 회음절개 봉합부분에 불쾌감을 느끼는 여성이 많다(회음절개는 분만시 의사가 회음, 즉 질의 개구부와 직장 사이를 절개하는 수술이다. 그렇게 하는 것으로 갓난 아이의 머리가 나올 때에 이 부분에 생기는 파상을 피할 수 있다). 그러므로 분만 후의 불쾌감은 회음부가 부은 것이 그 원인이다.

이 경우는 하루에 여러 차례 뜨거운 물로 가볍게 샤워를 하면 효과가 있다. 샤워 후 회음부에 태양등(적외선이나 자외선을 내쏘게 하는, 보건의료에 쓰는 수은등)을 대면 좋다.

질근육을 수축시키고 몇 초간 긴장을 지속시켰다, 느슨하게 했다 하는 질의 운동은 근육 상태를 좋게 하고 회복을 촉진한다.

질에서 나오는 출혈은 분만 후 몇 주간 계속된다.

(뽕나무껍질(75g) → 볶는다 +물=용액, 이 물을 매일 물마시듯이 마신
다.)

생리대를 사용하고, 탐폰(Tampon:약액을 적신 탈지면)은 피하는 것이 좋다. 분만 후 몇 주일은 가능한 한 휴식을 취할 필요가 있다. 모유로 기를 경우 젖이 고이면 유방에 통증이 온다. 이것은 변비의 원인이 되지만, 일반적으로 분만 후 빠른 시간 안에 걸으면 그 증상은 가벼워진다.

성교는 회음절개가 완치되고 불쾌감이 없어지는 대로 다시 할 수 있지만, 육체적·정신적 양쪽 다 회복할 수 있는 상태가 되기까지는 개인에 따라 시간적인 차가 크다. 제왕절개를 한 경우는 복부 수술을 한 상태이기 때문에 그만큼 회복기간이 오래 걸린다.

산후 3주일째가 되어 바로 성생활을 시작하는 여성도 있지만, 몇 주일째 걸쳐서 불쾌감이 계속되는 여성도 있다. 중요한 것은 부부가 애정을 서로 나누고 서로에게 관심을 표시하는 것이다. 사랑받고 있다는 기분은 성생활보다도 더 중요하기 때문이다.

아이가 태어난 다음 양쪽 모두 성욕이 없어져서 불안을 느끼는 때도 있다. 하지만 걱정할 필요는 없다. 피로가 풀리고 아이를 돌보는 것에 점차 익숙해짐에 따라 성적 욕구는 자연

스럽게 되돌아 올 것이다. 산후경풍으로 목뒷덜미가 강직하고 사지경련이 있는데, 혈허이면 **십전대보탕 또는 자영활락탕**, 중풍이 원인이면 **형개산**, 열이 심하면 **당귀산**, 담습에는 **천마산, 육신탕**을, 산후발열에는 **당귀보혈탕이나 지골피음탕** 또는 **육군자탕이나 생화탕**을, 산후 어지럼 현훈에는 혈허이면 **당귀보혈이나 독삼탕**을, 어혈일땐 **독행산이나 형개산**을!

산후에는 호르몬 분비가 감소되기 때문에 질이 잘 마르고 두터워지지 않는다. 이 경우는 수용성 윤활제를 사용하면 좋다. 임신을 원하지 않는 부부의 경우에는 모유로 키우고 있어도 피임을 할 필요가 있다.

1. 산후건강보양식:삼계탕(고혈압인 경우:백삼 나머진 홍삼)

2. 산후하복통:검은 콩(1컵) →태운다→ (까맣게)된 가루+따끈한 술=1회 용가루(0.3), 1일 3회
3. 수술후:백술을!
4. 수술후 변비:마인, 행인
5. 산후복통:소건중탕, 당귀건중탕을!
6. 하복부어혈:실소산
7. 오로(惡露)부절:십전대보탕, 보증익기탕, (어혈일땐) 생화탕이나 실소산

10. 모유여성은 약 조심!

갓난 아이에게 있어서 모유는 영양면에서 우유보다 훨씬 뛰어난 음식이다. 모유로 자란 아이는 설사나 그밖에 장의 이상을 잘 일으키지 않고, 음식물 알레르기도 걸리지 않는다. 게다가 우유로 키우는 것보다 모유로 키우는 것이 편하다.

많은 여성이, 갓난 아이에게 수유(Breast Feeding)하는 행위는 대단히 즐겁고 심적으로 충족되는 기분이라고 말한다. 모유를 주면 자궁이 임신 전의 상태로 빨리 돌아온다.

젖을 빨리고 있을 때 여성은 성적 흥분을 느끼고, 때로는 오르가즘을 경험하기까지 한다. 이 때문에 꺼림직하게 생각해서 모유를 주는 것을 그만 두는 여성도 있지만, 걱정할 것은 없다. 갓난 아이에게 빨린 유방이 입의 감촉에 자극받아 정상적으로 반응했을 뿐이다.

모유의 양은 유방의 크기와는 관계가 없다. 아주 작은 유방을 가진 여성이라도 아이에게 충분히 젖을 줄 수 있다. 또한 아이에게 모유를 주어도 유방이 늘어지는 일은 없다.

아이를 모유로 키우는 여성의 경우, 월경이 몇 개월이나 정지되는 일이 자주 있다. 하지만 수유를 피임의 수단이라고 생각해서는 안된다. 월경이 다시 시작되기 전에 배란하는 일이 있기 때문이다.

모유를 주는 여성은 약의 사용을 피하는 것이 좋다. 어떤 약을 복용해도 모유를 거쳐 신생아의 체내로 들어가면 나쁜 영향을 미칠 가능성이 있다. 그렇기 때문에 아스피린을 먹을 필요가 있을 때는 모유를 준 다음에 먹어야 할 것이다. 항암제, 스테로이드, 방사성 요드의 투약치료를 받고 있는 여성은 수유를 해서는 안된다. 한두 잔의 정도의 알콜 섭취가 아이에게 악영향을 주는 일은 좀처럼 없다.

모유를 주고 있는 여성 중에는 분만 후 몇 개월간 성교를 할 때 통증을 호소하는 경우가 있다. 출산 후에는 보통 때보다 스테로이드가 부족하고 질의 점막이 건조하며 얇아진다. 모유는 이러한 스테로이드 부족의 해소에 도움이 되지만, 수용성 윤활제나 피임용 크림, 피임용 젤리 등을 사용하면 성교가 쉬워진다. 에스트로겐계의 질 크림이라면 효과가 있지만, 모유에 포함되는 에스트로겐의 양에 따라서는 아이에게 해를 미칠 위험성도 있다.

①젖이 부족할 경우 콩과 둥근 배추로 국을 끓여 먹는다
②(사슴뒷다리 말려뒀다) 불에 달구어 유두언저릴 문지름
③가물치, 잉어를 탕해 먹는다
④적 뗄때는 엿기름(또는 인삼잔뿌리)을 삶아 먹거나 한다

11. 양수검사는 임신 14주 부터!

임신 중에 양수를 채취하여 분석·검사하는 것을 말한다. 각종의 다양한 태아의 장애나 테병(흑내장성 족성 백치)이나 다운증후군과 같은 선천성 이상의 유무를 조사하는 것이 주목 적이다. 이것에 의해 태아의 성장 과정도 알 수 있다.

양수천자(Amniocentesis)는 임신 14~16주 사이 산부인과 의원이나 병원의 산부인과에서 행해진다. 임신부의 복부에 국소마취를 하고 의사는 하복부에 주사 바늘을 찌른다. 그 주사바늘이 태아를 둘러싸고 보호하는 주머니 속에서 소량의 액체를 꺼낸다.

양수천자는 초음파 전자스캔법과 병행해서 실시한다. 즉 초음파를 사용해서 태아를 모니터에 비추고 의사는 그것을 관찰한 다음 바늘을 찌를 위치를 정한다.

양수에는 태아의 세포가 섞여있기 때문에 검사를 하면 그 수를 셀 수 있다. 2~4주 후에는 염색체 검사와 생화학 분석에 의해 약 3백개를 헤아리는 장애 가운데 하나라도 있으면 그것이 검출된다. 만약 태아에게 중대한 이상이 있다는 것을 알면, 부모는 아이를 낳을 것인지, 임신중절을 해야할 지 결정할 수 있다.

양수천자는 36세 미만의 부인인 경우, 임신할 때마다 실시하는 것은 삼가해야 한다. 젊은 임산부에게는 집안에 선천성 이상의 출산이 많은 경우에만 이 방법이 실시된다.

12. 여성! 그 영원한 대지의 母象 – 여성기의 구조

여성의 외성기는 총칭해서 〈외음부〉라고 부르고, 치구, 대음순, 소음순, 음핵으로 구성된다.

치구는 치골의 바로 앞면에 올라온 부분으로 음모로 덮혀져 있다.

대음순은 피부가 주름 형상으로 된 것으로, 소음순, 질의 입구, 그리고 요도에 좌우로 덮혀져 있다. 대음순의 바깥쪽은 음모로 덮혀지고 안쪽은 땀샘이 있다. 성적으로 흥분하면 대음순은 벌어져서 평평한 상태가 된다.

소음순은 대음순 안쪽에 있는 두 개의 주름 형상의 피부이다. 이곳에는 많은 혈관, 땀샘, 지방샘, 신경이 모여 있다.

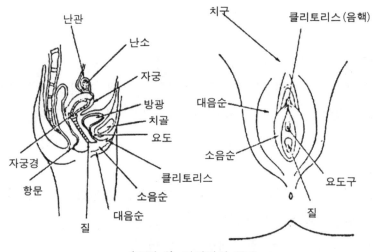

〔그림 2〕 여성기의 구조

성적으로 흥분하면 핑크색으로 선홍색으로 바뀐다.

클리토리스는 치구의 바로 아래 대음순이 합치되는 곳에 있고, 말초신경이 밀집되는 작은 돌기형상의 조직이다. 그 기능은 성적 쾌감의 근원으로 알려져 있다.

여성의 체내 생식기는 질, 자궁, 두 개의 난소, 그리고 두 개의 난관으로 구성된다. 질은 가로와 세로가 상당히 넓어질 여지가 있다. 그래서 성교할 때에는 페니스의 크기변화에 맞출 수 있고, 출산에 있어서는 상당히 크게 벌어져 태아의 분만을 가능하게 한다. 성적 자극을 받지 않은 상태에서 질벽은 수축해서 서로 붙어 있다. 질벽의 표면은 점액을 분비하는데, 성적으로 흥분했을 때에는 질 전체를 매끈매끈하게 한다.

자궁은 배 모양의 한 가운데가 빈 기관으로, 전체 길이는 7cm정도의 근육으로 되어 있다. 자궁 입구에서 어떤 자궁경은 질 안으로 나와 있다.

자궁의 위치는 방광과 직장 중간에 해당하고, 골반강 안에 있다. 자궁은 수정란이 착상하는 장소이고, 태아의 발육에 따라서 점차 크게 확장한다.

두 개의 난소는 아몬드형의 기관으로 길이는 3cm정도이다. 여성이 출산할 때 이미 난소에는 평생 공급할 수 있는 수의 미숙한 난자가 들어 있다.

사춘기가 되면 이 난자는 성숙하기 시작해서 생식 가능한 나이에 접어들면 이미 매달 배란을 시작하며, 수정되지 않으면 난자는 월경시 배출된다.

두 개의 난관은 자궁에서 시작되어 난소 가까이에서 열려져 있다. 보통 난자는 난관에서 수정된다. 수정된 난자는 난관의 동작에 의해 자궁안으로 보내진다.

13. 외음염

외음염(Vulvitis)이라는 것은 여성의 외음부 염증으로 가려움, 부증, 통증, 따끔 따끔한 느낌이 일반적인 증상이다. 성교할 때 통증이 일어나는 수도 있다.

외음염은 여러 가지 원인에서 일어나고 성병이나 바이러스성 질염, 성병성 사마귀 등이 그 원인이 된다.

그 밖에 건선과 같은 피부의 증상이나 의류, 세제, 약물에 대한 알레르기성 반응도 원인이 된다. 때때로 증상이 암에 기인하는 경우도 있다.

외음염이 오래 갈 때에는 생체검사나 질경 검사가 필요할지도 모른다.

외음염은 그 원인을 찾아내어 적절한 치료를 해야 한다. 가려울 때나 따끔따끔할 때에는 의사는 보통 항히스타민제나 코티존크림으로 치료한다. 항히스타민제의 진통작용은 가려움 등으로 수면을 취할 수 없는 여성에게는 도움이 된다.

14. 생리가 오랫동안 없다면

월경(Menstruation)은 여성의 사춘기에서부터 갱년기에 걸쳐 매월 자궁에서 나오는 출혈이다. 경혈(經血)에는 혈액 이외에 자궁내막이 변성된 층의 세포나 조직이 포함된다. 자궁은 매월 수정가능한 난자를 착상할 수 있도록 준비한다.

임신을 하지 않으면 자궁내막의 층 일부가 벗겨져서 월경이 된다.

이런 현상을 몰랐기 때문에 몇 세기에 걸쳐서 대부분의 사람들은 종교적인 가르침의 영향을 받아왔다. 예전에 월경기간 중인 여성은 〈부정〉한 것으로 여겨서 이 기간의 성교는 금지되어왔다. 「어떤 여인이 유출을 하되 그 유출이 피면 7일동안 불결하니 무릇 그를 만지는 자는 저녁까지 부정할 것이요~ 누구든지 이 여인과 동침하여 그 불결에 전염되면 7일동안 부정할 것이라. 그의 눕는 상은 무릇 부정하니라 〈구약 레위기 15:19~24〉」

이러한 생각은 현재도 상당히 뿌리 깊게 남아 있다.

하지만 실제로 경혈이 부정한 것인가는 하나님의 말씀이니 어떤 근거가 있을 터인데, 현대 의학은 아직까지 그 깊이에는 이르지 못해, 부정하지 않다는 입장이며 남녀 어느 쪽에도 해가 없단다. 또 성교에 의해 경혈이 난관으로 무리하게 들어가는 일도 없다.

사람들 중에는 월경 중의 성교가 특히 즐거운 것이라고 느끼는 부부도 있다. 이 경우 질이 보통 때보다 많이 젖어 있기 때문에 그 느낌이 고조되며, 골반내 장기가 출혈되기 때문에 오르가즘도 강해질 것이다. 더구나 월경 중 성교로 생리통이 가벼워지기도 한다. 또 월경이 시작되는 시기에 성욕이 강해지는 여성도 많다.

월경 중의 성교는 불결하다고해서 싫어하는 부부도 있다. 만약 여성이 페서리를 가지고 있다면 성교 전에 삽입하면 좋다. 그리고 타월을 깔면 잠자리를 더럽히지 않을 것이다. 또 페니스가 경혈로 더러워진 것을 좋아하지 않는 남성이 많기 때문에 물수건을 침대 옆에 준비해 두는 것도 좋다.

월경기간에는 좀처럼 임신하지 않지만 절대 임신하지 않는다고는 할 수 없다. 월경기간이 길면 월경이 거의 끝날 무렵에 배란이 시작되는 일도 있고, 정자가 오래 남아있다면 임신할 가능성이 많다. 그렇기 때문에 월경 시작 후 2, 3일 지나고 나서, 또는, 더욱 신중하게 월경기간에도 계속 피임을 하는 것이 현명하다.

많은 여성은 생리대보다도 탐폰 쪽이 미적이고 간단하다고 생각하고 있다. 또 탐폰을 사용하면 점차로 처녀막이 늘어나기 때문에 최초의 성교가 편안하게 된다. 탐폰을 쉽게 삽입하기 위해서는 수용성 윤활제를 사용하면 좋다. 그러나 이것은 위로 향해서 넣으면 안된다. 또한 방취(防臭) 탐폰은 알레르기 반응을 일으킬 우려가 있기 때문에 피하는 것이 좋다. 월경량이 가장 많은 날은 탐폰과 미니패드를 함께 사용하면 좋을 것이다.

아주 드문 일이지만 탐폰을 사용한 여성이 쇼크를 일으키는 일도 있는데, 그것을 피하기 위해서는 탐폰을 자주 갈고 생리대와 탐폰을 교대로 사용하면 좋다. 생리대는 밤에 사용하는 것이 좋을 것이다. 탐폰은 합성 섬유제가 아니고 면제품을 선택해야 한다.

대부분 사춘기에 접어든 여학생들은 11~13세 사이에 초경을 한다. 하지만 9세에 초경을 맞거나 17세가 되어서야 초경이 시작되었더라도 이상한 일은 아니다. 대개 가슴이 나오기 시작하고 나서 2, 3년 후에는 초경이 있다. 그러나 4년이 지나도 초경이 없으면 의사에게 진찰을 받는 것이 좋다.

18세 이상이 되어도 초경이 없는 경우는 의사에게 진찰을 받을 필요가 있다. 이런 경우를 〈원발성 무월경〉이라고 부르며 여러 가지 생리적인 원인이 있지만, 그 대부분은 선천적이며 자궁경관이나 질이 막히기 때문이다. 선척적인 자궁의 기형 또는 결손, 혹은 난소의 기능부전이 원인이 되기도 하고 호르몬의 부족이나 심리적인 스트레스 때문에 일어나기도 한다.

속발성 무월경은 예전에 있었던 월경이 2개월 이상 중단되는 것으로〔⇒겨자씨를 노랗게 볶아 가루로 해(0. 2)+청주를 반주로 =1회 분량, 1일 3회〕, 이것에도 여러 가지 원인이 있으며 흔히 체중의 감소가 원인이 된다. 신경성 무식욕증의 젊은 여

성은 거식(拒食)에 의해 심하게 체중이 감소해서 대개 월경이
멈춘다. 이것과는 별도로 정상적인 젊은 여성 가운데 지나치
게 마른 사람, 즉 체조교사나 발레리나, 육상 선수 등도 자주
월경이 멈춘다. 왜냐하면 여성의 몸에는 적어도 체중의 10%
정도의 지방이 필요한데, 그것이 부족하면 여성 호르몬의 하
나인 에스트로겐의 분비가 너무 적어서 배란이나 월경이 일어
나지 않는다.

속발성 무월경은 대개 완치할 수 있다.

1법 : 석류뿌리(신것)볶아말림+물 $\xrightarrow{\text{삶다}}$ 진한 즙, 1일 3회, 식사
　　전 1컵
2법 : 가미대음전=숙지황(0.5)+당귀(0.5)+우슬(0.6), 두충, 구기
　　자, 인삼, 계피, 숙애(각각 0.2)+향부자(0.15)+감초(0.15),
　　1일 2첩, 20~40일분
3법 : 팔진탕
　그밖에 인삼양영탕이 있다. (안면이 푸른색이거나 청황, 암갈
　색이며 사지가 권냉하면) 소복축어탕을!

(　)안 단위는 '냥'

또 적당하게 체중이 늘어나면 월경이 다시 시작된다. 그러
나 월경이 규칙적으로 될 때까지는 몇 개월의 기간이 필요할
것이다. 무월경일 때에도 피임은 하는 편이 좋다. 배란이 언
제 일어날지 예측을 할 수 없기 때문이다.

속발성 무월경은 대부분의 경우, 정신적 스트레스가 그 원
인이다. 또 난소낭종이라든가 뇌하수체나 난소의 종양에는〔〈가
미조경종옥경탕:숙지황, 향부자, 당귀, 백작약, 천궁, 백복령,
진피, 현호색, 목단피, 건강, 계지, 감초, 녹용, 인삼, 국애(각

0. 09) 오수유 (0. 03) =20∼40일분, 1일 2첩〉, 나아가서는 **당뇨병이나 갑상성 기능항진증, 심장병, 폐결핵** 등에 의한 것도 있다(이 때는 〈가미십전대보탕:천궁, 당귀, 숙지황, 백작약, 황기, 녹용, 백출, 백복령, 인삼, 계피, 감초, 향부자 (각각0. 15), 1일 2첩, 30일분〉].

월경전 긴장증에 시달리는 여성도 있다. 월경 직전의 초조함은 호르몬의 불균형, 또는 나트륨이나 수분의 정류가 그 원인이라고 생각된다.

그러나 대개 월경이 시작되면 그 증상은 눈에 띄게 가벼워진다. 월경 전에 강한 불안감이나 우울증 등이 있는 여성은 의사와 상담하는 것이 좋다.

심한 생리통은 의사에게 진찰을 받을 필요가 있다. 그런 여성은 하복부에 둔한 통증과 근육수축에 의한 주기적으로 가벼운 통증을 느낀다. 보통 이러한 통증은 월경이 시작되면 약해진다.

끊어질 듯한 허리통엔 통경탕!, 육합탕!, 조경음을!
월경불순엔:오약탕!, 통어전!, 소건중탕
월경 많고, 열있고, 붉은 자주 빛, 찬걸 좋아하면 : 금련사물선기탕

음이 허하고 안에 열있으면 양지탕이나 육미지황환을! **월경후기**에는 인삼양영탕이 좋다. 아스피린에는 생리통을 진정시키는 효과가 있다. 여성에 따라서는 응혈 (凝血:몸 밖으로 나온 피가 공기와 접촉하여 엉기어 뭉침)되기 쉬운 경향이 있지만,

아스피린에는 이것을 억제하는 성질이 있기 때문에 월경응혈을 방지하는데 도움이 될 것이다.

때로는 생리통이 심해서 일에 지장을 초래하는 여성도 있다. 고통이 심해서 한달에 이틀쯤은 누워있곤 한다. 구역질이나 구토, 설사, 두통, 기면(嗜眠:고열이나 중병으로 인하여 외부에 적응하지 못하고 완전히 수면 상태에 들어가는 일), 실신, 피부가 발작적으로 붉어지는 홍조 등을 동반하기도 한다.

생리적인 원인이 없는데도 생리통이 심한 경우가 있지만 불안이나 혐오 등의 감정적인 요소가 흔히 생리통의 한 원인이 된다. 또한 자궁근을 수축시키는 프로스타글랜딘(Prostaglandin:전립선·정낭 등에서 만들어지는 호르몬 모양의 일군의 약제)의 분비량이 너무 많은 탓으로 심한 통증이 생기는 수도 있다.

심한 생리통에는 통증을 가볍게 하기 위해 보통 진통제가 사용되고, 의사가 호르몬제나 신경안정제를 처방하는 일도 있다. 이때에는 성기에 장애가 있어서 월경곤란이 되는 일도 있으며, 예를 들면 자궁 기형에 의해서도 그런 현상이 일어난다.

또한 월경곤란은 세균감염이나 종양 또는 골반의 염증성 질환에 의해서도 일어난다. 폴립(Polyp:점막이나 피부 따위에 나타나는 세균의 일종)이나 자궁내막증, 자궁안에 넣은 피임기구가 그 원인인 경우도 있다.

(가미기침산:천궁(0.15)+당귀, 백작약(각각 0.02)+포황, 목단피, 오령지, 백지, 계피, 현호색(각각 0.08)+몰약(0.05)+홍화(0.07) ➡️ (달일때 식초 2스푼 넣고)=2일분, 1일 2컵, 그밖에 귀비탕, 금련사물탕, 단치소요산이 있다. (허한증)에는 인삼양영탕, 팔진탕이 있다.

월경과잉도 의사의 도움을 필요로 한다. 생리대나 탐폰을 하루에 몇차례 갈아도 부족하거나, 커다란 핏덩어리가 나오는

낙지 하지 않은 석류 2개를 부수어 +물(3그릇) ➡️ (⅓로 쫄았을 때)=3회분량, 식전에 1일 3회, 5일 계속

경우는 주의해야 한다. 정신적인 스트레스가 월경과잉을 일으키기도 한다. 호르몬의 부조화나 생식기의 기형에 의한 일도 있다. 또 폴립이나 염증, 류마티스염 등의 병이 그 원인이 되기도 한다.

월경기간이 아닌데도 출혈이 있는 경우에도 의사의 진찰을 받는 편이 좋다.

쑥잎, 전당귀를 같은 량, 가루를 내+꿀→팥알 크기로 환을 만듦, 아침엔 빈속에 연한 소금물과 취침전엔 연한 술로, 1회 50알씩

영양가가 높은 식사는 월경주기를 규칙적으로 유지하는데 도움이 된다. 비타민 B6나 비타민 C를 보충하면 이뇨효과가 있기 때문에 월경 중 부종을 치료하는 수도 있다. 예를 들면 월경이 시작되기 전에 칼슘 등 미네랄의 섭취량을 늘리면 규

칙적인 자궁의 수축을 촉진하는 효과도 있다. (→자궁내막증, 폐경, 사춘기)

 (요통, 냉)일땐→통경탕, 육합탕을!

(월경, 하혈이 멈추지 않을때) 불에 구운 매실잎+종려나무껍질을 1+1로 갈아서 가루내어, 따끈한 물에 타서 1회 8g, 2일 계속

15. 젖꼭지가 헐면 가지를!

　유두로부터 분비물(Breast Dischagre)이 나올 때 위험한 질병의 원인이 되는 수도 있다. 이 때 나오는 액은 고름이거나 피가 섞여 있거나, 반투명한 엷은 노란색을 띨 수도 있다. 이것은 유방의 유관에 병균이 들어갔거나 양성 종양이 생겼기 때문일지도 모르지만, 암의 징후인 경우도 있다. 유두로부터 분비물이 나오는 여성은 유방의 정밀검사를 받을 필요가 있다.

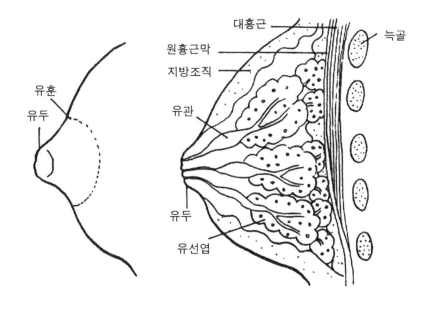

격렬한 성행위 다음에 젖이 나오는 여성도 있다. 특히 오르
가즘에 도달했을 때에는 약간의 젖이 나오는 여성도 적지 않
다. 유방의 애무에 의해 유즙의 분비를 촉진하는 호르몬인 프
롤락틴의 순환이 촉진되고 그것에 오르가즘의 영향이 더해지
기 때문이다. 이러한 유루(乳漏:젖이 과도하게 새어나옴)는
병 때문만은 아니다. 하지만 유루가 끊이지 않고 있다든지,
그와 동시에 두통, 시력 저하, 후각의 저하 등 뇌종양에 관계
가 있는 증후가 나타나는 경우에는 의사의 진찰을 받아야 한
다.

때로는 유루가 다른 중대한 병에 의하여 생기는 수도 있다.
머리의 손상, 갑상선 기능저하증, 사춘기 조발증, 흉벽의 장
애 등도 유루를 일으키는 원인이 될 수도 있고, 또 여러 가지
약이나 필(PILL)도 그 원인이 될 수 있다.

여성이 무월경, 유루 증후군에 걸리는 수도 있다. 프롤락틴
의 과도한 분비가 이 증후군의 원인이 되는 경우도 많다.

남성도 젖을 분비하는 일이 있다. 그것은 말단비대증과 같
은 내분비선 이상이 원인이거나 페노티아딘계의 약제(살균·

구충약)를 다량으로 사용한 결과로 일어난다(→유방암)

 유방에 종기, 젖아프면(뭉침):밀을 볶아 노란 가루를 내 식초로 죽
을 쑤어 두텁게 바름

16. 젖에 딴딴한 게 있다

여성이 걸리는 암 가운데에 특히 유방암(Breast Cancer) 이 가장 많고 사망의 확률도 그만큼 높다.

아이가 유방암에 걸리는 예는 극히 드물고 남성이 걸리는 예도 거의 없다. 대부분의 경우는 45세 이상의 여성이며, 신체에 생기는 여러 가지 변화가 유방에 영향을 주는 시기이다.

유방암은 젊은 여성 사이에도 증가하고 있다 젊은 여성이 예전보다 어린 나이에 성적으로 빨리 성숙하는 것이 그 원인인 경우도 있다. 난소가 일찍부터 기능하기 시작하기 때문에 호르몬의 분비가 현저하고, 이것이 유방암의 발생율을 높일지도 모른다.

유방암에 걸린 여성의 딸이라든지 그 자매는 가족 가운데 유방암에 걸린 사람이 없는 여성보다도 걸리기 쉽다. 또 통계

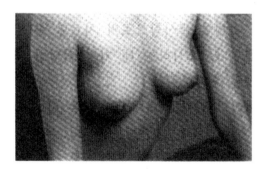

〔사진〕 건강한 유방

에 따르면 유방암에 걸릴 위험은 미혼 여성보다 기혼 여성 쪽이 낮고, 아이를 낳은 적이 있는 여성 쪽이 더욱 낮다.

유방암이 발견되었을 때는 이미 유방암의 65% 정도가 옆구리 아래의 임파선으로까지 번지고 있는 상태이다. 이 경우 두 사람 중 한 사람 꼴로 5년 정도밖에 살지 못한다. 반면 암이 아직 전이되어 있지 않은 여성은 10명 중 8명이 5년, 혹은 그 이상 살 수 있다. 또한 사망의 가능성은 보통암이 전이된 여성보다도 조금 높은 정도에 지나지 않는다.

암은 커짐에 따라서 전이의 가능성이 증가하기 때문에 가능한 한 초기 단계에서 종양을 발견하는 것이 중요하다. 유방에 응어리가 생기거나 유두에서 고름이 나며, 피부가 힘이 없거나 유두가 들어가며 피부가 마치 오렌지 껍질같이 되는 현상이 발견되면 즉시 진찰을 받을 필요가 있다.

보통 유방암의 최초의 징후는 응어리의 형태로 나타나기 때문에 그것을 발견하는 가장 간단한 방법은 손가락 끝으로 응어리나 부은 부분을 찾아내는 것이다. 그중 많은 여성이 매월 한 번 자신의 유방을 조사함으로써 치료할 수 있는 단계에서 유방암을 발견한다. 조사하는 데 가장 적당한 시기는 월경이 끝나고 나서 3일 후이다.

유방에 응어리가 있어도 대개의 경우는 암이 아니고 만성적인 유선증(유선의 염증성 질환, 초산부의 수유기에 많음)이나 섬유선종이다.

제1법:귤껍질을 물에 불려 흰부분 없애고+(약간)밀가루 굽는다⟶ 생긴
　　　　노란가루(0.2)+사향2g+따끈한 술=1회용, 1일2회
　　　　제2법:파 흰 뿌리 7개를 찧은 즙 복용, 장기간
　　　　제3법:가미과루산(탕)
　　　　제4법:유괴소환

　여성은 20명 중 한 사람의 비율로 월경이 있는 시기에 유
방의 낭포성 병에 걸린다. 치료를 할 필요는 없지만, 이 병에
걸린 여성은 유방을 정기적으로 검사하는 것이 좋다. 이 병은
유방암이 될 확률이 일반 여성보다 3배가 가까이 높기 때문이
다.

　유방에 응어리가 느껴질 때는 벌서 늦은 감이 있다. 보통의
경우 아주 주의 깊은 여성이라도 직경 1cm 이하의 종양은 발
견하기 어렵다.

　아직 유방암이 작고 치료할 수 있는 크기의 단계때 발견하
기 위해서는 유방의 부드러운 조직에 X선을 대고 암을 발견
하는 〈유방조영법〉이라는 방법이 있다. 이 방법은 손가락 끝
으로는 발견할 수 없는 불과 직경 6mm정도의 종양도 발견해
낼 수 있다.

　유방에 응어리가 생기거나 부어오른 여성은 즉시 유방조영
법을 받아야 한다. 유두에서 고름이 나온다든가 형태가 변한
여성도 진찰을 받는 것이 좋다. 암연구에 권위있는 자료에 의
하면 50세 이상의 여성에게 정기적으로 유방조영법을 받도록

권장하고 있다.

온도를 기록하는 것도 유방암의 진찰 수단이다. 유방의 온도변화는 암종양이 생긴 징후인 경우가 많다. 의심스러운 경우는 유방조영법에 의해 확인하는 것이 좋다.

유방암의 가장 확실한 진단법은 〈생검生檢〉이라고 해서, 의심스러운 조직을 떼어내어 현미경으로 검사하는 방법이다. 최근까지는 조직이 악성이라고 판단된 경우, 유방은 즉시 제거되었으며 현재는 몇 가지 유형의 유방절제가 행해지고 있다.

폐경기 직전의 여성이 전이성 유방암에 걸린 경우 병이 번지는 것을 막기 위해 난소를 적출하는 경우도 있다.

유방암의 치료에는 ①백굴채합제, ②인삼, ③백지과립제, ④과루근, ⑤기와버섯 당 등 한약외에, 화학요법이나 방사선 치료도 이용된다. 유방암이 번진 나이가 많은 여성의 경우는 남성 호르몬인 테스토스테론이라든가 또는 다른 약제를 함께 사용하는 수도 있다. 이 치료로 유방암의 전이를 늦출 수 있는 경우는 약 15%에 이른다. 하지만 부작용이 생길 가능성이 있다. 최대한 수술은 억제하고, 한방 동양의학쪽에 해결실마리가 있나 수소문해보는 노력도 중요하다. 또한 기도원에서 하나님과 씨름해서 나았다는 사례도 있다.

여성이 남성적 징후를 보여서 지나치게 털이 많아지거나 체중이 증가하게 되거나, 머리가 빠지고 여드름이 생기기도 한다. 또한 클리토리스도 커진다. 대개의 경우 이러한 징후는 적기 때문에 암의 증상을 완화시킨다면 참을 수 있을 정도이다. 털을 깎는다든가 탈모제를 사용하면 고민도 그만큼 적어질 것이다.

테스토스테론을 사용하면 성적 욕구를 높이기도 한다. (→유방절제, 암)

17. 브레지어는 잘 골라야 한다

임신을 하면 유방이 늘어지는(Breast Sagging) 일이 있다. 이것은 유방이 임신 중에 커지고 유방의 탄력적인 조직이 당겨지기 때문이다. 체중의 큰 감소도 유방이 늘어지거나 평평하게 되는 원인이 될지도 모른다.

극단적으로 늘어진 유방은 수술에 의해 일시적으로 치료할 수 있다.

이것은 유방의 불필요한 피부와 조직을 잘라서 유방을 들어올리는 것이지만, 수술은 보통 2,3시간 정도 걸리고 또한 며칠간 입원할 필요가 있다. 그러나 수술 후 3~5년 정도 지나면 다시 유방이 늘어지기도 한다.

유방이 늘어지는 것을 예방하기 위해서는 브래지어를 하는 것이 좋다.

나이를 먹어감에 따라서 유방이 약간씩 평평해지는 것은 당연하지만, 브래지어를 착용하지 않는 습관을 가진 여성에게는 가속화될 것이다.

이것은 유방이 큰 여성이나 여러번 임신한 여성, 또 체중이 심하게 감소된 여성에게 특히 해당된다. 브래지어로 유방의 형태를 유지시켜 주지 않으면 원래 약한 유방의 인대가 더욱 약해져서 유방이 평평하게 늘어진 모양으로 되기 쉽다.

　유방을 바르게 지탱하기 위해서는 브래지어를 신중하게 선택해야 한다. 브래지어의 위라든가 옆에 살이 삐져 나와서는 안된다. 브래지어를 하고 심호흡을 했을 때 불편한 느낌이 든다면 역시 좋지 않다. 와이어 브래지어는 그리 바람직하지 않다.

18. 젖을 살살 깨물지어다

유방을 자극(Breast stimulation)을 하는 것에 대한 반응은 여성에 따라 다양하다. 이것을 불쾌하게 느껴서 싫어하는 여성도 있다. 유방을 애무하거나 입으로 빨아도 특별한 쾌감을 느끼지 못하는 여성도 있는 반면 강한 성적 쾌감을 경험하는 여성도 있다.

킨제이 박사의 성 보고서에 의하면, 유방을 부드럽게 애무하면 여성의 절반 가량이 기쁨을 느낀다고 한다. 유방이 민감해서 자극받은 것만으로도 오르가즘에 도달하는 여성도 적은 수이지만 있다한다. 그러나 유방의 크기와 감각의 예민함과는 관계가 없다.

또한 여성이 성적으로 흥분하고 있을 때는 유방이 직접 자극받지 않아도 반응한다. 유방의 변화는 수유를 한 적이 없는 여성에게 오히려 두드러지게 나타난다. 그 밖의 성적 반응에는 몇 가지 단계가 있지만 그 초기의 〈흥분단계〉에서는 유방이 커지고 유두가 앞으로 나온다. 이것은 유방이 충혈되는 현상 때문이다.

이때 반응이 고조되어 〈고원상태〉일 때와 오르가즘의 단계에서 유방은 점점 커지고 충혈된다… 유륜(乳輪:젖꽃판)도 충혈되고 그 탓으로 유도(乳道)가 적어진 것 같이 보인다. 발진 상태에서는 성반응으로서 붉은 반점이 유방과 배 윗부분에 나타나는 일이 있다.

오르가즘이 끝나면 5~10분 사이에 유방은 천천히 원래의 크기로 돌아온다. 아울러 성적 흥분으로 생긴 붉은 반점도 급속하게 사라진다. 유륜의 충혈도 가라앉고, 유두도 원래의 상태로 돌아간다.

유방의 자극에 대한 여성의 반응은 성행위시 상대방과의 관계에 따라 크게 다르다. 여성 가운데에는, 어떤 상대에게서는 흥분을 느끼지만 다른 상대와의 성교에서는 흥분하지 않는다는 여성들도 있다.

여성이 지나치게 신중하다든가, 자신의 육체를 부끄럽게 생각하는 경우에는 유방을 자극해도 흥분이 일어나지 않는다. 또 성에 대한 공포심이나 죄의식, 혐오감도 유방의 애무에 반응하지 않는 원인이 된다.

마찬가지로 유방의 자극기교도 여성의 반응에 크게 영향을 준다. 대부분의 여성은 손으로 난폭하게 만지거나 입으로 거칠게 빠는 행위에는 거부 반응을 보인다. 여성은 손과 입 양쪽으로 동시에 애무받았을 때 보다 큰 기쁨을 느낀다고 한다. 그리고 유방에서 가장 민감한 곳은 보통은 유두이지만, 유방 전체를 자극받는 것에 만족하는 여성이 많다.

유방의 감도는 월경주기에 따라 다르다. 일반적으로 여성의 유방이 자극에 민감해지는 것은 월경과 월경의 중간 시기, 즉 배란기이다. 또 하나 월경 중에도 민감해진다.

한편 월경과 월경 중간 시기나 월경 직전과 월경을 할 때는 유방이 너무 민감해져서 이 시기에 유방을 자극하면 심한 통증을 느낀다고 호소하는 여성도 있다.

또한 상대방을 거절하고 있다는 생각되는 것을 염려해서 이것을 남성에게 말하지 않으려는 여성이 있다.

이러한 여성은 유방의 자극으로 언제 민감해지는가를 남성이 알지 못한다는 점을 이해해야 한다. 유방의 감각과 반응에는 개인차가 있기 때문에 유방의 자극으로 즐거움을 느끼는 시기를 상대방에게 가르쳐 주는 것은 여성 쪽의 책임이다.

많은 커플은 유방의 애무를 전희로서 행한다. 따라서 유두의 자극으로 클리토리스의 팽창과 질이 충분히 축축해지도록 한다.

흉부에 민감한 남성도 많다. 대개의 남성은 흉부의 자극에 성적으로 흥분하는 일은 거의 없지만, 조사한 바에 의하면 동성연애자인 남성 사이에서는 흉부의 자극이 자주 행해지고, 그 대부분이 대단히 민감한 유방의 소유자였다고 한다.

이성간 사랑 뿐만 아니라 순리(順理)대로 쓸 것을 바꾸어 역리로 쓰며 「신약 로마서 1:26」 소돔과 고모라의 멸망의 가증한 주역들인 남성동성연애자들도, 여성과 마찬가지로 흉부의 자극에 민감할지도 모르며, 소수이지만 유방을 자극받아 오르가즘에까지 도달하는 남성이 존재한다는 사실을 발견하였다고 한다.

그러나 여기에서 특히 주의해야 할 점을 들어보면 다음과 같다. 유방을 강하게 깨물면 상처가 생겨 병균이 침입할 수도 있다. 유방의 상처는 유방암의 진행을 빠르게 할 가능성이 있다.

특히 유방의 자극은 자궁근 수축의 원인이 되는 일도 있다. 이 때문에 진통이 빨리와 조산이 되는 수도 있다.

19. 유방의 털

이것은 아주 일반적이고 자연스러운 현상이다. 대개의 여성은 유두 주위에 검은 부분, 즉 몇 개의 털이 자라고 있다.

유방 뿐만 아니라 전신에 털이 많은 여성도 있지만, 이것은 유전이라든가 성 호르몬의 이상, 그리고 의학적 이유에 의한 것이다.

유방의 털(Breast Hair)이 신경쓰인다면 뽑는 것이 가장 좋다.

20. 유방발부수지부모

가능하면 최대한 안하는 게 좋다. 신체발부수지부모, 그 위에는 곧 하나님으로부터이니까 한의요법등 대체요법이 없나 수소문 노력을 해본다.

유방이 절제되면 대부분의 여성들은 불행한 일로 생각하기 쉽다. 그것은 곧 자신의 여성다움이나 성적 매력의 상실과 연결되기 때문이다.

유방절제(Mastectomy) 수술의 유형에는 몇 가지가 있다. 가장 철저한 것은 근치(根治)수술이다. 암이 발생한 유방과 그 아래의 흉근 및 옆구리 아래의 림프절을 제거하는 것이다.

수정 근치수술은 근치수술 대신 점차 많이 사용하기 시작했다. 이 수술은 유방과 옆구리 아래의 림프절을 제거하지만 흉근은 완전히 남게 된다. 미용상으로 본다면 수정 근치수술의 결과 쪽이 좋고, 치유율은 두 가지 수술 사이에 거의 차이가 없다. 단순유방제 수술에서는 유방을 제거하고 옆구리 아래의 림프절의 시료(시험 · 검사 · 분석 등에 쓰이는 물질이나 생물)를 채취한다. 그 밖에 종양절제는 아직까지도 논의의 여지가 있다.

성희에서는 유방에 대한 자극이 중요한 역할을 한다. 남성이 유방을 만지거나 빨면 성적으로 강하게 반응하는 여성도 있다. 남성에게 있어서도 유방은 성욕을 높이는데 도움이 된다.

또한 사람들은 유방을 성애의 상징으로서 중요시하고 있다. 그래서 여성의 경우, 유방을 잃어버리면 공포나 불안이나 우울증에 빠지며, 또한 성적으로 거부당하는 것은 아닌가라고 걱정하는 것도 무리는 아니다.

그럼에도 불구하고 유방절제가 여성의 성생활에 미치는 영향은 것의 없다.

유방절제 수술을 받은 여성의 대부분은 수술이 성생활에 바람직하지 않은 영향을 미쳤다고 말하고 있다. 임상 조사에 의하면 성교의 회수가 대개 감소했다고 한다. 수술 전에는 자신 쪽에서 자주 성교를 유도한 여성이 수술 후에는 좀처럼 그렇게 하지 않게 되었다는 것이다. 또한 성행위의 일부로서 유방을 자극하는 회수가 줄었지만, 그러나 한쪽 유방의 자극만으로 양쪽을 자극하는 것과 같은 성적 효과가 있었다는 것이다.

유방절제 수술을 받은 여성의 가장 큰 걱정은 상대방 남성에게 거부당하는 것은 아닌가라는 점이다. 또한 남편의 동정도 아내가 완전히 쓸모없게 되어 버렸다는 생각의 뒷받침이 어느정도 있기 때문이다.

남편에게 있어서 현명한 태도는 수술 후 가능한 한 빨리 그 상처의 부위를 확인하는 것이다. 일단 이 어려움을 이겨내기만 하면 비교적 손쉽게 성 적으로 적응할 수 있다.

유방절제를 한 다음 여성은 합방하는 걸 망설이게 된다. 때로는 수술 흔적을 보이는 것이 불안하기 때문에 성교는 어둠

속에서 하는 것이 좋다고 생각하는 여성도 있을 것이고, 브래지어를 착용한 상태로 한다든가 웃옷을 입은 채로 성교를 하는 여성도 있을 것이다.

유방에 대해 그다지 신경을 쓰지 않아도 되는, 비교적 나이든 여성의 경우, 무엇이라도 털어놓을 수 있는 이해력이 있는 남편이나 친한 친구가 있는 사람이라면 비교적 손쉽게 유방절제에 대응할 수 있다는 조사 결과가 있다. 더 젊은 여성 가운데 활발한 성관계를 소중하게 생각하고, 유방의 크기를 매력이라고 느끼는 사람의 경우는 받아들이기 어려울 것이다.

성교는 상처가 완전히 나아서 고통이 없어지는 대로 재개하면 좋다.

이 경우, 성교할 때 수술 부위에 상처주는 일은 거의 없다. 편안한 체위라면 어떤 것도 좋다. 처음에는 남성이 자신의 몸을 손과 무릎으로 지탱하는 남성상위가 여성에게 있어서 가장 안전하고 편안한 체위일 것이다.

또 두 사람이 옆을 향해서 눕는 것도 좋은 체위인데, 그때 여성은 수술한 쪽을 위로 한다. 그 밖에 여성상위나 역여성상위(여성이 등을 보이고 배위에 걸터앉는다)도 있다.

물론 수술 후 두 사람이 성적으로 적응하는 과정은 수술 전 두 사람의 관계 여하에 따르는 바가 크다. 하지만 성적 장애는 애정이 깊은 부부에게도 가끔 일어나기 마련이다.

애정이 깊고 협력적인 남편이라도 이 수술에 대해서는 예기치 않은 반응을 보일 수 있고, 거절당한다고 느낄 수도 있다.

그러한 감정을 숨기려고 한다면 남편 쪽에서는 꺼림직하다든
가 분노를 느끼기도 할 것이다. 또한 상처를 보고 수술 후 신
체의 변화에 대해서 걱정이 앞선 나머지 자기 자신도 모르는
사이에 성교를 피하는 일도 있을 것이다.

유방의 성형수술은 수정 근치수술을 받은 여성이라도 할 수
가 있다.

이것은 실리콘을 채워서 유두를 외음부에서 채취한 조직으
로 만드는 것이다. 이 수술을 생각해서 유두를 남겨두는 외과
의사도 있다. 경우에 따라서는 성형수술을 유방절제와 동시에
할 수도 있다.

유산(Abortion)은 자연유산과 인공유산으로 크게 구별된

한편 의료시설이 없는 오지의 경우에, 산파의 도움조차 받을 곳
이 없을 수 있다. 옛 어머니들이 그러했듯이,
①특히 난산인 경우에, 간장과 꿀, 참기름 한잔에 계란 한개를 섞
  어서 덥게 해 먹임. 대복피를 달여 먹여도 된다.
②해산되지 않고 기절될 경우 : 소엽 달인 물로 배와 항문을 씻으
  면 해산

다. 그러나 낙태란 법을 위반한 인공유산을 말한다. 태아가
자연스럽게 몸 밖으로 배출되는 대부분의 유산은 임신을 하고
난 후 12주 사이에 일어난다.

　동의보감에서는 유산막기 약으로 '안태환'을 쓰고 있다. 유산
될 때 최초의 징후는 질에서 나오는 출혈이며, 복부의 경련성
동통, 허리 뒷부분의 통증과 구역질 등의 증상이 나타난다.
이와 같은 증상이 있을 때는 산부인과 의사에게 진찰을 받아
야 한다.

　자연유산을 방지하는 방법은 거의 없으며, 특히 출혈이 심
해서 동통이 격심한 경우에는 더욱 그러하다. 출혈이 적고 하
복부의 동통이 약하든가 전혀 없는 경우에는 의사는 출혈이
멈추고 나서 24시간 지날 때까지 안정을 취하도록 권할 것이

다. 보통 출혈이 완전하게 멈추고 나서 24~48 시간 지날 때까지 힘든 일이나 성행위는 하지 말아야 한다. 이러한 처치에 따라 유산을 하지 않는 경우도 있다.

유산을 한 다음에는 태아나 태반이 완전히 나와 있는지 진찰을 받아야 한다. 유산이 불완전하고 자궁내에 무엇인가가 남아 있으면 꺼내야 한다. 자궁경을 벌려 자궁을 소파하는 기구를 사용하거나 자궁을 수축시켜서 잔존물을 꺼내는 약재를 사용한다.

임신이 유산의 형태로 끝날 때는 대개 태아에 이상이 있었기 때문이다. 그 밖에 임산부 영양실조, 성기의 감염, 빈혈, 간염, 또는 심장병에 의해 일어나기도 한다.

유산은 정신적으로 깊은 상처를 남길 수 있다. 임신이 계획적인 것이고 어린 아이를 꼭 낳아야 하는 경우, 그 부모에게 있어서 상실감은 특히 크다. 그 슬픔은 여성쪽에 자신은 부적격하다든지 무능하다는 죄책감을 갖게 하거나 자신을 책망하게 하는 일도 있을 것이다. 이러한 죄의식이나 욕구불만을 극복하기 위해서는 두 사람의 협력이 중요하며, 상태가 심하다면 전문가의 의견을 구하는 편이 좋다.

유산을 한 다음 그 여성이 가능한 빨리 다시 임신을 하고 싶은 경우, 3개월간 기다리고 나서 임신을 하도록 한다. 이때 3개월이라는 기간은 자궁이 정상적으로 회복되어서 다시 수정란을 착상시킬 준비가 되기까지의 평균적인 시간이다.

인공유산이라는 것은 의사의 동의 아래 임산부가 임신을 중
단하는 경우를 뜻한다. 예를 들면 임산부의 심장이 나빠서 안
전한 분만을 할 수 없을 때와 같이 치료를 목적으로 행해지는
시술과도 같은 것이다.

그렇다고 중절을 자신이 시도해서는 안된다. 스스로 약품이
나 약초, 설사, 심한 운동 등을 해서 중절하려고 하는 것은
아무런 효과가 없으며 또한 위험한 방법이다.

(1) 중절은 어느 정도 안전한가?

조기의 중절은 비교적 안전하며 가벼운 외과적 처치라고 생
각한다. 임신이 진행됨에 따라서 중절의 위험은 증가한다. 하
지만 유능한 의사가 안전한 단계에서 중절하더라도 아이를 낳
는 것과 같은 정도의 위험밖에는 없다. 중절수술 때문에 사망
하는 경우는 거의 없다. 통계에 의하면 합법적인 중절수술
10만 건에 대해서 1건밖에 없었다. 사망률은 임신이 진행됨
에 따라 높아지고, 임신 9주 전이라면 사망률은 10만건에 대
해서 0.7%이지만, 21주 이후라면 22.9%나 된다고 한다.

(2) 중절수술은 그 다음 임신에 어떤 영향을 미칠 것인가?

중절수술이 합법화되고 있는 나라에 대해서 조사한 세계보건기구(WHO)의 연구에 의하면 중절수술 다음에는 유산의 위험이 증가한다고 한다. 소파에 의한 중절수술을 받은 여성의 경우, 유산의 비율은 82%이고, 흡인(吸引)에 의한 중절수술을 받은 여성은 3.3%가 된다는 통계가 있다.

중절수술의 방법은 임신기간의 길이에 따라 정해진다. 그 길이는 최후의 월경기간에서 계산하든지 임신했다고 생각되는 날부터 추정된다.

임신하고 12주 이내라면 흡인이 가장 자주 사용되는 방법으로, 이것은 국부마취 후 행해진다. 자궁경부를 마취해 그곳을 벌려서 가는 관이 붙은 진공펌프를 자궁에 삽입하여 태아를 살짝 흡수해서 꺼내는 것이다.

중절수술을 한 다음 월경과 같은 피가 나오는 것은 정상이며, 2,3일 사이에 완전히 멈추고 나서도 나올 것이다. 그럴 때 여성은 탐폰보다는 생리대를 사용하는 것이 좋다. 출혈량이 그때까지의 어떤 월경보다도 많을 때나 큰 핏덩어리가 나온다면 의사에게 알려야 한다. 또 수술로부터 하루 이상 지나서 심한 경련이 일어난다면 즉시 의사에게 알리도록 한다. 그 외에 열이 나거나 질에서 이상한 냄새가 나는 녹색의 분비물이 나오고, 배뇨가 잦아지거나 배뇨할 때 타는 듯이 아픈 증상도 위험한 징후이다.

성교는 완전하게 출혈이 멎고 나서 약 48시간 지나면 할 수가 있다.

출혈이 완전히 없어지는 것은 보통 수술로부터 1주일에서 10일 후이다.

이때 성교를 너무 빨리 재개하면 출혈량이 증가할 수 있다. 게다가 자궁경이 아직 벌어져 있어서 성교 중에 페니스가 세균을 자궁 내로 밀어넣을 수도 있다. (→피임, 임신)

습관성 유산:제1법:가감보신무우탕

제2법:금출탕

제3법:온매안탕환

22. 임신중엔 약제 조심

    동의보감 내경(內景)에 허준선생님에 의하면 여인은 포(胞)로 인하여 잉태한다고 그 중요성을 강조하였는데, 임신(Preg-nancy)이란 성숙한 여성에게 있어서는 정상적이면서 위험시기이기도 하다. 임신을 하게 되면 생리적 변화와 함께 심리적, 사회적인 변화가 일어난다. 뿐만 아니라 가족, 사회, 종교와 문화적인 조건이 여성 자신으로 하여금 임신을 어떻게 받아들이는가 하는 데 대해서 영향을 끼친다.

    동의보감에서는 임신때 가려야할 음식을 열거하고 있다. ① 당나귀나 말고기를 먹으면 해산일이 지날 뿐아니라 단산, ② 토끼고기를 먹으면 언청이, ③ 비늘없는 물고기를 먹으면 난산 등등.

    약 10개월의 임신기간과 산후 3개월 동안에 일어나는 여러가지의 신체 변화에 여성이 어떻게 반응하는가하는 점은 그녀의 성에 대한 태도에 따라 달라진다. 자신의 성을 중시해서 상대방 남성과의 친밀한 애정에 가치를 두고 있는 여성이라면 주로 임신을 그와 같은 친밀함의 육체적 증거로서 보고, 몸의 변화에 호기심을 가지며 임신을 만족스럽게 받아들인다.

    그와 반대로 성을 중시하지 않는 여성이라든지 남성과의 관계가 원만하지 않은 여성에게 있어서 임신은 자기자신이나 상대방 남성에 대한 부정적인 감정을 자극시킬 수도 있다. 신체의 변화를 흉하게 일그러지는 것으로만 생각하고, 임신에 따르는 불쾌감을 과장하며 호소하면서 여러 가지 요구를 하게 된다. 또 아이를 낳을 때까지 무사히 출산할 수 있을지 자신의 능력에 의심을 갖는 경우도 있다.

출산이나 육아에 대한 남편의 태도도 이 기간에는 영향을 미친다. 임신에 관한 미신이나 오해도 남편의 반응에 주거나, 임신이 가져오는 변화에 대응하는 임산부의 능력에도 영향을 미치는 수도 있다.

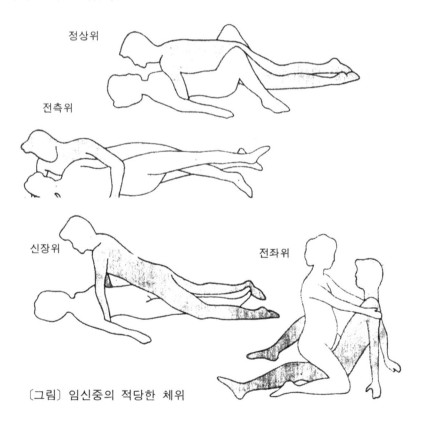

정상위

전측위

신장위

전좌위

〔그림〕 임신중의 적당한 체위

(1) 임신 중의 성생활

임신 중인 여성이 평상시에, 또는 성교 후 질이나 복부에 통증이나 출혈이 있는 경우에는 의사와 의논하기 전까지는 성교를 삼가해야 한다.

또 파수(破水 : 분만시 양수가 터져 나오는 현상)를 한 다음이라든지 조산의 경험이 있는 경우에도 성교를 삼가하는 편이 좋다. 그러한 일이 없으면 정상적인 임신기간에는 평상시 대로 성교를 계속해도 좋다.

임신기간 중에는 절대로 질내에 공기를 넣어서는 안된다. 강하게 넣어진 공기가 태반의 혈관 내로 들어가서 기포를 만들어 혈액이 심장으로 순환되는 것을 방해하기 때문에 임신 중인 여성이 사망한 예도 있다.

자기자신과 태아에 대한 위험을 적게 하기 위해서 임산부는 다음과 같은 점에 신경을 쓰면 좋다.

의학적인 필요가 없는 한 약제를 사용해서는 안된다. 실제로 약제가 태반을 통해서 태아에게 들어가고 때에 따라서 해를 끼칠 가능성이 많다.

사리드마이드제가 태아에게 신체적인 이상을 일으킨 것이 발견된 이후, 그 외의 많은 약제, 즉 항우울제, 신경안정제, 스테로이드, 항응고제 등이 출산의 이상과 관련되어 있다고 보고되었다. 대부분의 기침약에 포함되는 요드화 물질은 신생아의 갑상선 비대와 호흡곤란을 일으킬 수 있다. 프로제스테론(항체 호르몬), 난포 호르몬과 남성 호르몬은 여자 태아의 외부 성기에 남성화를 일으키는 일이 있다. 테트라사이클린이 들어있는 항생물질은 태아의 뼈가 성장하는 것을 저해하거나 이것을 검게 만든다.

의사가 약제를 처방했을 때에는 임산부는 지시받은 정량만을, 지시받은 시간에 복용해야 한다.

한방동의보감으론 예를 들면 (기허하면) 보중익기탕을, 양이 허하고 한(寒)이 많으면 오복음, 음이 허하고 혈열할 땐 보음전, 자궁이 약할 땐 태원음, 갑자기 놀래서 태동하면 안태음, 심한 뒤틀림으로 태루가 됐을 땐 팔물탕을! 기침할 땐 삼소음, 궁소산을!
또 의사 이외의 사람이 처방한 약제는 결코 복용해서는 안된다.

(2) 성병의 방지

임산부가 성병에 걸렸다면 가능한 한 빨리 검사를 받아야 한다. 임신 했을 때의 성병은 모체에 해로울 뿐만 아니라 태아에게 많은 해를 준다.

임질은 임산부에게 여러 가지 문제를 일으킨다. 임균을 가진 임산부에 관한 연구에 따르면, 임질은 파수와 조산을 일으키기 쉽다. 또 양막(태아를 둘러싸고 있는 반투명의 얇은 막)에 임균이 침범할 가능성도 있다.

그와 같은 여성에서 태어난 신생아는 소화기계와 호흡기계가 임균에 감염된 경우가 많다. 또 신생아에게 발병, 황달, 식욕부진, 허약함 등이 보이는 일이 많다. 그리고 폐렴에 걸리는 수도 있으며 사망하는 경우도 있다.

매독은 태아에게 전염되어 선천성 매독증을 일으킨다. 그런 경우, 대부분의 태아는 사산된다. 그렇게 되지 않은 경우라도 즉시 치료하지 않으면 청각장애, 실명, 또는 지능장애를 일으킨다.

또 하나의 일반적인 성병인 단순 헤르페스 바이러스 감염증은 태아가 산도를 통과할 때 태아에 중대한 해를 입힌다. 감염은 우선 피부병에서 시작되지만, 그것을 방치하다 보면 급속하게 간장, 부신의 내분비선과 뇌로 퍼진다. 감염된 신생아의 75~90%는 사망하고, 생명을 건졌더라도 약60~80%는 신경장애가 남는다.

이러한 비극을 미연에 방지하기 위해 임산부는 생식기의 의심스러운 증상이나 의심스런 모든 것에 경계를 해야 한다. 임신 초기에 헤르페스가 검출된 경우는 통상 신생아에게 해가 미치기 전에 치료를 하면 정상적인 분만이 가능해진다.

그러나 출산일에 가까워졌을 때 감염 사실이 발견된 경우에는 감염된 산도를 피하기 위해 제왕절개를 해야 한다.

(3) 부종은 반드시 의사와 의논할 것

손발이 부으면 즉시 의사에게 말해야 한다. 수종(水腫:몸의 조직 간격이나 체강 안에 림프액·장액이 괴어 목이 붓는 병)은 조직 안에 액체가 축적된 상태로, 임신중독증, 즉 단백질이 소변으로 배출하는 것을 특징으로 하는 심각한 대사장애의 초기 징후이다.

심한 구토와 급격한 체중의 증가도 임신중독에서 흔히 볼
수 있는 징후이 대추
다. 병이 진척되
면 시야가 몽롱하거나 심한 두통을 느낀다. 뿐만 아니라 혈압
도 높아진다.

이것을 방치하면 임신중독은 자간(子癎)으로 발전할 우려가
있다. 자간외에는 그밖에 해산전의 여러질병에는 자번, 자종,
자림, 자수, 자리, 자학, 자현, 감기등이 있다. 그중 자간은
경련과 실신의 발작으로, 그 증상으로 거의 절반이 사망에 이
르고, 태아 역시 사산된다.

이때 영양부족, 특히 단백질의 결핍이 그 원인이 되었을 수
도 있다.

자간으로 놀리고 현운이 있으며, 안면열이 있으면, 영양각탕을!

임신중독은 첫 임신일 때 일어나기 쉽다. 보통은 임신 20
주 후에 나타난다. 당뇨병의 병력과 둘 이상의 쌍태아를 가지
고 있는 임산부일 경우는 더욱 걸리기 쉽다.

어떤 부종이라도 의사에게 알리는 것이 현명하지만, 대개의
수종은 임신중독과는 관계가 없다. 임신 중에 수분의 보유량
이 증가하기 때문에 다소의 부종은 정상적인 현상이다.

임신 중 건강관리가 잘되어 있으면 임신중독은 대개 초기에
발견해서 치료할 수 있다. 임신중독 증상을 보이는 임산부는
통상 엽산(葉酸:비타민 B 복합체의 하나), 철과 비타민 D를

보강한 고단백 식이요법을 취할 필요가 있다.

①보중익기탕
②채를 친 무를 짜서 물을 낸 다음, 그 물을 솥에 두고 끓이면 엿 같이 된 걸 수시로 먹음
③참호박 꼭지를 스푼크기만큼 따고 속을 긁어낸 뒤+꿀(또는 미꾸라지 20마리)를 솥에 넣고 넘어지지 않게 한 다음 넘치지 않을 정도로 물을 옆에 붓고 민민하게되 쪄서 먹으면, 소변이 많이 나오고 부기가 가라앉는다.
④전생백출산
⑤방기탕
⑥복령탕
⑦옥수수수염 10g+지부자4g+감초2g+물1대접 ➡ (융될때) 차처럼 수시 복욕, 3~15일 복용

과도한 고혈압에 대해서는 약제가 처방되나, 집이나 병원에서 조용하게 누워있는 것만으로도 가벼운 정도나 보통의 고혈압은 대개 진정된다.

치료 후에도 중독증상이 계속되는 경우 의사는 유도 분만을 권유한다.

중독증상은 분만 후 2, 3일 이내에 해소된다.

(4) 판매 약품은 가능한 한 복용하지 않는다.

의사의 지시가 없는 한 임산부는 아스피린, 감기약, 완화제, 또는 약물이 섞인 흡입제를 사용해서는 안된다. 호르몬이나 그 이외의 약제가 들어있는 로션이나 연고도 피해야 한다.

(5) 위법인 약제를 피한다.

LSD나 마리화나가 태아에게 어떤 영향을 미치는지 아직 알려져 있지 않다. 어머니가 헤로인, 모르핀, 또는 메타돈 중독자인 경우에는 신생아에게 중독증상이 나타날 우려가 있고, 그 경우에는 심각한 생리기능장애나 죽음으로까지 이어진다.

(6) 담배를 끊는다.

임신 중에 흡연하는 여성은, 신생아가 사산되거나 태어나도 사망 확률이 평균보다 높다.

흡연하는 여성에게서 태어난 신생아는 생후 1개월 이내에 사망할 확률이 높다. 임신 중 흡연은 또 태어날 아이의 성장발육을 저해한다.

임신 4개월까지 만이라도 담배를 끊으면 태아에게 미치는 악영향은 피할 수 있을 것이다. 이렇게 태아에게 미치는 영향은 니코틴 독성의 누적 효과에서 생긴다.

(7) 질의 세정은 삼간다.

임신 중인 여성은 의학적인 이유에서 의사가 지시한 경우에 한해서만 질 세정을 해야 한다.

(8) 운동부족을 피한다.

운동은 체중 조절에 도움이 되고 근육을 조여준다. 건강한 임신 상태에서의 가벼운 운동을 대부분의 의사들은 권한다.

산책은 특히 바람직하다.

(9) 거의 모든 예방접종을 연기한다.

생왁친(유행성 이하선염, 홍역, 소아마비, 그리고 풍진)은 태아에 해를 미친다. 임산부가 이 병이나 그밖의 전염증에 감염될 위험이 있을 때에는 그 예방법을 의사와 의논하는 것이 좋다.

(10) X선을 피한다.

특히 임신 3개월까지는 태아에게 유해한 영향을 준다. 별로 중요하지 않은 복부의 뢴트겐 촬영은 분만 후, 적어도 임신 4개월 이후까지 미루어야 한다. 치아의 X선 촬영의 경우에는 확실하게 생식기를 납 커버로 보호해야 한다.

(11) 식사에 신경을 쓴다.

임산부의 식사에는 우유 또는 유제품을 포함시켜야 한다(하루에 4인분 정도). 유제품은 단백질과, 태아의 뼈와 이에 필요한 칼슘의 공급원이다. 또 고기, 생선, 닭고기나 계란, 땅콩류나 콩류도 매일 섭취해야 할 것이다. 야채와 과일, 빵과 곡류도 필요하다. 대부분의 의사는 철분 부족에 의한 빈혈을 예방하기 위해 보충으로 철분제를 처방한다.

임산부는 하루에 2,3번 대량의 식사를 하는 것보다는 조금씩 자주 먹는 것이 바람직하다. 호르몬의 변화에 의해 평상시보다 소화가 느려지기 때문이다.

　평균 체중의 여성은 임신 중에 체중이 11~15kg 증가한다. 이때 대부분의 여성들은 살이 찐 상태가 그대로 계속되지 않을까 걱정을 한다. 그러한 여성은 체중의 증가가 성적인 매력을 손상시키는 것으로 생각해서 식사를 꺼리게 된다. 그렇게 되면 정상적인 아이를 분만하기 어렵게 된다. 이와 같은 신생아는 평균 체중의 신생아에 비해서 의학적인 문제가 많다.

　대개의 여성은 분만 후 5, 6kg 체중이 줄어든다. 적당한 운동을 하고 올바른 식사를 하면 보통 1년 이내에 정상적인 체중을 회복할 수 있다.

　임신 후기에는 여성의 복부가 커지기 때문에 어떤 성교체위

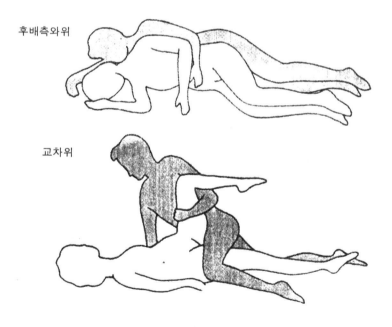

후배측와위

교차위

는 잘 되지 않는다. 남성상위는 특히 어렵다. 이때는 여성상위가 상당히 쉽다. 이 체위에서 여성은 페니스의 삽입 정도를 조절할 수 있고, 또한 앉는 것처럼 해서 허리를 들거나 양쪽 팔로 상체를 지탱해서 나온 복부에 대응할 수 있다.

옆을 향한 체위도 하나의 방법이다. 여성이 남성의 허벅지 안쪽으로 허리를 두고 남성은 위가 된 쪽의 다리를 여성의 양쪽 다리 사이에 둔다.

이 체위를 취하면 움직임이 상당히 자유스러워지고 남성은 비교적 쉽게 허리를 여성 복부에 맞출 수 있다.

또 하나는 뒤쪽에서 삽입하는 체위도 있다. 이 체위에서는 여성은 옆으로 향해서 누워서 복부를 침대로 지탱한다. 질로 삽입을 쉽게 하기 위해서 베개를 깔고 여성의 엉덩이를 높이는 것도 좋다.

여성은 전 임신기간을 통하여 충분한 건강관리와 진찰을 받는 것이 중요하다. (→유산, 피임, 성병)

순산을 돕는 방법에는 : ①달생산
②수태지감산
③축태호
또 골반이 벌어지지 않는 난산 : 오매, 생강, 감초를 쓴다(골반을 연하게 해줌)
임신복통엔 자소음을!
(임신중 소변이 똑똑 떨어지는) 동의보감 용어로 子淋이라고 하는데 : 팔진탕, 신기환, 안영산을 쓴다

23. 오랫동안 생리가 없다가 다시 나온다

동의보감에서는 다음 24절내용과 함께 이를 **흑대하**라고 한
다. 이것은 원래 가장 치료하기 쉬운 암의 하나인데도, 잘못
하면 아주 치명적인 타격을 입게 되는 수가 있다.

자궁경(배 모양을 한 자궁이 질에 열려진 좁은 부분)의 암
은 간단하고 아프지 않은 〈세포진(細胞珍)〉에 의해 쉽게 발견
할 수 있다 이 검사법은 자궁경의 세포를 현미경으로 조사하
는 것만으로도 가능하다.

그러나 증상이 전혀 없는 경우에도 암세포가 존재하는 수가
있다. 암이 주위 조직으로 번지기 전에 이것을 발견하면 대부
분의 경우 치료를 할 수 있다. 자궁체부의 암도 이와같은 방
법으로 발견할 수 있다.

그러나 미국에서는 매년 8만 5천여 명의 여성이 자궁경이
나 자궁체부의 암에 걸려 약 만천여 명 가량이 사망하고 있
다. 이런 결과가 생기는 주요 원인은 많은 여성들이 정기적인
산부인과 검사를 받으려고 하지 않기 때문이다.

현재 성생활을 하고 있는 여성은 모두 정기적으로 세포진을
받아야 한다. 이 암은 아이를 낳을 수 있는 나이의 여성에게
가장 많지만, 어떤 나이에서도 생길 수 있다.

자궁경암(Cervical Cancer)은 어린 나이부터 성교를 하는
것과 관계가 있다. 10대부터 성행위를 시작한 여성, 특히 여

러 상대가 있던 경우에는 이 암에 걸릴 위험이 그 만큼 높다. 일찍 결혼하여 아이를 낳은 여성도 마찬가지이다. 사실 이 암은 결혼을 하지 않은 여성에게서는 좀처럼 발견할 수가 없다.

자궁경암에는 2형 헤르페스 바이러스가 관계한다고도 한다. 조사에 따르면 이 암에 걸린 여성의 70~100%가 헤르페스 항체를 가지고 있는 것만 보아도 알 수 있다.

자궁경암의 확실한 첫 번째 징후는 불규칙한 출혈이나 질에서 전에와 다른 분비물이 나오며, 또 대개는 성교나 질을 세척한 다음에, 조금이지만 출혈이 일어난다. 이 주의 신호는 자궁경부의 진무름과 같이 별로 걱정하지 않아도 되는 병인 경우에도 해당된다. 그렇기는 하지만 이런 경우에도 즉시 의사에게 진찰을 받는 것이 좋다. 암의 가능성이 있을때에 내버려 두는 것은 너무 위험한 일이기 때문이다.

자궁경암이나 자궁체부의 암은 대개 성장이 늦고 환자는 오랫 동안 상당히 양호한 건상상태일 때가 많다. 생리불순, 출혈과다, 몇달씩 생리가 멎은 다음 생리가 시작되는 징후가 나타나면 반드시 의사의 진찰을 받아야 한다. 그러나 일반적으로 자궁경암이나 자궁암에 걸린 여성이 성행위를 할 때에는 보통 그 통증을 느끼는 일은 거의 없다.

자궁경암의 치료로서는 수술이나 방사선 조사(照射), 또는 두 가지 모두가 행해진다.

한의학이나 그밖에 기도요법등에 대체요법이 없나, 수소문하고 기도한다.

치료한 다음에는 성행위가 곤란해질 수 있다. 성행위회수가 줄었다든가, 성행위에 관심이 없어졌다거나 오르가즘에 잘 도달하지 않는 현상도 자주 나타난다.

이것은 심리적인 문제발생의 커다란 원인이 될 수 있다. 그예로 자궁경암을 치료한 다음, 불안감과 우울증을 자주 볼 수 있기 때문이다. 치료가 끝난 여성은 자칫 성행위가 암을 재발시킬 수도 있다는 근거 없는 불안감에 자주 휩싸인다. 반면 남성도 여성을 걱정한 나머지 성행위를 피하는 일이 있다. 때로는 자궁경암이 옮는다고 걱정하는 남성도 있다.

여성의 경우, 자신이 자궁경암에 걸렸다는 것은 성적 공상이나 성행위를 한 벌이라고 생각하는 수가 있다. 그러한 죄의식이나 꺼림직함은 틀림없이 성행위의 장애가 된다. 또 성교 때문에 자궁경암이 되었다고 여성이 생각해서 남성을 원망하는 일도 있다. 그러나 카운셀링을 받으면 그러한 심리적인 문제는 해결할 수 있을 것이다.

치료 때문에 생기는 육체적인 문제도 성기능에 악영향을 미칠 수 있다. 수술하면 암에 침범당한 조직을 전부 제거해서 자궁 전체를 꺼내는 일도 자주 있다. 일반적으로 이 자궁절제는 성적 욕구나 기능에 아무런 육체적 영향도 주지 않는다.

그러나 수술의 규모가 커서, 질, 방광, 직장, 골반까지 이르면 성교는 대단히 곤란하고 고통스럽기까지 하다. 그래도 아직 다른 방법, 예를 들면 입과 손으로 성기를 자극하는 방법이 남아 있다.

자궁경암에 방사선 치료를 할 때 코발트의 방사선이나 X선 조사 장치에 의해 체외에서 암조직을 제거하는 일도 있고, 래디움 형태로 직접 체내에 넣는 일도 있다. 래디움은 캡슐에 넣어서 질에서 환부로 삽입하는 경우가 많다.

수술이나 방사선치료를 한 후에는 질이 짧아져서 성교에 통증을 동반하는 일이 있다. 그 경우엔 다음과 같은 체위를 하면 페니스가 깊이 삽입되는 것을 막고, 통증을 완화시킬 수 있을 것이다. 즉 여성은 위를 향해 누워서 쭉 뻗은 양다리를 맞추고, 남성의 양쪽 무릎이 여성의 양다리 바깥쪽으로 오도록 한다. 또한 여성상위도 여성이 삽입을 스스로 조정할 수 있기 때문에 좋을 것이다.

방사선치료를 받으면 상처자국 때문에 질이 줄어든다는 문제가 생긴다. 그 경우 성교는 질의 수축을 막는데 도움이 될 것이다. 또한 오르가즘에 도달하는 것과 질벽의 유연함과 혈류를 증가시키는데 효과가 있다. 질 주위의 근육을 조이는 운동을 하면 골반으로 가는 혈액순환이 촉진되어 상처자국이 악화되는 것도 방지할 수 있다. 그 외에 의사는 질을 넓히기 위해 질확대기를 매일 사용하도록 지시하는 것이 보통이다. 또질 안이 잘 젖지 않기 때문에 질윤활제가 필요할 수도 있다. 방사선에 의해 일어나는 질염에는 항생물질과 호르몬이 있는 유제(油濟)가 효과가 있다(→암, 자궁질부 미란, 자궁적출)

제1법:가미대음전+사향(1.5푼)
제2법:행인
제3법:과루근

24. 자궁이 늘어나는 것 같다

자궁내막증(Endometritis)은 월경시나 성교 도중에 심한 통증을 일으키는 경우가 있다. 이 병은 자궁내막의 조직에 이상이 생겼을 때 발견된다. 이것은 이 조직의 파편이 혈액의 공급량이 많은 곳으로 들어가서 영양분을 공급받아 성장한다.

자궁내막 조직이 두꺼운 근육질의 자궁벽이나 그 내부에 침입한 경우에는 〈선근증腺筋症〉이라 부르고, 조직의 이전이 난소 등 골반내의 다른 부위에서 발견되었을 경우에는 〈골반자궁내막증〉이라고 부른다.

자궁내막증은 월경 중에 벗겨진 조직이 질에서 배출되지 않고 난소 안으로 들어갔을 때에 발생한다고 여겨진다. 그것이 왜 어떻게 일어나는가는 명확하지 않다. 드물지만 그 이전의 골반 수술이나 상처자국이 남는 골반의 감염 결과로서 생기는 경우도 있다.

선근증에 걸린 여성은 골반의 통증 때문에 불쾌감을 느낀다. 이 경우에는 대개 월경이 불규칙해지며 자궁은 비대하게 되어 과민해진다. 골반 자궁내막증도 마찬가지로 통증을 동반한 많은 양의 월경을 한다. 이때에는 월경의 주기가 불규칙해지고 월경기가 아닌데 출혈되는 경우도 있다.

성교 중에 통증은 보통 월경 전에 가장 뚜렷하게 나타나지만 이것은 조직의 파편이 충혈되어 팽창하기 때문이다. 특히 골반자궁내막증에서는 보통 통증이 질 안에서 느껴지며 몹시 심한 경우가 있다.

자궁내막증은 아이를 낳을 나이의 여성에게 나타나는 현상이기 때문에 종종 불임으로 연결되기도 한다. 하지만 그 정확한 원인은 분명하지 않다. 이때 여성이 고통의 결과 성욕이 감퇴하고, 성교의 회수가 줄어드는 것도 그 원인의 일부이다.

조직을 가능한 한 외과적으로 제거하면 증상이 많이 완화되고, 때로는 임신이 가능해지지만, 자궁내막증이 반복되기 때문에, 그런 여성은 정기적인 검사를 받아야 한다.

증상이 견딜 수 없을 정도로 심하거나 그와 동시에 다른 산부인과 질환이 있는 선근증 환자는 자궁적출을 권장받는 수도 있을 것이다. 따라서 최대한 대체요법이 없나 수소문해 본다.

이때 수술이나 방사선을 쏘임에 따라 배란기능을 없애면 전이조직이 축소되는 일도 있다. 또한 임신한 여성의 경우는 자궁내막증 증상이 사라지는 것을 자주 느끼며, 호르몬 요법이 가장 효과적이다. (→자궁적출, 불임증, 성교통)

제1법:(급 . 만성에)→용담사간탕,
제2법:(만성엔)궁귀교애탕제
제3법:백강잠
제4법:안대탕과 침을 놓는다.
제5법:(질부미란 . 내막염)계피고

25. 피임 링은 가급적 쓰지말자

수정란이 자궁 안이 아니고, 수란관이나 자궁경, 난소, 또는 복강에 착상되는 일이 가끔 생기는데 이것을 〈자궁외 임신〉이라고 부른다.

자궁외 임신은 피임링을 사용하는 여성에게 많다고 하는데 자궁외 임신(Ectopic Pregnancy)을 한 여성의 60%가 중절수술을 받고 그 중 30%가 중추염 수술을 받은 경험이 있다고 한다.

가장 많은 경우는 난관내 임신이고 그 이외에는 아주 드물다.

난관임신의 약 절반은 난관의 감염증이 착상의 원인이라는 통계가 나와 있다.

난관임신의 초기 징후는 복부에 가끔 나타나는 통증이다. 보통 월경이 없어지고 나서 얼마 지나지 않아 시작되는데, 유산의 징후와 비슷하다.

이와 같은 증상이 있는 여성은 의사의 진찰을 받아야 한다.

난관임신의 발견이 늦어지면 임신 6~8주 후에 환자는 하복부에 갑자기 심한 통증을 느끼고 그 다음 실신하는 일이 있다. 이 증상은 대개 난관이 파열되어 복강으로 출혈하기 때문이다.

난관임신의 처치는 파열 전이든지 파열한 다음이든지, 착상한 난관을 외과적으로 제거하는 것이다. 때로는 문제가 생긴 난소 쪽도 절제해야 한다.

 활혈거어법

26. 그 영원한 母象의 아픔 -자궁-

본인이 가능한 한 최대한 죽을 각오로 안하겠다고 생각하면 하지말 일이다.

외과수술에 의해 자궁을 들어내는 것을 말한다. 이 처치가 필요하다는 진단을 받으면 다른 의사의 의견도 참고를 해야 할 것이다.

때로는 적출하지 않아도 되는 경우가 있으며, 산부인과 의사들은 대개 이것을 〈골반의 강탈〉이라고 부르고 있다. 자궁적출(Hysterctomy)한 여성을 상대로 조사한 연구보고서에 따르면, 적출된 자궁의 31%는 정상이었다. 자주 초조해진다든지 피로감이나 두통 등의 비특이성 호소 때문에 적출한 경우가 9%이상이었다. 또한 17%의 환자는 자각증상도 느끼지 않았다고 한다.

물론 그 조사의 통계에 의하면 이러한 일은 예외적 경우란다. 이 경우는 적출 외에 다른 수단을 다각적으로 생각을 해볼 필요가 있다.

자궁적출의 이유로서 가장 많은 자궁근종은 단단한 비암성 부종으로, 크기는 큰 포도 모양에서 그레이프프루트까지 여러가지이다. 그 원인에 대해서는 알려져 있지 않으며 대개 35~40세에서 발생한다.

여성가운데 4,5명 중 한 사람은 자궁근종이 있다고 추정된다. 대개의 의사는 통증이나 불쾌감이 없으면 아무런 처치를 하지 않는 편이 좋다고 생각한다. 폐경 후에 없어질 수도 있기 때문이다.

경우에 따라서는 자궁근종이 자궁의 내벽을 압박하여 월경 도중 또는 월경 중간기에 다량의 출혈이 일어나기도 한다. 이때 근종이 방광을 압박하면 배뇨가 빈번해지고, 직장을 압박하면 변비가 될 수 있다.

급속하게 커지는 종양은 반드시 수술을 할 필요가 있다.

자궁근종은 자궁을 들어내지 않아도 제거할 수 있다. 이 처치, 즉 자궁근종핵 적출수술은 후에라도 아이를 낳고 싶어하는 여성에게는 좋은 방법이다. 근종핵 적출 다음 임신한 경우에는, 자궁내벽이 약해져 있기 때문에 분만시 대개 제왕절개를 해야 한다.

그 외에 자주 나타나는 월경 이상, 골반내 염증성질환, 자궁경암 등의 경우도 자궁적출이 필요하다.

자궁을 제거하면 월경이 멎어서 임신을 할 수 없게 된다. 하지만 난관 불임법과는 달리 자궁적출은 수술에 의한 피임법으로서는 바람직하지 않다.

자궁을 적출했다고 해서 성교를 즐길 수 있는 능력에 그 영향을 끼친다고는 할 수 없다. 자궁을 제거해도 성적 자극에 반응하는 질과 클리토리스는 영향을 받지 않는다. 실제로는 많은 커플이 임신 가능성에 대한 걱정이 없어져서 오히려 성생활을 즐기게 되었다는 보고도 있다.

단순한 자궁적출에서는 난소까지 제거하는 일은 없다. 난소에 질환이 있어서 자궁과 함께 적출해야 하는 경우, 그 수술은 〈난소및 자궁적출〉로 보통 알려져 있다. 그러므로 난소를 적출하면 그만큼 폐경기가 빨리 오게 된다.

　자궁을 절제해도 폐경기의 장애가 빨리 나타나는 것은 아니다. 일반적으로 오해하고 있는 것 같지만, 자궁적출에 의해 얼굴의 주름이 많이 생긴다든지 털이 많아지는 일은 없다. 또 어떤 형태의 자궁적출이라도 여성이 비만해지거나 유방이 작아지는 일도 없다. 또한 그로 인하여 정상적인 문제가 발생한다고도 할 수 없다.

27. 赤대하(자궁질부 미란)

대하에도 오색이 있는데 그 중 이것은 보통 여성의 약 4명 중 한 사람꼴로 걸리는 부인병이다.

자궁질부라는 것은 자궁의 끝, 즉 경부(頸部)로 질의 안쪽 끝에 있다. 그곳에 염증이 생겨서 붉은 알맹이 형태로 짓무르게 되는 것이 자궁질부미란이다.

이 병은 거의 출산 후에 항상 일어난다. 자궁이 수축할 때마다 태아의 머리가 자궁질부로 밀려나서, 자궁질부는 그 강한 압력에 견뎌야 한다.

때로는 분만할 때 자궁질부에 상처가 나기도 한다. 출산 후에 생기는 자궁질부의 미란은 보통 몇 개월 지나면 자연히 낫는다.

질에 병균이 들어가서 미란이 일어나기도 한다. 또 질내의 산과 알칼리의 비율이 변하여 자궁질부의 조직이 파괴되서 염증이 생기는 수가 있으며, 그것이 더 악화되면 자궁질부의 미란으로 발전한다. 보통 자궁질부는 산성이지만, 성행위를 할 때는 정액에 의해 알칼리성으로 변한다.

또 성교 중에 세균이 질이나 자궁질부에 침입하는 일도 있다.

자궁질부의 미란(Cervical Erosion)은 대개 통증이 없는 경우가 많으며 성교의 쾌감에도 지장이 없다. 중요한 증상은 냄새가 있는 하얀 분비물이 나오는 것이다.

자궁질부 미란이 심해지면 분비액에 피가 섞이기도 한다. 또 염증 때문에 허리나 통증을 일으키는 수도 있다. 대개 그 증상은 아주 가벼워서 여성은 자궁질부 미란을 느끼지 못한다.

이 경우 여성은 6개월마다 산부인과의 검사를 받고, 미란이나 그 외의 이상을 발견해야 한다. 미란은 대부분 양성인 경우가 많지만, 대다수의 산부인과 의사들은 그대로 방치해 두면 자궁경암의 원인이 될 가능성이 있다고 진단한다.

이 미란이 가벼운 경우에는 자주 질세정을 권장한다. 0.5%의 유산액, 또는 히비텐으로 세정하면 질 안의 산성을 정상으로 유지하는 데 도움이 된다.

자궁질부의 미란 치료법은 보통 여러 가지가 있고, 통증은 거의 없어서 마취할 필요는 없다. 치료를 한 다음 몇 시간 정도 지나면 괜찮아진다. 이때 여성에 따라서는 월경을 할 때와 같은 통증을 느끼지만 아스피린을 복용하면 대개 가라앉는다.

최신 치료법은 동결요법이라고 해서 자궁질부를 얼리는 방법이다. 이것은 종래의 방법과 마찬가지로 통증을 느끼지 않으므로 오히려 효과적이다. (→자궁경암)

제1법-오배자합산
제2법-향목침출액(香木)
제3법-벌풀연고

28. 자궁하수엔 가지뿌리 재를

　자궁탈(Uterine Prolapse)은 자궁이 내려와 질구 밖으로
나오는 것을 말한다. 그 원인은 대개 자궁을 받치고 있는 인
대가, 출산할 때 상처를 입기 때문이다.
　따라서 출산의 경험이 없는 여성에게는 좀처럼 이런 현상이
일어나지 않고 중년 또는 노년 부인에게 생기기 쉽다.
　그림1의 탈수에서는 자궁경이 질구까지 내려오지만, 밖으
로는 나오지 않는다. 이때는 성생활에 지장을 초래하지 않는
다. 그러나 만약 자궁경이 방해가 된다면 성교시 여성은 후배
위가 가장 좋을 것이다.
　그림2의 탈수에서는 자궁경이 질구에서 탈출한다. 이 상태
는 여성이 일어섰을 때 분명히 나타난다. 자궁이 정상적인 위

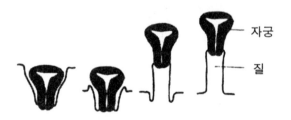

전자궁탈　　자궁탈　자궁하수　정상자궁

〔그림 3〕 자궁탈

치로 올려진다면 성교는 가능하지만 통증이 생길 수도 있다.

그림3의 탈수는 〈전자궁탈〉이라고도 부르며, 자궁체부가 질구까지 밀려나오는 것을 말한다. 이때는 자궁경과 질벽이 벗겨지고, 그 때문에 고름이 나오거나 출혈을 할 수도 있다. 그러므로 성교는 거의 불가능하다.

제1법-당귀황기음:황기 3전을 술로 끓여 개마, 인삼 당귀(각 2
　　　전), 감초 1전
제2법-유황탕
제3법-하수로 생긴 크리스토스돌출엔 가지뿌리(태운 뒤에 남는
　　　재)+참기름+탈지면⇒질구삽입(탈지면에 개서)
제4법-가미보충익기탕:황기(0.15)+감초, 백출, 인삼(0.01)+당귀
　　　(0.15)+건피(0.08)+시호, 승마(0.06)+녹용(0.1)+속단
　　　(0.3)=15～30일분, 1일 2첩)
제5법-온경탕
제6법-유기로
제7법-음정음탈〈클리스토스(음핵)이 튀어나온데〉:마린화환

아주 가벼운 경우의 탈수는 근육을 단련하는 운동에 의해 거의 회복된다. 그러나 그 증세가 심한 환자의 경우에는 교정 수술을 해야 한다. (→성교통)

29. 작은 젖이 달다

여성에 따라서 유방 크기는 체중을 조금 늘리는 것만으로도 커지기도 한다. 그러나 그 이상으로 유방을 크게 하는 약제, 체조, 기계장치는 없다.

유방이 작아도(Breast Smallness) 여성이 모유로 아이를 키우는 데는 지장이 없다.

유방을 크게 하고 싶으면 성형외과 전문의와 의논을 하는 편이 좋지만, 최대한 가능하면 안하는 게 좋다. 신체발부수지 부모, 곧 그 기원이 하나님으로부터 아닐런가!

유방의 크기를 상당히 크게 하기 위해서는 풍흉수술(豊胸手術 : 약제를 주입하거나 실리콘을 넣어서 유방을 크고 보기 좋게 정형하는 수술)밖에 없다. 이 수술은 보통 1시간 정도 걸리는데 입원할 필요는 없다.

풍흉수술은 보통 유방 아래를 절개해서 겔상 실리콘이 든 실리콘 고무주머니를 그 속에 삽입하는 것이다. 이 주머니는 유방조직의 형태나 촉감과 똑같이 만들어졌으며, 아무런 해도 없다.

또한 수술로 유방을 크게 한 여성의 대부분은 심리적인 이유에서 자신감이 생기고, 성에 대한 관심도 증가되었다고 말한다.

풍흉수술을 받으면 유방 아래에 아주 작고 거의 눈에 띄지 않을 정도의 수술 흔적이 남게 된다. 그것을 치유하기까지 2~4주일까지 여성은 어느 정도의 불쾌감과 통증을 느낀다. 때로는 실리콘 삽입물이 제 위치에서 내려가거나 벗어나서 유방이 보기 싫게 좌우 불균형적으로 되는 일이 있다. 그리고 수술자국에 불쾌감을 느끼고 몇 개월간 계속해서 고름이 나오는 경우도 있다. 그때는 실리콘 주머니를 제거하는 것이 좋다.

삽입물을 넣은 유방은 보통 유방보다 단단하게 느껴지며, 원래 유방조직이 작았던 경우는 더욱 그렇다.

미국에서는 유방의 크기를 크게 하기 위해 액체 실리콘을 주입시키는 것을 정부의 식품의약품국에서는 금지시키고 있다. 따라서 이 방법이 가장 안전하다고 하는 의사를 신용해서는 안된다. 액체 실리콘과 풍흉수술에 사용되는 겔상 실리콘의 삽입물은 이 방법과 전혀 다른 것이다.

액체 실리콘을 주입한 결과 어떻게 되었는가라는 것은 한마디로 예측하기 어렵다. 때로는 사망하는 일까지 일어나기 때문에 그 가운데에는 생명을 지키기 위해 양쪽 유방을 절제한 여성도 더러 있다.

주입된 액체 실리콘은 악성종양의 발견을 늦출 수도 있다, 조직에 실리콘을 주입하면 그것은 몇 개의 작은 구멍 모양의 낭포가 생기게 되고 그 주위에 세포의 층이 덮는다. 이 〈가짜 낭포〉는 건강진단이나 X선 검사에 의해 유방의 악성종양을 발견하는 것을 곤란하게 하기까지 한다.

이것에 대해 일반적으로 인정하고 있는 성형수술에서는, 삽입물이 유방조직 아래에 넣어지기 때문에 악성종양의 발견을 방해하지 않는다.

액체 실리콘을 주입한 여성도 액체 실리콘을 제거하고, 대신에 겔상 실리콘 삽입물을 넣는 것이 가능하다.

체조가 도움이 된다고는 해도 유방에 근육이 없기 때문에 유방 아래의 흉벽 근육을 강하게 만드는 것에 지나지 않는다. 이 방법은 유방을 전체적으로 더욱 솟아오르게 할 수는 있지만 동시에 가슴을 딱 벌어지게 할 수도 있다. 그러나 유방 자체의 외형을 크게 하지는 않는다.

그밖에도 유방을 크게 하기 위한 위험한 상품으로서 에스트로겐과 같은 여성 호르몬을 섞은 약품이 있다. 이러한 약품은 신체 본래의 호르몬 균형을 깨뜨릴 수 있으며, 월경을 멈추게 해서 자기자신도 모르게 암을 발생시킬 가능성이 있다.

또한 반대의 고민을 호소하는 여성도 있다. 극단적으로 큰 유방이다.

원인은 아직까지 알려져 있지 않으며, 큰 유방을 작게 하는 약, 호르몬, 그리고 적절한 치료법도 없다.

너무 큰 유방을 가진 여성은 특수하게 만든 제품의 브래지어를 사용하는 것으로써 일시적으로 극복할 수 있다. 거대한 유방 때문에 육체적·정신적으로 고통을 받는 여성에게는 외과수술도 가능하다. 유방이 너무 크면 상체의 등 부분과 목이 심하게 아프기도 한다. 브래지어의 끈이 어깨를 파고들어 깊게 패이거나 홈이 생겨 아픔을 느끼기도 한다. 이와 같이 유방의 크기를 작게 하는 수술은 대수술로서, 4~5시간 걸린다. 이것은 그 부위의 조직을 잘라내는 것만이 아니고, 유두를 위로 들어올리는 작업도 포함하기 때문이다.

이 수술은 상처가 생기고, 유두의 감각이 약해져서 없어져 버리는 일도 있다. 또한 모유를 주는 능력을 잃어 버리게 할 가능성도 있다. 유방을 작게 하는 수술은 피임중인 여성이나 심장병, 만성적인 폐의 질환, 그리고 그 외 심한 병을 앓은 경험이 있는 여성이 받아서는 안된다. (→유방암)

30. 정액 알레르기

소수이기는 하지만 정액에 알레르기(Semen Allergy) 반응을 보이는 여성이 있다. 이러한 여성은 성교 도중 또는 사정 직후에 질이 쓰라리거나 따갑고 아프다고 느낀다. 질 또는 외음부가 빨갛게 붓고 종종 외음부에 두드러기가 생긴다. 이러한 증상은 보통 72시간 동안 계속되는 경우도 있다.

그 가운데에는 전신에 반응이 일어나 재채기가 나거나 눈 주위나 목이 붓는 여성도 있다.

드물게 이 알레르기 반응이 생명을 위협하기도 한다. 여성에 따라서는 천식 발작을 일으키거나 아나필락시(Anaphylaxie:동물의 체내에 다른 단백질이 들어가서 일정한 잠복기를 거친 다음에 또다시 그 단백을 넣으면 생기는 심한 쇼크 증상)를 일으킨다. 때문에 성교 후 구급병원으로 실려가는 불행한 경험을 가진 여성도 있다.

성행위시 콘돔을 사용하면 대개는 알레르기 반응을 막을 수 있다. 그리고 항히스타민제(히스타민의 작용을 해소시킬 목적으로 만든 약제)는 그 반응을 최소한으로 줄일 수 있다.

증상이 가볍고, 국부부분에 한정된 여성은 성생활을 계속하면 자연적으로 이 알레르기 증상은 없어진다. 그러나 정도가 심해서 전신 반응을 일으키는 여성은 알레르기증을 완치하기는 어렵다.

31. 질 건조

성교 중에 질이 젖어 있지 않는 것은 보통 성적 흥분이 충분하지 않을때나 불안하고 피로할 때, 그리고 성욕이 일어나지 않을 때이다.

여성이 성적 자극을 받으면 최초의 생리적 반응으로서 질이 젖는다.

폐경전인 여성은 성적 자극을 받으면 10~30초에 질이 젖는다.

질이 젖는 것은 그 주변의 혈관이 충혈되어 질벽의 연조직을 통해 질안으로 윤활액이 나오기 때문이다.

대부분의 경우, 여성이 이 성적 반응의 초기 단계를 경험하면, 그렇지 않은 경우보다 더욱 쉽게 오르가즘에 도달한다.

질이 젖어 있으면 페니스를 삽입하기가 쉬워진다. 그러나 질의 윤활액이 적은 경우에는 삽입이 곤란해지고, 남녀 모두 불쾌한 상태에서 성교가 끝나거나 통증을 느끼고, 생식기가 가렵고 쑤셔서 더욱 불쾌해진다.

출산 직후와 수유기간에는 발정 호르몬이 비교적 적기 때문에 질이 좀처럼 젖지 않는다. 폐경 후인 여성도 질이 젖을 때까지는 성적 자극을 예전보다 길게 해야 하고, 이때 질의 분비물의 양은 전보다 훨씬 적다.

약제 가운데에도 여성의 질을 젖게 하는 것을 막는 것이 있다. 신경안정제, 마취약, 또는 진정제, 항히스타민제 등이 그것이다.

질이 젖지 않는(Vaginal Dryness) 원인에는 여러 가지 병도 생각할 수 있다. 당뇨병에 걸려 있으면 질을 적시는 윤활액의 양이 적어질 것이다. 다발성 경화증도 종종 윤활액 감소의 원인이 된다. 또한 척수에 상처가 난 여성은 윤활액이 거의 나오지 않거나 전혀 나오지 않는다. 질의 수술이나 뢴트겐 치료도 윤활액을 내보내는 능력을 저해하며, 호르몬에 이상이 있는 경우도 질이 젖는 것을 방해한다.

필 가운데에도 질을 젖게 하는 능력을 저하시키는 것이 있다. 특히 피임용 필에 그런 경향이 있어서 발정 호르몬이 극히 적어진다. 그러므로 다른 종류의 필로 바꿀 필요가 있다.

만일 성적으로 관심이 없다면 호르몬 분비량이 정상적인 건강한 여성이라도 질이 젖지 않는다. 어떤 특수한 상황하에서는 성적 흥미가 일어나지 않는 수도 있을 것이고, 성행위의 상대방에 대해서 부정적인 감정을 갖는 경우도 그렇게 될 것이다.

또한 성교시의 통증에 대한 공포도 질이 젖는 것을 두드러지게 방해할지 모른다. 성교라고 하면, 긴장하거나 자신의 성행위에 불안감을 갖는 여성도 마찬가지일 경우가 많다.

때로는 작은 성적 자극으로 충분히 윤활액을 내면서도 나중에 질이 마르고 성교가 잘 되지 않는 경우가 있다. 이것은 대개 성교가 길어질 때에 일어난다. 질의 윤활액 분비는 성적으로 반응하는 초기의 단계에서는 증가하지만, 다음 단계로 흥분이 고조될 때에는 감소한다. 따라서 오랫 동안 흥분 상태를 지속하는 여성은 윤활액의 분비가 감소해져서 초조해지기도 한다.

더욱 매끄럽게 할 필요가 있을 때에는 타액이 도움이 되기도 한다. 또 수용성 피임약이라든지 외과용 젤리는 대단히 효과가 좋다. 이와 같은 윤활제는 페니스에 발라도 좋고, 질구에 발라도 좋다.

콜드크림을 윤활제로서 사용하는 것은 현명치 않다. 크림의 대부분은, 기름이 재료와 혼합되어 있어서, 첨가된 항료가 남녀 모두에게 알레르기 반응을 일으키는 원인이 될 수 있다. 석유제품의 젤리제(바셀린 등)도 성교를 위한 윤활제로서는 바람직하지 않다. 이것은 질의 분비액이 나오는 것을 방해하고, 질의 자정작용을 방해하는 경우가 있기 때문이다. 반면 남성이 콘돔을 사용할 경우에는 석유제품인 젤리 때문에 얇은 고무막에 구멍이 뚫리는 현상도 있다.

그런데 이와는 반대로, 질이 너무 젖어서 문제가 되는 여성도 있다.

여성이 보통 질에서 분비하는 윤활액의 양은 개인에 따라 그 차이가 많다.

특히 신경질적인 여성은 일반적인 윤활액의 양으로도 신경이 쓰인다고 생각하거나 부끄럽다고도 느낄 수 있다. 그러나 임신중에는 골반으로 흐르는 혈액의 양이 증가하기 때문에 윤활액의 분비가 증가되는 것이 보통이다.

성적 자극을 오래 계속하다 보면 지나치게 질이 젖기도 한다. 그 가운데에는 성적 자극에 대단히 민감하게 반응하여 자주 질이 젖게 되는 여성도 있다.

그럴 경우 오르가즘을 느낄 때 질에서 액체가 분출되어 사정하는 것은 아닐까라고 생각하는 여성이 적지 않다. 이것은 오르가즘으로 질이 수축하는 결과, 윤활액이 질에서 밀려나오기 때문일 것이다. 그러나 설문조사에 의하면 요도에서 전립선의 분비물과 비슷한 액체를 분비하는 여성도 있다는 통계가 나와 있다.

한편 자신의 윤활액의 분비가 너무 많다고 생각하는 여성은 전문의와 의논하는 것이 좋다. 왜냐하면 그 윤활액의 분비가 많은게 의학적인 문제에 기인하는 일도 있기 때문이다. (→그레펜베르그 스포트, 노화, 폐경)

32. 질, 건드리지 않는게 좋다

질경〈膣鏡, Vaginal Spasm〉이라는 것은, 질 입구에서 1/3부분 정도 질구 근육이 갑작스러운 경련을 일으키는 것을 말한다.

이런 경련이 일어나는 것은 대개 무엇인가를 질에 넣으려고 할 때이다. 어떤 때는 질에 페니스를 삽입하는 것도 거의 불가능해서 삽입하려고 하면 심한 통증을 느끼는 여성도 있다.

그런 여성은 질경에 걸려 있어도 성적으로 클리토리스의 자극이나 그외의 성희로도 오르가즘을 경험하는 수가 있다. 때문에 보통 질이 젖는 것도 줄고 성욕도 감퇴된다. 일반적으로 질경을 일으키는 여성은 성교불능으로 고민을 한다.

질경이 비교적 가벼운 경우에는 손가락이나 탐폰을 질에 삽입할 수도 있으며, 질의 검진에 질경을 조사할 수도 있다. 한편 페니스는 삽입에 지장을 받는다. 또한 질경의 정도에 따라서는 여성에게 있어서 커다란 고통이 될지라도 삽입할 수 있는 경우도 있을 것이다.

발생 이유로는 심리적 원인이 가장 많다. 질경을 일으키는 여성은 엄격하게 자라서 성행위를 더러운 것으로, 또는 터부로서 교육받은 경우가 많다. 그 중에는 성폭생을 당했다든지 어릴 때 받은 장난, 근친상간, 또는 고통을 동반한 최초의 성교와 같이 청년기에 괴로운 경험을 가진 여성도 많다.

많지는 않지만, 산부인과에서 처음으로 진찰을 받을 때 무성의한 의사에 의해 거칠게 다루어진 것이 원인이 되는 여성도 있다. 임신, 성병 또는 암에 대한 공포도 그 원인이 될 수 있다. 그 밖에 질의 이상이나 여성의 지병 때문에 삽입에 통증을 동반하는 일이 있으며, 질은 그와 유사한 일을 경험했을 때에도 경련을 일으킨다.

1차적 질경인 경우, 여성은 성교를 잘 해내지 못한다. 때문에 오랜 기간에 걸쳐 성행위 없이 결혼생활이 계속되는 경우가 있다. 그러한 부부생활에서는 남편이 좀처럼 발기하지 않을 수도 있다. 또 두 사람 모두 호전 관계는 죄악이라고 교육받았기 때문일 수도 있다. 그러한 경우, 결혼후에는 성행위가 즐거운 것이라고 인정하기까지는 오랜 시간이 걸린다.

결혼 이외의 남녀 관계에서 여성이 질경을 일으킬 때, 남성쪽은 일종의 조루가 될 가능성이 있다. 왜냐하면 삽입하려고 할 때 여성이 질경을 일으키면 남성은 욕구불만이 예측되기 때문이다. 반복해서 그것이 계속될 경우에도 발기곤란이 될 우려가 있고, 나아가서는 두 사람 사이에 여러 가지 성적 문제가 발생하는 결과를 낳기도 할 것이다.

2차적 질경인 경우에, 여성은 대부분 과거에 정상적인 성관계의 경험이 있으며, 질경이 일어나는 것은 성에 대한 강한 혐오감이나 정신적 쇼크 때문이거나, 아니면 여러 가지 이유에서 성교에 고통을 동반하는 것이 원인이 된다. 이때 질 근육이 본인과는 관계 없이 질경련의 반응을 일으켜서 질구가 닫히는 것이다.

그러나 꾸준히 치료하면 질경은 대개 완치된다. 그 치료에 있어서 담당 의사들은 남녀 모두에게 질경이 현실적인 것이라는 사실을 인식시켜야 한다. 또한 질경을 생리학적으로 설명하기 위해 삽입그림이 사용되는 경우도 있으며, 그 중에는 무엇이 삽입을 방해하고 있는 것인가를 모르는 부부도 있을 수 있기 때문이다.

의사는 그런 부부에 대해서 경련이 본인의 의사와는 관계없이 일어난다는 것을 설명해야 한다. 이 설명에 의해서 여성쪽은 무거운 죄악감에서 해방될 것이다. 의사는 실제로 여성의 질에 손가락을 삽입하는 척 하면서 자연스럽게 경련이 일어나고 질구가 닫히는 것을 보여줄 필요가 있다. 그리고 남성에게 그 모습을 보여 줄 수도 있다.

여성은 이 조건반사를 거꾸로 이용해서 질의 근육을 가능한 한 강하게 조였다가 풀었다 하는 방법을 배우면 좋다. 그렇게 하면 경련이 어느 정도는 가벼워진다. 그렇지만 산부인과에서 철저하게 검사를 받아 질경의 원인을 이루는 문제점을 발견하여 꾸준히 치료해야 한다.

가정에서의 치료법으로서는 질확장기도 사용된다. 이것은 탐폰 정도의 크기에서 시작해서 점점 크기가 큰 것으로 바꾸어 간다. 하루에 4번 정도 확장기의 표면을 매끄럽게 해서 약간씩 천천히 삽입해서 10~15분 동안 그래로 두도록 한다. 의사는 그대로 잠들도록 권할 것이다. 또한 의사는 남성에게도 확장기의 삽입을 도와주도록 권한다.

치료는 또 정서장애와 질경의 원인이라고 생각되는 남녀 관계의 사소한 문제 해결에도 도움이 된다. (→성교통)

33. 질 세정에는 유자, 무우청으로 목욕

이것은 질을 초산 또는 유산수용액이나, 다른 세정액으로 씻고 소독하는 것을 말한다. 이 때는 대개 분수식 비데〈bidet:여성용 성기 세척기 (주)샤프 · (주)제일 등 국내 유수 기업들 제품이 저렴한 가격으로 시장에 나와있다〉나 1회용 비데를 사용한다.

세정(Vaginal Douchiong)은 의사에게 지시받았을 때에 한해서 실시해야 한다. 건강한 여성이라면 질은 그 자체로 세정작용이 있고, 탁하지 않은 분비물이 나온다면, 그것은 정상이다.

악취가 심한 경우나 분비물이 녹황색일 경우에는 의사에게 진찰을 받는 것이 좋다. 이 경우에는 성병이나 기타 질병에 걸려 있을 우려가 있다.

대하가 심하면, 원인균제거 치료를 한 뒤에 다음 처방을 쓴다.
〈임질 잡균에〉-오령산, 〈교접이 많아서〉-육미지황탕,
〈독신으로, 생리변조〉-소요산, 화중탕,
〈고민많고, 변비, 소화안되면〉-청간지림탕, 소요산,
수족차고 양이 허하면〉-계부탕,
〈음이 허하면〉-이음전, 〈백대하〉-완대탕, 육군자탕,
적 백 황대하-용단사간탕,
백 흑대하-신기환, 지백팔미황,
누렇고 붉으면-단치소요산,
대하에다 심열-청심연자음+사물탕,
청대하-용담사간탕,
흑대하-육미지황환, 오적골산

세정액에 강한 약제를 사용하면 질 내벽의 조직을 손상시킬 우려가 있다. 게다가 질의 정상적인 분비물에는 질의 감염을 저지하는 세균이 있다고 해서, 습관적으로 세정을 하면 제거하려던 병원균을 오히려 증식시키는 결과를 낳을 수도 있다.

세정이 피임의 한 방법은 되지 않으며, 피임방법으로서는 전혀 믿을 수 없고 특히 임신 중에 질을 세정해서는 안된다.

반면 질에 관한 병이나 그 치료에 있어서 의사는 자주 세정을 권한다.

그와 같은 경우, 의사는 대개 분말제나 수용제를 처방해준다. 대부분의 의사는 물 1 l 에 대해서 큰술 한 스푼 정도의 초산을 풀어 넣은 세정액의 사용을 권하지만, 이것은 질을 정상적인 산성 상태로 유지하는 데에만 도움이 된다. 한편 냉병이 있는 경우엔 ①구기자 잎을 달여 차처럼 복용한다. ②쑥말린것 500g정도를 물절반이 되게 달여서 1일 3회 마심. 유자, 무우청을 옥탕에 넣고 목욕한다.

현재 시판되고 있는 세정액이나 세정제는 질 손상의 원인이 되기 쉽다. 그리고 향료가 들어 있는 상품은 알레르기 반응을 일으키는 수도 있다.

의사로부터 세정을 지시받은 환자 가운데에도 세정방법을 잘못하여 질에 손상을 입는 경우가 있다. 그것을 예방하기 위하여 질의 세정방법을 살펴본다.

(1) 세정용 기구나 용제에 쓰여진 사용법을 항상 잘 읽는다. 특히 용제는 정량을 초과해서 사용하지 않도록 주의한다.

(2) 휴대용 비데에는 처음에 물을 넣고, 그 다음 용제를 넣는다. 그렇지 않으면 용기 입구 쪽이 농도가 짙어져서, 그것이 먼저 질로 들어가 상처나기 쉬운 조직을 손상시킬 가능성이 있다.

(3) 세정액의 주입은 가볍게 누르는 정도로 하고, 용액이 자궁이나 복막강에 들어가지 않도록 한다.

(4) 세정액의 용기는 항상 위생적으로 보관한다. 사용할 때마다 완전히 씻어서 건조시킨다. (→질염, 질의 냄새)

제1법–진물과 고름과 가려움이 자궁에서 극심하면:
자호 택사 용담초(각각 0.1), 차전자, 목통, 적복령, 생지황, 당귀, 산치인, 황금, 감초, 반하, 백출, 저령, 산사, 치자, 귤피(각각 0.07)를 다려서 먹는다
제2법–(읍부헌곳에) 백반+유황을 바름
제3법–감식창→오징어뼈

34. 골반수술 선택 신중해야

질암(Vaginal Cancer)의 발생률은 비교적 적다. 그러나 다른 부위에서 발생한 암이 질에 번지거나 옮겨가는 경우가 더러 있다.

초기 증상으로서는 질의 출혈이나 분비물이 생긴다. 질암의 후기에는 성교시 통증이 전형적인 증상이다. 또 견딜 수 없는 가려움증이 계속되는 경우도 자주 나타난다.

보통 광범위한 골반수술이 최선의 치료법이다. 대부분의 경우 그와 같은 수술을 한 다음에는 완전한 성교를 할 수 없게 되지만, 손이나 입으로써 성행위를 계속할 수 있다.

질의 재생수술을 할 수 있는 여성도 있다. 이런 경우 수축을 방지하기 위해 매일 질을 확장시킬 필요가 있다. 이 경우는 성교를 자주 하는 것이 도움이 되지만, 때로는 항생물질과 호르몬이 든 크림을 필요로 할 것이다. 가능한 한 대체요법이 있나 알아본다.

질의 구조에 따라서는 수술을 한 다음이라도 성교가 가능한 경우도 있다. 그런 여성은 공포심을 느끼고, 질의 나머지 부분에 흐르는 혈액의 순환계통에 변화가 일어나며, 질의 윤활이 많이 손상되어 있기 때문에 대개 인공 윤활제가 필요하다 (→암)

35. 피임약, 질염 발생 확률 높다

이것은 흔히 일반적으로 볼 수 있는 부인병의 하나이다. 원인으로는 세균, 트리코모나스, 균류, 또는 미생물을 생각할 수 있다. 동시에 두 가지 종류 이상의 감염증(혼합성 질염)도 생각할 수 있다.

질염(Vaginal Infection)의 전형적인 증상은 질의 가려움증과 다량의 분비물, 불쾌한 질의 냄새, 또 배뇨할 때 타는

 특히 오색대하 계속 일때:껍질있는 복숭아씨 　숯불에 태움　 가루+따끈한 물, 1회(8g), 1일 3회 식사사이. 〈월경 멈추지 않을 때도 동일〉

듯한 느낌 등이다. 또한 성교할 때 통증을 동반하는 경우가 많다.

몸에 꼭 끼는 팬티 스타킹이나 특히 나일론 또는 다른 합성섬유 제품인 거들을 항상 착용하면 여러 가지 질염에 걸릴 확률이 높아진다. 그와 같은 속옷은 여성의 체온을 상승시키고 땀의 발산을 적게 한다. 그러므로 질염의 원인이 되는 유기물은 습기가 많고 따뜻한 환경에서 활발하게 활동한다.

또한 그런 질염에 걸려 있는 여성은 몸에 꼭 끼는 나일론 제품의 속옷을 입지 않도록 해야 한다.

가장 많은 질염으로서는 진균감염이나 임질, 트리코모나스증 이외에 비특이성 질염을 들 수 있다. 이것은 연쇄구균이나

포도상구균, 대장균, 크라미디아, 헤모피라스속 호혈균과 같이 질내에 자주 보이는 병원균에 의해서 일어난다.

질 안의 환경변화가 병원균의 작용을 활발하게 해서 질염의 원인이 되는 일이 있다. 배란이나 월경, 또는 임신하고 있을 때에는 질 안의 산과 알칼리 비율이 변화되어 병에 잘 감염된다. 질의 세정 역시 질내에 화학적인 환경변화를 일으킨다.

몸에 다른 감염증이 있는 경우도 질염에 잘 걸리고, 극도의 피로감이나 불규칙한 식사에 의해서도 마찬가지이다. 또 자궁경이나 질 내벽에 염증을 일으키는 심한 성교도 질염을 유발시킨다.

피임약을 복용하고 있는 여성은 그렇지 않은 여성과 비교해서 질염에 걸릴 확률이 높다. 만약 다른 감염증으로 항생제를 복용하고 있으면, 그 여성은, 질 안에서 진균이 번식하므로, 모닐리아성 질염에 걸리기 쉬워진다. 질염 가운데에는 성교할 때 옮겨지는 것도 있다. 질염은 말할 필요도 없이 부인병이지만, 여성이 한 사람의 정해진 상대와 성행위를 할 경우, 그 상대 남성은 균의 유무에 대한 검사를 받아서 감염 사실을 알게 되면 두 사람이 함께 치료를 받아야 한다. 남성에게 증상이 나타나지 않더라도 두 사람이 함께 치료를 받아야 한다. 남성에게 증상이 나타나지 않더라도 전립선이나 요도, 방광 등에 균을 가지고 있는 경우가 있기 때문에 치료가 끝난 여성에게 재감염시킬 가능성이 있다.

아날섹스에 이어서 정상적인 성행위를 해도 여성이 질염에 걸리게 되는 수도 있다. 오염된 페니스가 대장균을 질로 옮기기 때문이다. 남성은 아날섹스를 할 때에는 콘돔을 사용하고, 그것을 뺀 다음에 페니스를 질에 삽입하는 것이 좋다고 하지만 **"사형에 해당하는"** 이런 행위는 엄금해야한다. 적어도 아날섹스를 한 다음에는 페니스를 반드시 씻어야 여성에게 질염을 옮기지 않는다지만, 행위자체를 엄금해야 한다.

몸에 꼭 끼는 바지를 입는 여성도 대장균에 의한 질염에 걸릴 위험이 높다. 배변 후 항문 주변이나 속옷에 조금이라도 균이 남아 있으면, 몸에 꼭 끼는 바지가 조여서 국부를 마찰시키기 때문에 질에 옮겨질 수 있다.

이것을 방지하는 하나의 방법으로써 헐렁한 바지를 입는 것이 좋다.

그밖에도 대변을 볼 때마다 음부 주위를 청결히 하는 방법이 있다.

비특이성 질염의 증상에는 고름과 같은 노란색이나 하얀색의 분비물이 있고, 피가 섞여 있는 경우도 있다. 질벽은 하얗게 붓고 액체가 배어서 두터운 고름 덩어리가 생겨 난다. 감염되면 즉시 요도에 번지기 때문에 초기 증상의 하나로서 자주 소변을 보게 되고, 특히 배뇨시 타는 듯한 통증을 느낀다.

염증이 자궁이나 난관으로까지 번지는 경우도 있다. 만성이 되면 자궁경의 세포가 비정상적으로 비만되어 자궁경암에 걸리기 쉬워진다. 또 성적인 흥분상태나 오르가즘이 있을 때에 일어나는 울혈에 의해 균이 혈관으로 들어가서 신체의 다른 부위로 옮겨지기도 한다.

비특이성 질염 이외의 증상으로서는 요통이나, 월경통, 복강과 대퇴부에 있는 림프선의 비대를 들 수 있다.

비특이성 질염을 진단하기 위해서는 의사는 자궁경부와 질을 조사한다(:진단을 받기 전 적어도 24시간은 질을 세정하지 말 것). 분비물을 현미경으로 조사하면 대량의 균과 백혈구를 관찰할 수 있다.

질염은 대부분 치료할 수 있다. 치료에는 대개 정제나 연고, 또는 질의 삽입약이나 의료용 세정액이 함께 처방된다.

그리고 의사들 가운데에는 적어도 2주일은 성행위를 하지 말라고 충고하는 경우도 많다. 삽입약이 처방된 경우에는 취침시에 깨끗한 손으로 삽입해야 하고 균이 묻어 있을 가능성이 있는 플라스틱 제품은 절대로 사용해서는 안된다. 또 처방된 치료제는 모두 사용해야 한다. 그리고 염증이 있는 곳은 깨끗하게 씻고, 부드러운 타월로 살짝 두들기듯이 해서 물기를 닦아내야 한다.

2차 감염인 경우는 그 치료법이 복잡해진다. 질 안의 한 종류의 균이 치료 도중에 죽어도 다른 균이 새로운 문제를 일으킬 수가 있기 때문이다. 예를 들면 혈호균 속에 사용된 항생물질이 진균의 번식을 억제하고 있던 박테리아를 죽일 수도 있다. 이 경우에는 진균감염증이 될 가능성이 있다. (→아날섹스, 트리코모나스증, 진균감염증)

제1법-보통 대하증에는 바닷물+백반
제2법-(외음염, 질염, 자궁경관염)금은화질좌약

36. 힙합 패션, 질 건강에 좋다

땀의 냄새와 마찬가지로 피부나 음모 또는 의류에 묻은 땀이나 점액, 지방 등에 세균이 작용해서 발생한다. 인체에 있어서 질이나 외음부와 같이 항상 따뜻하고 습한 장소에서 일어나는 냄새이다.

일반적인 질의 냄새(Vaginal Odor)를 제거하기 위해서는 여성은 매일 비누를 사용해서 씻고, 면으로 된 속옷을 입는 것이 좋다. 몸에 꼭 끼는 나일론 속옷이나 거들, 팬티 스타킹을 입으면 땀의 발열을 막을 수 없기 때문에 냄새가 나기 쉽다.

냄새가 강하게 날 경우에는 질염이나 그 밖의 질병에 걸릴 우려가 있으며, 또한 탐폰을 넣고 잊어버린 경우가 있기 때문에 의사에게 의논해야 한다. 또한 냄새를 없애려고 자주 질을 씻는 것은 좋지 않다. 그 밖에 질의 냄새를 제거하기 위해 사용하는 질용 탈취제는 바람직하지 않다. (→질내 세정, 질염)

37. 질의 소리

성교 도중에 질에서 소리(Vaginal Sounds)가 나는 현상은 많은 여성에게 나타날 수가 있고, 심하게 되면 여성은 상당히 부끄러워하게 된다.

여성의 허리 아래에 베개를 댄다든지, 천장을 향해 누운 여성이 무릎을 가슴 쪽까지 올리는 자세를 취해서 골반이 들여올려지는 체위를 시도함으로써 질에서 소리가 날 수 있다. 이때 자궁과 질벽 후부가 무거워져서 뒤로 잡아당겨지고, 진공 부분이 생겨 질구에서 공기를 흡수하여, 몸을 움직이면 자궁과 질벽이 움직여서 공기를 밀어내기 때문이다. 이와 같은 소리는 여성의 체조교실이나 요가교실에서도 자주 들을 수 있다.

또 페니스의 삽입에 의해 공기가 질 안으로 들어가서 페니스의 피스톤 운동에 의해 공기가 밖으로 밀려나가 소리를 내기도 한다.

이와 같은 소리는 지극히 정상이다. 골반의 위치를 높이면 페니스가 깊이 삽입되어 그것으로써 만족을 얻을 수 있는 남녀도 많기 때문에 질에서 소리가 나는 것을 피하려고 좋아하는 체위를 포기할 필요는 없다.

그것보다 그와 같은 소리도 일종의 사랑 행위의 하나로서 받아들이도록 해야 할 것이다.

38. 지하철 안에서도 단련한다

질과 직장 주변의 근육을 조이거나 느슨히 하는 운동(Vaginal Exercise)에 의해 질 근육을 강하게 할 수 있다.

질부에 있는 근육에는 말초신경이 많이 있다. 이 근육을 강하게 하면 성교 도중에 감도가 높아진다. 그리고 근육이 강해지면 여성은 상대방의 페니스를 강하게 조일 수 있으며 원하는 만큼 리드미컬하게 조일 수 있게 된다.

이 운동을 실행하는 첫 단계로서 배뇨시 두 번, 세 번 혹은 한 번에 3초 정도 배뇨를 정지해 보면 좋다. 이것은 페니스를 조여주는 데에 좋은 운동이 된다. 이때 배뇨를 중단해도 아무런 장애가 없다.

자신의 질부 근육에 대한 것을 잘 알게 되면 여성은 앞에서 말한 운동을 언제 어디에서라도 할 수 있다. 즉 접시를 닦으면서도 행할 수 있고, 지하철을 타고 있을 때, 전화를 걸고 있을 때라도 가능하다.

이 운동은 출산한 여성에게는 상당히 중요하다. 근육의 긴장을 가져와서 성교의 쾌감을 높일 뿐만 아니라 혈액의 순환을 좋게 하기 때문에 회음절개수술을 받았을 때 질 운동을 하면 통증이나 부종을 줄이는 데 도움이 된다. 이 운동은 출산 직후에 시작하는 것이 좋다. 또 질의 단련은 노화와 함께 시작한다고 생각되는 골반 근육의 늘어짐도 예방할 수 있다.

39. 믿음의 선구자 혈루증 여인

성교 후 질에서 출혈(Vaginal Bleeding)을 하게 된다면 여러 가지 질병을 생각할 수 있다.

성교 후(그 이외의 경우라도) 질에서 출혈하는 여성은 일단 의사의 진찰을 받아야 한다. 단 월경기간에 성교가 행해진 경우는 걱정하지 않아도 된다.

2형 헤르페스 성기감염 때문에 자궁경관의 형태가 변하여 출혈이 되기도 한다. 임신이나 필(경구피임약)의 사용도 같은 변화를 일으켜서 자궁으로부터 출혈하기 쉽다. 자궁 포리브나 자궁암의 경우에도 성교 후 출혈이 있다.

나이 든 여성은 에스트로겐(여성 호르몬)이 상대적으로 결핍되어 질막이 얇아져서 자주 출혈하기도 한다.

지혈처방:연근을 갈아즙을 내 질을 세척(Ca보충)

제1법:파흰뿌리, 마늘쑥(각각 37.5g)+연근생즙(180cc)+다시마
　　　(37.5g)+쌀가루즙(900cc)+간장(1cup) ▶ 마심

제2법:(만성적 출혈)가지를 참대칼로 썰어서 그늘에 말린 후 가루
　　　를 내 매일 식전에 늘복용 계속한다

제3법:청혈고경탕(그밖에 독삼탕, 삼부탕, 개울사물탕, 도홍사물탕)
　　　이 있다

그 중에는 성교후 자궁으로부터의 출혈을 경험하는 여성도 있다. 이 출혈은 대부분 우발적인 것이라고 간주되며, 대개의

경우 성교와는 관계가 없다. 비정상적인 출혈 가운데에는 부전유산, 유산 후 자궁벽의 염증, 또는 자궁외 임신과 같은 이상 임신이 원인을 이루는 경우도 있다. 비정상적 출혈에는 다음같은 동의보감 21세기버전판이라 할 수 있는 본책자의 성과 건강의 장 일반의 처방전이 전해진다.

「열두해를 혈루증으로 앓는 한 여자가 있어 많은 의원에게 많은 괴로움을 받았고 있던 것도 다 허비하였으되 아무 효험이 없고 도리어 더 중하여졌던 차에 ～(중략) 예수의 뒤로 와서, 그 겉옷가를 만지니 이는 제 마음에 〈그 겉옷만 만져도, 구원을 받겠다〉함이라, 예수께서 돌이켜 그를 보시며 가라사대〈딸아! 안심하라! 네 믿음이 너를 구원하였다〉 하시니 여자가 그 시로 구원을 받으니라」 예수의 뒤로 와서 그 옷가에 손을 대니 혈루증이 즉시 그쳤더라…! (→자궁경암, 자궁질부 미란, DES, 폐경, 피임용 필, 질염)

40. 쑥잎, 석류껍질 세정, 수축에 그만!

　일반적으로는 오랜 기간에 걸친 성교나 출산 후, 또는 정상적인 노화 현상의 하나로서 질이 늘어난다. 그러나 그와 같은 질구의 늘어짐(Vaginal Stretching)이 성교의 쾌감을 방해하는 경우는 거의 없다. 그래도 때로는 여성이나 상대방 남성이 질이 너무 늘어져서 만족할 만한 성교를 할 수 없다고 호소하기도 한다.

　많은 경우 그와 같은 불만은 잘못된 정보나 비현실적인 기대감에서 발생하지만, 현실적으로 남녀간의 문제가 이 불만 때문에 일어날 수도 있다.

　그 가운데에는 남자를 성적으로 기쁘게 하기 위해서 질을 조여주는 것이 필요하다고 믿는 여성도 있다. 실제로 대부분의 남성에게 있어서 성적 기쁨의 요소로서 질을 조여주는 것은 그다지 중요하지 않다. 게다가 남성도 나이를 먹음에 따라서 발기가 그렇게 단단하게 되지 않아서 비교적 좁은 질에는 삽입할 수 없게 된다.

　중년 여성 가운데에는 남편을 자신에게 잡아두기 위해서 질을 수술해서 조이게 해두어야 한다고 잘못된 생각을 가지고 있는 경우도 더러 있다. 하지만 그렇게까지 할 필요는 없다.

[쑥잎+흰국화+석류껍질〈각각 같은 비율〉→가루를 내 +꿀에다 개어 대추알크기 환을 빚어 탈지면에 2개를 쌈, 정오쯤 지나 삽입하고 해가지면 씻으면 됨]

많은 부부에게 있어서 여성의 질이 느슨한 것은 별로 문제가 되지 않는다. 문제는 그 근육이 운동 부족 때문에 약해져 있는 것에 있다. 질의 운동은 페니스를 조이는 힘을 강하게 하고, 남녀 양쪽의 쾌감을 증진시킨다. 이것은 국부 근육을 조이거나 푸는 것과 관계가 있다.

　질 안에서 조임이 없다는 느낌은 여성의 성적 흥분 상태와 밀접한 관계가 있다. 흥분이 고조되는 단계에서는 질 안의 2/3부분이 벌어지기 시작한다. 그 상태에서 페니스가 질로 들어가면 여성은 자신의 질 속에서 페니스가 행방불명이 된 것 같은 기분이 들 수도 있다. 또한 남성도 마찬가지로 질 안에 삽입된 기분이 없다면 불평을 할 것이다.

　여성의 성적 흥분이 더욱 고조되어 〈클라이맥스〉 상태로 들어가면 질입구 근처의 1/3이 수축하여 페니스를 조이기 시작한다. 이때에는 남녀 모두 조임이 없다는 느낌은 들지 않게 되어 있을 것이다. 이와 같이 여성이 충분히 흥분상태가 되어 있는 것을 확인하는 것만으로도 질이완이라는 문제는 〈해결〉된다.

　아내의 질이 너무 느슨하다고 남편이 불만스럽게 생각할 때는 실제로는 자기 자신에게 성적 변화가 일어나고 있는 것일 수도 있다. 중년이 되면 남성은 발기가 예전만큼 단단하게 되지 않고, 사정이 예전보다 늦어지거나 전혀 없는 경우도 있다. 또한 성교 도중에 발기가 어느 정도 약해지는 일도 있을 것이다. 이러한 변화는 정상적인 것이지만, 남성은 자신의 성적 능력에 불안감을 가질 수도 있다.

발기가 예전만큼 단단하게 되지 않았는데도, 남편은 아내의 질에 조임이 너무 없다고 느낄 것이다. 성에 대한 자신의 불안과 걱정을 부인하려고 해서, 성행위를 할 때에 그 사실을 인정하는 대신에 아내의 질에 조여짐이 없기 때문이라고 탓하는 남성도 있다.

여성의 입장에서 보면 질의 조여짐 상태가 남성의 성적 쾌감에 어느 정도 영향을 주는지 정확하게 알지 못한다. 질에 조여짐이 없어도 여성이 오르가즘에 도달하는 능력이 감퇴하는 일은 없지만, 삽입에 의해 느끼는 성적 자극의 정도에는 영향이 있다. 이것은 질의 운동에 의해 얼마든지 교정할 수 있다.

성교 체위 가운데에는 페니스의 마찰을 강하게 해서 질구가 느슨하게 있어도 조여진 느낌을 주는 체위가 있다. 그 하나는 여성이 양쪽 다리를 가지런히 하고 위를 향해 눕고, 남성은 양쪽 다리를 벌리든지, 다른 한쪽 다리를 여성의 다리 사이로 밀어붙이도록 해서 여성 위로 올라가는 것이다. 이렇게 여러 가지 체위를 시도해서 서로 원하는 체위를 발견하도록 한다.

가끔은 질이완이 선천적인 결함이든지, 출산에 의한 외상, 질 수술에 의한 상처, 또는 서투른 회음수술의 후유증에 의한 경우가 있다. 그와 같은 경우는 교정수술로 질구를 좁게 해도 좋다. 다만 질구가 너무 좁아지지 않도록 특별한 주의를 기울여야 한다. 특히 남성이 50세가 넘어서 좁은 질구에 삽입할

수 있을 정도로 발기가 단단해지지 않는 경우가 있기 때문에 주의를 할 필요가 있다. (→질의 운동)

41. 처녀막

동의보감 21세기버전업그레이드판이랄까 이 책의 기본정신도 병을 치유치료하는데 있는 것이 아니라 마음을 고요히하고 수양, 양생하는데 있다고 말씀드리고 싶다. 마찬가지로 건전한 성생활을 위해서도, 기본적인 원칙이랄까, 대병관이란게 서있어야 한다고 생각한다. 21세기버전에 해당하는 이책 전체를 통하여 기본 질병관은 다음과 같다.

「그가 찔림은 우리의 허물을 인함이요 그가 상함은 우리의 죄악을 인함이라 그가 징계를 받음으로 우리가 평화를 누리고 그가 채찍에 맞음으로 우리가 나음을 입었도다. 〈이사야53:5〉… ①이라고하자「살아계신 아버지께서 나를 보내시매 내가 아버지로 인하여 사는 것같이 나를 먹는 그 사람도 나로 인하여 살리라」…②이라고 하자「누구든지 도를 듣고 행하지 아니하면 그는 거울로 자기의 생긴 얼굴을 보는 사람같으니, 제 자신을 보고 가서 그 모양이 어떠한 것을 곧 잊어버리거니와」… ③이라고 하자 ①②③ 세가지명제의 연립방정식을 풀어서 해답이 나올 수 있다면 그의 치병관(治病觀)은 맞는 것이다. ①의 방정식에 힌트가 있다. 무엇일까?

처녀막(Hymen)은 질 입구의 일부를 막고 있는 얇은 막으로, 생리상으로 특별한 어떤 기능이 있는 것이 아니다. 정상적인 처녀막이라도 해도 두께, 크기, 개구부의 형태는 천차만

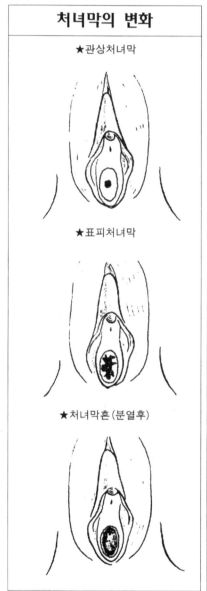

처녀막의 변화

★관상처녀막

★표피처녀막

★처녀막흔 (분열후)

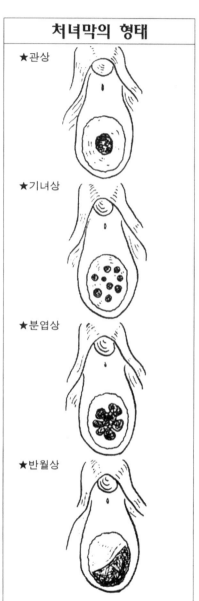

처녀막의 형태

★관상

★기녀상

★분엽상

★반월상

별이다.

손상되지 않은 처녀막이 처녀라는 증거가 되지는 않는다. 또 처녀막이 찢어지거나 늘어났다고 해서 성경험이 있다는 증거는 없다. 게다가 많은 숫자는 아니지만 태어났을 때부터 처녀막이 없는 여성도 있기 때문이다.

대부분의 여성들은 처음 성교를 할 때 처녀막 때문에 통증이나 출혈이 있는 것은 아닌가라고 큰 걱정을 한다. 페니스가 삽입될 때 처녀막이 찢어지거나 파괴되면 그런 현상이 일어날 수도 있다.

이상적인 이야기를 하자면, 처녀막은 어느 정도의 기간을 거쳐서 천천히 늘어나는 편이 좋다. 가령 10대의 소녀들이 월경을 할 때 탐폰을 사용하면 처녀막이 천천히 늘어나기 쉽다. 특히 몇 개월에 걸쳐서 탐폰을 사용하면 처녀막이 늘어나서 최초의 페니스 삽입을 쉽게 한다.

또 자신이 처녀막을 넓힐 수도 있다. 2,3주 동안 매일 욕조 안에서 약20초씩 뒤쪽의 질벽을 따라서 늘리면 좋다.

처녀막의 개구부(질의 입구)가 비정상적으로 작을 때는 의사가 병원에서 확장처치를 받도록 권하는 경우도 있다. 2,3번 통원을 통해서 의사의 손가락이나 기구를 사용해서 손가락 2개가 충분히 통과할 수 있도록 될 때까지 넓히는 방법이지만, 이 치료법에는 국부 마취나 표면 마취, 또는 그 두가지 모두가 행해질 수 있다.

드문 형상이기는 하지만 개구부가 전혀 없는 무공(無孔) 처녀막을 가진 여성도 있다. 이 경우에는 월경혈의 출구가 없어서 질 안에 피가 고여 있게 된다. 그래서 대개는 정기적으로 복통을 호소한다. 이 때 성교는 무리이고 수술을 받아야 한다.

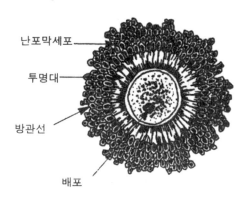

난포막세포
투명대
방관선
배포

처녀막이 지나치게 두꺼워서 벌릴 수 없는 여성도 있다. 이 상태에서 성행위는 불가능하며 수술을 해야 한다. 그밖에도 수술을 필요로 하는 처녀막의 경우가 있다. 예를 들면 처녀막의 조직이 몇 개의 대상(帶狀)으로 되어서 질을 막고 있는 경우에도 이에 해당된다.

처녀막은 알레르기 반응이나 세정액, 세정제에 의한 염증으로 손상되는 수도 있다. 질의 감염증도 처녀막에 영향을 미칠 것이다. 헤르페스가 처녀막이나 음순을 침범하여 심한 통증이 생기는 경우가 그 예이다.

처녀막에 염증이 있거나 그밖의 질환이 있으면 여성에게 있어 성교는 고통스러운 것이 된다. 이때 통증을 두려워한 나머지 갑자기 페니스가 삽입되는 것을 막기 위해 질이 수축하는 일도 있다. 이와 같은 질의 경련(질경)이 일어날 때는 그 원인으로서 처녀막의 이상을 조사해 보아야 한다. (→성교통, 질경)

42. 음핵(클리토리스)

    음핵(클리토리스, Clitoris)는 요도구 위에 위치한 작은 돌기상의 조직이다. 이것은 〈음핵포피〉라고 부르는 주름 형상의 조직에 쌓여 있다. 덮개는 소음순에 연결되고, 이 소음순은 질 입구에 있으며 입술과 닮은 형태를 하고 있다.

    태아가 초기 단계에 있을 때 특수한 세포 그룹이 클리토리스가 된다.

    그리고 태아가 남자라면 같은 조직이 페니스의 일부가 된다. 단 페니스와 달리 클리토리스 역할은 단 한 가지이다. 즉 여성 성감대의 중심이라는 역할밖에 없다. 인체 안에서 그 기능이 성적 쾌감만을 위해 존재하는 것은 이 기관 뿐이다. 클리토리스는 페니스보다 훨씬 작지만 페니스와 같은 수의 말초

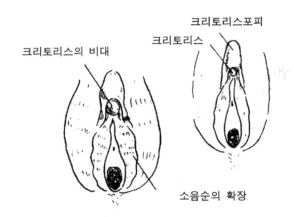

크리토리스의 비대   크리토리스   크리토리스포피   소음순의 확장

신경이 있다. 따라서 실제로 페니스보다 훨씬 예민하다.

구조적으로 클리토리스는 소형 페니스라고 하며 해면체, 귀두, 그리고 포피로 이루어져 있다. 클리토리스의 크기와 형태는 여성에 따라서 그 모양이 다르지만, 성적 반응에는 전혀 관계가 없다.

만약 클리토리스에 통증이 있다면 이것은 이상한 증상이다. 클리토리스에는 말초신경이 집중되어 있어서 자극에는 민감하지만 통증을 느끼는 일은 좀처럼 없다. 따라서 성행위를 할 때 아픔을 느꼈다고 해도 일반적으로 통증은 즉시 사라진다. 만약 클리토리스에 통증이 성행위 때마다 계속된다면 의사와 상의하는 것이 좋다.

클리토리스는 그 부분에 사용한 마취약이나 항생물질 등에 대한 알레르기 반응 때문에 아플 수가 있다. 그 중에는 의복이나 탈취 스프레이, 중성세제, 목욕탕의 거품을 내는 용제 등으로 알레르기 반응을 일으키는 여성도 있다. 땀이나 소변, 치구(恥垢)가 쌓인 탓으로 염증을 일으키는 일도 있다.

거의 모든 피부병은 클리토리스 부분을 침범하기 쉽다. 또한 클리토리스는 궤양, 농양, 종양에 걸리기 쉽다. 질에 병균이 들어가서 클리토리스가 아프게 느껴질 수도 있다. 또 요도염과 같은 비뇨기 계통의 병도 클리토리스에 통증을 일으킨다. 심한 감염증이나 화상, 부상 등의 탓으로 클리토리스가 손상될 수도 있다. 바이브레이터를 거칠게 사용해도 클리토리스에 상처를 낼 수도 잇다.

연성하감이나 성병성 육아종과 같은 병은 때때로 클리토리스나 클리토리스 주위에 통증이 있는 궤양을 만든다. 성교에 의해 성병성 사마귀가 생겨 통증을 일으키게 할 수도 있다. 그리고 클리토리스나 그 주변이 헤르페스에 걸린 경우에도 통증이 동반된다.,

반대로 클리토리스 감각이 약해지기도 한다. 이 원인은 신경의 손상, 당뇨병, 다발성 경화증 등과 같이 생리적인 병에 의한 경우가 많다. 알콜중독과 비타민 결핍도 클리토리스 감각을 둔화시키기 쉽다. 이러한 감각의 감퇴가 심리적 원인에 의하여 일어나는 경우도 있으며, 그러한 현상이 나타날 때에는 심리요법이 필요하다.

마스터베이션에 사용하는 도구에 따라서도 클리토리스에 상처가 날지도 모른다. 예를 들면 클리토리스가 부어서 아프다고 호소하는 젊은 여성을 진찰을 했더니 클리토리스를 머리카락으로 단단히 묶어두었다는 경우도 있다. 또 어린 시절에 자주 나뭇가지에 올라가서 클리토리스를 문질렀다는 여성은 그 결과 말단신경이 심하게 손상되어 치료가 거의 불가능하게 되었다는 사례도 있다.

그 외에 클리토리스의 통증을 초래할 수 있는 것에는 섹스숍(Sex Shop)이나 통신판매로 클리토리스 자극용으로 선전되고 있는 도구도 포함된다. 예를 들면 남성 페니스에 씌우는 플라스틱제품 등도 그 하나이다(그런 도구가 필요한 남성은 아마 성능력에 문제가 있을 것이다).

그 도구 끝에는 작은 돌기가 있어서, 도구를 여성의 질 안으로 삽입하면 그 돌기부분이 클리토리스를 자극한다. 그러나 남성이 여성의 질 속에서 그것을 조절하기 힘들기 때문에 클리토리스가 받는 자극은 기분이 좋다고 하기보다 오히려 불쾌할 것이다.

　　그 중에는 클리토리스가 선천적으로 이상한 여성이나 후천적으로 변형된 여성이 있다. 가장 많은 것은 클리토리스의 비대이다. 예를 들면 여성의 부신에서 나오는 안드로겐의 양이 지나치게 많으면 때때로 남성화 현상이 두드러지게 나타나고, 그 결과 클리토리스가 비대해진다. 드문 예이지만 난소의 종양 때문에 클리토리스가 비대해지기도 한다. 이와 같은 경우 그 원인을 치료하면 대부분 낫는다.

　　유방암 치료에 테스토스테론을 사용하면 대개 클리토리스가 비대해진다. 때로는 염증, 병균, 감염, 상처 때문에 일어나기도 한다.

　　어린 아이일 경우에도 호르몬의 이상 때문에 클리토리스가 비대해서, 때로는 작은 페니스가 그대로 있거나 성기가 변형되는 일이 있다.

　　클리토리스 절제수술이 필요한 경우는 좀처럼 없다. 절제하는 것은 암이나 선천적 기형 등의 경우이지만, 수술 때문에 성적 기능, 성감대, 오르가즘이 손상되는 일은 없을 것이다. 성감을 담당하는 신경은 여러 가지 있으므로, 가령 조직을 광범위하게 잘라내도 여성이 성적 기쁨을 방해받는 일은 없다.

이와 비슷한 경우, 〈음핵 포피절개〉라고 부르는 외과 수술이 클리토리스의 감각을 예민하게 하고, 성적 자극에 대해서 민감하게 한다는 설이 있지만, 연구 결과에 의하면 대체로 부정적인 반응들이다.

클리토리스와 오르가즘의 관계를 말하면 질을 자극하는 것보다 클리토리스를 자극하는 것이 오르가즘에 도달하기 쉽다. 클리토리스라는 기관에는 성적 쾌감을 전달하는 말단신경이 많이 집중되어 있다. 그러나 질벽의 대부분에는 그런 신경은 존재하지 않는다.

성적 반응의 제1단계로서, 흥분상태에 있을 때는 혈액의 흐름이 좋아지고 클리토리스가 팽창한다. 그러나 이 클리토리스 발기는 여성이 충분히 흥분하고 있는가를 판단하는 기준은 되지 않는다. 조사에 의하면 여성 가운데 약 반수는 클리토리스의 팽창이 눈에 띄지 않아서 육안으로는 거의 관찰할 수 없을 정도였다.

이상과 같은 클리토리스의 변화는 생식기나 그 외의 성적으로 민감한 곳, 예를 들면 유방 등에 직접 자극을 가해 생기는 일이 있다. 에로틱한 공상도 클리토리스를 팽창시킬 수 있다.

성적 반응의 제2단계에서는 클리토리스는 줄어들어 질 입구에서 떨어져서 포피로 덮힌다. 이 경우에 있어서도 클리토리스는 손에 의한 접촉의 자극만으로도 반응을 한다.

대개의 성교는 클리토리스에 간접적인 자극밖에 주지 않는다. 페니스의 해면체가 클리토리스에 접촉되는 일은 없다. 오히려 페니스의 피스톤 운동은 소음순에만 압력을 가한다. 이 주기적인 동작이 포피에 전달되고, 그리고 클리토리스 그 자체에 전달되기 때문이다.

때로는 이 간접적인 자극만으로 오르가즘에 도달하는 여성이 있다. 그러나 대개의 여성에게는 페니스가 주는 자극만이 아니고 보다 간접적인 자극이 필요하다.

생리학적으로 보아서 오르가즘, 즉 성적 반응의 제3단계에서는 성적 긴장이 풀어지고, 성적 자극에 의해서 생긴 혈관충혈이 원래의 상태대로 되돌아온다. 이 때에는 클리토리스의 변화 이외에도 많은 육체적 변화를 볼 수 있다. 왜냐하면 오르가즘은 신체 전반에 걸쳐서 일어나는 반응이기 때문이다.

오르가즘이 끝나면 클리토리스는 5~10초에 원래의 위치로 돌아간다.

클리토리스의 팽창은 성적 반응의 마지막 단계에서 진정되며 필요한 시간은 보통 5~30분 정도이다.

43. 거품나는 황록색에 타는 듯하면

동의보감에서는 이를 음식(陰蝕)이라 하는데, 이것은 질의 감염증으로 〈질 트리코모나스, Trichmoniassis)〉라는 단세포의 원충에 의해 일어난다. 주된 증상은 거품이 많고 냄새나는 황록색 분비물이 나와서 질 주변에서 타는 듯한 느낌이 들도록 하는 것이야. 어때에는 질벽의 통증이나 부종, 출혈도 일어날 수 있다. 또한 요도와 방광까지도 침범당하는 일이 있을 수 있다.

트리코모나스증은 보통 성교에 의해서 옮겨진다. 이것을 성병으로 간주하는 의사도 있다. 이 원충은 아날섹스 후 다시 질을 통해서 성교한 경우나, 대변을 질에서 항문 쪽으로 닦지 않고 항문에서 질로 닦은 경우에 직장에서 질로 옮겨갈 가능성이 있다.

이 원충은 체외에서도 따뜻하고 습한 장소라면 생존할 수 있기 때문에 의류나 변기, 타월, 세면용 타월, 그 외에 신체 주변의 물건을 매개로 해서 병이 전염되는 수도 있다. 또한 필을 사용하는 여성은 트리코모나스증에 걸리기 쉽다.

남성의 경우, 아무런 증상이 없어도 이 원충은 요도나 전립선 또는 방광에 기생하는 경우가 종종 있다. 따라서 여성은 일단 치료 효과가 있어도 상대방 남성에게서 여러 번 재감염될 수 있다.

따라서 남성도 여성과 동시에 치료를 받을 필요가 있다. 또한 재감염의 가능성을 적게 하기 위해 몇 주일은 성교를 할 때 콘돔을 사용하는 것이 바람직하다.

트리코모나스증은 일반적으로 메트로니다졸(상품명은 프라질)이라는 약으로 치료한다. 메트로니다졸은 환약으로 통상하루에 3회, 10일 정도 복용한다. **임신 중이나 수유 중 또는 혈액관계의 병이나 중추신경계의 병에 걸린 적이 있는 사람은 이 약을 복용해서는 안된다.**

이 치료약에 의해 질 주변의 상태가 변하기 때문에 진균감염증을 일으킬 수도 있다. 그 외에 구토증이나 설사, 생리통, 현기증, 입이나 질의 건조함 등의 부작용도 생길 수 있다. 복용기간 중에는 알콜음료를 끊는 것이 가장 바람직하다. 알콜이 신진 대사를 방해해서 한 잔만으로도 약의 효능이 눈에 띄게 떨어질 수 있기 때문이다. (→아날섹스, 질내 세정)

44. 인생은 60부터

폐경(Menopause)은 문자 그대로 월경이 영구적으로 정지하는 것으로, 폐경 후 여성은 아이를 가질 수 없다.

폐경 전 2~5년 동안 여성의 신체는 월경폐지를 향한 생리적인 변화가 일어나지만, 6개월에서 1년간 계속해서 월경이 없으면 월경폐지라고 생각해도 좋다.

대부분 여성은 44~53세 사이에 폐경을 경험한다. 그러나 36세에 이미 폐경을 맞는 일도 있고 60세를 넘어서 폐지되는 일도 있다. 초경의 나이로는 언제 폐지되는가를 아는 실마리가 되지 않는다. 또한 흡연이 폐경을 빠르게 한다는 증거도 있다.

정상적인 성충동은 폐경 후에도 달라지지 않는다. 어떤 점에서는 폐경에 의해 성의 즐거움이 증가되는 일조차 있다. 이것은 임신의 걱정에서 해방되어 좋다고 생각하는 부부가 많기 때문이다.

폐경기에는 배란주기를 예측할 수 없기 때문에 마지막 월경 후 1년 동안은 피임하는 것이 현명하다. 그러나 피임용 필을 복용한다면 월경이 계속된다.

여성은 자주 월경의 패턴 변화에 따라 갱년기가 시작된 것을 느낀다.

월경이 다른 때보다 많거나 줄고, 월경이 여러 번 멈추는 경우도 있다.

이러한 징후는 내분비계에 변화가 일어나고 있다는 것을 의미한다.

여성이 갱년기가 가까워지면 난소에서 분비되는 중요한 여성 호르몬의 양이 점차 줄어든다. 배란이 멈추고 황체 호르몬(프로제스테론)의 분비는 급격히 감소한다. 그리고 뇌하수체가 이것에 반응해서 이 호르몬의 분비를 촉진시킨다. 또한 복잡한 내분비선의 균형이 깨어지고, 새로운 균형을 만들려고 한다.

갱년기의 가장 흔한 증상은 얼굴이 붉어진다는 점이다. 그래서 얼굴에 열이 나며, 열기는 온몸으로 번진다. 가슴에서 시작되어 목이나 얼굴, 머리 등 피부가 전체적으로 눈에 띄게 불그스름해진다. 그것은 곧 전신으로 번지며 땀을 흘리거나 오한이 나는 것이 반복된다. 그럴 때는 체온을 재어 보아도 아무런 증상이 나타나지 않는다.

안면홍조는 폐경이 되기 2~5년 전부터 시작되어 몇 년간 계속되며, 낮과 밤에 관계 없이 일어날 가능성이 있다. 낮에는 보통 스무 번 또는 그 이상의 증상이 일어나고, 또한 밤에도 몇 차례 이 때문에 잠에서 깨는 사람도 있다.

안면홍조는 피부 표면에 가까운 모세혈관이 갑자기 심하게 확장되어 일어난다. 피가 국부로 모여서 그 부분이 뜨거워지고 땀샘을 자극시킨다. 이때 혈관이 불안정하게 되는 것은 에스트로겐의 분비가 감소되고, 자극을 받아서 여성의 월경주기

안에서 여러 가지 호르몬의 분비가 변화하기 때문이라고 생각하면 된다.

폐경에 따르는 다른 증상으로서는 현기증, 무력감, 불면, 신경과민, 두통, 요통, 질의 건조 등을 들 수 있다. 또 혈압의 급격한 변화나 심계항진, 위의 거북함을 호소하는 사람도 있다. 체중의 증가, 즉 중년이 되어 살이 찌는 것이나 두통이 일어나기도 한다. 특히 얼굴이나 손, 팔다리 등에 기미가 생기기도 한다. 알레르기성 피부염이 자주 일어나는 일도 있다.

몇 개월 혹은 일 년, 그 이상의 기간이 경과하면 여성의 몸은 호르몬의 변화에 순응해서 폐경을 동반하는 증상이 없어진다. 많은 여성이 갱년기 이후에는 건강을 다시 되찾았다고 하는 것이 그것을 증명하고 있다.

그렇다고 육체적인 증상을 모두 갱년기와 연결해서 생각하는 것은 바람직하지 않다. 여성은 이 시기에 당뇨병이나 암, 고혈압 등에 걸릴 확률이 가장 높다.

새로 발생하는 증상은 모두, 특히 월경과 월경 사이에 나타나는 심한 출혈이라든지 월경 폐지 후의 출혈은 의사에게 말해야 한다. 또 폐경 후에도 정기적으로 산부인과의 검진을 받아야 한다.

갱년기의 여성은 불안이나 우울증으로 자주 고민한다. 이 시기의 여성은 월경 폐지 뿐만 아니라 여러 가지 변화를 경험하기 때문에 정신적 스트레스가 쌓일 것이다.

자신의 모든 생활을 육아에 바쳐온 여성이 문득 뒤를 돌아보자 어느 사이엔가 아이는 성인이 되어 어머니를 필요로 하지 않는다. 직업을 가진 여성도 젊은 여성에게서 심리적인 압박을 받는 입장이 되어 버렸다고 생각하는 일이 있다. 젊음을 소중히 생각하는 문화 안에서는 얼굴의 주름이나 뚱뚱함을 신경쓰는 사람도 있다. 또한 이제 아이를 낳을 수 없다는 사실에서 실망하는 여성도 있다. 갱년기에 발생하는 특이한 우울증은 과거에 어떤 병을 앓은 적이 없더라도 자연스럽게 일어난다.

갱년기 전에 불안감을 가지면 심리적인 암시나 폐경에 따르는 복잡한 신체의 증상이 원인이 되어 심한 정신이상을 일으키는 일이 있다. 갱년기 여성 가운데에는 소수이기는 하지만, 〈갱년기 우울증〉에 걸리는 사람도 있다.

때로는 호르몬의 부족이 우울증의 한 원인이 되기도 하며, 그런 경우에는 에스트로겐 요법으로 치료할 수 있다. 또 심한 정서장애에는 심리요법도 필요할 것이다.

반대로 병적인 정신증상을 경험하지 않고 갱년기를 보내는 여성도 있다. 이러한 여성은 대개 다른 심한 경우에 대해서도 훌륭히 대처해 온 사람이다.

에스트로겐 요법은 갱년기 장애를 가볍게 하는 경우도 있지만 위험하기도 하다. 그러나 이 요법은 안면홍조나 위축질염에 유효하며, 갱년기에 자주 나타나는 골다공증이라는 뼈의 질환에도 어느 정도 효과적이다.

그러나 〈메디칼 레터〉지는 갱년기의 여성에게 에스트로겐

요법은 좋지 않다고 지적하고 있다. 왜냐하면 장기간에 걸쳐서 에스트로겐 요법을 받은 여성은 자궁내막의 암에 걸릴 확률이 그렇지 않은 여성보다 5~8배에 이르기 때문이다.

에스트로겐 요법을 받으려고 생각하는 여성은 우선 자궁내막의 검사를 받고, 암성 또는 전암성의 병변(病變)이 없는지 조사하는 것이 좋다.

그래서 일 년에 한 번 검사를 받도록 권장하는 의사도 있다.

에스트로겐 요법은 이미 생긴 암의 진행을 빨리하고 자궁근종을 크게 하거나 유선종을 악화시키는 일도 있다. 또한 질에서 불규칙한 출혈을 일으킬 수도 있다. 이것을 조절하기 위해서 에스트로겐과 함께 황체 호르몬을 처방해서 고의로 출혈을 일으키는 의사도 있다(이것은 에스트로겐을 단독으로 사용하는 것보다 안전하다). 이것은 소위 인공적 월경기간이라는 것이 된다. 그 밖에 에스트로겐 요법의 부작용으로서는 구토증이나 체액의 저류(貯留), 담낭의 병, 비정상적인 출혈응고, 혈압 상승 등이 있다.

젊은 여성이라 할지라도 난소를 모두 수술로 제거한 경우는, 인위적인 폐경을 의미하며, 이 때는 보통 호르몬 요법이 필요하다.

보고서에 의하면 자궁암이나 유방암(에스트로겐이 유방암의 치료에 사용되는 특별한 경우는 제외) 환자에게는 에스트로겐 요법을 해서는 안되다고 권하고 있다. 또 질에서 출혈이 생겨 아직 진단을 받지 않은 경우, 또는 다리나 폐에 응혈이 있는 경우, 뇌출혈, 후두 편도선염, 심장발작의 병력이 있는 경우에는 에스트로겐의 요법은 적당하지 않다. (→노화, 월경, 골다공증)

잠깐 쉬어갑시다:휴게실 코너

약초소개

동의보감 탕액 약재에 쓰인, 우리나라 산야의 약초, 약물들을 소개한다.
구맥(임질), 으름넝쿨(목통), 아욱씨(동규자), [골속(등심):황달], 제령(부종, 임질), 지부자(임질, 산종), 차전자(임질, 소변불리), 택사(임질, 소변불리), 편축(소변불리, 황달), 활석(소변불리)

제2장 전음질환Ⅱ

-남자의 성과 건강-

전음(前陰)^{주)}이란

전음(前陰)이 종근(宗筋)에 속할 때

내경(內經)에 말하기를 「전음(前陰)은 종근(宗筋)의 모이는 곳이며, 태음(太陰)과 양명(陽明)이 합하는 곳이다.」하였고 주(註)에 말하기를 종근(宗筋)이 배꼽밑에 끼고 음기(陰器)에 합하니 태음(太陰)은 비(脾)의 맥(脈)이며, 양명(陽明)은 위(胃)의 맥(脈)인데 모두 종근(宗筋)을 돕고 가려워서 합한다.」고 하였다. 종근(宗筋)은 음모(陰毛)속의 횡골(橫骨)의 위 아래에 세로근(竪筋)이다. 〈內經〉

전음(前陰)의 제질환(諸疾患)

전음(前陰)의 모든 질병은 족궐음(足厥陰)의 맥(脈)이 털속에 들어가서 음기(陰器)를 지나 소복(小腹)에 닿으니 이것은 간맥(肝脈)이 지나는 곳이다.」 또 이르기를 「독맥(督脈)은 소복(小腹) 그 아래에 뼈의 중앙에서 일어나는 것이니 여자는 정공(挺孔)에 매어서 음기(陰器)를 두르고 남자는 신경(腎莖)의 밑을 둘러서서 되는 것이 여자와 같으니 이것이 독맥(督脈)이 지나는 곳이다. 족궐음(足厥陰)의 맥(脈)이 병들면 남자는 퇴산(㿗疝)·호산(狐疝)이 되고 부인은 소복(小腹)이 붓는다」고 하였다.

독맥(督脈)은 하극(下極)의 유(兪)에 일어나서 척추속을 지나 위로 풍부(風府)에 닿으며 임맥(任脈)은 중극(中極)의 밑에서 일어나 모제(毛際)에 올라 뱃속을 돌아 목구멍에 닿으니 임맥(任脈)이 병들면 남자는 안으로 칠산(七疝)이 맺히고 여자는 대하(帶下)에 적병이 모인다. 음종(陰腫)·음위·음양(陰痒)·음정(陰挺)·음축(陰縮)·목신(木腎)·음식창(陰蝕瘡)·신장풍(腎臟風) 등 증세가 모두 전음(前陰)의 질환이 된다.

산병(疝病)의 원인일 때

내경(內經)에 이르기를 「병이 소복(小腹)에 있으면 배가 아프고 대·소변을 못누니 병명을 산(疝)이라 하고 차가워서 얻은 것이다. 산(疝)이란 것은 한기가 맺어 있어서 된 것이다.」라고 하였다.

산(疝)은 고환(睾丸=불알)이 소복(小腹)에 이어져서 급히 아픈 것이니 아픔이 고환(睾丸)에 있는 것이 있고 오추혈(五樞穴)가에 있는 것도 있는데 모두 족궐음(足厥陰)의 경(經)에 속하는 것이다. 또는 모양이 있는 것도 있고 또는 모양이 없는 것도 있으며 또는 개구리 소리가 나고 또는 오이와 같은 모든 증세가 있으나 풍문에 못미치는 많은 의서에는 모두 한증(寒症)으로 되어 있으니 틀림이 없다고 보는 것은 타당할 것이나 깊이 살펴보면 이것은 습열(濕熱)이 경(經)에 살아서 오래된 데 그 원인인 것이고, 또 한기(寒氣)가 밖에서 억매인 것을 느껴서 아픔이 일어나는 경우도 있으니 순수한 한(寒)으로만 보면 좀 모자라는 이론(理論)이 아닌가 생각된다.

얼음이나 물을 죽을 때까지 가까이 하는 사람이 이 병에 걸리지 않는 것을 보면 그것은 열(熱)이 없기 때문이다.

주)전음이란 생식기에 관련된 모든 질환을 총칭

1. 토산 불알 등엔 침을!

이것은 음낭내에서 정삭, 즉 고환에 붙어 있는 관이 비틀려 있는 것을 말한다. 산병(동의보감)에 속한다.

이 증상은 고환에 격렬한 통증이 갑자기 오고, 만지면 아프고 부어오른다. 고환은 음낭 내의 위쪽으로 들어가고, 음낭의 피부는 검붉은 색으로 변한다.

염전(捻轉:비틀어짐)은 대개 초막(고환을 덮고 있는 음낭의 공동)내부로 되어 있는 막)의 구조상에 의해 발생하고, 이 증세는 어떤 사람에게는 일어나기 쉽지만, 대개 사춘기의 성숙에 따라 고환이 커질 때까지는 좀처럼 발생하지 않는다.

또한 정삭이 비틀어진 것은 저절로 정상적으로 돌아오는 일도 있다.

급성의 경우 1/3~1/2은 거의 언제나 같은 쪽으로 통증이 일어난다고 말하고 있다.

하지만 격심한 고환의 고통을 그대로 두는 것은 바람직하지 않다. 고환 비틀어짐은 즉시 수술하여 4시간 이내에 바로 잡을 수 있다. 하지만, 최대한 가능하면, 동의한방으로 치료한다. 전반적으로 수술을 받으면 약 50%는 고환에 장애가 남지 않는다. 만약 비틀어진 시간이 2,3시간에 지나지 않고, 관이 비틀어진 것이 1회전반 이하라면 전망은 극히 밝다.

①손도 못댈 정도로 아플때:양육탕, 침맞는다.

②바늘로 찌르듯 아프면:혈산.

③토산불알:귤액환, 회향안신탕, 침맞는다.

④불알이 붓고 아프면:흑축, 백축(분말, 각 0.3), 저요자 1개, 천초 50개, 회향 100개, 창출(황수), 오수유(반은 식초, 반은 술에 담금), 산수유, 식초에 담근 마린화, 천련육, 육계, 현호색, 진피, 청피, 도인, 백질려(이상 각각 0.1)을 한첩으로 해서 가루로, 1회에 온수로 먹음, 1일 2회 복용, 5일간

⑤산병에는 두다릴 쭉 펴고 앉아 엄지발가락을 잡아 당겨 치료하는 체조가 있다.

⑥한쪽 고환이 붓고 처지는 것-어혈, 습담으로서 생겨 이를 없애야

⑦목신(감각둔해지고, 뭉치는 것):더운 약을 써야! 또는 이중탕에서 백호를 빼고 (육계+적복령)

⑧분돈산기(배꼽 밑에 동기가 있는 것):탈명단(처방시 주의)

⑨남자음정 부어오르면:용담사간탕

⑩부어서도 아프지 않은데:(새로생겼을때)-삼핵산 or귤핵산, (오래 됐을때)-선퇴산 or 오령산+삼산탕+청피+비냥+목통

고환이 암에 걸리면 대개 고환적출(Testicle Removal)을 하지만, 한쪽 고환만 적출해도 보통 성교능력이나 사정능력, 생식능력에는 지장이 없다. 하지만 치료법에 따라서는 사정에 장애가 있는 경우도 있다. 때문에 최대한 한방동의요법 또는 대체요법에 덜 위험한 치료법이 없나 찾아보아야 한다.

전립선암이 이전되어 수술이 불가능한 경우, 통상의 치료법

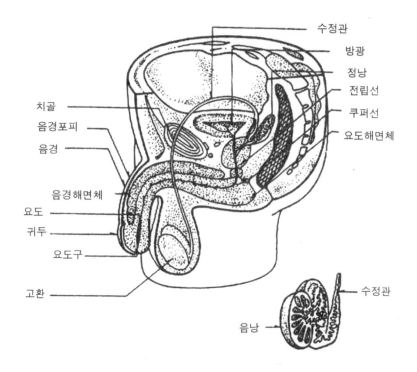

으로서는 양쪽 고환의 적출과 에스트로겐(여성 호르몬) 요법을 행한다거나 어느 한쪽을 선택하게 된다. 이 방법은 모두 테스토스테론(남성 호르몬) 혈중농도를 낮추는 것에 의해 암이 다른 부위로 퍼지지 않도록 하는 것이다.

이 방법으로 치료를 받는 남성의 대다수는 성욕이 감퇴되고, 임포텐스(impotence:성교불능)가 되는 사람도 있다. 고환은 정자를 생성하기 때문에 고환을 양쪽 다 잃어버린 남성은 생식불능이 된다.

이때 수술에 의해 한쪽 또는 양쪽 고환을 적출한 다음, 인공 고환을 넣은 남성도 있다. 인공고환은 수술을 통해서 음낭에 삽입된다. 보통 젤리 형태의 실리콘을 넣은 실리콘 고무 형태로 실물과 같이 탄력이 있으며, 크기는 여러 종류가 있다. (→전립선암)

3. 아빠! 몸이 주셨어요!

　중년의 위기엔 체중이 준다. 남성도 노화됨에 따라 성반응이나 정자생산이 변하지만, 여성의 폐경과 같이 극적이고 결정적인 변화는 일어나지 않는다. 더우기 〈남성호르몬의 변화에 따른 갱년기〉라는 것은 전혀 존재하지 않는다.

　소수이긴 하지만 60세 이상의 남성 가운데에는 임상의에 따라서 〈남성갱년기(Male Climacteric) 증후군〉이라고 불리우는 다음과 같은 증상을 호소하는 사람들이 있다. 그 특징은 다음과 같이 네 가지이며, 두 가지 이상이 겹치면, 그 증세라고 할 수 있다.

　(1) 무기력
　(2) 체중의 감소와 식욕부진 중 양쪽 모두이거나 한쪽에만 해당 되는 경우
　(3) 성욕감퇴(자주 성교능력의 상실을 동반한다)
　(4) 집중력의 감퇴, 피로, 무기력감, 급한 성질.
　이러한 갱년기 증상은 여러 가지 병에서도 일어나므로 여기에서는 취급하지 않는다. 또한 우울증이나 심한 만성빈혈, 위암등 특이한 증상을 꼽을 수 있다.
　이 증후군으로 괴로워하는 남성은 〈테스토스테론(남성 호르몬)〉의 혈중농도가 현저하게 낮다. 테스토스테론 보충요법을

받으면 2개월 이내에 증상은 눈에 띄게 가벼워진다. 환자와 그 성교 상대를 교육하거나 기운을 북돋아 주는 일도 증상의 경감에 크게 도움이 될 것이다.

〈남성갱년기〉라는 말은 많은 남성이 40~60세에 경험하는 소위 〈중년기의 위기〉를 가리키는 말로서 사용되어 왔다. 대개 이 시기에 남성은 성적 매력의 쇠퇴를 느끼기 시작한다. 자신의 직업, 가족이나 친구와의 관계, 인간으로서의 가치를 재검토하는 일도 있을 것이다. 성적 매력에 대한 자신감을 되찾으려고 계속 연하의 여성을 상대로 성행위를 요구하는 사람도 있다. 또한 〈중년의 위기〉를 극복하기 위해서 카운셀링을 필요로 하는 사람도 있다. (→노화)

①(음위 자식갖지 못한):찬육단

②(음위):장양단, 자음흥양단, 익지환

③(선천적 허약):보양단

④(간, 신장, 심장 강화):묘약년령교본단

⑤(음위):기력강환

⑥(음위):선전육자환

⑦(몽정):전록환

⑧(음위)구산영웅산

⑨음이 냉하면 조양산, 회춘산, 청호탕, 8미환, 가감내고환

4. 오! 분수처럼 쏟아지는 여름햇살 –남성기의 구조–

  남성의 외음부는 음경(페니스), 고환, 음낭, 부고환으로 이루어져 있다. 페니스는 귀두와 음경체부 및 음경근으로 구성되어 있다. 귀두의 끝에는 소변이나 정액이 통과하는 요도의 출구가 있다.

  페니스 안에는 〈해면체〉라고 불리는 발기조직이 있어서 그 안에 혈액의 양이 많아지면 발기한다.

  두 개의 고환은 계란 모양의 선(腺:생물체가 몸 속에 액체 물질을 분비 및 배설하는 상피 조직성의 기관)으로 길이는 거의 4cm이다. 고환안에는 정세관이 있어서 남성 생식세포인

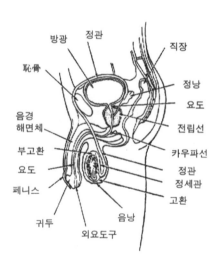

〔그림4〕 남성기의 구조

정자를 만들고 있다. 사정할 때 정액에 포함되어 있는 정자의 수는 30억 이상인 사람이 있는 반면, 그보다 더 적은 사람도 있다. 정액에는 정자 이외에 여러 종류의 생식기에서 나오는 분비액도 있다.

고환은 또 〈테스토스테론〉이라는 호르몬을 분비하는데, 남성의 생식에 관여한다. 고환은 각각 음낭이라는 얇은 자루 모양의 피막 안에 있다.

음낭에는 고환 이외에 부고환도 들어있다. 이것은 작은 관으로, 사정할 때 정자가 통과하는 통로의 일부를 이룬다. 부고환은 사정전에 정자를 모으고, 정액의 일부를 만든다.

남성의 내성기는 정관, 정낭, 사정관, 전립선, 카우파선으로 구성된다.

정관은 한 쌍의 관으로 부고환에 연결되며, 각각 정낭의 한 쪽과 이어져 있다. 정낭은 모양이 구부러진 한 쌍의 자루로, 정관의 끝과 연결되어 사정관을 형성한다. 사정관은 2개의 짧은 관으로서 전립선을 통해 요도와 연결되어 있다. 그리고 정낭은 정자의 신진대사를 도와주는 영양소를 분비한다.

전립선은 밤알 정도 크기의 선(腺)으로 방광 바로 아래에서 요도를 둘러싸고 있다. 전립선 바로 뒤가 직장에서부터 대장의 가장 아래 부분이다.

전립선은 정액의 대부분을 분비한다. 카우파선은 완두콩 정도 크기인 2개의 선으로, 전립선 바로 아래에 위치해서 소량의 분비액을 정액 안으로 보낸다. (→오르가즘, 전립선 비대)

5. 석류 한송이

　최초의 몽정(Nocturnal Emission:수면 중에 무의식적으로 정액을 배출하는 것을 말한다.)은 보통 12세 반에서부터 14세 사이에 일어난다. 이때 부모는 아이에게 그 시기가 되면 몽정이 있다는 것, 대다수의 소년이 사춘기에 그것을 경험한다는 것, 그렇기 때문에 몽정은 정상적인 것으로 아무런 해가 없다는 사실을 말해 두는 것이 좋다. 그러한 준비가 되어 있지 않다면, 몽정은 이 아이에게 죄의식이나 불안감을 일으킬 수 있다. 또한 몽정을 한번도 경험하지 않은 남성도 있는데, 그것도 마찬가지로 정상적이라고 가르쳐 주어야 한다.

　부모는, 몽정에는 아주 다양한 현상이 있다는 사실을 설명해 줄 필요가 있다. 사람에 따라서 몽정은 성인기를 통해 주기적으로 일어나기도 하고, 사춘기에만 일어나는 경우도 있다. 사춘기의 소년 가운데에는 대부분 매일밤 몽정을 하는 경우도 있고, 몇 주일, 몇 개월, 또는 몇 년의 간격으로 몽정을 경험하기도 한다.

　몽정은 성적인 꿈에 의해서 일어난다고 한다. 이런 경우에는 페니스를 자극하지 않아도 저절로 발기한다. 오르가즘과 사정으로 잠시 잠에서 깨는 사람도 있다. 꿈 내용이나 오르가즘도 전혀 기억하지 못하는 사람도 있지만, 대개 몽정의 근거는 잠옷이나 이부자리가 더러워진 것만으로도 충분히 짐작할 것이다.

제1법:(산)석류껍질 →구운다→ (노랗게)가루10g+끓인 물(1컵)=1회분
아침엔 술첨가 저녁엔 소금 첨가, 식사때마다, 매일 2회,
시간걸림
제2법:(음위, 조루, 몽정, 남자불임) 오자환
제3법:(몽정, 음위)우귀환(숙지황+산약+구기자+녹각교+토사자
+두충 산수유+당귀+육계 부자
제4법:봉수단(몽정)
제5법:초환단(야뇨, 음위)
제6법:보골지환(몽정)
제7법:산딸기술(몽정, 성신경쇠약)

6. 무쾌감 사정

좀처럼 드문 일이기는 하지만 무쾌감 사정(Pleasureless Ejaculation)이란, 사정할 때 오르가즘의 쾌감을 동반하지 않는 것을 말한다.

이 문제는 당뇨병이나 신경질환 등에 걸려 있는 상태에서 가끔 일어난다. 요도의 염증이나 전립선의 질환이 기본적인 원인이 되기도 하고, 임질에 의해서 생긴 요도의 상처도 때로는 그 원인이 된다.

쾌감이 없는 사정 (사정성 쾌감 소실증 또는 오르가즘 불능이라고도 불린다)으로 고민하는 남성의 대부분은 생리적이라고 하기보다는 심리적인 문제를 안고 있다.

이것은 성관계에 대하여 정신적으로 불안감을 느끼고 있다는 사실을 반영하는 경우가 많다. 그러한 남성은 무의식 중에 성행위에서 얻는 쾌감을 억제하는 경우도 있다. 또한 성교에 대한 불안이나 공포, 또는 반감을 느끼고 있을 수도 있다. 이와 같은 심리 상태가 계속되면 사정시 심한 성적 흥분이 억제될 것이다. 이것을 치료하기 위해서는 심리요법(정신요법)이 효과적이다.

7. 자주 오줌이 마렵고 골반 압박 통증이 있으면

부고환염(Epididymitis)은 고환과 고환체 사이에서 일어나는 부고환의 염증이다.

사정을 하지 않는 애무 등 만족스럽지 않은 성적 흥분에서 혈관이 울혈되고, 이것이 고환에 통증을 일으킨다.

반복해서 성적으로 흥분하면서도 사정을 하지 않으면〈울혈성 전립선염(또는 골반울혈 증후군)〉이라고 불리는 증상을 일으킨다. 그 특징은 항문과 생식기 사이, 그리고 등 아래쪽이 아프며, 골반의 압박감과 통증을 동반한 빈뇨(頻尿)가 일어난다. 경우에 따라서는 사정을 할 때 투명한 분비물이나 피가 섞여 나올 수도 있다. 또한 직장 관찰에서는 과민한 전립선이 보일 수 있다. 울혈성 전립선염이 오래 계속되면 방광이 부분적인 폐색이나 세균성 전립선염을 일으킬 수도 있다.

가장 좋은 치료법은 사정이다. 본인이 받아들일 수 있는 어떤 형태의 성행위라도 상관없다. 그러나 전립선의 마사지는 효과가 약하다. 뜨거운 물에 담그는 것과 커피, 술, 양념이 많이 들어 있는 음식물을 피하는 것도 증상의 완화에 도움이 될 것이다.

단, 증상이 박테리아의 감염에 의한 것이 아니라는 진단을 의사로부터 확인받아야 한다.

①(급성, 오줌곤란):저령탕

②(재발, 항생제무력):팔미환

③가감용담사간탕

④가감이지지황탕

이것과 무관하면서 방광과 음낭에 종기가 나 아프고 가렵고, 물이 나면서 소변도 잘 안나오면:백축, 두말(각각 1), 백충, 상백피, 목통, 진피(0.3)를 가루로 2돈중씩(0.2) 생강탕에 1일 3회, 3일 복용하면 좋다.

한편, **만성결핵성 고환염**을 동의보감에서는 간양허라고 한다. 고환염에는 회향과 창이자를 넣은 향이탕을 쓴다.

8. 사정 장애

비교적 적게 나타나는 성기능부전으로, 〈사정불능
(Ejaculatory Dysfunction)〉, 또는 〈억압된 사정〉이라고
불리며, 질 안에서 사정이 불가능한 상태를 일컫는다.

단, 이와 같은 남성이라도 마스터베이션으로는 사정을 할
수 있고, 또한 상대방 여성이 손이나 입술로 자극해서 사정하
는 경우가 있다. 소수의 예이긴 하지만, 어떤 여성의 질 안에
서는 사정할 수 있었는데도 다른 여성에게는 할 수 없는 경우
도 있다.

이런 사정불능인 남성이라도 정상적인 성욕이 일어나고 발
기도 할 수 있다. 또한 성교할 때에는 장시간 발기를 하도록
유지할 수 있는 것이 보통이다.

원래부터 성교 중에 전혀 사정할 수 없는 남성의 경우, 그
원인은 대개 심리적인 요인에 있다고 하겠다.

그러한 남성은 성에 대해서 엄격한 교육을 받았을 것이다.
그래서 성행위에 대해서는 죄의식과 수치심을 느끼고 있다.
상대 여성을 임신시킨 것을 대단히 두려워하며, 그 가운데에
는 사정할 때 제어력 상실을 두려워하는 사람도 있다. 상대방
에 대한 적의가 기능부전을 악화시키는 경우도 있다.

원래는 성교 도중 사정이 가능했었는데도 실제로 할 수 없
었던 남성의 경우는 대개 그 상대와의 관계에 문제가 있다.

예를 들면 아내가 임신을 원하고 있는데도 남편 쪽이 무의식으로 아버지가 되는 것을 두려워해서 사정을 멈추는 경우가 그것이다.

남성에 따라서는 불쾌한 일을 연상해서 그렇게 되기도 한다. 예를 들면 아내의 부정을 발견하거나 과거의 강간 경험을 알았을 때부터이다.

사정불능은 대부분이 심인성(心因性)이지만, 때로는 그 사람의 성격적인 문제가 사정을 억제하기도 한다. 그때는 신경 질환이 생식기로 통하는 교감신경을 방해하는 경우도 있다. 또 어떤 종류의 의약품이 사정을 억압하는 경우도 있다. 그리고 만성 알콜 중독도 사정 장애의 원인이 될 수 있다.

사정불능이 심인성인 경우, 임상에서 고안된 방법으로 치유되었던 사례도 많다.

우선 두 사람은 상배방의 성기에는 닿지 않고 성교를 목표로 하지도 말고, 서로 애무하면서 쾌감을 고조시킨다. 서로에게 자신의 기분을 말하지 않아도 서로의 육체적 감각이 강화되어, 자극만으로도 이심전심 전달되도록 하는데 목적이 있다. 또한 성행위에 관해서 좋아하는 체위와 싫어하는 체위를 서로 가르쳐 주거나 두 사람 사이에 풀지 않고 방치해둔 감정이 남아 있지는 않은가 탐지하는 것도 바람직하다.

이 단계가 끝나면 직접 성기에 닿는 단계로 진행한다. 여성은 남성의 페니스를 손으로 자극하고, 남성 쪽은 여성이 그렇게 해주는 것을 받으면서 쾌감을 강하게 느꼈을 때 반대로 여성에게 해준다. 그와 동시에 여성도 남성이 발기할 때까지 계속한다. 발기했을 때, 이 행위가 가능한 한 여성의 성기 가까이에서 일어나도록 하는 것이 바람직하다.

그 다음에 여성은 누운 남성에게 말을 타듯이 앉는다. 이때 여성은 뒤를 향해서 앉아도 상관없다. 그렇게 해서 페니스를 자극하고 발기하려고 하는 시점에서 질에 삽입한다. 남성이 허리를 약간 더 활발하게 움직여도 사정하지 않으면 여성은 페니스를 질에서 꺼내서 손에 의한 자극으로 되돌리고, 사정하려고 또다시 삽입하는 순서를 반복한다.

9. 남성에게 전립선은 중요하다

역행성 사정(Retrograde Ejaculation)이라는 것은 남성의 정액이 몸 밖으로 나오지 않고 방광안으로 방출되는 것을 말한다. 정상적인 사정에서는 남성이 사정을 할 때 방광경부가 닫히고, 요도의 수축으로써 정액을 밖으로 분사한다. 근육이나 신경의 손상 결과 방광경부가 닫히지 않는 경우에는 정액이 그 반대로 방광 안으로 흘러 들어간다.

이 상태의 남성은 성교나 마스터베이션으로 오르가즘을 경험해도 정액이 방출되지 않는 것을 느낄 것이다. 그러므로 이 진단은 소변 속에 정액이 검출되는 것만으로도 확인할 수 있다. 그러나 역행성 사정이 성적인 능력에 영향을 미치는 경우는 거의 없다.

이 증상의 큰 원인은 전립선의 수술이다. 수술의 상처 때문에 방광경부가 완전하게 닫히지 않게 되거나 정액이 흘러들어가는 일이 있다.

또 다른 원인으로서는 당뇨병, 척수의 손상, 그리고 골절, 골반의 손상 등을 들 수 있다. 또한 신경절(神經節) 차단약(일반적으로 고혈압에 사용하는 약품)을 복용하는 환자에게 역행성 사정이 일어나는 일도 있다. 이 경우 복용을 중지하면 회복되는 것이 보통이다.

역행성 사정은 또한 결장(結腸)의 절제나 고환 종양에 대한 수술을 받은 후에도 일어나기도 한다. 요추(腰椎)교감신경의 절제를 받은 환자도 역행성 사정을 경험할 수 있다.

역행성 사정의 남성이라고 해서 반드시 불임증은 아니다. 보통 이 증상은 완치되지는 않지만, 소변에서 정자를 회수하여 아내의 질 안으로 주입해서 수정되도록 할 수는 있다. 소수이기는 하지만 방광경부의 수술에 의해 역행성 사정을 고칠 수도 있다. (→당뇨병, 전립선암, 불임증)

10. 삼국지 십상시처럼 수염없는 남자는 싫다

음경암(Penile Cancer)에 걸리는 남성은 거의 없지만, 있어도 수술에 의해 치료할 수 있다. 증상에 따라서는 페니스의 일부를 절제하는 것만으로도 완치될 수 있다. 이 수술은 〈음경 부분절제〉로서, 일반적으로 전립선과 고환, 림프선을 남겨둔다. 하지만 최대한 가능하면 동의학으로 즉 한방요법 및 동양의학 수술요법 또는 대체요법으로 처리할 수 없을까 찾아보아야 한다.

페니스의 85%를 절제하더라도 남은 부분에는 발기능력이 남아있다.

남성은 그것으로도 절정감에 도달할 수 있고 사정도 가능하다. 그리고 귀두와 음경소대가 없어져도 페니스 아래의 둥근 부분에서 강한 쾌감을 느낄 수 있다. 발기의 유무에 관계없이 남성은 질에 페니스를 삽입하는 행위 자체에 즐거워한다.

그렇지만 성기능이 남아있다 하더라도, 남성은 페니스의 일부를 상실했을 때 불구가 되었다는 기분이 들어서 자신감을 잃어버릴 수도 있다.

이런 경우라면, 남성은 페니스 보철술(Penile Prosthesis)을 받을 수 있는지 의사에게 타진받고 싶어할 것이다.

페니스 전체가 외과적으로 절단되고, 주위의 림프선이 잘린 경우(음경 전적술), 남성은 생식 능력을 상실하고 성교도 불가능해진다.

음경 전적수술은 요도암 환자에게도 일어날 수 있다. 이 수술은 남성으로서의 긍지와 자존심에 깊은 상처를 준다. 암이 전신에 퍼져 있는 경우, 환자는 육체적인 고통과 죽음의 공포, 경제적인 문제, 그리고 가족관계로 스트레스에 시달린다. 이것은 거의 무력감과 절망적인 기분에 휩싸이도록 하는 요인이 된다.

음경 전적수술을 받은 남성은 성형수술을 받을 수도 있다. 경우에 따라서는 주위 조직에서 인공 페니스를 만들 수 있기 때문이다.

페니스가 절제된 남성은, 페니스와 질의 접촉이란 성행위의 한 형태에 지나지 않는다는 사실을 생각해야 한다. 그러한 남성은 다른 형태의 성행위를 취하거나 여러 가지 다양한 방법을 시도해보면 좋다. 그 예로 어떤 음경전적 환자는 회음부의 성감대를 이미 알고 있기 때문에 만족할 만한 성교를 할 수 있었다. 이 환자도 처음에는 음경부의 자극은 성교의 조잡한 대용수단에 지나지 않는다고 생각하고 있었지만, 그 나름대로 가치가 있는 성적 표현의 하나라고 느끼게 되었다고 한다. (-암, 페니스보철)

11. 오줌눌 때 쿡쿡 찌르는 타는 듯한 아픔엔

단순 헤르페스 바이러스는 성기의 표피와 내막에 침투하며 성교에 의해 전염된다. 음경 헤르페스는 흔하게 발생하면서도 위험한 성병이다.

그만큼 고통도 크며 제발 가능성이 높다.

단순 헤르페스 바이러스 1형은 〈구순(口脣) 헤르페스〉를 일으키고, 2형이 입술이나 입, 혀에 감염되는 경우도 있다. 따라서 남녀의 어느 한쪽이 구순 헤르페스에 걸려 있을 때는 오럴섹스를 피하는 것이 현명하다. 그러나 2형에 비해서 1형의 증상은 그렇게 위험한 것은 아니다.

여자의 경우, 음경 헤르페스(Herpes Genitalis)의 감염을 가볍게 보아서는 안된다. 왜냐하면 이 때문에 자궁경암에 걸릴 위험성이 높기 때문이다. 이 바이러스는 자궁경암 세포에서 분리되어 있고, 주로 단순 헤르페스 바이러스와의 관계로 자궁경암이 생기는데, 일종의 성병이라고 할 수 있다. 이 암은 어린 나이에 성경험을 하거나, 다수의 상대와 성관계를 갖는 여성에게 가장 많이 발병한다.

이 바이러스는 눈, 코, 입, 목, 폐, 장 그리고 뇌를 포함하는 중추신경계에도 침범하는 수가 있다. 임신 중인 여성의 경우, 이 병에 걸리면 태아의 생명은 극히 위험하다. 자연유산이 되기도 하겠지만, 만약 유산되지 않았을 경우, 태아는 헤르페스성 뇌염에 걸려서 지체 부자유아가 되거나 완전히 뇌손상을 입는다.

그러나 질이나 음순에 심한 짓무름이 없으면 대개는 질을 경유한 자연분만을 할 수 있다. 하지만 증상이 심하면 제왕절개를 해야 한다. 이것은 태아가 산도(産道)를 통과할 때 헤르페스 바이러스에 감염되는 것을 피하기 위해서이다.

헤르페스의 짓무름의 증상은 성교 후 3~6일이 경과한 뒤에야 비로소 음부에 나타난다. 때로는 가려움을 동반하지만, 대부분의 경우는 자기도 모르는 사이에 진행되어 궤양이 생겨서 걷거나 배뇨할 때 특히 통증이 느껴진다.

최초의 증상은 1개월 정도 계속된다. 그 다음은 부정기적으로 되풀이해서 이 증상이 나타나며, 2, 3일 혹은 2주일 동안 계속된다. 그 증상으로는 당기는 느낌, 쿡쿡 찌르는 것같은 고통, 또는 환부가 타는 듯한 느낌이 있다. 그 다음은 대개 작은 수포군이 생긴다. 2일 정도 지나면 보통 없어지지만 딱지 모양의 미란(靡爛:썩어서 문드러짐)이 생긴다. 헤르페스 증상이 있는 동안은 열이 오르고 림프선 등이 붓고 감기에 걸릴 것 같은 기분이 든다. 발열이나 햇빛에 그을렸을 때, 또는 월경 전의 변화가 계기가 되어 일어나기도 한다.

성교, 그 이외의 피부 접촉은 짓무름이 완전히 나을 때까지 피해야 한다. 이 병은 성교의 상대에게 즉시 감염된다. 여성은 증상이 없어도 균을 가지고 있는 경우가 있다. **그러나 증상이 나타나있지 않더라도 바이러스는 생식기 안에 잠재되어**

다른 사람에게 전염될 가능성이 있다. 감염의 진단은 세포진을 통해서 이루어진다. (→자궁경암, 성병)

 〈껍질이 있는〉 복숭아시 ⇄^{볶다} (가루 노랗게)+참기름⇒바름(환부에),또한 습진이면 가루를 바름

12. 수은을 꼬추 가까이 두지마라 –〈동의보감〉과 음위

    남성이면 누구나 한번쯤 임포텐스, 즉 발기할 수 없거나 발기를 지속할 수 없는 증상을 경험한다. 언제라도 발기해서 성교가 가능한 쪽이 남성이라는 신화와는 달리 〈일과성〉, 또는 〈급성〉 임포텐스(Impotence)가 되는 것은 정상적인 남성의 성생활에서 흔히 일어난다.

    페니스는 보통 성행위를 하는 동안에는 단단해지며, 그 이외에는 힘이 없거나 발기를 하지 않는다. 그렇기 때문에 남성들은 대부분 성행위를 하는 동안 자신의 페니스가 발기하지 않으면 혹시 임포텐스가 아닐까 걱정하게 된다. 그런 식으로 성적 불안이 쌓일수록 임포텐스가 될 확률은 높아진다.

    발기는 페니스로 흐르는 혈액의 양을 증가시켜서 페니스의 해면체와 풍선과 같은 공동(空洞)을 가득 채우는 것으로써 일어난다. 즉 울혈(충혈을 일으키는 증세)로 인하여 페니스가 커지면서 단단해지는 것이다.

    임포텐스(성교불능)의 원인은 다음과 같다.

    (1) 질병에 의한 임포텐스: 몸이 심하게 약해지는 급성병, 예를 들면 악성 감기 등에 걸리면 성교를 할 수 없는 상태에까지 이르기도 한다. 당뇨병에 걸렸을 경우, 많은 수의 남성들은 임포텐스가 되었는데도, 그들 대부분은 그 원인이 당뇨

병이라는 사실을 알지 못한다. 그밖에도 여러 가지 질병이 임포텐스의 원인이 된다.

 <고환이 쑤시고 습하고 추운 곳에 눕거나 과색으로>−당귀하역탕을!

(2) 투약에 의한 임포텐스 : 고혈압을 낮추는 약의 부작용으로도 임포텐스가 된다. 암페타민(중추신경을 자극하는 각성제)이나, 여러 가지 신경안정제, 항우울제도 마찬가지이다. 이와 같은 경우, 약의 복용을 중단하면 원상태로 회복된다. 또한 같은 증상에 효과가 있는 또 다른 약으로 바꾸는 것만으로도 발기능력을 회복할 수 있다.

(3) 피로에 의한 임포텐스 : 일을 너무 많이 하거나 매일매일 스트레스에서 오는 피로도 임포텐스의 커다란 원인이 된다. 이런 증상이라면 숙면을 취하고, 긴장을 풀고 상대와 느긋하게 성교하는 것만으로도 회복된다.

(4) 과음에 의한 임포텐스 : 술을 한두 잔 마시는 것만으로도 발기되지 않는 남성이 있다. 모임에서 돌아온 다음 성행위를 시도했을 때 잘 되지 않았다면, 그런 경우는 과음이 임포텐스의 원인이 되는 것이다.

많은 남성은 술을 마시고 편안한 기분을 이용하여 성적 억제나 성행위의 장애를 극복하려고 한다. 그럼에도 불구하고 성적 장애는 해결되지 않으며, 실망스러운 감정을 갖추려고 더욱 더 술을 마시게 되고, 술의 양도 점차 증가된다. 알콜은 스스로를 멍들게 만드는 것으로서, 만성 임포텐스는 알콜중독의 전조가 된다.

(5) 과식에 의한 임포텐스 : 식사를 많이 한 다음에 혈액은 위나 간, 장으로 급속하게 흘러간다. 페니스 이외의 부위에 혈액의 양이 증가하면 발기를 지속하는 것이 어려워진다. 비만이나 신체의 부조화도 성행위에 지장을 준다. 그러므로 신체가 건강하다면 성행위는 더욱 만족스럽고 즐거운 것이 될 것이다.

(6) 신화적인 인물에 영향을 받는 임포텐스 : 그릇된 속설의 영향으로 성행위의 강한 것이 남성의 자존심에 필수적인 요소로 인식되어 왔다.

그래서 남성들은 전설적인 이야기 속에서나 문학작품 속에 등장하는 정력가들, 예를 들어 돈 환, 카사노바 같은 인물들을 성교 능력의 기준으로 삼아서 자신을 비교하고는 한다. 한편, 고대 인도 성전(性典)인 〔카마수트라〕에 기록되어 있는 것처럼 성적으로 현란한 기교를 가진 남성은 여성에게 있어 성적으로 〈기대되는 남성상〉이기도 하다. 즉 그들은 언제라도 발기하는 능력과 지구력을 가졌기 때문에 실생활에서 사랑의 행위와 전혀 관계가 없음에도 불구하고 남성 성생활의 기준이 되어 왔다.

이와 같은 비현실적인 기대는 남성에게 커다란 스트레스를 주게 된다.

임포텐스는 대개 실패를 두려워하기 때문에 생기는 것이다.

만약 남성이 성행위를 즐거움이라고 하기보다 능력이라고 생각한다면, 자신이 생각하는 수준에 도달하지 않았을 때 곧 걱정을 하게 된다.

그러므로 발기해야 한다는 압박감은 역효과를 초래하기 쉽다. 발기란 자신의 의사대로 가능한 것은 아니다. 이때 발기하려고 노력하는 것은 오히려 실패를 낳는다. 실패를 하면 또다시 도전해야 한다는 압박감을 느낄 것이다. 그래서 감정적인 스트레스는 남성을 임포텐스로 만든다. 실패할 때마다 자신감을 잃고, 다음 도전이 더욱 곤란해진다. 72시간 안에 두 번, 세 번 반복되다 보면 대부분의 남성은 심한 상처를 입기 때문에, 그 다음은 능력이 있어도 불안감 때문에 금방 지쳐버린다.

또 무리하게 성행위의 회수를 늘리려다가 임포텐스에 빠지는 경우도 있다. 성의 충동은 정상적인 남성 사이에서도 개인차가 대단히 크며, 생활의 다른 요인에 영향을 받아 증감되기도 한다. 생리적으로도 감정적으로도 일주일에 한두 번 정도의(또는 더 적은) 성관계로도 만족하는 남성이 일주일에 세 번 정도 계획적으로 성행위를 하려고 하면 발기가 되지 않는 이유가 바로 무리한 성교 회수 때문이다.

(7) 너무 강한 목적의식에서 오는 임포텐스 : 성행위를 특정한 방법으로 끝내야 한다고 생각하며, 이것을 일종의 과제로 간주하는 남성이 있다. 자칫 잘못하면 그런 남성은 발기, 사정이라는 목표를 달성하기 위하여 자신을 관찰하기 쉽다.

이처럼 성행위를 과정보다 목적에 중점을 두면 역시 임포텐스가 된다.

(8) 성욕이 일지 않는 것에서 오는 임포텐스 : 남성의 경우, 업무에 대한 긴장감 때문에 성행위가 따분하고 무리하다는 기분이 들 때가 자주 있다.

임포텐스는 직장 생활에서의 실패, 즉 승진 탈락이라든가 아예 실직했을 때 특히 일어나기 쉽다.

야심적인 남성 가운데는 자신의 노력이 성공을 거두지 못했을 때 탈진하는 사람이 있다. 그렇게 되면 자신감을 상실하고 성기능에도 장애가 오게 된다.

조사에 따르면 여성의 성적 기대 심리에 대하여 남성들이 잘못 인식하기 때문에 〈뉴 임포텐스〉가 생겼다고 한다. 성에 관한 지식이 많아진 여성이 점차 늘어나자, 남성은 여성의 성적 기대감이 커진 것으로 오해하여 강한 압박감을 느끼게 된다. 이와 같이 심리적인 원인에 의하여 임포텐스가 되는 남성이 더러 있다.

(9) 나이를 신경쓰는 것에서 오는 임포텐스 : 어떤 영향으로든지 한번 임포텐스를 경험한 이후라면 중년의 대부분은 〈이제 끝이다〉라고 생각한다.

그들은 계속해서 임포텐스의 괴로운 경험을 극복하기보다는 오히려 성행위를 기피하게 된다.

실제로 남성은 적어도 80세까지 성생활을 계속할 수 있다. 40세 정도가 되면 발기하는 데 시간이 걸리고, 페니스의 단단함도 어느 정도 약해졌다고 느낄 것이다. 또 성교를 할 때마다 사정한다고는 할 수 없고, 사정을 한다해도 시간이 좀 걸린다. 이것은 오히려 성행위를 즐기는 시간이 길어졌다고 생각하면 된다. 그리고 이러한 변화 때문에 성행위의 기쁨이 감소되는 것은 아니다.

(10) 우울상태에서 오는 임포텐스 : 스스로는 마음 속에 잠재되어 있는 우울증을 실감하지 못한다. 표면적으로 드러나지 않더라도 성교에 영향을 주어 성욕을 잃어버리거나 성기능에 장애가 생기기도 한다. 이 상태는 주로 4, 50대 중년 남성들에게 많이 나타난다. 즉, 중년의 위기로서 남성은 그 나이에 들어서면서 업무의 절정기를 보내고 있다는 생각을 하고, 가정생활, 건강에서도 이제부터는 내리막이라는 기분에 사로잡힌다.

그 밖에 우울상태의 표현으로는, 정력이 감퇴되고, 쉽게 잠을 이루지 못하고, 깨어나기도 힘이 들며, 건망증이 생기고, 순간적으로 화를 내기도 한다. 이러한 우울증세에서 비롯되는 임포텐스는 대부분 항우울제로도 해소할 수 있다.

그런데 이와는 다르게 또 다른 심리적 스트레스도 남성을 임포텐스로 만든다. 친지의 병이나 죽음, 경제적 파탄 등이 그것이며, 사소한 문제에서 스트레스가 겹쳐서 임포텐스가 되기도 한다.

(11) 원인을 찾아내자 : 자주 임포텐스가 된다고 느끼면 의사와 의논할 필요가 있다. 대부분의 남성은 임포텐스를 남

성의 부끄러움이라고 생각하기 때문에, 의사에게까지도 고민을 털어놓지 않으려고 해서 더욱 문제해결이 어렵다.

남성은 스스로 상처입지 않도록 이 문제를 꺼내려고 할 때 의사에게는 〈섹스에 관한 것도 진찰받을 수 있을까요?〉라고 조심스럽게 묻는다. 창피하다는 생각 때문에 다만 모호하게 〈아무래도 정력이 없어서〉라든가, 〈옛날과 같이 되지 않습니다〉라고 간접적으로 이야기하는 사람이 많기 때문에 의사는 그 실마리를 파악할수 없는 경우도 있다.

의사는 임포텐스의 치료에 앞서서 그 원인이 심리적인 것인지 육체적인 것인지, 또는 두가지 다 해당되는지 판단할 필요가 있다. 심인성 임포텐스는 어떤 상황하에서만 임포텐스가 되고 또 다른 상황에서는 괜찮은 것과같이, 때와 경우에 따라서 차이가 있다. 마스터베이션이라면 가능한데도 질에 페니스를 삽입할 경우 임포텐스가 되는 남성이 있다. 즉, 이때 어떤 형식으로든지 발기를 한다면 그 남성의 임포텐스는 다분히 심인성에 의한 것을 나타내고 있다. 만약 임포텐스가 심리적 원인에 의한 것이라면 보통 수면 중에 발기하거나 잠에서 막깨어나서 배뇨하기 전에도 발기할 수 있다. 임포텐스가 피로나 알콜, 약물에 의할 때도 역시 같은 시간에 발기를 할 수도 있다.

반대로 병이나 상처 때문에 장애가 일어난다면 수면 중이라도 발기하지 않을 것이다. 이것에 해당하는지 진단하기 위해 의사는 밤에 페니스의 발기를 조사하는 장치를 사용하도록 권장할 것이다. 그러므로 이 장치를 페니스에 부착하면 수면중에 발기하는 정도를 측정할 수 있게 된다.

또한 기질성 원인에 의한 임포텐스는 전체의 약 10%에 지나지 않는다고 한다. 오늘날 임포텐스는 병이나 약물의 영향으로 걸리는 경우가 많다고 한다. 한의학의 대부인 동의보감에는 꼬추 관련 금기시되는 조목들이 있다. 수은은 물론이고 토끼고기와 고사리는 양기가 약해진다고 대부분 알고 있다. 산병(토산불알등)에는 기름진 음식을 피하라. 합방하지 말라 등등이 있다. 한편 신체상의 이상도 임포텐스의 중요한 원인이 된다.

기질적 질환만이 임포텐스의 원인이 아니라 하더라도 심리적 스트레스가 일어나기 쉽기 때문에 심리적 요인과 신체적 요인이 겹쳐서 발기를 방해하는 결과가 될 수도 있다.

그러므로 임포텐스의 원인을 규명하기 위해서는 철저한 검사를 해야 한다. 당뇨병엔 두 가지 검사를 실시한다. 공복시의 혈당 검사와 포도당부하시험이 그것이다. 이 이외에 정확한 진단에 빠뜨릴 수 없는 것에는 혈액검사, 소변검사, 갑상선호르몬과 성호르몬의 분비감사, 신경기능의 검사(이 가운데에는 감각, 반사, 균형, 협조가 포함된다)가 있다. 의사는 또한 청진기로 페니스의 두 가닥의 음경배동맥의 소리를 조사할 것이다. 만약 맥박음이 들리지 않으면 페니스의 동맥에 폐쇄된데가 있게 된다.

조영제를 페니스의 공동 하나에 주입하고 X선 촬영을 하면 페이로니병(음경 뒷부분에 판상, 결절상의 경결을 보는 것으로 장년기 이후에 발견된다. 이것은 성교에 지장을 초래하는 일도 있다)에 의한 결손을 발견하거나 골반골절에 의한 누출을 명확히 알 수 있다. 또 방광을 조사하면 페니스의 혈액량을 평가할 때 도움이 될 것이다.

(12) 기질적 임포텐스의 치료법 : 이 경우 임포텐스 회복의 전망은 원인에 따라 다르다. 안드로겐(남성 호르몬)이 적어서 임포텐스가 된 경우

①시호가룡골 모려탕
②계지가룡골모려탕
③음위:고본건양단

는 테스토테론(남성 호르몬)과 고나드트로핀(성선자극 호르몬)에 의한 치료가 효과적이다.

남성 호르몬에 의한 치료는 호르몬의 생산량이 적어지는 중년층에 가장 효과가 있다. 젊은 남성에게는 간장병이나 정류고환 등 성기의 이상에 의해 호르몬 생산량이 감소할 때 남성 호르몬이 필요한 경우가 많다.

안드로겐으로 치료를 받는 남성은 정기적으로 전립선암과 유방암 검사를 받아야 한다. 이 호르몬에 의해 번지는 속도가 빨라지기 때문이다. 또 이러한 남성의 경우는 프리아피즘(페니스의 이상 지속발기)이나 수종, 즉 체액의 과잉을 일으킬 수도 있는데, 그때는 의사의 진찰이 필요하다.

임포텐스에 대한 치료가 실패로 끝났을 때는 수술에 의한 대체물인 보철을 생각해 볼 수 있지만 가능하면 한방등 대체요법에 더 우수한게 없나 찾아본다. 꼬추발부수지부모! 보형

물에 의해 페니스에 정상적인 발기의 형태와 단단함을 부여할 수 있고, 이 페니스로 질에 삽입을 할 수도 있고 여느 남성과 마찬가지로 오르가즘과 사정을 할 수도 있지만……

〈스몰 캐리온 보형물(Small-Carrion Prosthesis)라는 보형물은 일반적으로는 혈액으로 채워지는 페니스 안의 한 쌍의 공동, 즉 해면체에 실리콘 스폰지를 넣어서 만든 인공 페니스를 말한다. 이것은 항상 발기하게 되지만, 유연하기 때문에 옷 아래에서는 그렇게 눈에 띄지 않는다. 이 이식수술은 간단하고 비교적 경비도 들지 않으며 효과가 좋다. 다만 난점이라면 항상 발기하고 있다는 것이다.

〈팽창형 보형물〉은 해면체에 넣은 작은 풍선을 액체로 채우는 액압방식이다(그 액체는 방사선을 통과하지 않고 X선에 의해 볼 수 있다). 발기시키고 싶을 때는 음낭에 넣어진 작은 펌프를 누른다. 펌프를 느슨히 하면 발기는 멈춘다. 하지만 이 액압식은 비용이 많이 드는 편이고 기계적인 고장도 일어나기 쉽다.

이러한 보형물을 이식하는 경우는 대부분이 기질적 원인으로 임포텐스가 된 남성이다. 하지만 심인성 임포텐스의 경우에도 부부가 함께 하는 치료 등을 포함한 적절한 심리요법을 해도 효과가 없을 때는 페니스 이식을 생각할 수 있다. 이런 이식에 의해 오르가즘이나 사정이 가능해지기 때문이다.

또 이식은 고혈압 치료약의 원인으로 임포텐스가 된 남성에게도 권장된다. 이러한 사람들은 임포텐스가 될 정도라면 병에 걸리는 편이 낫다고 생각하여, 강압제의 복용을 중단하려고 한다. 그렇기 때문에 이식은 그들에게 있어서 은인이라고도 할 수 있다.

임포텐스로 괴로워하고 있는 남성은 처음 쓰는 기구에 주의하는 것이 좋다. 고무밴드나 기타 조이는 용구를 페니스 아래쪽에 부착하여 발기를 하려고 하는 것은 위험하다. 이것은 페니스를 상처입히고, 때로는 절단될 가능성도 있다. 어쨌든 페니스의 해면체로 가는 혈액의 흐름은 조직의 깊숙한 곳에서 이루어지기 때문에, 이와 같이 외부에서 조여도 효과는 없다.

페니스의 외부에 부착하는 부목(浮木)도 만족할 수 있는 것은 거의 없다. 힘이 없거나 조금 늘어진 페니스를 보강하기 위한 용구는 남성에게도 여성에게도 불쾌감을 주며 페니스에서 자꾸 빠져 버린다. 또한 페니스에 덮어씌우는 칼집 형상의 기구도 있지만, 이 인공 기구를 삽입하면 여성에게는 다소의 쾌감을 줄지는 모르지만, 그것을 사용하는 남성에게는 거의 자극이 없다.

(13) 심인성 임포텐스의 치료법 : 대부분 남성들은 자신이 심리적 원인으로 인하여 불능이 되었다는 사실을 인정하고 싶어하지 않는다. 임포텐스에 걸린 남성은 심리적인 문제보다 오히려 병적인 문제가 그 원인이라고 생각하는 경향이 많다. 그런 착각을 뒷받침하려고 혈당량의 이상을 자신도 모르게 기대한다거나, 신체상의 원인을 발견해 줄 의사를 찾을지도 모

른다.

　기질적 장애를 발견할 수 없으면, 자신의 임포텐스를 〈너무
바빠서〉라든가 〈너무 피로한〉 탓으로 생각하려고 해서 심층심
리의 원인으로 돌리기보다 그러한 쪽을 선택하는 사람도 있
다. 이것은 치료를 지연시키고, 문제를 길게 끌지도 모른다.

　성에 관한 정확한 정보는 현실적이 아닌 성행위에 대한 기
대감이나 그 결과로 생기는 성행위시의 불안감을 해소하기 위
해 도움이 될 것이다.

　신중하게 선택한 의사(성문제의 취급에 경험을 쌓은 의사)
와 솔직하게 서로 터놓고 상담을 하다보면 의외로 얻는 바가
클 것이다. 이와같은 이야기를 하자면 여성 쪽도 함께 참여하
는 것이 좋다. 현명하고 협조적인 아내는 남편에게 있어 임포
텐스를 극복하기 위한 귀중한 존재이다. 또한 의사는 발기를
방해하는 생활 속의 스트레스를 발견하고 그것을 해결하기 위
해 충고를 해 줄 수 있다.

　또 다수의 커플이 효과를 얻고 있는 방법으로는 〈스태핑
Stapping〉이 있다. 남성이 위를 향하여 누우면, 여성은 허
리 위에 다리를 걸치고 앉는다. 그리고 여성은 질 안에 남성
의 페니스 끼워넣는다. 이렇게 하면 삽입에 반드시 발기할 필
요가 없다는 사실을 알게 될 것이다.

　잠재하는 심인적 요인 때문에 임포텐스가 낫기 어려운 경우
는 심리요법(정신요법)이 어느 정도 효과가 있다. 임포텐스를
치료하기 위해서는 대개 먼저 심층심리의 갈등을 치료해야 한

다.

(14) 매춘부는 임포텐스를 치료할 수 있을 것인가 : 남성 가운데에는 매춘부에게 가서 스스로 성행위를 시도하는 사람도 있다. 임포텐스 문제를 해결하기 위해서 여성의 도움이 많이 필요하기 때문에 이론으로는 이것도 효과가 있을 가능성은 있다. 단, 그녀가 세심하고 귀찮아 하지 않고 잘 협조해 주며, 또한 성행위에 익숙해 있어야 한다.

때로는 운 좋게 꼭 맞는 매춘부가 있을지도 모른다. 하지만 대부분은 임포텐스에 걸린 남성에게 도움을 주기는커녕, 매춘부와 충돌해서 오히려 스트레스가 증가되어 더욱 심한 임포텐스의 원인이 되는 경우가 많다. 이와 같은 상황에서는 어떤 남성이라도 잘 되지 않으며, 임포텐스에 걸린 남성은 점점 더 무기력해진다. 창기와 몸을 합하면 그와 한몸이 되는것! 곧 그도 창기이다.

(15) 임포텐스 요법에 현혹되지 마라 : 성의학 분야에서는 엉터리 요법이 횡행하고 있다.

플라시보(안정제)때문에 효과있는 것 같은 기분이 들지도 모른다.

또한 뭔가에 의해 힘이 증가되었다고 믿으면 일시적으로는 만족감을 느낄 것이다. 그래서 자꾸 플라시보에 의존하게 된다. (플라시보는 '당신을 만족시킵니다'라는 뜻의 라틴어에서 유래되었다)

또 임포텐스에 걸린 남성은 발기를 촉진한다고 선전하는 기구를 피하는 것이 좋다. 예를 들어 〈발기 링〉이란, 페니스 밑부분에 감는 플라스틱 기구이다. 이것은 발기와 그 지속을 돕기 위한 기구일테지만, 실제로 이 기구를 끼우고 강하게 조이면 페니스의 혈액의 흐름에 방해가 되고, 심지어는 영구적으로 장애가 될 수 있다.

요즈음 선전하고 있는 임포텐스 치료약들은 그럴 듯한 이름이 붙여져 있지만, 모두 조잡한 것뿐이다. 이런 약제는 대부분 임포텐스 치료를 목적으로 하여 개발된 것이 아니고, 그 이름만이 치유를 암시하고 있는 것에 지나지 않는다.

꿀벌에서 채집한 로얄 제리는 정력회복에 도움이 되지 않는다. 남성 호르몬을 함유한 제품은 의사의 처방 없이 사용하면 위험한 경우가 있다. 그리고 임포텐스 치료에 도움이 되는 경우는 특정한 증상에 한정된다.

어떤 식품도 성적 자극에는 효과가 없다. 지금까지 올리브, 고려인삼, 물떼새의 알, 굴조개의 기름, 서양무, 망고, 호박씨, 기타 수많은 음식이나 별로 식용이 되지 않는 것까지가 최음제로서 사용되어 왔던 강정식품이나 의약품들이 모두 플라시보 효과 이상의 것이 있다는 증거는 아직까지 나타나 있지 않다.

(16) 여성에 대한 임포텐스 : 남성이 발기를 할 수 없다든지 발기가 지속되지 않는 경우, 일반적인 임포텐스를 만성화시키지 않도록 하기 위해서는 여성의 적극적인 태도가 필요하다. 이때 여성은 남성에게 〈걱정하지 말아요, 잘 될 거예요.〉

라는 말은 피하는 것이 좋다. 이것은 남성에게 어딘가 문제점이 있다는 사실을 인정하는 것밖에 되지 않는다. 그렇기 때문에 말을 하는 것은 오해를 불러 일으킬 수 있다.

가장 좋은 방법은 말보다는 위로와 다정함, 진심이 담긴 따뜻함을 직접 표현하는 것이다. 성교라는 육체의 행위는, 사랑이라는 마음의 행위에 비해서 2차적인 것에 불과하다는 것을 이해시키기 위해 정성껏 노력하면 크게 도움이 될 것이다.

만약 남성이 이것에 대해서 서로 이야기를 하자고 하면, 여성은 그가 자신의 걱정이나 곤혹감을 말할 수 있도록 격려해 준다. 아무렇지도 않게 이것은 우연히 일어난 것이고, 큰 문제가 아니며 일시적인 것에 불과하다고 말하고, 〈다음 기회를 기다려요〉라는 마음을 전하는 것도 좋다.

이것은 남성의 입장에서 보면 심리적인 부담감을 덜어주는 한편 여성이 앞으로도 그를 신뢰한다는 의미가 담겨져 있다.

여성은 자신에게 남성의 주의를 집중시키는 것으로 상대방이 갖고 있는 성교에 대한 불안을 부드럽게 할 수 있을 것이다. 성행위에는 〈주고받는〉 반응이 있어서, 여성을 기쁘게 하는 것에 의해 남성 자신도 자주 흥분하게 된다. 또 목적을 달성하는 것보다도 과정의 느낌을 중요하게 생각한다면, 남성은 목적에 도달할 수 있을지 어떨지에 신경쓰는 관찰자적 역할에서 해방될 수 있다.

또한 남성의 페니스가 발기하지 않아도 여성은 쾌감을 느끼는 방법을 찾을 수 있는데, 입이나 손에 의한 자극, 또는 서로의 마스터베이션 등이 그것이다. 이것들은 남성에게 있어서 압박감을 없애는데 도움이 되며 발기능력을 회복시킬 수도 있다.

그렇다고 여성 쪽에서 먼저 재촉을 해서는 안된다. 상대의 기분을 북돋우려고 자극적인 복장이나 특별한 화장 등을 생각하겠지만, 남성은 이러한 상투적 수단에 우선 혐오감을 가질 것이다. 또한 남성은 이제까지 보다 더욱더 압박감을 느낄 것이고, 남성의 임포텐스는 심해질 것이다.

또한 여성 쪽의 욕구불만도 강해지게 된다.

여성은 적의가 있는 언동을 하지 않도록 신경을 쓰는 것이 좋다. 잔소리가 많은 것도 적의의 표현의 일종이고, 투덜거리는 것도 마찬가지이다. 그것은 남성의 성교능력 뿐만 아니라 남편, 아버지, 가장으로서의 능력에 대해서도 영향을 끼칠 수 있기 때문이다. 이런 것을 비방하면 점점 남성은 자존심을 잃게 되어 더욱 발기가 어려워진다.

성교 상대가 임포텐스가 되면 여성은 자신감에 상처를 입기 쉽다. 그래서 여성은, 그를 발기시키지 못하고, 〈여성의 역할〉을 다할 수 없었던 것은, 자신이 못났기 때문이라는 오해를 할 수 있다. 그 중에는 자신을 안심시키기 위해서, 또는 성적 만족을 얻기 위해서 또는 남편에 대한 분노를 발산시키기 위해서 다른 남성과의 정사에 빠지는 여성도 있다.

또한 여성은 육체적, 정신적 동요가 상당히 크기 때문에 의식적이든 무의식적이든 그것과 관계 없이 남성과의 접촉을 피하게 될 수도 있다.

남편으로부터 성관계의 암시를 받게 되면 병에 걸렸다고 핑계를 대거나 싸움을 하기도 한다. 집을 자주 비우고 사회 활동에 열중하는 일도 있다.

그래서 남성 측의 반응이 〈그녀는 이제 나를 사랑하지 않는다〉라고까지 하여 임포텐스는 더욱 악화되고 결혼생활이 파탄에까지 이르는 결과를 낳을 수도 있다.   (→노화, 미약, 당뇨병, 페니스 보철, 페이로니병)

발기부전일 경우에-뱀장어, 누에나비, 참새, 사슴, 개, 물개신 등이
좋다는 동의보감말씀!
음경음낭이 찬 증상엔 회춘산

13. 수능시험등 수험생들 체력보강과 인삼백출탕

페니스가 작은 것에 신경쓰는 일은 보통 10대 소년에게 자주 있는 고민이지만, 많은 성인의 고민이기도 하다. 사춘기에 접어든 소년들은, 자신의 페니스가 너무 작아서 여성을 만족시킬 수 없을 것이라고 자주 걱정한다.

그러나 이런 불안은 크게 걱정할 필요가 없다. 오히려 큰 페니스일수록 여성에게 성적 쾌감을 줄 수 있다는 말은 완전히 잘못이다. 그럼에도 불구하고 많은 남성들은 충분한 크기의 페니스로 질을 채워야 한다는 고정관념을 가지고 있다. 하지만 비교적 정확하게 말하면 질의 형상이란 신축성 있는 여성용 스타킹이라고 할 수 있다. 그러므로 여성의 질은 크기가 변하는 페니스에 맞추어서 자유롭게 신축하는 것이다.

반면 성적으로 흥분하면 질의 입구는 주위의 조직이 충혈되기 때문에 좁아진다. 동시에 내부는 넓어져서 페니스의 동작에서 오는 직접적인 자극은 약해지고, 페니스의 정확한 크기는 무의미하게 된다. 더구나 질 안의 2/3부분에는 감각신경의 말단 부분이 거의 와 있지 않지만, 입구쪽에는 그것이 집중되어 있다.

사춘기 소년들은 자신의 발기하지 않은 페니스가 친구의 페니스보다도 작은 것을 알면 보통 불안해 한다. 하지만 그의 페니스도 발기하면 상대방과 거의 같은 크기가 된다. 작은 페니스는 보통 2배로 부풀지만, 큰 페니스는 1.8배밖에 커지지 않는다. 보통 페니스 크기는 여러 가지라도 발기했을 때에는 대개 비슷한 크기가 된다.

극히 드문 현상이기는 하지만 작은 페니스로 고민하는 남성이 있다.

그들의 페니스는 정상으로 형성되어 있지만 이상하게 크기가 작다. 이 원인은 명확하지 않다. 한 가지 예를 들면 어머니가 임신을 한 상태에서 남성 호르몬의 분비과소가 원인이라고 한다. 그것은 또 임신 중에 DES(합성여성호르몬)제를 사용한 어머니에게서 태어난 남자 아이 가운데에도 볼 수 있다. 이 증상은 단독으로 일어나는 일도 있고, 내분비의 문제나 고환이나 염색체의 이상에 연결되어 있는 일도 있다.

작은 페니스를 가진 유아는 3~6개월 동안 남성 호르몬 크림으로 치료하면 좋다. 그것으로 페니스가 어느 정도 커진다. 효과가 없는 경우에는 3개월 정도 남성 호르몬을 주사하면 페니스의 성장을 촉진시킬 수 있다. 투여량과 투여기간은 신중하게 조정해야 한다. 투여량이 너무 많으면 조기에 뼈의 성장이 멈추어져서 왜소해질 우려가 있다.

 수능시험등 수험생체력보강:인삼4g+천마4g+백출4g+반하4g+감초 2g+물2대접 ➡ (1대접이될때) 아침,저녁 1일 2회, 식후 30분후 복용, 10일 이상

14. 오줌누기 어렵고 지리거나, 자주 마렵다

남성 전립선의 비대(Prostate Enlargement)는 보통 50~60세에 나타나기 시작하지만 때로는 증상이 드러나지 않는다.

전립선이 비대해진 남성은 대부분 배뇨에 어려움을 느낀다. 또 실금이나 빈뇨 등의 문제를 일으키기도 한다.

이러한 상태가 계속되면 빨리 의사의 검진을 받아야 한다. 전립선암인 경우에도 이와 비슷한 징후가 나타날 수 있기 때문에 조기에 구별해서 치료하도록 해야 한다.

전립선 비대의 원인은 아직 분명하게 밝혀지지 않았지만, 호르몬의 불균형에 의한 것이라고 추측되며, 지나친 성교, 마스터베이션, 또는 임질의 결과는 아니다. 또 상태가 성적 장애의 원인이 되는 것도 아니다.

비대해진 전립선은 요도와 방광을 압박하고, 배뇨를 하려고 할 때, 배뇨 자체를 방해한다. 그 결과 초조해지고 자주 요의를 느낀다. 방뇨는 힘차지 않고 약해져서 조금씩 떨어지게 된다. 무리하게 배뇨하려고 하면 통증을 느끼며 간혹 소변에 피가 섞여서 나오기도 한다.

그 상태로 몇 개월 혹은 몇 년 그대로 방치해두면 불쾌감이 점차로 강해져서 소변의 흐름이 저지되기 때문에 합병증이 나타난다. 방광벽의 근육은 좁은 요도에서 소변을 무리하게 밀어내야 한다. 그래서 근육은 자주 비대해져서 방광벽을 두껍게 하고 방광의 용량을 적게 한다.

때로는 근육의 운동이 격심하기 때문에 방광벽의 약한 부분이 늘어져서 게실〈憩室:식도·위·장 등의 소화기의 벽면 일부에 오목꼴로 괸 비정상적인 곳. 음식물이 이곳에 괴는 수가 있음〉이라고 부르는 주머니가 생기는 수도 있다. 이것은 비뇨기계의 감염을 초래하기 쉽다. 그렇게 되면 신장에 해를 일으키고 혈액 안의 노폐물을 여과할 수 없기 때문에 생명에 지장을 줄 수도 잇다.

지금 현재로서는 비대해진 전립선을 약제에 의해 축소하거나 용해할 수는 없다. 그러나 초기의 단계에서는 전립선의 마사지가 효과적이다.

또한 전립선의 비대가 소변의 흐름을 두드러지게 방해할 때, 또는 만성적인 감염증이 있을 경우에 의사는 보통 수술을 권장한다. 하지만 최대한도로 한의학요법 또는 한의학수술요법 또는 대체요법은 없는가 적절한 걸 찾아보고 시도해보아야 한다.

수술 후 성적 기능을 잃어버리는 일은 거의 없다. 수술은 〈전립선 적제술〉이라고도 부르지만, 전립선 그 자체를 제거하는 것이 아니고, 전립선 안쪽에 지나치게 발달한 요도선의 덩어리를 제거할 뿐이다, 따라서 발기, 성교가 가능하고, 오르가즘을 느낄 수도 있다.

그러나 이 수술은 보통 불임증을 일으킨다. 수술 후에는 대부분의 환자들에게서 역행성 사정이 나타난다. 이와 같은 수술을 받은 남성은 대부분 노인들이기 때문에 불임증은 거의 문제되지 않는다.

그러나 환자가 생식능력과 성적 능력을 동일시 해서, 수술 후에 자신은 남성으로서 완전하지 않다고 생각하면 임포텐스가 될 가능성이 있다.

또는 생식능력을 잃어버리면 상대방 여성이 자신을 남자답지 않다고 간주할 것이라고 생각하는 일도 있다.

일부의 남성은 수술 후 성교를 하면 합병증이 생기지 않을까 불안해져서 임포텐스가 되기도 한다. 환자에 따라서는 성욕 또는 체력이 약해졌기 때문에 수술을 핑계로 성행위를 하지 않는 사람도 있을 것이다. 또 당뇨병 등 다른 외적인 문제를 동시에 안고 있는 환자도 있어서, 그것이 수술 후 성적 기능에 장애를 초래하기도 한다. (→역행성 사정, 임포텐스, 페니스 보철, 전립선암)

①오배자추출액(+전기요법)
②'담두고' 마늘
③감국
④'신현도습탕' 가감방

15. 전립선암

전립선암(Prostate Cancer)은 주로 노인층에서 나타나는 병으로, 65세 이상의 남성은 약 절반이 악성종양이고, 40세 이하는 극히 적다.

전립선은 호두알 크기의 작은 내분비선으로, 남성의 방광 아래에 있으면서 요도를 감싸고 있다. 사정시에 방출되는 액체의 대부분은 여기에서 분비된다.

40세 이상의 남성은 매년 전립선 검진을 받아야 한다. 전립선의 검사는 일반적으로 직장 검사의 일부로서 행해진다. 의사는 장갑을 끼고 윤활제를 바른 손가락으로 직장벽 너머로 전립선을 만져서 진찰한다. 검사는 1, 2분 정도 걸리는데, 불쾌감은 배변시와 비슷하게 숨쉬는 것에 의해 최소한으로 줄일 수 있다.

보통 전립선암은 그 진행 속도가 느리고, 증상도 느러나지 않는다. 남성에 따라서는 배뇨가 빈번해지고 통증을 느끼게 된다. 또한 소변의 유량이나 세기도 변하며 피가 섞여 나오기도 한다.

전립선암의 원인은 명확하지 않지만, 자신의 아버지나 할아버지가 걸린 경우에는 그 자녀도 발병할 확률이 높다. 만약 그것이 사실일 경우에는 1년에 두 번 정도는 정기적인 검진을 받아야 한다.

빈번한 성교와 전립선암의 발병률 사이에는 아무런 상관 관계도 없다.

마스터베이션과 전립선암의 발생 사이에도 역시 관련성이 없다.

암이 전립선에 한정되어 있는 경우에 가장 적당한 치료법은 일반적으로 수술이라고 하지만 최대한 역시 마찬가지로 치유에 보다 덜 위험한 한의학, 동의학요법·대체요법등은 없나 찾아보아야 한다. 〈근치적(根治的) 전립선 적제술〉이라고 부르는 이 수술은 전립선 비대때 행해진다. 그리고 이 수술은 〈전립선 적제술〉보다도 훨씬 규모가 크다. 이것은 특히 발기를 지배하는 신경의 경로에 손상이 미치기 때문에 대개 발기력을 상실한다.

이렇게 된 남성은 페니스 보철(Penile Prosthesis)을 원할 것이다. 외과적인 페니스 보철은 전립선암의 수술을 받은 환자의 95% 이상에게 시술이 가능하다.

이것에 의해 일어나는 현상은 여러 가지가 있을 수 있지만 대개의 경우 성적 만족을 느낀다고 한다. 그러나 오르가즘을 느낄 수 없고 사정할 수도 없다. (→페니스 보철, 전립선 비대)

16. 전립선염에는 오배자가 좋다

전립선은 남성의 방광 아래에 있는 작은 기관으로 요도를 감싸고 있다. 전립선은 남성 생식기의 일부로 정자를 운반하는 정관이 전립선 내부를 통과한다. 사정할 때 전립선의 근육이 수축하고 내부에서 정자의 운반과 영양공급에 도움이 되는 액체를 분비한다.

사정시의 통증은 전립선에 흔히 있는 증상이다. 이것은 서경하부(鼠徑下部), 고환 등의 통증, 배뇨시의 통증과 빈뇨를 동반한다.

전립선염(Prostatitis)은 세균의 감염에 의해서도 일어난다. 급성인 경우 열이 나거나 기분 나쁜 느낌이 들며 직장과 회음부에 불쾌감을 느끼고, 게다가 배뇨시의 통증과 빈뇨는 전립선염의 전형적인 증상이다. 또 자주 요의를 느끼고 요도로부터 분비물이 나온다. 팔정산과 저령탕

세균성 전립선염에 걸린 남성의 경우 대부분 만성이다. 50세 이상의 많은 남성은 그 때문에 많은 고민을 한다. 또한 염증이 나았다가도 몇 주일 또는 몇 개월 후에 다시 재발해서 이와 같은 상태가 몇 년간이나 계속된다.

명백한 감염이 없었는데 전립선염에 걸리는 수도 많다. 세균 또는 바이러스와 같은 미생물이 그 원인일 수 있겠지만,

정확하지 않다.

성활동이 현저하게 줄어들면 전립선이 막혀서 충혈을 일으키기 때문에 염증이 생기기도 한다. 그리고 성적으로 흥분하면 전립선 안에 액체가 증가된다. 흥분하면서도 사정에 도달하지 못하면 충혈을 일으키게 된다. 그 때문에 염증이 생길 수 있다.

드물기는 하지만 단기간에 사정하는 회수가 눈에 띄게 증가한 남성의 경우에 전립선염에 걸리는 수도 있다. 전립선이 사정할 때마다 자주 수축이 되어서 과민해진 탓으로 염증이 생기는 것이다. 보통 이 증상은 따뜻한 목욕탕에 들어가서 다량으로 수분을 취하고 며칠간 성교를 피하면 곧 진정될 것이다.

전립선염은 또 소위 한꺼번에 성교 회수를 늘였다가 급격하게 줄이는 식의 성생활을 하는 남성에게 많다. 이와 같은 유형은 때때로 격렬한 연애관계를 갖는 젊은 남성, 또는 정기적으로 몇 주일 가정을 떠나 있는 남성에서 자주 볼 수 있다.

전립선염을 악화시키는 요인은 여러 가지가 있는데, 양념을 많이 넣은 음식물, 알콜 음료, 초콜릿, 그리고 카페인 음료나 장시간 앉아 있는 것, 진동이 심한 차에 타거나 정신적으로 긴장하는 것 등이 전립선을 더욱 악화시킨다.

전립선염이 생기면 성적 장애가 자주 일어난다. 급성의 세균성 전립선염에 걸리면 성욕을 잃어버리는 남성도 있다. 한편으로는 오히려 성욕이 고조되기도 하지만, 발기가 고통스럽게 되고 사정에 통증이 동반하여 정액에 피가 섞이는 경우도 있다. 이때 대부분의 의사들은 급성의 전립선염에 걸린 환자에게는 가능한 한 성적 자극을 피하라고 권한다.

만성의 전립선염에서는 사정시 통증이 뒤따르기 때문에 환자는 성행위를 회피하게 되며, 때로는 임포텐스가 된다. 반대로 오르가즘이 일어났을 때 전립선이 수축하면 직장, 고환, 또는 귀두에 심한 통증을 느끼는 수도 있다. 이 통증은 너무나 심하기 때문에 성교를 기피하는 환자도 있다. 만성 전립선염 환자는 또 조루, 피가 섞인 정액과 통증을 동반한 빈번한 몽정 때문에 더러 고민을 하기도 한다. 청심연자음

대개의 경우 전립선염에 걸렸어도 성교를 피할 이유는 없다. 그러나 세균성인 경우는 보통 정액 안에 균이 번식하고 있어서 적은 수라고 해도 여성에게 질염이나 비뇨기계에 감염성을 일으킬 가능성이 있다. 이것은 콘돔을 사용함으로써 예방할 수 있다.

전립선염의 치료에는 정기적인 사정이 효과가 있다. 환자와 그 상대방이 평상시대로 가장 쾌적한 상태를 유지하면서 하루에 한 번 또는 일주일에 한 번이라도, 일정한 간격으로 사정하는 것이다.

세균성 전립선염의 치료에는 항생물질이 처방된다. 카페인이 들어있는 음료인 커피, 차, 콜라 등은 증상이 가라앉을 때까지 피해야 한다. 또한 알콜류나 양념이 많이 첨가된 음식물도 피해야 한다. 하루에 두 번 따뜻한 물에 10~20분 정도

몸을 담그면 그 증상이 가벼워진다.

땅콩류는 전립선 액체를 증가시키기 때문에 가급적 피하는 것이 좋다.

또 고령의 환자에게는 정기적인 전립선의 마사지를 권하는 의사도 있다. 의사가 직장에 손가락을 삽입해서 실시하는데, 급성 세균성 염증에 걸렸을 때에는 삼간다.

보통 치료를 하면 증상을 즉시 나아지고, 대개의 환자는 곧 예전과 같은 정도의 성행위를 할 수 있게 된다. (→혈정액증, 전립선암, 전립선 비대)

 =전립선비대와 같음

17. 하나님이 만든 물건 건드리지 말자

　이것은 정관을 절제함으로써 정자가 정액으로 혼입되는 것을 방지하는 수술로서, 영구적인 피임방법이다.

　정관절제(Vasectomy)를 해도 일반적으로 성감은 손상되지 않으며 정액을 만드는 고환에도 별다른 영향은 없다. 예전과 마찬가지로 성생활을 지속할 수가 있으며 사정도 할 수 있다. 또한 오르가즘에도 도달할 수 있다. 정관절제는 남성 호르몬의 제조라든가 성기의 외관에 아무런 영향도 없다. 그러나 최대한 가능하면 한방이나 민간요법에 뭔가 없을까 찾아본다.

　정관절제의 유일한 육체적 영향은 정액이 무정자로 되는 것으로, 그 때문에 상대방 여성은 임신할 수 없게 된다. 정자는 여전히 고환에서 만들어지지만, 출구가 없기 때문에 용해되어 혈액의 흐름에 흡수된다. 정관절제의 부작용에 대해서는 어느 정도 논의가 있지만, 거의 없다고 생각하면 된다.

　정관절제 수술에서는 고환에서 정자를 운반하는 정관의 끝을 잘라서 묶는다. 이 수술은 비뇨기과의 전문의가 집도하고, 각각 1cm 정도의 길이에서 정낭을 두 곳 자른다. 수술은 대개 국부마취로 행해지며 약 20분 정도의 시간이 소요된다.

　정관절제한 남성은 수술 후 예전처럼 활동할 수 있다. 이때 4,5일 정도는 불쾌감이 있거나 수술 부위가 약간씩 붓는다.

수술한 후 첫날에는 얼음주머니를 그 부위에 대거나, 통증이
오면 진통제를 복용한다.

드물게는 화농이나 통증이 있는 염증, 내출혈 등과 같은 다
른 합병증 때문에 회복이 더디지만, 정관절제의 의해 사망한
예는 없다.

이 수술을 받아도 정자는 몇 주일에서 몇 개월에 걸쳐 사정
관에 남는데, 그 기간은 사정의 빈도에 따라 다르다. 그리고
정자가 완전히 없어지기까지는 대개 10~15회의 사정이 필요
하다. 따라서 정관절제를 하기 직전에 성교나 마스터베이션을
여러 번 해서 정관을 비워두는 것이 바람직하다.

정관수술에서는 1천 건 당 한번 꼴로 절제된 정관의 끝이
딱 붙어서 수정능력이 되돌아오는 경우도 있다. 따라서 정자
가 정액 속에 섞이지 않는지의 여부가 의사에 의해 확인될 때

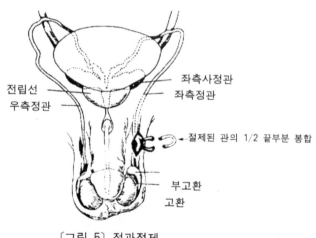

〔그림 5〕 정관절제

까지는 수술 후에도 다른 피임방법을 사용해야 한다. 수술 후 6년간은 2년마다 정액검사를 받으면 좋다.

　정관절제를 한 후에도 성욕이 생기면 성교를 해도 좋지만, 성교에 쾌감을 느끼게 되는 것은 대개 수술 후 4주일이 지나고 나서이다. 물론 더욱 빨리 쾌감을 회복하는 사람도 있다. 임신을 하지 않는다고 안심하기 때문에 예전보다 더욱 성행위를 즐길 수 있다는 부부도 많다. 또한 정관수술을 한 남성의 약 2/3는 성교 중 쾌감이 강해졌다고 한다.

　한편 정관절제를 하고 난 후 그 영향으로 인하여 정서불안에 빠지는 남성도 있다. 자신이 남자라는 이유만으로 아이를 낳게 할 능력과 관계가 있다고 생각하는 사람도 있을 것이다. 그런 사람은 자신의 생식불능을 남자다움의 상실이라고 생각할 것이다. 따라서 자신이 진정한 남자가 아니라고 하는 기분이라면 임포텐스가 되기 쉽다.

　때로는 수술을 받는 결과 성교 회수가 늘어나고, 강박관념에 휩싸여서 그렇게 되는 사람도 있다. 예를 들면 하루에 1～3번으로, 예전보다 상당히 많은 성교를 요구하는 남성도 있을 것이다.

　정관 수술에 대한 심리적 혼란은, 이미 자신의 성적 적성에 의문을 가지고 있는 남성이나, 상대방 여성과의 사이에 심각한 문제를 안고 있는 남성에게도 많이 생길 수 있다. 남성 가운데에는 정관수술이 성생활이나 결혼생활의 문제를 모두 해결한 것으로 생각하는 사람도 있다. 그러나 아내에게 강요당

해서 뜻하지 않게 정관수술을 받거나, 아내의 만류에도 불구하고 수술을 받은 사람도 여러 가지 심리적인 충격에 휩싸이게 된다.

정관 수술은 회복이 불가능하다고 생각해야 한다. 이 수술은 남성이 앞으로는 결코 아이를 원하지 않는다고 확신하는 경우에만 생각해야 한다. 정관절제는 수술을 받은 남성 2천명 중 한 명 정도는 정관의 회복수술을 요구하는 사례가 있기 때문이다.

정관을 원래대로 되돌리는 수술은 그 성공률이 28~40%밖에 되지 않는다. 또 정관절제와는 달리 원상복귀시키는 것은 위험하며 시간과 비용이 많이 든다. 만약 이 수술이 성공해서 정자가 또 다시 사정되도록 한다고 해도 정자가 난자와 결합할 수 있는 가능성은 극히 낮다. 왜냐하면 수술이 기술적으로 성공했다 하더라도 수태 능력은 반감될 것이다. 그리고 수술에 시간이 걸릴수록 성공률은 그만큼 더 낮아진다.

정관절제 수술을 받기 전에 다량의 정자를 정자은행에 맡겨서 냉동시키는 남성들도 있다. 수술한 후라도 아이를 가지고 싶을 때에는 그 정자를 인공수정으로써 아내에게 임신시키고 싶다는 것이 그들의 의도이다.

냉동 정자에 의한 임신 확률은 몇 백 건에 이르러 건강한 아이가 태어나고 있으며, 그 가운데에는 10년 이상이나 냉동시켰던 정자에 의해 출생한 아이도 더러 있다.

그렇다고 하더라도 냉동 정자는 난자와 결합하는 능력이 뒤

떨어진다.

보고서에 의하면 해동시킨 정자의 움직임은 보통의 정자보다 거의 50% 저하되었다고 한다. 정자의 냉동기간이 길수록 인공수정에 의해 임신시킬 수 있는 가능성은 그만큼 적어진다.

그러나 냉동 정자에 의한 인공수정은 정관의 회복수술에 의한 것보다는 임신할 가능성이 높다고 한다. (→피임, 임포텐스)

18. 정류고환은 한방명의에서 치료법을 찾자

성인의 경우 〈정류고환(Undescended Testicle)〉은 생식불능으로 이어지며 또 고환암에 걸릴 확률도 그만큼 높아진다.

①이진탕+청피+향부+창출
②이향환

남자 태아의 고환은 보통 복강 안에 있다. 이것이 음낭 안으로 옮겨지는 것은 태어나기 바로 전이다. 때로는 한쪽이나 양쪽 고환 모두 제대로 내려지지 않는 신생아가 있다.

생후 몇 년이 지나서 고환이 저절로 내려가는 경우도 있다. 만약 그렇지 않으면 호르몬 요법을 받는 것이 좋을 것이다. 성공률은 양쪽 고환이 정류(停留)되어 있는 경우는 30~50%이고, 한쪽만이 정류되어 있는 경우는 그것보다도 낮다.

만약 호르몬 요법을 하고 나서 3~6개월 이내에 고환이 내려가지 않으면 의사는 대개 5~6세가 되기 전에 수술을 하도록 권하지만 최대한 한방에서는 덜 위험한 요법이 없나 알아본다.

수술에서 의사는 서경관을 절개해서 하강을 방해한다고 보이는 장애를 제거하고 나서 고환을 음낭 안으로 넣는다.

이때 유아는 외성기의 진찰을 받는 것을 무서워할 것이다.

4세부터 5세까지 대다수의 남자 아이는 외성기를 의식하도록 되어 있고, 자신과 다른 남자 아이와의 차이를 신경쓰고 있다. 때로는 부모가 걱정하는 것도 눈치를 챌 것이다. 따라서 부모가 아이에게 어떤 문제가 생겼는지 말해주지 않으면 더욱 불안해 할 것이다.

소아정신과 의사가 정류고환인 아이의 부모에게 강하게 권하는 것은, 아이가 갖게 되는 의문이나 걱정에 관하여 스스로 부모에게 말하도록 만드는 것이다. 외성기의 수술을 받은 아이는 특히 부모의 세심한 배려와 솔직한 이야기를 필요로 하고 있다.

외성기의 수술을 받는 남자 아이에게 공통적으로 나타나는 공포는 혹시 이 수술로 인하여 페니스가 잘리는 것은 아닌가 라는 것이다. 부모는 이런 걱정을 짐작해서 수술은 음낭에만 관계된 것으로, 페니스는 그대로 남는다는 것을 미리 아이에게 납득시켜서 안심하도록 만든다. 그렇게 하면 대부분의 아이는 부모가 걱정했던 것보다도 설명을 잘 알아듣는다.

정류고환은 성욕과 사정에 아무런 해를 미치지 않는다. 사춘기가 지나도 양쪽 고환이 내려가지 않은 경우에는 생리불능에 빠진다. 복강이 너무 따뜻해서 정상적인 정자의 생산에 적합하지 않기 때문이다. 한쪽 고환만 정류되어 있는 경우라면 생산에 적합하지 않기 때문이다. 한쪽 고환만 정류되어 있는 경우라면 생식력은 정상일 것이다. 그러나 이것을 조기에 호르몬 요법이나 수술로 교정해 두면 정상적인 생식력을 가질

수 있는 확률은 그만큼 높다. 이때 정류고환을 치료하면 암에
걸릴 위험성도 그만큼 줄어든다.

19. 조루, 훈련하면 낫는다

조루(Premature Ejaculation)라는 것은 남성이 너무나도 빨리 오르가즘에 도달해서 페니스를 삽입하기 전이나 삽입한 후 1분 이내에 사정하는 것을 말한다. 이것은 남성에게서 가장 흔히 볼 수 있는 성적인 문제이다.

상대방이 주로 성교에 의해 오르가즘에 도달할 수 있는 여성일 경우, 상대방이 만족하기까지 성교를 지속할 수 없는 남성이라면, 그에게 있어 조루는 만성적인 문제라고 하겠다.

상대방 남성이 조루라면 여성은 보통 이용당한다고 느끼며 욕구불만을 호소한다. 그래서 두 사람 모두 느긋하게 안정적으로 성교를 즐길 수가 없다.

조루는 잘못된 조건하에서 기인하는 일도 많지만, 이것이 조류의 원인이다라고 생각할 수 있는 의학적인 근거는 알려져 있지 않다. 대개의 경우 남성은 여성의 만족감 따위는 아무래도 상관 없고, 자신이 사정하는 것이 중요하다고 생각하기 때문에 그 증상이 일어날 수 있다.

이와 같은 남성은 재빨리 사정하는 데에 익숙해졌을 것이다. 그래서 육체적인 반응이 무의식의 조정에까지 발전해서 전희 또는 성교가 시작되자마자 자동적으로 사정하게 된다.

젊은 부부가 차 안에서, 또는 부모의 침실과 가까운 방에 있으면서 성욕을 억제할 수 없는 상황에서 성교를 하게 되면 오르가즘에 〈빨리 도달하는〉 습관이 들 것이다. 자주 반복하다 보면 남성은 가능한 한 빨리 사정하는 것에 전념해서 상대방의 성적 욕구를 따르려고 마음을 쓸 여유가 거의 없어진다.

일찍부터 매춘부와 접촉해서 조루가 생기는 남성도 많다. 매춘부가 가능한 한 많은 손님을 받으려고 남성을 재촉해서 일찍 사정하도록 유도하기 때문이다.

피임법의 한 가지로 질외사정을 행하는 것도 조루가 되는 경향이 있다. 이것은 두 사람 모두 사정 전에 페니스를 질 밖으로 내는 것에 신경을 곤두세워서, 남성이 허리를 두 번 혹은 세 번 움직이는 것만으로 몸을 떼어 사정하면 여성의 성적 욕구는 쉽게 만족되지 않을 것이다.

남성에 따라서는, 성적 갈등이나 숨겨진 정신적인 문제를 표출할 때 조루 현상을 경험하는 사람도 있다. 때로는 조루의 근본 원인 속에 성에 관한 불안이 숨겨진 경우도 있다. 마찬가지로 상대방 여성에게 무의식적인 적의를 안고 있는 남성이, 여성이 만족하기 전에 사정함으로써 그 여성에 대한 분노를 표현하는 경우도 있다.

조루인 남성이 사정을 조절할 수 있도록 하기 위해서는 심리요법이 필요하다.

특히 애정과 성적인 지식을 어느 정도 가지고 있는 여성의 도움이 있으면, 비뇨기과박사가 개발한 〈스퀴즈 테크닉〉에 의해 조루는 거의 완전하게 막을 수 있다.

이것은 남성이 사정의 충동을 느끼기 직전에 여성이 〈포피소체〉, 즉 귀두 하단의 민감한 부분을 엄지손가락으로 3~5초 동안 완전히 누르는 방법이다. 귀두 반대쪽은 두 개의 손가락으로 지탱하면 된다.

스퀴즈 테크닉의 목적은 남성을 사정 직전의 성적 흥분상태를 유지하도록 하는 것이다. 남성이 포경인 경우, 발기하지 않은 상태에서 소체의 위치를 확인하기 위해서는 다소 익숙해지는 것이 필요할 것이다. 세게 눌러도 아프지 않은지 여성이 걱정할 때에는 남성이 여성의 손가락에 자신의 손가락을 겹쳐서 의사를 표시하면 좋다.

남성은 표피소체가 눌려지면 발기의 기세가 10~15% 떨어진다고 생각하겠지만, 대개는 즉시 돌아온다. 몇 주일 계속하는 동안 남성은 점차 사정의 충동을 조절할 수 있게 될 것이다. 임상연구에 따르면, 다음과 같은 다섯 단계의 훈련방법으로 진행하면서 스퀴즈 테크닉을 사용하는 경우, 그 성공률은 98%라고 한다.

(1) 쾌감을 즐긴다 : 〈쾌감을 즐기는 것〉은 사랑에 가득찬 성적 흥분을 재촉하는 한편, 성행위 수행의 압력에서 두 사람을 해방시킨다.

우선 두 사람은 의도적으로 지나친 성행위를 삼간다. 그 대신 적어도 4일간 하루에 1시간 이상 성회에 시간을 할당해서 손으로 만지거나 상대방이 만져주는 감각을 즐긴다.

두 사람은 서로 키스를 하거나 애무, 마사지 등으로 기쁨을 준다. 또한 함께 목욕을 해서 서로 몸을 닦아주는 것도 좋다.

쾌감을 말로 표현하고 성적인 공상을 말하는 것도 좋다.

서로 자신의 취향을 전달한다. 이렇게 하면 실제로 삽입은 없지만, 그외의 측면에서는 상대방이 원하는 것이 무엇인가를 완전히 알 수가 잇다.

(2) 훈련 ; 상대는 침대의 위쪽에 베개를 대고 편안하게 기댄다. 남성은 자신의 페니스가 여성의 다리 사이로 오도록 해서 위를 향해 눕는다.

여성은 상대방의 페니스를 손으로 3초에 한 번 정도 천천히 애무한다.

남성은 사정할 것 같은 현상이 일어나게 되면 즉시 여성에게 전달한다.

이때 여성은 재빨리 스퀴즈 테크닉을 사용한다.

15~30초가 지나면 여성은 다시 남성의 페니스를 애무하면서 남성에게 사정시키지 말고 그 동작을 20분 정도 계속한다. 두 사람은 이 운동을 3, 4일 반복한다.

이 훈련에 의해 남성은 사정하지 않고 어느 정도 성적 흥분감을 지속할 수 있는지 알게 된다. 또 두사람은 조루를 치료할 수 있다는 자신감을 갖는다. 게다가 성교에 대해서 솔직하게 말할 수 있게 되어서 서로의 관계가 더욱 친밀하게 된다.

(3) 여성상위의 체위 : 여성은 남성을 완전하게 발기시켜서 스퀴즈 테크닉을 2, 3번 사용한다. 그런 다음 이 자세에서 여성이 남성 위로 올라간다. 여성은 남성에게 걸터앉아서 페니스 위에 앉는다고 하기보다 뒤로 물러서는 느낌으로 삽입한

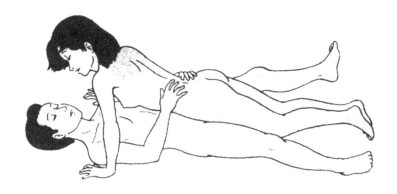

다.

　여성은 페니스를 질 안에 넣은 채 움직임을 삼간다. 남성은 사정할 것같이 되면 여성에게 말을 한다. 이때 여성은 몸을 일으켜 페니스를 밖으로 꺼내 스퀴즈 테크닉을 사용한다. 그리고 난 후 또 다시 질 안으로 삽입한다. 그리고 예전과 마찬가지로 지나친 자극을 피하기 위해서 잠시 동작을 멈춘다.

　이것을 2,3일 연습하고 난 다음 남성은 발기를 유지하기 위해 필요한 만큼의 허리를 움직이면 좋다. 여성은 움직이지 말고 필요에 따라서 스퀴즈 테크닉을 사용한다. 이 단계에 와서 3일째가 되면 대개 15~20분 성교가 가능해진다.

　(4) 옆으로 향한 성교 체위 : 제어력이 강해진 다음에는 이 체위를 시도하는 것도 좋다.

　이 자세를 취하기 위해서는 여성상위 체위를 시작한다(제3 단계와 마찬가지로 우선 스퀴즈 테크닉을 사용한다). 남성은 한쪽 다리를 침대 위로 뻗고 여성이 그 다리 안쪽 위로 다른

한쪽 다리를 걸치면서 옆으로 눕는다. 마찰력이 있도록 양쪽 무릎을 침대에 붙여도 좋다.

(5) 그 다음의 연습 : 조루인 남성이 완전히 사정을 조절할 수 있도록 하기 위해서는 6개월에서 1년 동안의 시간이 걸린 다고 한다. 그러므로 두 사람은 적어도 일주일에 한 번씩 6개 월 간은 이 스퀴즈 테크닉을 사용해야 한다. 한 달에 한 번 씩, 제2단계와 같은 훈련을 하는 것도 좋다.

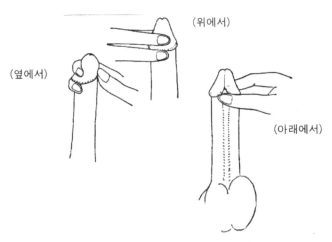

〔그림6〕 스퀴즈 테크닉의 손가락 위치

스퀴즈 테크닉은 잠시 상대와 접촉하지 말고 정자가 모일 기회를 준 다음에 사용하는 것이 현명할 것이다. 그러나 성교를 자주 하는 것도 유익할 지 모른다.

어떤 경우라도 조루인 남성은 마취 크림이나 젤리 등 약국에서 취급하는 약은 피하는 것이 좋다. 이것은 페니스의 감각을 둔하게 할 뿐만 아니라 성교 시간을 길게 하는 원인이 된다고 생각할 수도 있겠지만, 약품 알레르기를 일으키는 것에 지나지 않는다.

성교에 앞서서 마스터베이션을 해도 사정이 지연되는 일은 드물다. 콘돔을 두 개 겹치는 것도 소용이 없다. 직장 업무를 생각하거나 신경을 다른 곳으로 써서 육체적으로 기분을 전환하려고 해도 효과는 없다.

 2장-5항의 몽정처방과 같음

20. 지속 발기증

페니스가 비정상적으로 계속 발기하는 현상으로서 긴급하게 의학적인 처치를 필요로 한다. 그래도 방치해 두면 발기 조직에 손상이 일어나는 경우도 있기 때문에 즉시 효과적인 처치를 하지 않으면 성적 기능이 회복되지 않는 경우가 발생한다.

이 원인은 대개 성적 자극과는 관계가 없다. 만성 골수성 백혈병, 적혈구 증가 등이 원인이 되는 경우가 많다.

또한 척수의 손상이나 종양에 의한 혈관 폐색이 원인이 되기도 하고, 포경, 요도의 폴립(Polyp:주로 점막면에 가는 줄기로 원 모양·계란형 등의 둥근 형태로 돌출하는 종기의 총칭), 요도결석(尿道結石), 또는 전립선염에 의해서 일어나는 일도 있다.

때로는 포경 외상의 결과로 지속발기증(Priapism)이 일어나기도 한다. 이때 외상에 의한 혈액의 응고나 부종은 음경으로 혈액이 공급되는 것을 방해한다. 지속적인 발기는 정맥의 혈류가 막히거나 동맥의 혈액공급이 너무 많을 때에도 생긴다. 약품에 의해서도 때때로 지속발기증이 일어난다.

원인 불명의 지속발기증 환자는 심한 성적 자극을 받은 다음 일시적인 발기를 자주 경험한다. 그러한 예는 주기적으로 일어나는 혈관의 반사적인 경련과 팽창이 음경조직으로부터 혈액의 유출을 방해해서 일어나는 것이다.

장시간에 걸쳐서 격렬하게 성교를 한 다음에도 발기가 계속 되기도 하는데, 이 현상은 성교에 의해 일시적으로 일어나는 경우가 많다.

　얼음으로 페니스를 차갑게 식히는 것은 치료법 가운데 하나 지만, 그것만으로는 좀처럼 이상발기를 억제시킬 수 없다. 그 렇게 하면 음경 정맥안에 엔진오일과 같은 정도의 끈끈한 혈 액이 쌓여서 주사 바늘로 빼내주어야 할 필요까지 생기게 된 다.

　신경증에 의해 생긴 지속발기증은 척수의 마비로 진정되는 일도 있다.

　또한 수술로써 통로를 만들어 발기조직으로 향하는 혈액을 다른 혈관으로 흘려보내야 한다. 그러므로 외상에 의해 일어 나는 지속발기증은 즉시 수술에 의해 혈액을 배출할 필요가 있다.

21. 질외 사정

자위행위의 어원인 오나니즘 유래가 「오난이 그씨가 자기 것이 되지 않을 줄 알므로 ～ 땅에 설정하매 〈구약 창세기 38:9〉」에 근거하듯 가장 오래된 피임방법이다. 이 방법을 행할 때에는 남성이 사정 직전에 페니스를 여성의 질에서 꺼내야 한다. 피임방법이 없는 것보다는 낫다고는 해도 성교를 중단해야 하기 때문에 비참한 결과를 낳을 수 있다.

이론적으로는 돈이 들지 않고 언제든지 사용할 수 있는 일반적인 피임방법이다. 그러나 남성이 페니스를 질 밖으로 꺼내는 것이 늦어지거나 정액의 한 방울이라도 질 안을 적신다면 그것만으로도 임신이 이루어진다. 사정하기 앞서서, 정액이 분비되기 전에 나오는 분비액으로도 여성의 질이 젖어 있을 수 있다. 이 분비액에는 활발한 정자가 있어서 임신의 원인이 될 수 있다.

남성이 여성의 질 바로 옆에 사정한 경우에도 질 안에 들어가서 자궁까지 헤엄쳐 가는 정자도 있다.

성교를 중단시키는데에는 남성의 강한 자제심이 요구된다. 중단하는 시간과 방법에 따라서는 두 사람의 성적 기쁨을 방해하는 일도 벌어질 수 있다.

질외 사정(Withdrawl)을 자주 하면 긴장감 때문에 성적으로나 심리적으로 문제를 일으키기도 한다. 여성은 남성이 제

때에 맞추어 페니스를 꺼냈는지 자주 걱정하게 된다. 그리고
남성 쪽에서도 자신이 적절한 시기에 페니스를 꺼냈는지 알
수 없기 때문에 걱정이나 죄의식으로 고민하기도 한다.

22. 웬만하면 그대로 쓰자

페니스가 기형(Penis Malformation)인 경우, 교정하지 않으면 성기능이나 생식에 막대한 지장을 초래한다 하지만 최대한 가능하면 수술하지 않고 치료 할 수 없는가 한의학등 대체요법을 수소문해 찾아보고 시도해본다.

선천적인 페니스의 기형 가운데에 비교적 많이 나타나는 현상은 다음과 같다.

(1) 요도하열 : 이 증상은 가장 흔하게 볼 수 있는 기형으로 남자 신생아 125명 가운데 한 사람의 비율로 나타난다. 요도하열이라는 것은 요도의 입구 위치가 벗어나서 페니스 아래에 있는 상태이며, 따라서 이러한 남성은 이 비정상적인 입구를 통해 배뇨하고 사정하게 된다. 가벼운 요도하열이라면 발기, 성교, 생식능력에는 지장을 초래하지 않는 것이 보통이다.

그래도 이 증상이 있는 남성은 자신의 남성다움에 대해서 심각한 회의를 품을 수 있다. 요도하열인 아동은 앉은 자세로 배뇨해야 한다. 그러면 자신이 남자인지 여자인지 모르게 될 것이다. 그러니 친구들에게 놀림을 당할 것이다. 또한 이 결함이 있는 청년이나 성인은 성적인 관계를 종종 꺼리게 될 것이다.

그리고 요도의 입구가 페니스 아래쪽 너무 가까이에 위치한 경우에는 사정을 할 때, 정액의 대부분이 질 밖으로 새어버리기 때문에 이런 남성은, 쉽게 임신시킬 수 없을 것이다.

요도하열은 대개 수술에 의해 바로잡을 수 있다. 수술 시기는 2~4세가 가장 적합하다. 그 시기가 성적인 관념이 서지 않아서 고민하지 않아도 되기 때문이다. 유아기에는 페니스가 작고 바로잡기가 대단히 어렵기 때문에 일반적으로 수술하지 않는다.

(2) 성병색(性病索) : 요도파열은 요도 주변에 〈성병색〉이라고 부르는 띠 형상의 선유성(線維性) 조직을 가지고 있는 일이 많고, 이것에 의해 페니스가 비정상적으로 구부러진다. 이런 경우의 아동은 취학연령에 이르기 전에 수술로 바로잡아 주는 것이 바람직하다. 요도파열과 성병색이 같이 있는 신생아의 경우는 포피를 잘라서는 안된다. 재성형 수술에 포피조직이 사용되기 때문이다.

성병색을 교정하지 않고 그대로 두면 성교에 지장을 초래한다. 성병색에 의하여 페니스가 구부러진 상태에서 발기했을 때에는 더욱 심해진다.

극단적으로 구부러지면 질에 삽입하는 것이 어려워지거나 불가능하게 된다. 비교적 가벼운 정도로 아래로 구부러졌어도 본인 뿐만 아니라 상대 여성에게 있어서 성교를 어색하게 만들 수 있기 때문이다.

또한 성병색은 요도의 이상을 동반하지 않고 일어나기도 한다.

(3) 요도상열 : 이것은 비교적 보기 드문 현상으로 요도구의 위치가 페니스 위쪽으로 붙어 있는 것을 말한다.

요도상열도 자주 성병색을 동반해서 발기했을 때에 페니스가 위쪽으로 구부러져 있다. 이때도 성교는 곤란하며 불가능해지기까지 한다.

요도상열인 남성에게는 대개 방광과 복벽에 이상이 있다.

요도상열의 수술은 복잡하다. 소변의 실금, 제 위치를 벗어난 요도와 구부러진 페니스를 모두 바로잡아야 하기 때문이다. 기능상, 외관상 가장 좋은 결과를 얻기 위해서는 두 번 이상의 수술을 필요로 하는 경우도 있다. 이 수술은 일반적으로 3~5세에 받는 것이 좋다. 수술 후에도 성기능에 지장이 생길 수 있다.

(4) 포피소체단축 : 때로는 포피소체(귀두면 아래의 주름)에 여유가 없는 남성도 있다.

이 상태는 성교 도중에 열상(裂傷)이나 절상(折傷)을 일으키기 쉽다.

이런 이상이 있으면 발기했을 때에 귀두가 조금 아래쪽으로 구부러지기 쉬우며, 그런 경우에는 질에 삽입하는 것이 곤란해진다. 이런 장애를 가진 남성은 성교 도중에 통증을 느껴서, 더 이상 흥분을 계속하지 못하게 되고 사정이 곤란해진다. 그러나 대개는 수술에 의한 교정이 가능하다.

그 외에 페니스의 기형 중 드문 현상으로 사내아이가 꼬추가 없는 상태로 태어나는 경우가 있다. 그것을 정상적인 페니스로 만들 수 있는 방법이 없기 때문에 의사는 보통 그와 같은 아이를 여자 아이로 키우도록 부모에게 권한다. 즉, 고환을 외과적으로 절제해서 인공적인 질을 만드는 것이다. 또 사춘기가 되고 나서는 난포 호르몬 요법에 의해 여성의 2차 성징과 여성다운 외관을 만들 수 있다. 그러나 생식은 불가능하다.

　소수이지만 그 반대의 문제로 고민하는 남성이 있다. 페니스가 두 개 있는 경우이다. 그렇지만 대개 한쪽 페니스에만 기능이 완전한 요도가 있다. 이런 경우는 수술에 의해서 바로잡기 전에 철저한 비뇨기계의 검사를 해서 비뇨생식계의 작용을 조사해야 한다.

·발기불능인 남성에게 인공 페니스를 만들어 외과적인 수술로써 부착시키는 것을 말하지만, 한의학으로 최대한 치료해 보는 걸 원칙으로 해 덜 위험한 치유법이 있나 알아본다.

이 이식수술을 받는 남성의 대부분은 페니스의 창상(創傷)이나 선천적 기형, 신경의 이상, 당뇨병 등과 같이 불치의 기질적 원인 때문에 발기불능이 된 사람들이다. 또 전립선의 수술이나 인공항문 성형수술 등 어떤 종류의 수술도 발기를 불가능하게 한다. 심인성 불능자가 심리요법을 받아도 효과가 없을 때에는 보철수술을 받는 것이 좋다. 이것을 위한 장치는 현재 두 가지의 종류가 있다.

(1) 봉상반강체(捧牀半剛體. 스몰-캐리온 보형물 등)는 스폰지에 채운 2개의 실리콘 봉으로 구성되며 페니스 안에 외과적으로 삽입되며 절개하는 것은 회음부나 페니스 아래쪽이다. 이 장치는 정상적인 발기와 비슷해서 질에 삽입할 수 있을 정도로 길고 굵어서, 크기 등이 달라지는 부분은 없다.

또 〈플렉시 로드〉라는 것이 있는데 이것은 봉상반강체와 같은 장치이지만, 한 쌍의 봉에 손잡이가 달려 있기 때문에 페니스가 발기 되었을 때에는 내릴 수 있도록 되어 있다.

봉상반강체를 이식하면 페니스는 항상 반쯤 발기한 상태가 된다. 이런 상태에서는 본인이나 여성에게도 어색할 것이다. 하지만 이 장치는 피하삽입이 비교적 쉽고 더욱이 가격도 저렴하며 지속적인 통증이나 감염도 좀처럼 없다. 또 팬티형의 속옷을 입으면 페니스를 보통때와 같이 아래쪽으로 향하도록 해 끼울 수도 있다.

(2) 팽창형 인공 페니스는 가운데가 빈 실리콘 통으로 페니스에 끼운다. 이것과 함께 X선에 의해서 보이는 액체를 넣은 저장기를 복부에, 또한 펌프를 한쪽 음낭에 채운다. 통과 저장기와 펌프는 실리콘 관으로 연결되어 있다.

음낭 펌프를 잡으면 용액이 저장기에서 통으로 흘러 발기가 일어나고, 일방향성 밸브가 용액을 통 안에서 멈추게 한다. 발기를 멈추게 하고 싶을때에는 배출 밸브를 누르면 용액이 저장기로 들어간다.

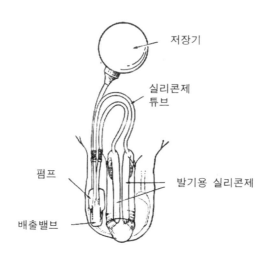

이 장치는 봉상반강체보다도 정상적인 기능에 가깝게 때문에, 이것에 의해 심리적으로 더욱 만족하는 남성도 많다. 또 발기하지 않을 때, 페니스는 정상적인 모습을 유지하며, 발기했을 때 팽창형 인공기관은 길이와 두께가 봉 형태의 인공기관보다 뛰어나다.

단, 팽창형 장치를 채우기 위해서는 수술이 복잡하고 비용도 많이 든다. 가장 큰 번거로움은 실리콘 통이 휘거나 기계고장이 자주 일어난다는 점이다. 게다가 고장이 생긴 경우라도 고칠 수는 있지만, 대개는 수술을 필요로 한다.

수술한 다음은 통증이 심하고 몇 주일 동안 계속 된다. 그러므로 환자는 사용법을 주의깊게 배워야 한다. 수술후 4주 동안은 페니스 조직을 넓히기 위해 그 장치를 매일 부풀리거나 움푹 들어가게 해야 한다. 최초의 몇 회는 통증이 대단히 심하다. 병원에서는 통을 부풀리기 약 30분 전에 의사 또는 간호사가 진통제를 투여하는 것이 바람직하다.

종류의 선택은 대개 환자에게 맡긴다. 그러나 의학적인 문제 때문에 어느 한 가지만이 적합한 경우도 있다. 예를 들면 신체적으로 장애가 있는 환자는 팽창형 장치의 조작이 곤란할 것이다. 또한 젊고 활동적인 남성은 운동을 하는 경우, 반쯤 발기한 상태의 인공 페니스로서는 불편하므로 팽창형 장치 쪽이 적합할 것이다. 당뇨병 환자는 수술 도중이나 수술후에 합병증이 일어날 확률이 다른 사람보다 높다. 따라서 이러한 점을 고려해서 신중하게 선택해야 한다.

어느 쪽 형태의 인공기관이라도 일반적으로는 수술하고 나서 4~8주가 지나면 성교를 할 수 있게 된다. 이때는 페니스의 손상을 피하기 위해서 삽입하기 전에 여성의 질이 충분히 젖어 있는 상태가 되도록 해야 한다. 그렇지 않으면 인공적인 윤활제를 사용해야 한다.

이때 페니스 경부의 감각은 조금 약해지기는 했지만, 어떤 형태의 장치라도 정상적인 사정과 오르가즘이 생긴다. 단, 처음부터 의학적으로 불가능한 경우에는 제외하는 것이 좋다.

이런 환자는 인공기관에 익숙해지기 위해서 카운셀링을 받는 것이 바람직하다. 몇 개월이나 또는 몇 년에 걸쳐서 임포텐스에 빠진 다음이라면 본인은 물론이고 상대방에게 있어서 발기와 성교에 익숙해지는 것만으로도 어렵고 힘들 것이다. 대개 인공 페니스를 이식한 사람은 보통 장치 기구의 위치가 금방 벗어난다든가 손상되지는 않을까 걱정한다. 이 때 의사는 환자에게 바르게 이식된 장치는 질로 삽입하거나 성교운동의 충격에 견딜 수 있도록 만들어져 있다는 사실을 이야기해서 안심시키는 것이 좋다. (→임포텐스)

24. 급소를 맞았을 때 페니스의 손상

마찬가지로, 동의학으로 최대한 치료해 보는 걸 원칙으로 한다.

페니스의 손상(penis injury)에는, 자전거를 타면서 경험하는 가벼운 마비증세에서 완전한 절단까지 여러 가지 상황이 있다. 자전거를 장시간 계속타면 페니스가 무감각하게 된다. 그것은 페니스가 안장과 치골 사이에서 압박받기 때문이다. 이런 경우, 배뇨와 발기, 사정에는 지장이 없다. 감각도 몇시간 이내에 되돌아 온다. 또 안장 끝을 아래로 향해서 압력이 가해지지 않도록 하면 피할수 있다. 자주 휴식을 취하거나 , 허리를 들어 올려서 페달을 밟도록 하면 상당히 도움이 된다.

추운 겨울에 집 밖에서 조깅이나 보행을 하거나 작업등을 해서 가끔 페니스가 동상에 걸린다. 이때는 기온 뿐만 아니라 바람이나 습기, 의복의 단열성도 원인이 된다.

소변이나 소량의 정액으로 젖어 있는 속옷 때문에 페니스가 습해져 있으면, 습기가 열을 빼앗아 버려서 동상에 걸리게 되는 것이다. 따라서 추운 겨울 집밖으로 장시간 나가있기 전에는 배뇨의 마지막 몇방울을 깨끗이 없애도록 해야 한다. 또 두터운 옷을 한벌 입는 것보다 얇은 옷을 겹쳐입는 것이 현명하다. 의복 사이의 공기에는 단열효과가 있기 때문에, 바깥쪽에 방수성의 옷을 입으면 더욱 효과적이다. 또한 가벼운 동상으로 아프거나 감각을 잃었을때에는 평상시의 감각이 되돌아 올 때 까지 페니스를 따뜻한 물에 담그면 좋다. 또 따뜻한 물이 주위에 없으면 맨손으로 따뜻하게 해야 한다. 그렇지만 페니스의 조직이 죽고 짓물러서 성적 기능에 지장을 초래할 정도의 중증인 동상은 거의 드물다.

장난이 심한 아동일 경우, 페니스에 머리카락이나 실을 감아서 자주 상처를 내는 경우가 종종 있다. 장난치는 사이에 우연히 머리카락이나 나일론 실로 페니스를 심하게 감아 버리는 예도 많다. 정신적으로 이상이 있는 부모가 아이를 학대해서 페니스를 묶는 사례도 더러 있다. 상처의 정도는 귀두가 가볍게 붓는 것으로 끝나는 경우부터 혈액의 공급이 저하되고, 회저(懷疽: 인체의 일부 조직이 생활력을 잃어 죽은 상태로 되는 증세)가 생겨서 수술을 필요로 할 정도로 중증인 경우까지 다양하다.

또 아동이 바지의 지퍼에 걸려서 페니스에 상처가 생기기도 한다. 그때에는 페니스가 끼인 지퍼의 바로 아래부분을 잘라서 빼면 된다. 이때 부모는 가위 때문에 아이가 겁을 먹지 않도록 우선 무엇을 자르는가를 설명하는 지혜가 필요할 것이다. 지퍼에 의한 상처는 대개 찰과상으로, 다른 상처와 마찬가지의 방법으로 치료하면 된다. 출혈이 많은 경우에는 봉합할 필요가 있는지 의사와 상의하는 것이 좋다.

때로는 마스터베이션으로 인하여 페니스가 손상을 입는 일도 있디. 특히 윤활제를 사용하지 않고 심하게 문지르면 나중에 염증을 일으킬수도 있다. 그 중에는 마스터베이션의 일환으로 이물질을 삽입하는 남성도 있다. 어떤 의사는 남성의 요도에서 샤프펜슬, 클립, 모자용핀등을 꺼냈다고 한다. 이와같은 이 물질은 요도나 페니스에 회복할수 없는 치명상을 줄 수 있다. 이와같은 이 물질은 요도나 페니스에 회복할 수 없는 치명상을 줄수 있다. 진공청소기등의 기계적인 흡입장치를 마스터베이션에 사용하는 남성도 페니스에 중상을 입을 우려가 있다.

발기를 지속시키기 위해서 아래부분을 고무줄이나 링, 잠금쇠등으로 조여서 페니스에서 혈액이 흐르는 것을 막는 남성도 있는데, 이것은 대단히 위험한 행위이다. 이렇게 혈액의 공급을 저지하면 회저가 일어날 수 있다.

때로는 성교에 의해서도 페니스에 손상이 생긴다. 드물기는 하지만 포피소체 포피가 손상되기도 한다. 특히 처음 성교를 했을 때 일어나기 쉬우며 출혈이 많은 경우에는 봉합이 필요하다.

스스로 페니스에 상처주는 일도 가끔은 있다. 그 대부분은 정신이상이거나 마약, 음주의 영향에 의한 것으로서, 예리한 칼에 의해서 페니스의 일부가 잘려지거나 한다. 특히 둔기에 맞아서 치명상인 경우 (이때는 구기자, 숙지황(각각 2), 산약, 원지, 우슬, 산수유, 파극, 백복령, 오미자, 석창포, 육종용, 저실자, 두충, 소회향(각각 0. 7), 견태1구 이상을 가루를 내 씨를 뺀 대추 1근에다 섞어서 콩알만한 환을 지어 1

일 3회, 식후에, 회수당 10알, 15알, 20알…40알까지 등차수열식으로 먹는다) 또 찢어지는 사례가 있다고 의사들은 말한다.

페니스의 상처 중에서 가장 위험하고 생명에 직접 관계되는 것은 절단이다. 페니스의 완전한 절단은 사고나, 자학적 행위, 또는 다른 사람의 폭행 등에 의해서 생긴다. 예를 들면 남편과의 강제적인 성교후 아내가 남편의 페니스를 절단한 경우, 또 정신이상인 어머니가 자기 아이의 페니스를 자른일도 있다.

절단된 페니스는 원래대로 연결될수 있다. 그 경우, 가장 좋은 보존방법은 얼음에 넣고 얼리는 것이지만, 얼음에 직접 닿지 않도록 주의해야 한다. 절단된 후 6시간 이내에 수술하면 가장 좋은 결과를 얻을 수 있다.

수술이 성공하면 환자는 정상적으로 배뇨하며 발기와 사정을 할수 있게 된다. 그리고 피부의 감각도 부분적으로 되돌아 올 것이다.

페니스를 다시 이식할수 없는 경우에는 그 주위의 조직에서 피부를 이식해 새로운 페니스를 만들 수도 있다. 재성형된 페니스는 성교가 가능할 정도로 충분히 단단하다. 단, 이식부분에는 보통 신경이 통하지 않기 때문에 페니스 자극에 성적인 쾌감은 느낄수 없다. 그러나 유두, 항문, 옆구리 아래, 고환등 그 밖의 성감대를 애무하는 것에 의해 절정감을 얻을수 있을 것이다. (→마스터베이션, 음경암, 페니스의 염증, 페니스 보철)

25. 페니스의 염증

페니스에 염증(penis inflammation)이 일어나면 대개는 성교에 고통이 따른다.

염증을 일으키는 것은 페니스 두부(귀두염), 포피(포피염), 또는 귀두포피염이 많다. 그 원인은 무수히 많다. 깨끗이 닦지 않아서 페니스가 짓무르게 되는 경우가 있다. 또한 귀두가 충분히 나타나지 않을 정도로 심하게 포피가 덮혀있는 상태, 즉 포경인 겨우에는 알레르기 반응이 나타나 빨갛게 되며 자주 부어오른다. 이런 경우는 대개 포피를 절개하는 것이 좋다.

청소년에 있어서 페니스가 진무르게 되는 원인 중 가장 흔한 것은 마스터베이션이다. 성인이라도 지나치게 마스터베이션을 하면, 마찬가지로 페니스 염증에 걸리기 쉽다. 윤활제를 사용하지 않고 페니스를 마찰하면 그 끝이 아리고 쓰라리다. 수용성 윤활제를 사용하면 그 증상을 최소한 억제할 수 있을 것이다.

또 전염병이 페니스 염증의 원인이 되기도 한다. 임질이나 헤르페스등의 성병은 염증을 일으키며, 대장균, 포도상구균, 연쇄상구균 등의 박테리아에 의한 병도 마찬가지이다. 질이 트리코모나스균에 감염되어 있는 상태에서 접촉한 페니스는 염증을 일으킬수 있다. 신경성 피부염등의 피부병 증상이 페

니스에 나타나는 경우도 있다. 또한 콘돔등에 의한 알레르기
도 염증이 일어난다. 그러나 페니스 염증이 암으로 번지는 경
우는 거의 없다. (→마스터베이션)

26. 중년에 물건에 결절이 있을 때

성교를 할 때 남성이 통증을 느끼는 원인으로서는 이 증세가 가장 많다. 남성에 따라서 페니스에 얼얼하고 아픈 증세가 나타나거나 결절(結節)이 단단하게 맺혀있기도 한다. 단단한 상처와 같은 조직에는 신축성이 없다. 때문에 증상이 심해짐에 따라서 발기에 고통이 수반된다. 더구나 발기한 페니스는 결절 쪽으로 휘어져서 성교에 지장을 초래한다.

이 병에 가장 걸리기 쉬운 경우는 , 40세 이상의 남성이며 그 원인은 분명하지 않다. 이 증상을 연구한 의사들은 외상 또는 감염에 의해 생긴다고 한다. 그 밖에 바이러스의 감염성도 있다. 그러나 결절의 증대는 암이 아니기 때문에 그 점에 대해서는 크게 걱정할 필요가 없다.

페이로니병(Peyronies Disease) 환자가 다시 성교를 할 수 있게 될 확률은 대단히 높다. 거의 절반이 평균 4년이내에 자연스럽게 치유된다. 나머지반은 상흔과 같은 부분이 넓어져서 석탄처럼 단단해지고 페니스가 90도까지 휘어진다. 그것은 보통 위로 향하든가 옆으로 향하며 가끔 아래로 향하는 일도 있다. 그래도 발기시의 통증은 점차로 없어지고 삽입을 가능하게 할 만큼의 유연성은 있다.

병의 초기에 가장 널리 사용하고 있는 치료법은 결절에 스테로이드를 주사하는 방법이다. 이것으로 이 병의 약76%는 그 증상이 가라앉는다. 그리고 영구적으로 변형되었을 때에는 결절을 수술에 의해 제거한다. 그러나 이러한 섬유화 증상이 페니스 내부에까지 깊숙히 진행되고 있는 경우라면 의사들은 수술을 권하지 않는다. 다량의 조직이 절제되면 발기된 페니스에 허약한 부분이 생기기 때문이다.

27. 오줌이 따갑고 피나면 곶감을!

　자신의 정액에 피가 섞여 있는 것을 보면 대부분의 남성들은 아마 깜짝놀랄 것이다. 정액의 색깔은 출혈후 시간이 흐름에 따라 달라져서 검은색이나 갈색, 또는 적갈색이나 빨간색이 된다.

　대개의 경우, 특히 다른 증상이 없으면 위험하지 않다. 보통 정액에 피가 섞이는 것은 배뇨생식기에 감염이 일어난 징후이고, 그 대부분은 전립선이나 정낭, 또는 요도의 감염이다. 이 증상은 항생물질을 사용하면 거의 완치된다.

　성병, 특히 트리코모나스증과 임질이 원인이 되는 경우나 전립선의 울혈이나 방광경부의 폐색, 또는 혈액의 이상이나 결핵이 원인이 되는 경우도 있다. 피가 섞인 정액이 종양의 징후인 경우는 거의 없다. 가끔 마스터베이션을 지나치게 반복하거나 장시간 계속하면 혈정액증이 일어나기도 한다(→마스터베이션)

(남녀공통)①소변에 피가 섞여 나올때:곶감 3개를 구워 가루를 만들어 밥물(숭늉)로 복용

②소변시에 따갑고 통증있으면 곶감 1개와 등심초(0.2)를 +물 ⇨ (달여)복용

제3장 성관련 현상과 질병

1. 연장도 자주 써야 오래간다는 논리

금욕(Abstinence)에 대한 이야기는 각각 하나님께 받은 자기의 은사가 있으니 하나는 이러하고 하나는 저러하니라⟨신약 고린도전서 7-7⟩ 처럼 그냥 혼자지내는 것 또는 혼인하는 것 (性) 등 여러 가지가 있다. 예를 들면 과중한 업무와 긴장상태에서 병에 걸렸을 때 사람들은 자주 성교를 꺼리게 된다. 그 가운데서는 일이나 창작활동에 몰입해서 몇 개월씩이나 성교를 생각하지 않는 사람도 있다.

금욕을 하는 사람 가운데에는 전적으로 성교를 피하는 사람도 있다. 다른 사람과 성적인 관계를 갖는 것은 꺼려도 마스터베이션에 의해 성적으로 발산하는 사람은 더러 있다.

잠시 성관계를 중단하는 동안, 그 경험이 유익하고 만족감을 준다고 느끼는 사람도 있을 것이다. 그들은 종종 자유롭다는 느낌을 갖을 것이다.

하지만 성행위에 흥미를 느끼지 못하는 것을 걱정하는 사람도 있다. 금욕기간이 몇 년이나 되어서 성욕이 일어나지 않게 되면 걱정이 될 것이다. 성욕의 감퇴는 병이나 우울 상태등 생리적 요인에 의하여 일어나는 경우가 많다.

또 성적 충동에 대한 죄의식도 금욕의 요인이 되기도 한다. 만약 성에 대하여 정신적인 갈등이 있다면, 남녀 모두에게 성적인 관계를 피하는 요인이 될 수 있다. 예를 들면, 어머니에게 대단히 강한 애착을 갖는 남성은 어떤 여성이라도 어머니에게 필적하지 못한다고 생각하기 때문에 금욕적으로 될 수 있다. 혹은 모든 여성을 자신의 어머니와 연결지어서 생각하기 때문에, 무의식적인 근친상간의 죄의식을 피하려고 성적으로 여성을 피하는 남성도 있다.

그리고 세상물건을 쓰는 자들은 다쓰지 못하는 자같이 하라 이 세상의 형적은 지나감이니라란 종교상의 신념에서 마음이 나누이지 않으려고 금욕을 선택하고, 자신의 종교적 신념을 관철하는 최고의 방법은 데이트나 가정 생활에 다르는 성적 관심을 버리는 것이라고 생각하는 사람도 있고, 독신주의가 규정으로 되어 종교집단에 입회하는 사람도 있다.

그렇다고 하더라도 금욕이 반드시 나쁜 것만은 아니다. 성생활이 없다고 해서 병에 걸리거나 건강하지 못한 상태가 되는 일도 없다. 하지만 반복해서 성적 흥분을 발산하지 않는 사람들은 골반내 장기의 출혈이나 불쾌감을 자주 경험하게 된다.

또한 금욕은 심리적 장애의 원인은 되지 않는다. 일반적으로 금욕을 하면 욕구불만이 되어 신경질적으로 된다고 생각하는 사람들도 있기는 하지만, 아직까지 근거는 없다. (→피임, 임신, 골반내 감염증)

2. 람블 편모충증

〈람블 편모충〉이라고 하는 것은 단세포의 원생동물에 의해 생기는 장질환이다.

람블편모충(Giardiasis)증은 병원체를 포함한 대변에 닿아서 감염된다. 손에서 입으로 전염되는 경우도 있고, 오염된 물을 마시거나, 오염된 대변에 닿은 과일이나 야채를 날 것으로 먹어서 감염되기도한다.

또한 이 병은 성행위 도중에도 감염이 될 가능성이 있다. 즉, 항문에 입을 댈때나 절대해서는 안될 아날섹스를 한다음 페니스에 입에 댈때에도 옮겨진다.

람블 편모충증에 가장 흔히 나타나는 증상은 물과 같고 악취가 나는 설사이다. 그 이외에도 복통이나 식욕부진, 체중감소, 구토증, 쇠약등을 들수 있다.

치료는 보통 5일간 아테브린을 복용한다. 부작용으로 현기증, 두통, 구토, 피부의 황변이 일어나기도 한다. 이 약은 쓴맛이 심하기 때문에 알약을 깨어서 과일즙에 섞어 먹으면 좋다. 그 밖에 치료법으로서는 메트로니다졸이 있다. (→아날섹스)

①구담즙
②대화가루

3. 자위행위, 그 허와 실

성교 상대와 함께가 아니라 스스로 성적인 쾌감을 얻는 행위를 말한다. 즉 자위행위를 뜻한다.

어린아이는 생후 몇 개월부터 자신의 몸을 만지기 시작하고, 손가락이나 발가락, 머리카락을 느끼기 시작한다. 남자아이는 우연히 페니스를 잡고 장난치다가 기분이 좋다는 것을 느낀다. 이땐 어린아이가 자기의 페니스를 어루만지면서 발기시키는 일도 흔히 있다.

여자아이가 몸을 만지다가 외음부에 손이 닿는 것은 남자아이의 경우만큼 많지는 않다. 그러나 생후 몇 개월밖에 되지 않는 여자아이의 양쪽다리를 누르거나 문질렀을 때 쾌감 비슷한 반응을 보이는 것을 종종 볼수 있다.

취학전 유아는 부드러운 인형등으로 외음부를 문지르면 기분이 좋아지는 것을 자기도 모르게 느낀다. 유아가 피곤하거나 심심하거나 초조할때에 마스터베이션(Masturbation)을 하는 경우도 더러있다. 물론 본인은 이 행위가 마스터베이션이라는 사실은 인식하지 못한다.

이 행위는 육체적으로도 정신적으로도 어린 아이에게 피해가 되지 않는다. 단, 부모가 벌을 주거나 야단을 치면 그 아이는 죄의식과 불안감을 느낄 것이다.

그럴 경우 대부분의 유아는 곧 마스터베이션을 그만둔다.

심심한 아이는 놀이를 하거나 장난감으로 대신 기분을 풀 수 있다.

좀처럼 드문일이지만 아이의 마스터베이션이 심리적인 문제의 표증으로 되어서 전문가의 도움을 필요로 하는 경우가 있다. 그것을 구분하는 방법으로는 아이가 어느 장소에서 마스터베이션을 하는가하는 점이다. 여러사람이 보는 가운데서라든가 가족이나 학교 선생님 앞에서 마스터베이션을 반복하는 경우는 정서의 혼란을 나타내고 있다는 증거이다.

일부러 그 행위를 보여주거나 도발적으로 된다면 아이가 부모에 대한 무의식의 반항으로서 마스터베이션을 사용한 가능성이 있다.

요충이나 외음부에 전염병이 걸렸을 때는 가려워지거나 얼얼하기 때문에 만지는 일이 많아져서, 마스터베이션을 하고 있는 것 같이 보이기도 한다.

남성의 95%와 여성의 80%가 마스터베이션을 경험하였다고 한다. 킨제이 보고서에 의한 이 통계는 성의 배출구로서 마스터베이션이 널리 행해지고 있다는 사실을 보여주고 있다.

남성은 대개 사춘기에 접어들었을 때 (80%가 15세 이하) 마스터베이션을 시작한다. 보통 친구들에게서 배우지만 남성의 최초사정은 마스터베이션에 의한 경우가 대부분이다.

여성의 경우는 친구에게 배우기보다는, 외음부를 만지다가 자기도 모르는 사이에 배우게 된다. 여성이 마스터베이션을 시작하는 나이는 남성보다 다소 늦다.

현대 사회에서도 많은 사람이 마스터베이션을 죄로 간주하는 경우가 많다. 또한 마스터베이션이 육체나 감정의 중대한 결과를 초래한다고 믿기 때문에 마스터베이션에 대해서 심리적인 갈등을 경험하는 사람이 많이 있다. 대개의 경우 마스터베이션에 의해 생기는 주요 감정 변화는 그 자신의 죄의식이다.

그렇다면 마스터베이션은 어떤 변화의 징후인가? 마스터베이션이라는 행위에는 강한 감정을 동반하기 때문에 마음의 건강상태와 복잡한 관계가 있고, 때로는 잠재의식에서 이상(異常)을 나타내는 경우도 있다.

이때 충동 강박에 의한 마스터베이션은 만성적인 불안의 한 징후에 지나지 않는다. 즉, 충동강박에 의한 마스터베이션은 참을수 없는 불안감이 마음속에 가득차는 느낌을 동반하는 것이다. 그러나 마스터베이션은 기계적이고, 뭔가에 쫓긴 채, 의지와는 반대로 행하는 것으로 본질적으로는 기쁨이 없다.

문제는 마스터베이션이 아니고 충동 강박의 원인이 되는 정신적 고민이다. 이 경우는 의사에게 상담이나 진찰을 받아야 한다. 보통 트란퀴라이저가 불안을 진정시키는데 도움이 되지만, 동시에 카운셀링으로 그 원인을 확인한다.

마스터베이션을 한 다음 우울증에 빠지는 사람이 있다. 실제로는 오르가즘 다음에 일어나는 편안한 정신상태일 것이다. 그것이 걱정이 되는 사람이 있다면, 이 즐거운 정신적 반응을 잘못 이해해서, 그것이 결함이라고 생각할 수도 있다.

마스터베이션이 실패로 끝났을 경우는 그후에 우울증에 빠질수 있다. 마스터베이션은 고독한 행위인만큼 채워질수 없는 희망을 확실하게 드러내보이기 때문에 잃어버린 것, 두려워서 보고 싶지 않은 것을 생각해서 괴로워하기도 한다.

마스터베이션으로 쾌감을 얻을 때 일시적으로 사랑이나 우정, 건강, 아름다움, 부를 추구하는 노력에서 해방된 것으로 느끼는 사람도 있다. 하지만 오르가즘 다음에는 반드시 이와같은 문제가 예전보다 더욱 무겁게 덮쳐와서 실망감으로 표시될 수도 있다.

그러나 마스터베이션의 또 하나의 용도는 성과 관계가 없이 긴장감을 푼다는 점에 있다. 마스터베이션에는 진정효과가 있어서 졸음을 유발하기도 한다.

결혼생활에서 마스터베이션을 또 하나의 성행위로서 선택할 수 있고, 성교할 때 오르가즘과는 색다른 느낌을 얻을 수도 있다. 부부사이에서 어느 한쪽이 병이나 그 밖의 사고로 성교를 할 수 없는 동안에는 마스터베이션 회수가 다른 때보다 많아 질 것이다.

아내의 월경기간이나 산후에는, 양쪽 모두 또는 어느 한쪽에서 마스터베이션을 함으로써 성욕을 해소하는 부부도 있다. 조루의 경향이 있는 사람은 성교전에 마스터베이션을 하면 클라이맥스를 늦추는데 도움이 된다. 부부 중 어느 한쪽이 다른 쪽보다 자주 성교하기를 원할 때 마스터베이션을 병용할 수도 있다. 남편이 임포텐스가 된 여성이라면 마스터베이션을 가장 확실한 성의 배출구로 생각할 수도 있다.

결혼 생활에 있어서 마스터베이션이 습관화되었거나, 두 사람의 성교보다도 선호되는 경우는 뭔가 문제가 있다는 증거가 된다. 또한 결혼 생활에 있어서 마스터베이션이 여러가지 바람직하지 않은 감정을 동반하는 경우도 있다. 마스터베이션을 하는 사람은 죄의식을 갖거나 자신을 마스터베이션으로 향하게 한 상대방을 많이 원망하게 된다. 마스터베이션을 하지 않는 쪽은 스스로 거부당하고 있다든가, 사랑받고 있지않다고 느끼거나, 마스터베이션을 하는 상대가 〈이상하다〉고까지 생각할 수 있다.

결혼생활에 심각한 문제가 있을 때 부부가 서로 상대방을 피해서 마스터베이션을 하는 경우도 있다. 이때 부부의 어느 한쪽이 성교를 하지 않고 상대의 눈 앞에서 마스터베이션을 해서 적의를 표시하는 것도 자주 있는 사례이다.

마스터베이션은 치료를 필요로 할 정도로 장애를 일으키기도 한다. 예를 들면 남성의 경우 마찰로 인하여 외음부에 염증을 일으킬 가능성이 있는데, 이 경우는 수용성 윤활제를 사용하면 통증이 덜해진다. 포피가 단단해지고 만성적으로 염증을 일으키는 경우는 절제할 필요가 있다.

바이브레이터(vibrator)나 장형(張形)을 사용하는 사람은 플래스틱이나 고무, 금속 부분에 알레르기 반응을 일으키는 수도 있다. 니켈로 된 악세사리나 고무장갑등으로 인하여 몸에 접촉피부염을 일으키는 사람은 특히 주의해야 한다.

특히 하나님 보시기에, 가증한 일은, 엄금하지만, 바이브레이터를 먼저 항문에 사용하고 나서 성기에 대는 사람이 있다면, 이 경우 항문에서 꺼낸 다음 이 경우 우리 경우엔 법률상 그렇지만 **하나님의 법에서는 사형에 속한다.** 세척하지 않으면 대장균이나 기생충에 감염될 우려가 있다.

또한 여성의 경우 이물질을 체내에 삽입하는 것은 위험하다. 각진 얼음이나 여러 야채, 예를 들면 오이나 샐러리의 줄기, 당근은 질 내벽에 상처를 만들어 염증을 일으킬 가능성이 있다.

뾰족한 것이나 부서지기 쉬운 것은 특히 위험하다. 그것이 복부에 들어가 복막염을 일으킬수 있기 때문이다. 그렇게 되면 생명에 큰 지장을 줄수도 있다.

마스터베이션이 건강이나 생식능력을 해친다는 의학적인 증거는 지금까지 알려지지 않았다. 가령 여러번 반복해도 생리학적으로 〈지나친〉 마스터베이션이라는 것은 없다. 대부분은 쾌감을 느끼지 않게 되면 그만 두고, 또 즐기고자하면 다시 시작하는 사람도 있다.

마스터베이션은 여드름이나 임포, 임질, 간질, 야뇨증, 폐병, 정신이상, 실명등의 원인을 유발하지는 않는다. 또한 건강한 사람이라면 활력이 약해지는 일도 없다. 그러므로 몸을 더듬어 성적인 흥분을 추구하는 것은 자연스러운 성장과정이고, 성적 반응력을 높인다고 해도 좋다. 오히려 그것을 지나치게 억제하거나 금지하면 마스터베이션에 대한 저항감이 일어나서 성생활에 지장을 줄 우려가 있다.

킨제이 박사는, 마스터베이션이 개인의 성욕 해소의 하나가 되어 있는 경우, 마스터베이션을 하는 사람은 그렇지 않는 사람보다도 결혼생활에서 높은 성적 흥분을 느끼는 것 같다고 보고 있다.

이때 마스터베이션은 성교보다도 강한 생리적 반응을 일으킬수 있다. 자신만의 감각에만 주의를 집중할 수 있고, 상대를 생각할 필요가 없기 때문이다. 이와같이 마스터베이션을 하는 사람은 자유로운 상상속에서 상대방의 감정이나 욕망, 쾌감에 맞추어야 하는 번잡스러움 없이 자기 중심적인 행위를 할수 있다.

마스터베이션의 기술은 인간의 상상력이 미치는 한도 내에서 행해진다. 남성은 보통 페니스에 크림 따위를 바르고 상하로 리드미컬한 동작을 한다. 또 고환이나 항문, 유두등 성적 쾌감이 생기는 곳을 자극하는 남성도 적지 않다.

여성은 대개 클리토리스나 음순을 손으로 또는 물건으로 자극한다. 이때는 손의 검지와 중지가 가장 많이 사용된다. 이때 양쪽 넓적다리를 지그시 누르거나 질을 리드미컬하게 조이거나 느슨히 하는 것만으로도 오르가즘에 도달하는 여성이 있다.

그 외에도 단지 유방을 자극하는 것만으로 오르가즘에 도달하는 여성도 많다. 그러한 여성은 손이나 바이브레이터등을 사용해서 유방 전체나 유두 주위, 또는 유두 부분을 자극한다. 침대와 같은 평면에 유방을 문지르기도 한다.

임상보고서에 의하면 성반응의 최초3단계에서는 마스터베이션이 성교보다 반응이 강하다고 한다. 오르가즘이 있을때에 여성의 골반내 치골미골근에 생기는 경련성 수축은 마스터베이션에 의한 경우가 훨씬 더 강하다. 남성은 마스터베이션을 할 때 요도나 전립선의 수축이 강하게 일어난다. 그러한 수축은 오르가즘의 느낌을 더욱 강화한다.

마스터베이션은 상대방을 신경쓰지 않고 자기 자신의 성적 욕구에만 전념할 수 있기 때문에 여성은 종종 높은 성적 흥분 상태에 머물러 있을 수 있다.

이런 현상을 보고서는 이렇게 말한다.

"보통 격렬한 마스터베이션에 종지부를 찍는 것은 육체적으로 극히 피로할 때뿐이다."

여성은 성교보다도 마스터베이션 쪽이 빨리 오르가즘에 도달할 수 있다. 자기 자신이 원하는 정도나 리듬을 조절할수 있고, 어떻게하면 기분이 좋은 상태로 되는지 정확히 알고 있기 때문이다. 게다가 상대방의 감정에 신경을 쓰지 않아도 되고, 고통도 피할수 있기 때문이다.

마스터베이션에 따라서 여성이 자신의 성감대를 정확하게 파악을 하면 상대방에게 자신의 취향을 바르게 전달할수 있다.

성행위란 한쪽에 의해서가 아니라 두 사람이 서로 즐기는 것이다. 즉, 성교의 즐거움에 대한 책임이 일방적인 것이 아니고 두 사람 모두에게 달려있다는 말을 뜻한다.

　이로서 많은 남성은 결혼 생활의 중압감에서 해방된다. 그리고 부부 양쪽이 성적 만족에 대하여 최종적인 책임을 진다면 부부 생활은 더욱 즐거워지고 애정이 넘쳐 흐르게 될 것이다.

4. 매독, 조기치료해야 한다

매독(syphilis)은 가장 위험한 성병의 하나로 전염병 가운데에서도 사망률이 높은 편이다. 매독에는 다음과 같은 다섯 단계의 증상이 나타난다.

(1) 제1기 : 보통 이 단계의 특징은 〈초기 경결 硬結〉이라고 불리우는 부종으로, 피부 표면이 단단하게 되는데, 이 증상은 감염 후 10～90일(평균 21일)사이에 나타난다. 제1기의 경결은 페니스의 표면이라든가 질의 안, 입이나 항문 내부 또는 주변 등 어디에서도 매독균은 처음 체내에 침입한 장소에서 형성된다. 그것은 여드름 같이 보이기도 하고, 수포나 개방성 짓무름처럼 보이기도 한다. 또한 딱딱하고 기계로 뚫은 것처럼 보이는 경우도 많다. 그러나 통증이나 가려움을 동반하는 일은 거의 없다.

초기 경결은 매독의 증상 중에서 가장 전염성이 강한 형태의 하나로, 몇 백만이라는 매독균을 가지고 있다. 이 짓무름 상태에서 점액조직이 접촉하기만 해도 균은 옮아간다. 치료를 받지 않는 환자는 2년 이상에 걸쳐 병을 전염시킬 가능성이 있다. 매독의 증상으로 입이 짓무르는 경우에는 키스를 통해서도 감염된다. 하지만 초기 경결이 전혀 나타나지 않거나 너무나 작아서 발견되지 못하는 수도 있다. 여성의 경우, 외음부나 질 내부 깊숙한 부분에 숨겨져 있는 경우도 있다.

초기 경결은 다른 증상과 혼동되기 쉽다. 그것이 매독에 의한 짓무름이라는 사실을 모르고 연고나 고약으로 자가요법을 시도하는 사람도 있다. 초기 경결은 치료를 하거나 하지 않더라도 보통 2, 3주가 되면 자연스럽게 치료가 된다. 이것은 매독균이 특정한 장소에서 이동한 것을 의미하는 것에 불과하며 병균은 계속해서 잠복해 있다.

• 증상이 나타나지 않는 기간:이 단계는 통상 2~10주 동안 계속되며, 사람에 따라서는 6개월까지 계속되기도 한다. 초기의 증세라 할지라도 다른 사람에게 병을 옮길 가능성이 있다.

(2) 제2기 : 이 단계가 되면 매독균은 충분히 번식해서 전신에 증상이 나타난다. 열이 나며 목이 붓고, 심한 두통이 있기도 하다. 보통은 피부의 반응을 동반하여 작은 발진부터 큰 구진, 홍역과 같은 발진, 또는 모세혈관의 출혈과 같은 증상을 보인다. 또 머리카락이 군데군데 빠지는 일도 있고(원형탈모증), 입이나 입술 주변, 또는 팔이나 발 등에 짓무름이 생기는 일도 있다.

사람에 따라 매독의 제2기 증상 역시 보지 못하거나 지나쳐 버릴 수 있다. 발진에는 가려움이나 고통이 없고, 대부분은 자연스럽게 낫는다.

제2기의 증상은 땀띠나 알레르기 등 자주 다른 것과 혼동하기 쉽다. 그 밖에도 이 증상과 비슷한 병이 대단히 많기 때문에, 매독은 〈대모방병(Great Imitator)〉이라고도 불리운다. 매독의 발진은 전신에 번지지만, 얼굴에는 나타나지 않는다. 또 입 안이나 손, 발 등에 이상한 반점이 나타난다. 이것이 바로 매독을 구분하는 방법이다.

제2기를 통해서 환자는 병을 옮긴다. 매독환자와 밀착하면 누구라도 감염될 것이다. 이 기간은 6개월부터 2년간 계속된다.

(3) 잠복기 : 이 기간은 일생 동안 계속 될지도 모른다. 잠복기의 환자는 완전히 건강하다는 느낌을 가지며, 병은 내부에 잠복해 있지만 다른 사람에게 옮기지는 않는다. 이것은 혈액검사에 의해 비로소 병을 확인할 뿐이다.

(4) 말기 : 몸의 모든 기관이 두드러지게 망가지는 것이 이단계의 특징이다. 치료를 받고 있지 않은 말기 매독 환자 가운데 약23%는 그 증상이 불구나 치명적인 형태로까지 진행된다. 자주 나타나는 증상은 심장질환, 중추신경계 장애, 매독성 정신장애(부전마비), 그리고 실명이다.

임신한 여성은 태아에게 옮길 가능성이 있기 때문에 가능한한 빨리 매독 검사를 받을 필요가 있다. 감염된 태아의 대부분은 사산된다. 설령 그 아이가 태어났다고 해도 선천적인 결함을 가지기 쉽다. 선천적 매독균을 가진 아이는 출산 후 즉시 치료하지 않으면 청각장애, 또는 시력을 잃거나, 심한 지능장애를 일으킬 우려가 있다.

혈액검사를 하면 몸이 매독균 싸우기 위해 만들어내는 항체가 검출된다. 이 항체는 첫 번째 테스트로 발견할 수 있다고는 할 수 없다. 매독감염의 위험에 처한 사람은 3개월간에 걸쳐 몇 차례 테스트를 받아야 한다.

매독은 조기 치료가 중요하다. 늦어지면 손상된 신체 기관을 치료할 수가 없다. 이 경우에는 페니실린 등 항생물질을 가능한 한 빨리 투여해야 한다. 그러나 사용하고 남은 페니실린 정제 등으로 매독의 자가요법을 시도해서는 안된다. 매독의 치료에 필요한 대량의 페니실린은 의사의 통제하에서만 사용해야 한다. 특히 페니실린 성분이 들어 있는 유성, 또는 수성 연고를 음부에 생긴 종기나 발진에 바르는 것은, 진단을 곤란하게 할 뿐이다. 특히 스테로이드 성분이 들어 있는 다른 종류의 연고는 매독균의 번식을 빠르게 할 우려도 있다. (→성병)

제1법:즙채뿌리(2g)+산귀재(2g)+감초+물(3컵) ⇌^{달인다} 2컵분량=1일분, 1일2~3회 복용, 2개월 계속

제2법:호도7개 ⇌ (태워서)까만가루+따뜻한 술→복용

제3법:[구매환]

5. 수영장도 위험!

이 병은 임질과 같이 증상이 비뇨기관에 나타나지만, 임균에 의한 것은 아니다. 타는 듯한 통증과 빈뇨 증세가 있고, 소변에는 하얀 분비물이 섞여 나온다.

이 병 비임균성요도염을 일으키는 원흉은 트리코마 크라미디아라는 박테리아와 비슷한 기생 미생물로, 인간의 세포 내에서 번식한다. 증상은 접촉 감염되고 난 후 1~3주 후에 나타난다. 이것은 성교를 하거나 불결한 수영장에서도 감염될 수 있다. 눈의 염증인 〈수영장 결막염〉으로서 염소 살균을 하지 않은 수영장에서 옮겨지는 것이다.

성인의 경우 외성의 증상은 중증이라고 생각되지 않지만, 어린 아이가 이 병에 걸렸을 경우, 임질에 걸렸을 때와 마찬가지로 눈병을 일으킬 수 있다. 보통 임질의 경우보다는 그 증세가 가볍지만 치료를 받지 않고 내버려 두면 폐렴을 일으키는 원인이 된다. 크라미디아 감염증은 테트라 사이클린이나 기타 항생물질로 치료를 하면 낫는다. (→성병)

배잎 한다발+물(3컵) ⇌ (½됐을 때)=1회용, 식사전 3회, 한편 동의보감에서는 급성요도염을 냉림이라고 부른다.

6. 성교통

남녀 모두 여러 가지 이유에서 성교에 통증(Painful Intercourse)을 느끼는 경우가 종종 있다.

이때 남성은 페니스의 상태가 불결하다든가 1차적으로 세균에 감염된 상태라면 통증을 느낀다. 포경을 한 경우는 치구(恥坵) 탓으로 염증이나 감염이 일어나는 경우도 있다. 가성포경도 성교시에는 통증을 일으키기 쉽다.

피임용 크림이나 젤리 또는 약제에 의해서 알레르기 반응이 나타날 경우에도 페니스에 염증이나 수포가 생긴다. 이럴 경우에는 성교를 할 때 남성은 강한 통증을 느끼기 쉽고, 수포가 찢어지면 특히 심해진다.

질의 전염병이 남성의 페니스나 요도로 옮겨져서 성교 후 생식기 부위가 화끈거리고 가렵게 된다. 성병의 대부분은 성교통의 원인이 된다. 또한 임질은 대개 페니스 삽입시와 직후에 심한 고통이 생기는 것이 특징이다.

페니스에 손상이 있는 남성은 성고통을 느끼기 쉽다. 고환의 염증이나 전립선염에 걸려있는 사람도 마찬가지이다.

그 가운데에는 페니스가 선천적으로 기형이기 때문에 구부러져 있어서 성교시에 통증을 느끼는 경우도 있다. 음경의 뒤쪽이 단단해지는 〈페이로니병〉과 같은 후천적인 질병에 의해서도 페니스가 구부러지게 되는데, 그런 경우에도 성교통을 동반한다.

또 고환이나 페니스에 종양이 있는 사람도 성행위를 할 때 통증을 느낄수 있다. 또 비정상적으로 발기가 계속되는 〈지속 발기증〉도 성교시에 통증을 느낀다.

여성의 질내 상태가 원인이 되어 남성에게 고통을 주는 경우도 있다. 여성의 피임 링 끝이 페니스 끝에 닿아서 통증이 생기기도 한다. 때로는 페서리가 적합하지 않다든가 위치가 나쁘기 때문에 성교 중 남성이 쾌감을 얻을수 없는 경우도 있다.

여성의 질부 자궁적제의 회복이 불완전하면 남성은 불쾌감을 느낄수 도 있다. 질이 젖어 있지 않는 것은 남녀 모두에게 있어서 불쾌감의 원인이 된다. 질의 선천적인 기형도 마찬가지이다.

성병성림프육아종에 걸린 여성은 질에 상처나 짓무름이 생기는 경우도 있다. 이때 상대방 남성은 대개 긁힌듯한 느낌을 갖게 된다. 질의 종양도 마찬가지로 성교통의 원인이 될 것이다. 드문 일이지만, 정상적인 질의 분비물에도 견딜수 없어 하는 남성이 있는데, 그런 경우는 성교 후 페니스 끝에 수포가 생기거나 껍질이 벗겨지거나 한다. 적은 수이지만 이런 심리적 요인 때문에 성교통을 일으키는 예도 있다.

여성은 질의 감염증이 주로 성교통의 원인이 된다. 그래서 성교후에도 계속해서 성기 부분이 달아오르는 듯하고 따갑다. 성병 가운데에는 짓무름이 생기는 것도 더욱 성교를 고통스럽게 한다.

피임용 화학약품, 세정액, 고무나 콘돔, 생리용품에 대한 알레르기 반응으로 인하여 성교에 고통이 따르기도 하고, 때로는 정액에 민감한 알레르기 반응을 보이는 여성도 있다.

질이 젖어 있지 않을 때의 성교는 고통을 일으키기 쉽다. 또한 약품(항히스타민제)이나 나이 때문에 고통스러울 때도 있다. 하지만 대부분의 경우 삽입 전 성적 흥분의 부족이 그 원인으로 나타나 있다.

그 이외에 통증은 선천적인 이상이나 성기의 종양에 의한 경우도 있다. 처녀막이 단단하다든가 두껍다는 문제도 때로는 성교에서 쾌감을 얻을 수 없는 이유가 된다. 직장이나 장의 질환이 있는 여성은 성교를 고통스럽게 느낄수 있다. 요도가 감염된 여성도 마찬가지이다. 또한 골반내 염증이나 난소 낭종이 있으면 성행위시 남성이 힘을 주었을 때 하복부에 통증이 생기는 경우도 있다.

출산후 회음절개가 완전히 낫지 않는 경우에도 성행위시, 예리한 통증을 느낄수 있다. 자궁내막증은 자궁내막의 조직이 비정상적인 장소에서 발생하는 것을 말하는데, 이 병에 걸리면 남성이 힘을 주었을 때 대개 질 속 깊은데까지 통증이 생긴다. 특히 월경 직전에는 더 심해진다.

외음부나 질에 염증이나 또는 찰과상, 절상(折傷)이 있다면 성교가 고통스러워진다. 또한 농양(膿瘍)은 예리한 국부 통증을 일으키고 작열감을 동반하는 일이 자주 있다.

질경련을 일으키는 여성의 경우에는 남성은 삽입이 곤란하거나 불가능해지고 질을 여는 것에 통증을 느낄수도 있다. 이 증상은 대개 심인성이라고 생각되지만, 과거 질의 외상이 관계되어 있는 일도 있다. 또한 심리적인 요인이 성교통을 동반하는 원인이 될 수도 있다.

성교통의 여러 가지 원인을 생각해서 빠른 시일내에 정확한 진단을 받는 것이 가장 중요하다. 남성이라면 비뇨기과, 여성이라면 산부인과에서 진단을 받는 것이 좋다. (→자국내막증, 페니스의 염증, 페니스의 기형, 지속 발기증, 정액 알레르기, 질 건조, 질경, 성병)

 (또한, 남녀 야사후) 복통시→소주+생강차(많이 탐) 데워서⇒ 마심

7. 성교회수는 통계청에서나 잡을 일이다

부부가 서로 동의하고 있다면 성교의 회수(Frequency)는 하루에 한번 혹은 1년에 한번이라도 신경쓸 필요는 없다.

사람에 따라서 제각기 성교회수가 다르기 때문이다. 누구나 똑같은 정도의 성욕을 가지고 있지 않으며, 그것은 마치 식욕, 갈증, 피로, 기쁨, 욕구불만에 대한 반응의 방법이 각각 다른 것과 마찬가지이다.

반응의 정도가 두 사람 사이에 서로 같지 않다고 해서 중대한 문제가 되는 경우는 좀처럼 없다. 보통은 서로의 욕구를 어느 정도 충족시킬수 있기 때문이다.

다만 한쪽이 상대방보다도 지나치게 성행위를 많이 요구할 때는 마찰이 일어날 수도 있다. 예전에는 빈번하게 성교를 바라는 것이 아내보다도 남편쪽이었다. 그러나 남성이 회수의 바닥선 최소치를 정하고 반면 여성은 상한선을 정하는 겨우에 있어서이다.

행복한 결혼생활을 보내는 여성의 대부분이 추구하는 성교 회수는 남편보다 적다. 이것은 왜일까? 이것은 대부분의 남성이 서둘러서 전희를 끝내고 성급하게 삽입하는 경향이 있기 때문이다. 이렇게 되면 아내는 성적 자극이 충분하지 않은 상태로, 오르가즘에도 도달하지 못한 채 성행위를 마치게 된다.

게다가 남성의 대부분은 페니스를 삽입하고 나서 2분 이내

사정하는 그대로 성행위를 마친다. 이럴 경우 많은 여성은 성적으로 흥분하면서도 오르가즘에 도달할 수 없고, 성교중이거나 성교후에도 만족감을 얻을 수 없다. 이러한 일이 되풀이되면 여성에게 있어서 성행위는 흥미가 없는 것이 되어버린다.

이것은 대개 의식적으로 행해지는 것은 아니다. 그렇기 때문에 남편은 자기 자신이 성교회수를 줄이는 것이 원인이라는 사실을 좀처럼 눈치채지 못한다. 또한 아내쪽도 점차 성행위를 바라지 않게 되었다고 생각할지도 모른다. 서로가 흥분을 느끼면서도 만족하지 못한채 성행위를 끝내게되면, 그 아내는 욕구의 단계에서 몸을 도사리게 된다.

이때 욕구불만을 피하기 위해서 무의식중에 성적으로 흥분하는 것을 피한다. 그런 상황을 여성 스스로는 너무 피곤하거나 바쁜 탓으로 생각할 수도 있고, 남편은 그러한 아내를 〈차갑다〉, 〈반응하지 않는다〉라고 생각할 수도 있다.

반대로 아내가 성교가 즐거운 것이라는 사실을 안다면 회수는 두 사람에게 있어서 만족할 만한 것이 될 것 이다. 성교의 회수를 재는 척도의 하나는 , 여성이 자신의 성행위를 어떻게 느끼고 있는가하는 점이다. 누드로 있는 것을 기분 좋게 느낄 것인가? 성적 욕구를 입으로 말할 것인가? 여성의 태도가 적극적일수록 성교의 회수는 더욱 빈번해진다.

성교는 그만큼 전립선의 기능을 고조시킨다. 그렇게 되서 성교는 마음에 드는 때 하는 것이 좋다. 상처나 초조함을 생기게 하지 않는 한 그것은 육체에 아무런 해도 끼치지 않는다.

그렇지만 성교에 대하여 바르게 파악해 두는 것은 중요하다. 평균적인 부부는 1년간 주말 하루에 해당하는 시간을 성생활에 할애하고 있다. 따라서 성교가 부부의 행복과 직결된다고는 할 수 없다. 행복한 결혼생활을 하는 부부라도 성생활에 문제가 있거나 아내가 오르가즘에 도달할 수 없는 경우가 그만큼 많기 때문이다.

사이좋은 부부인 경우라 하더라도 성생활에서 중요한 것은 성교의 회수가 아니라 욕구의 합치이다. 그것을 서로 발견해 내는데 있어서 도움이 되는 조언을 몇가지 살펴보기로 하자.

(1) 의사소통 : 서로 자신의 욕구나 희망을 전달하는 것이 중요하다. 특히 만족을 얻을수 없기 때문에 성교를 피하고 있다면, 상대방에게 자신의 취향을 확실하게 말할 필요가 있다.

남편과 아내 사이에 희망하는 성교회수에 차이가 있을 때는 성적 욕구에 맞는 정도로 새로운 구도의 성생활 형태를 찾는 것이 좋다. 만약 두 사람에게 성욕의 면에서 커다란 차이가 있다면 마스터베이션이나 오럴 섹스와 같은 성교 이외의 행위를 생각해도 좋다. 남성이 발기를 지속하기 어려울 때라도 상대 여성의 가슴을 어루만지거나 클리토리스, 또는 질을 자극해서 상당한 쾌감을 줄수도 있다.

그리고 결혼 생활이 원만하지 않는 부분을 부부가 함께 찾아보는 것도 좋다. 결혼 생활에 충돌이 잦아지면 성교회수도 그만큼 줄어들기 때문이다. 그러나 부부가 서로 마음을 모아서 이 문제를 잘 해결해 나간다면, 성에 대한 흥미도 그만큼 다시 일어날 수 있을 것이다.

이때 솔직하게 서로의 흉금을 터 놓고 이야기하는 사이에 어릴때 성교육의 원인으로 생겨났던 마음속의 갈등이 드러날 수도 있다. 왜냐하면 성장기의 가정교육이나 사회교육 때문에 성은 죄악이므로, 해서는 안되는, 더러운 것으로 여기는 사람들이 많기 때문이다. 성에 관한 잘못된 고정관념이 보통 정상적인 성적 감정의 발달을 저해하거나, 성행위 자체를 기피하게 만든다.

마찬가지로 지나치게 자유로운 분위기의 가정에서 자란 경우에도 그 가능성은 얼마든지 있다. 즉 젊은 사람들이 성숙하기 전에 성체험을 하거나 그들을 이용물로 하는 상대방과 성관계를 맺거나 한 경우를 생각해 볼수 있다. 정상적이지 않은 성행위를 함으로써 성에 환멸을 갖는 사람들도 있다.

부부는 서로 고민을 터놓고 이야기하는 것이 좋다. 일의 고민, 경제적인 문제, 자녀에관한 커다란 걱정등 이런 갈등이 모두 성교의 회수를 적게하는 원인이 된다. 또한 부부침실에 프라이버시가 없어서 아이가 성행위를 보거나 듣는 것은 아닌가 걱정하는 것은 좋지 않다.

(2) 성교의 시간을 정해둔다. : 사람들 중에는 몹시 바쁜 생활에 지쳐서 즐거운 성생활이 실제로 불가능한 부부가 있다. 두 사람 모두 일년 내내 너무 일을 많이 해서 다른 것에 신경

을 쓰고 있다면 성교의 기회나 성욕도 거의 없어진다.

그렇기 때문에 사랑의 행위를 위해서 방해받지 않는 시간을 만들어 두는 것이 중요하다. 날짜와 시간을 정해서 외부와의 관계나 가정의 번잡함을 차단하고, 성행위를 만족스럽게 즐길 수 있도록 노력하는 지혜가 필요하다. 1주일에 한번 멋진 성교를 만끽하는 것은 기대에 벗어난 성행위를 세 번 경험하는 것보다 만족감을 느낄수 있기 때문이다. 반대로 시간을 메꾸기 위한 성교는, 성교회수를 감소시키는 커다란 요인이 되기 쉽다.

1주일 가운데 어느날이 가장 성관계가 많을까? 시간을 메꾸기 위한 성교라면, 중산층 이상의 기혼 여성은 일요일에 성관계를 가장 많이 갖고 다음이 토요일이라고 한다. 독신여성은 일요일이 가장 많고 다음은 수요일이라고 한다.

또한 온난한 기후에서는 출산통계로 보아 성관계는 여름이 가장 많다고 한다. 반면 열대기후 지역에서는 시원한 계절이 가장 많다고 되어 있으며 한 대 기후지역에서는 봄과 가을이 가장 많다고 한다.

(3) 신체적인 원인을 점검한다 : 의사에게 진찰을 받아 성의 충동을 저하시키는 신체상의 문제를 해결하는 것이다.

나이를 먹으면 남성은 자연히 정력이 감퇴될 것이다. 일반적으로 남성은 성인이 되었을 때 성감이 최고조에 달하고, 그 이후에는 점차 저하되어간다. 그러나 나이와 상관없이 상당한 정도의 성생활을 즐길 수 있는 것에 한번 자신감이 생기면 성교회수가 증가되는 경우도 있다.

여성은 일반적으로 30대에 최고조에 달한다. 그런 다음 성적 관심은 쇠퇴하지 않고 60대 혹은 그 이상까지 계속 된다.

그럴 경우 임신에 대한 우려 때문에 성적 흥미를 잃어버리기도 하지만, 확실한 피임법을 강구하면 성생활은 더욱 즐거워진다.

자신의 건강을 증진시키는 것도 결과적으로 성교의 회수를 증가시키는데에 연결된다. 그리고 쾌적한 분위기를 준비하는 것도 좋다. 예를 들어 두 사람 모두 샤워를 하고 몸에 은은하게 향기를 뿌리는 것이다.

(4) 표준치를 잊도록 한다 : 통계상의 〈표준〉에 맞추려고 하지 말고 자신들에게 알맞는 회수로 성관계를 갖도록 해야 한다. 보고된 바 기혼자의 평균 성교회수는, 20세 이하의 부부는 1주에 3.9회이지만, 21~55세의 부부는 1주에 1.3회로 되어 있다. 하지만 그후 다시 인터뷰한 부부는 〈1주에 2.5회〉부터 〈거의 없다〉까지 여러 가지였다.

일정하지 않게 되는 것은 어쩔 수 없다. 부부의 성교회수가 극단적으로 감소하거나 한 번에 몇 주일 또는 몇 개월이나 사실상 중단되는 경우도 있다. 대부분이 40세 이하의 결혼 생활이 평균 11년인 부부를 조사한바에 의하면, 1/3이상이 장기간 성교를 하지 않은 적이 있다고 하였다. 8주 혹은 그 이상 성관계가 없는 부부도 절반이나 있었다.

물론 대조적으로 자신이 실제로 바라는 것보다 성교를 많이 하는 부부도 있었다. 필요 이상으로 자주 성교를 하는 경우, 현실도피를 위해서 또는 자신의 성적 매력을 나타내 보이려는 것에 원인이 있다.

그 가운데에는 두 사람이 동시에 오르가즘에 도달해야 한다는 비현실적인 목표를 달성하기 위해 회수를 거듭하는 부부도 있다. 몇 번이나 오르가즘에 도달하는 것이 성적 능력의 최고 증거라고 생각하는 여성도 자주 성교를 하려고 한다. 자신의 남성다움을 과시하기 위해 하룻밤에도 여러 번 성교를 하려는 남성도 마찬가지이다.

이러한 노력이 성교 회수를 증가시킬 수는 있겠지만, 진정한 성교의 기쁨은 적어질 것이다. 어쨌든 성행동의 〈기록〉에 대해서는 현혹되지 않는 것이 현명하다.

8. 내가 약할 때 그때가 곧 강함이라

가장 자주 보이는 성적 장애는 임포텐스, 조루, 오르가즘 불능 등으로, 성욕의 감퇴도 이에 해당된다.

사람에 따라서는 병이나 약품, 수술, 또는 비뇨·생식기계의 선천적인 기형으로 인하여 성적 장애가 일어나지만, 스트레스 때문에 성적 장애로 고민하는 사람이 훨씬 많다. 예를 들면 성행위가 잘 되지 않는 것은 아닐까라는 두려움 때문에 문제가 자주 발생한다. 또한 업무상의 긴장이 성적 곤란의 중요한 원인이 되는 경우도 많다. 또 성교에 관한 미신도 성기능부전의 원인이 된다.

부부간의 성기능부전(Sexual Dysfunction)은 그외에도 긴장이나 곤란한 문제에 부딪쳤을 때 생긴다. 또한 성기능에 지장이 있으면 부부사이에 간단히 해결될 문제도 심각해진다.

그렇지만 결혼생활이 원만하게 이루어지기를 부부가 진심으로 원하고 서로 대화를 할 마음이 있다면, 성적 곤란으로 인한 부부간의 문제는 금방 해소될 것이다.

그 첫걸음은 성에 관한 잘못된 생각을 바꾸는 일이다. 그것을 소개개 보면 다음과 같다.

(1) 페니스가 클수록 여성에게 만족을 느낀다.

그러나 실제로 질은 소위 부드러운 조직으로 된 통모양으로, 무엇인가를 가득 채워야 하는 공동은 아니다. 유연성이 있는 질벽은 남성의 페니스를 유연성 있게 감싸주기 때문에 크기가 변해도 대부분의 경우 기본적으로 같은 자극을 준다.

(2) 클리토리스가 클수록 여성은 강한 오르가즘을 느낀다.

하지만 클리토리스의 크기와는 아무런 관계가 없다. 또한 오르가즘을 느끼는 데에는 질이나 유방의 크기도 중요하지 않다..

(3) 남성 쪽이 여성보다도 성적 능력이 크다.

생리학적인 연구에 의하면, 성적으로 반응하는 능력은 대개 여성 쪽이 남성 쪽보다 크다. 또한 성적 자극에 대해서는 여성 쪽이 더욱 강할 뿐만 아니라 오래 반응한다.

(4) 남성은 항상 능동적이고 여성은 수동적이다.

커플에 따라서 또 기분에 따라서 그 반대의 관계라도 마찬가지로 만족감을 얻을 수 있다. 마스터즈 박사와 존슨 여사의 주장에 의하면 예전에 성행위는 남성이 여성에 대해서 하는 것이라고 인식되어 왔다 그 이후 많은 여성이 점차 성적 충족을 요구하게 되자 남성은 여성을 위해서 무엇인가를 책임을 지게 되었다고 한다. 그것이 지금에 이르러서는 상호적인 행위, 즉 성행위는 남성과 여성이 함께 협력하는 것으로 인식되었다.

(5) 남녀는 언제나 동시에 절정감에 도달해야 한다.

그러나 동시에 절정감에 도달하기란 쉽지 않지만 반드시 그래야 한다고는 말할 수 없다.

양쪽 모두 상대방이 기쁨을 느끼는 것에 의해 더욱 큰 쾌감을 느끼는 경우가 있다. 서로가 의무감에서 비롯되어 동시에 절정감에 도달하려고 애쓴다면 오히려 역효과를 불러일으키기 쉽다. 실제로 절정감을 전혀 느끼지 못하더라도 성교는 가능하지만, 중요한 것은 두 사람이 어떻게 만족하는가 하는 것이다.

(6) 정상적인 성교에는 일정한 회수가 필요하다.

성교회수는 다양한 성교 방식과 마찬가지로 개개인에 따라 다르다. 따라서 특별히 지켜야 할 규칙은 없다. 성교회수가 1주일에 몇 번 이하라든가 1개월에 몇 번 이하, 또는 1년에 몇 번 이하라고 해서 자신이 잘못 되었다고 생각해서는 안된다. 최소한 몇 번 해야 한다는 규정도 없고, 넘어서는 안되는 최고 회수가 있는 것도 아니다. 성교의 회수는 부부에 따라서, 또는 그 주일에 따라서 바뀌어도 상관 없다. 업무에 시달리거나 정신적·육체적으로 스트레스가 있을 때에는 성교를 하지 않는다든가 그밖의 경우에는 늘려도 상관 없다. 문제가 되는 것은 한쪽 또는 양쪽이 불만을 느끼는 경우 뿐이다.

(7) 성교에는 특별한 기술을 습득해야 한다.

최상의 성적 기교는, 상대에 대한 애정과 상대방에게 쾌감을 주고 자신도 쾌감을 받고 싶다는 믿음·사랑·소망이라는 것으로, 전문가의 의견은 일치하고 있다. 성적인 기교 자체에 전념하기보다는, 서로가 성행위를 즐거운 것으로 여기고 애정을 표현하면서 성생활을 유지할 때 최고의 결과를 얻을 수 있다. 성적인 기교는 그리 중요하지 않으며, 성행위 자체는 지극히 자연스러운 기능으로서 우리가 밥을 먹는 것과 비슷한 의미를 지닌다.

사람에 따라서 〈다른 시간에 허기를 느끼는 사람도 있고, 다른 이유에서 밥을 먹는 사람도 있으며 그 속도나 양도 각기 다르다〉, 성욕도 이와 마찬가지이다.

자기자신의 성적 특질이나 성행위의 진행방법, 취향 등을 알고 그것을 표현할 수 있다면 성적 장애의 80%는 해소되고, 〈성적 기교는 자연스럽게 그때그때에 발휘할 수 있게 될 것이다.〉

성적 반응을 고조시키기 위해서는 두 사람 서로 자신의 취향을 표현하는 것이 중요하다. 부부사이라도 상대방의 마음을 전부 읽을 수 있다고는 할 수 없다. 두 사람은 서로 어떠한 행위가 즐거운가를 알려주어야 하고, 상대방에게 고통이 될 만한 성행위를 강요해서는 안된다. 이렇게 해서 두 사람 모두 상대방의 행동을 감시하는 것보다는 상대를 만족시켜야 한다는 책임을 비롯해, 자기자신의 기쁨을 고조시켜 가는 것이 좋다.

또한 자유롭게 여러가지 체위를 시도해 보는 것도 권태에서 벗어나는 데 도움이 될 것이다. 서로에게 받아들여질 수 있는 범위에 있는 체위라면, 어떤 방식이든지 시도할 수 있으며, 그것은 아주 정상적인 행위이다.

대부분의 남녀는 습관적으로 남성 상위의 체위로 성행위를 하지만, 이것이 가장 좋다고는 할 수 없다. 여성이 상위가 되면 남성은 몸을 많이 사용하지 않기 때문에 사정을 늦출 수 있고, 여성도 페니스의 삽입을 보다 깊이까지 할 수 있다. 또 남녀가 함께 옆으로 누워서 남성이 여성의 허리에 한쪽 다리를 얹고 또 한쪽 다리를 여성 양쪽 발 사이에 두는 체위도 있다. 이 체위의 장점은 어느 쪽에서도 손과 팔을 자유롭게 사용할 수 있다는 데 있다.

또한 성에 관하여 여러 가지 상상을 함으로써도 성적 장애를 해소하는데 도움이 된다. 정상적인 사람이라면 누구나 성적인 생각에 잠기며, 성애(性愛)에 관한 상념은 성행위 도중 흥분을 일으키는 데 도움이 될 것이다.

성적인 상상에는 주로 이성이 나오거나, 복수의 대상이나 가족이 등장한다. 이와 같은 환상에 사로잡힌 사람들에 대해서 대개 불안감을 느낄수도 있겠지만, 실제로 행위로 옮겨질 위험은 거의 없다고 해도 좋다. 그러므로 성에 대한 상상은 해가 되지 않은 범위 내에서 즐기는 것이 좋다.

마찬가지로 예술작품, 음악, 그림, 책, 영화 등에서 성적인 자극을 받는 사람들도 있다. 그리고 항상 성적 부조화로 고민하는 사람은 확실하게 전문가의 도움을 구해야 한다. (→조루, 불감증, 임포텐스)

9. 성병

전세계적으로 성병은 예전에 볼 수 없었던 기세로 사회의 모든 계층에 유행하고 있고, 성병(Venereal Disease)의 확률은 학력이 높은 중류나 상류층 계급에서도 점차 증가하고 있다.

성병을 옮길 우려가 있는 보균자는 대단한 수에 이른다. 감염성의 병으로서는 매독과 임질이 있고, 감기에 이어서 높은 발생율을 보이고 있다. 성병환자는 매년 유행성 감기, 성홍열, 홍역, 유행성 이하선염, 간염, 결핵에 걸린 환자를 합친 숫자보다 더 많다.

임질이나 매독 이외에도 헤르페스, 간염, 기타 10여 종류의 성병이 있다.

성병이 널리 번져간 이유는 감염원과 접촉이 많은 것에 커다란 원인이 있다. 또 다수의 성교 상대를 갖는 사람이 증가하고 있다는 점도 그 원인이 된다. 그리고 대다수의 사람들은 성병이 만연되고 있다는 것이나 건강에 심각한 영향을 불러일으킨다는 사실을 알지 못하거나 아예 성병발생을 믿지 않고 자기방어의 수단을 취하지 않는다.

콘돔을 사용해서 다른 피임방법으로 전환하는 것도 성병유행의 원인 가운데 하나가 되고 있다. 예전에는 젊은 사람의 피임방법으로서는 콘돔의 사용이 가장 일반적이었다. 콘돔은 페니스를 질에 접촉시키지 않기 때문에 성병, 특히 임질에 대한 예방책의 하나가 되었다. 그러나 지금은 젊은 사람들 사이에 경구피임법이나 그외의 피임방법이 널리 사용되고 있는 실정이어서 콘돔 사용은 실질적으로 피임방법에서 제외되고 있다.

최근에는 성병에 걸리는 여성의 수가 급격히 증가하고 있다. 여성의 경우 감염되어 있어도 증상이 드러나지 않는 경우가 많다.

또한 여성이 불특정 다수의 사람과 성관계를 가지면 그만큼 보균율이 높아진다.

처음 성병에 대해 의심을 했을 때 즉시 의사나 진료기관에 가서 진찰을 받아야 한다. 이때 의사나 간호사는 환자의 잘못을 탓하기보다는, 성병은 하나의 감염성 질환으로서 다른 질병과 마찬가지로 치료할 수 있다는 사실을 일깨워 주어야 한다.

탁구공을 주고 받는 것과 같이 각기 상대에게 감염시킬 수 있으므로 정해진 성관계 상대와 동시에 치료를 받아야 한다. 상대는 자각증상이 없어도 병의 원인이 잠재되어 있으므로, 다시 감염시킬 가능성이 있기 때문이다. (→연성하감, 임질, 음부 헤르페스, 간염, 매독, 성병성림프육아종)

10. 넓적다리의 림프절이 붓고 종기가 있다

　성병의 일종으로 넓적다리 부분의 림프절이 부어서 짓무르고 큰 종기가 생겨서 고름이 나온다.

　이 성병성 림프육아종은 클라미디아과의 세균에 감염되어 일어나는 전염병이 직장쪽으로 번져서 피나 고름이 나오고 상처가 생기기도 한다. 종기가 생기기 시작하는 것은 성교 후 7~28일째이다. 초기에 항생물질인 테트라사이클린으로 치료하면 상처자국이나 직장의 경화, 생식기의 이상 비대라는 영구적 상처를 방지할 수 있다. (→성병)

배설기란 〈더러운〉 것이라고 배우면서 성장했기 때문에 대부분의 사람은 아날섹스에 대해 불쾌감을 가지고 있다. 따라서 그러한 사람들은 항문의 성적 쾌감을 마치 〈변태적〉인 것으로 생각하기 쉽다.

그렇지만 아날섹스(Anal Sex)는 성행위의 한 형태로서 많은 남녀가 실제로 받아 들이고 있으며, 1장에서도 언급하였듯, 「이와같이 남자들도 순리대로 여인쓰기를 버리고 서로 향하여~〈신약 로마서1:27〉」처럼 '소돔'과 고모라성의 멸망'이야기나 영화에서 보듯 Sodomite(소돔처럼)의 어원이 된 남색 호모섹스를 하는 사람들에게만 한정되어 있지 않다. 항문은 말초신경이 많이 모여있는 곳이기 때문에 좋은 성감대여서 애무를 하거나 페니스 삽입에도 적당하다고 오해하는 것이다.

페니스를 항문 깊이 삽입하면 질 안쪽까지 삽입한 것과 비슷한 만족감을 얻는 여성도 있는 모양이다. 항문의 괄약근(括約筋)을 페니스가 밀어서 넓히는 것을 불쾌하게 느끼는 여성이 많은 반면, 그와 같은 감각을 좋아하는 여성도 있는 모양이다. 또 항문의 괄약근의 페니스를 조여주기 때문에 남성 중에도 질에 삽입하는 것보다도 항문에 삽입하는 것을 좋아하는 사람도 있다고 한다.

아날섹스는 「소돔과 고모라에 대한 부르짖음이 크고 그 죄악이 심히 중하니 내가 이제 내려가서 그 모든 행한 것이 과연 내게 들린 부르짖음과 같은지 그렇지 않은지 내가 보고, 알려하노라〈구약 창세기 18:20~21〉」처럼 하나님이 극히 미워하시는 가증한 죄악인 〈동성애〉적인 취향이라고 이해하고 있기 때문에, 항문을 손가락으로 자극하는 것은 좋아하면서도 「순리대로 쓸 것을 바꾸어 역리로 쓰며~ 부끄러운 일을 행하여 저희의 그릇됨에 상당한 반응을 그 자신에 받았느니라」에 근거 항문삽입을 거부하는 부부들이 대다수로 극히 정상적인 것이다.

아날섹스에서 행위가 강제적이거나 거칠 때는 조직에 상처가 나기 쉽다. 항문이나 직장은 어느 정도 넓어져도 상처가 나지 않지만 일단 항문이 끊기거나 손상되면 배설작용을 하는 괄약근이 제 기능을 발휘하지 않을 수도 있다.

따라서 아날섹스는 AIDS 위험은 물론 의학상으로도 절대 해서는 안된다. 여성이 쾌감을 느끼는 경우는 항문의 괄약근이 상당히 쉽게 벌어져서 페니스를 삽입해도 고통을 받지 않기 때문에 여성이 쾌감을 느낄 수 있는 것이다. 하지만 여성이 상대를 기쁘게 하려고 마지못해 아날섹스를 받아들인 경우에는 괄약근이 조여져서 삽입이 곤란해지면 상당한 고통이 따르게 된다.

아날섹스에 있어서는 윤활제를 사용한다는데 바셀린 등을 바르면 항문에 페니스를 쉽게 삽입할 수 있다는 것이다. 성적으로 흥분된 상태에서는 항문 주위의 피부가 어느 정도 젖어들지만, 자연스럽게 분비되는 윤활액이 너무 적을 경우에는 삽입을 부드럽게 하는 데 도움이 되지 않는다.

아날섹스를 할 때 항문피막의 상처가 생기기 때문에 더욱 해서도 안된다. 페니스의 운동으로 항문 안의 상처가 반복적으로 스치면 상당히 아프고 출혈이 있으며, 고름이 섞인 변이 나오기도 한다. 또 배변을 할 때 아픔을 느끼는 경우도 있다. 그런 경우 의사는 대개 진정제나 항생물질 또는 변을 부드럽게 하는 약 따위를 처방해 준다.

아날섹스를 하는 여성은 하루에 여러 번 배변을 중단할 때와 같이 괄약근을 조일 필요가 있다고 한다. 그렇게 하지 않으면 항문의 근육이 느슨해지기 때문에 장(腸) 안에 가스를 담아둘 수 없게 되고, 가스가 새어나오거나 속옷을 더럽히게 될 수 있다. 때문에도 해서는 안된다.

아날섹스와 관련된 가장 심한 상처는 항문에 손가락을 삽입함으로써 일어난다. 손을 넣는 것은 좀처럼 드문 일이지만 결과적으로 직장의 심한 상처나 괄약근의 손상 그 밖에도 여러 가지의 피해가 있을 수 있다.

직장에 삽입하는 이물질, 예를 들면 바이브레이터, 페니스 모양을 한 성도구, 오이, 초 따위도 마찬가지로 항문 주변 조직에 심한 상처를 준다. 직장은 S자 형태의 결장(結腸)과 연결되어 있다. 따라서 이물질이 미끄러져 결장까지 이르는 경우가 생긴다. 그 때문에 결장에 구멍이 뚫려 심각한 복막염이 일어나기도 한다.

만약 이물질이 직장 안에 남아 있다면 무리하게 꺼내려고 해서는 안된다. 이물질을 꺼내기 위해서 마취와 특수한 기구가 필요한 경우가 생기므로 당사자는 바로 병원으로 가야 한다.

대변에는 흔히 병균이 섞여 있다. 여성의 항문에 남아 있는 대변으로 더러워진 페니스 때문에 남성 쪽에서 자주 요도염을 일으키기 쉬운데, 이것도 남성이 아날섹스를 하기 전에 여성에게 배변을 요구하는 이유란 것이다. 또 더러워진 페니스가 여성의 질이나 요도에 직장의 세균을 옮길 우려도 있다. 감염의 위험성이 큰 것은 대장균이다. 살모넬라균이나 적리균도 이와 같은 방법으로 옮겨진다.

아날섹스를 할 때 남성은 콘돔을 사용하고, 질에 삽입하기 전에 더러워진 콘돔을 빼내야 한다고 한다. 콘돔을 사용하지 않으려면 아날섹스를 하기 전에 먼저 질에 삽입해야 할 것이다. 질 안에 있는 세균에는 직장감염을 일으킬 위험이 거의 없기 때문이라고 주장한다. 하지만 아날섹스를 한 다음이라면 가능한 한 빨리 비누로 페니스를 씻어야 한다든가, 아날섹스를 한 다음 페니스를 질에 삽입할 것이라면 더더욱 깨끗하게 씻어야 한다든가, 여하튼 해서는 특히나 AIDS(에이즈) 때문에도 해서는 안되는 것이 이에대한 의학적 소견이다.

오줌이 자주 마렵거나 요도에서 분비물이 나오는 경우, 또는 오줌을 눌 때 타는 듯한 통증이나 오줌이 탈해지는 등 바이러스 감염의 우려가 있는 경우에는 의사와 상담할 필요가 있다. 바이러스 감염은 또한 미열, 권태감, 오한 등을 일으킨다.

성교 상대자 어느 한쪽이 성병에 걸려 있는 경우에는 콘돔이 절대적으로 필요하다. 항문이나 직장에 번지기 쉬운 성병으로서 가장 많은 것은 임질이다. 임질에 감염되면 항문 안의 가벼운 가려움이나 타는 듯한 느낌부터 상당한 불쾌감까지 각종 증상을 일으킬 수 있다.

그밖에 모든 성병, 즉 매독, 항문 사마귀(돌기), 연성하감(음부에 궤양이 생기는 성병), 서혜림프육아종, 단순포진, 매독성 림프육아종 등도 아날섹스에 의해 전염된다.

만약 전희나 후희를 할 때 항문 주변을 핥거나 키스하기를 원한다면, 병균의 전염을 최소한으로 막기 위해서는 행위 전에 항문 주위를 씻어 두어야 한다. 단순 헤르페스, 바이러스성 감염, 바이러스성 설사와 같은 바이러스성 감염증은 이와 같은 성행위로 인하여 옮겨지는 경우가 많다.

아메바증, 람블 편모충증, 요충증과 같은 기생충 감염도 마찬가지이다.

엔트아메바 히스토리티카라고 불리는 단세포의 원생생물에 의해 생기는 장의 감염증이다.

이 기생생물은 보통 간헐적인 설사나 변비, 장 안에 가스가 차서 복부가 부풀어 노르는 고장(鼓腸)과, 복부의 경련을 일으킨다. 식욕이 눈에 띄게 저하되고, 구토증이 일어나기도 한다. 어린 아이가 감염된 경우는 이 증상 말고도 얼굴빛이 나빠지고 미열이 있거나 성장이 저하되기도 한다.

아메바적리는 아메바증(Amebiasis) 가운데에서도 악성으로, 경련을 동반한 복부의 통증, 피와 고름이 섞인 설사가 있고, 때로는 미열이 난다. 환자 가운데 빈혈을 일으키거나 체중이 급격하게 줄어드는 사람도 있다.

감염은 환자의 배설물이 그 원인이 된다. 감염 경로로서, 배설물로 인하여 더러워진 손에서 입으로 옮겨지는 경우, 오염된 물을 마시거나 생과일이나 야채를 먹은 경우를 생각할 수 있다. 위생시설이 전혀 되어있지 않고, 인간의 배설물이 방치되는 곳에서는 바퀴벌레나 집파리에 의해서도 병원균이 음식물에 닿을 수 있다.

이 기생생물은 성행위를 통해서, 즉 항문과 입의 접촉, 또는 아날섹스를 할 때 입과 페니스 접촉의 결과로도 전염되는 경우가 많다. (→아날섹스)

13. 물건이 빨갛고 회색빛 농이 있다

모피루스속의 소한균에 의해 일어나는 성병이다. 연성하감 (Chancroid)에 걸리면 부드럽고 울퉁불퉁하게 짓무르고 몹시 아프며, 그 주위가 빨갛게 되어 약간 회색을 띈 농즙이 나온다. 서경부(鼠徑部)의 림프선이 자주 붓고 때로는 농양이 생긴다. 이 증상은 일반적으로 성교 후 1주일 이내에 나타난다.

남성의 경우, 가장 감염되기 쉬운 장소는 포피(包皮)나 포피소체, 기타 페니스 부분이다. 때로는 항문, 대퇴부, 음낭, 하복부가 감염되는 일도 있다.

여성의 경우는 대개 음순, 클리토리스, 회음 부분에 감염된다. 남녀 모두 입술, 혀, 손가락에 연성하감의 짓무름이 생기는 일도 자주 있다.

이때 2차 세균감염의 증상이 일반적으로 보이고, 특유한 이상한 냄새가 난다.

연성하감에는 보통 스르혼아미드제가 좋은 효과가 있다. 의사는 통증과 부종을 부드럽게 하는데 소금 온습포가 효과적이라고 권한다. 온습포를 한 다음에 국소용 항생물질의 유제를 바르면 2차 세균감염의 위험을 줄일 수 있을 것이다. 그러나 이 방법은 감염을 치료할 수는 있어도 이미 손상된 조직을 원래의 상태로 회복시킬 수는 없다. (→성병)

1.(초기엔)-대황목단피탕

2.(분비물, 가랫톳)-고삼탕

3.(기간길고, 농이나옴)-탁리소독음

14. 오럴섹스

오럴섹스(Oral Sex)라는 것은 입으로 상대방의 외음부에 성적 자극을 주는 것을 말한다. 현재 이성간에 뿐만 아니라 동성연애자 가운데 다수의 사람들이 오럴섹스를 행하고 있다.

쿤니링스(《여성의 외음부를 핥는다》라는 의미의 라틴어》는 여성의 외음부를 입으로 자극하는 것을 말한다. 입에 의한 자극 중에서 어떤 방식을 좋아하는가는 여성에 따라서 다르다. 외음부에 키스를 하거나 빠는 것을 좋아하는 여성이 많다. 혀로 음순이나 질을 만지는 것을 좋아하는 사람도 있다. 클리토리스를 덮는 음순을 입으로 자극할 경우 만족감을 느끼는 여성이 특히 많다. 클리토리스 자체는 다른 부분보다 민감하기 때문에 오히려 가볍게 만져주는 쪽이 좋은 것 같다.

여성 가운데에는 다른 어떤 성적 자극보다도 쿤니링스를 좋아해서 깊게 오르가즘에 도달하는 사람도 많이 있다.

페라치오(《빤다》라는 의미의 라틴어)는 남성의 외음부를 입으로 자극하는 것을 말하며, 이때 상대방은 페니스를 핥거나 귀두 좌우에 혀를 댄다. 음경소대(귀두 아래 쪽의 주름)는 입에 의한 자극에 특히 민감하다는 것을 많은 남성이 알고 있다. 리드미컬하게 페니스를 빨아 주는 것을 좋아하는 남성도 많다. 때로는 고환이나 회음도 핥거나 빠는 대상이 된다.

두 사람이 쿤니링스와 페라치오를 동시에 하는 체위를

69(식스 나인)이라든가 불어로는 수와상뜨 네프라고도 부른다.

쿤니링스와 페라치오, 또는 양쪽을 모두 전희로서 행하는 사람들이나 성교 대신으로 오럴섹스를 하는 사람들도 있으며 동성연애자 가운데에는 오럴섹스를 하는 사람들이 많다.

병이자 장애 때문에 성교를 할 수 없는 부부에게 있어 두 사람이 선택할 수 있는 성행위가 극히 한정되어 있는 상태에서는, 오럴섹스가 자주 중요한 성교의 수단으로 된다. 그와 같은 부부의 대부분이 오럴섹스에 의해 상당히 만족스러운 성 관계를 유지한다.

입과 외음부를 접촉하는 것에 대한 의견은 다양하다. 서로 즐거운 것이기 때문에 인정해도, 좋은 성표현이라고 하는 사람도 있고, 비정상적이고 혐오스럽다고 생각하는 사람도 있다. 또「불의한 자가 하나님 나라를 유업으로 받지 못할 줄을 알지못하느냐~ 남색하는 자나~토색하는 자들은 하나님의 나라를 유업으로 받지 못하니라〈고린도전서 6:9~10〉」에서나「너는 여자와 교합함같이 남자와 교합하지 마라 이는 가증한 일이니라〈레위기 18:22〉」또「누구든지 여인과 교합하듯 남자와 교합하면 둘다 가증한 일을 행함인 즉 반드시 죽일지니 그 피가 자기에게로 돌아가리라〈레위기 20:13〉」에 해당되는 남색=동성애를, 연상하기 때문에 찬성할 수 없다는 사람, 외음부는 〈더럽고 냄새가 난다〉라고 생각하는 사람, 도덕상, 또는 종교상 이유로 인정하지 않는 사람 등 여러 가지이고, 오럴섹스는 자신을 천하게 만드는 굴종의 행위라고 간주하는 사람도 적지 않다.

실제로 관련 설문조사에 의하면, 60%의 부부가 오럴섹스를 한다고 한다.

오럴섹스는 또한 남녀 관계 안에서 성적인 대립의 초점이 될 가능성이 있다. 어느 한쪽이 상대방에 오럴섹스를 강요할 수도 있기 때문이다. 오럴섹스를 좋아해서 즐겨 하는 사람이 있는 반면 싫어하는 사람도 적지 않다. 따라서 좋아하는가 싫어하는가를 상대에게 솔직하게 말하는 것이 중요하다.

예를 들어 페라치오는 좋아하지만 입 안에서 사정하는 것을 싫어하는 여성도 상당하다. 그러한 여성은 자신이 거절하면 상대가 화를 낼 것이라고 짐작해서 받아들이기는 하지만, 역시 도구로 이용된 것 같아서 불쾌해질 것이다. 그렇다면 남성에게 좋아하지 않는다고 말해서 입 안에서 사정하지 말라고 확실히 하는 것이 중요하다(정액을 먹는 것을 좋아하는 사람은 먹어도 해가 없기 때문에 안심해도 좋다고 한다).

오럴섹스에서 병이 옮겨지는 일이 있다. 성교 대신 오럴섹스를 하면 성병에 걸리지 않는다고 믿는 사람이 있지만, 실제로는 입으로 전염되는 성병이 몇 가지 있다. 목에 감염되는 임질이나 매독은 페라치오로 옮을 가능성이 있다.

바이러스성 병, 예를 들면 단순 헤르페스나 사이트메가로바이러스 감염증은 쿤니링스로 전염되기도 한다. 입이나 얼굴에 헤르페스, 그 이외의 부위에 짓무름이 생겼을 때는 오럴섹스를 해서는 안된다.

치육염이나 치조농루의 병원체가 쿤니링스로 옮겨져서 질염을 일으키는 일이 있다. 연쇄구균에 의한 인후염이나 포도구균에 의한 설염은 질의 세균성 염증을 일으킬 우려가 있다. 「이를 인하여 하나님께서 저희를 부끄러운 욕심에 내어버려 두셨으니 곧, 저희 여인들도 순리대로 쓸 것을 바꾸어 역리(逆理)로 쓰며」의 여인들인 레즈비언 가운데에는 성교 상대의 립스틱이나 기타 화장품 알레르기로 외음부에 염증을 일으키는 사람도 있다.

여성이 피임용 크림을 넣은 다음에 쿤니링스를 해도 남성에게는 아무런 해도 없다. 이런 약품은 입에서 체내로 들어가도 독성을 띠지 않는다.

피임용 젤리가 박하향 때문에 맛이 좋다고 생각하는 사람도 있을 수 있다.

소수이기는 하지만 오럴섹스를 할 때에 향료가 든 크림이나 때로는 거품이 나는 생크림 등을 사용하는 부부도 있다. 이것은 해가 없지만 알콜음료를 질에 넣는다면 장애를 일으킬 수도 있기 때문에 주의해야 한다.

알콜이 급속하게 흡수되어 질의 무른 점막에 상처를 주기 때문이다.

그러므로 쿤니링스는 피임중인 여성에게 있어서 생명을 빼앗아갈 수도 있다. 따라서 질에 공기를 불어 넣지 않도록 세심한 주의를 기울여야 한다. 여성이 피임하고 있으면 불어 넣어진 공기가 〈공기 색전증(정맥으로 공기가 들어가서 혈관이 막히는 증세)〉이라는 치명적인 병을 일으키는 일이 있다. 질에 기세 좋게 불어 넣어진 공기의 기포는 자궁경부를 통해서 태아를 둘러싸고 팽창하고 있는 자궁의 혈관으로 보내진다. 혈류중의 공기는 폐나 뇌로 운반될 가능성이 있고, 그곳에서 혈류를 막아서 혼수상태를 일으키는데 대개는 죽음에 이른다.

따라서 질에 공기를 불어 넣는 것은 특히 여성이 피임하고 있다면 피해야 한다. (→성병)

15. 오르가즘

오르가즘(Orgrasm)은 성반응 사이클의 절정으로, 전신 근육의 긴장이 느슨해지며 충혈된 혈관으로부터 혈액이 흘러서 성기가 리드미컬하게 수축하는 것이 그 특징이다. 이것은 전신의 반응이며 보통은 몇 초밖에 계속되지 않는다.

생물학적인 관점에서 보면 오르가즘 전이나 도중에 몸의 어느 부분을 자극해도 같은 생리적인 반응(즉, 골반내의 충혈이나 근육의 수축)이 일어난다. 여성마다 느끼는 오르가즘은 반드시 일치하지 않으며 또 오르가즘에 도달하는 수단이 성교, 오럴섹스, 마스터베이션, 유방의 자극, 클리토리스를 직접 자극하는 등 여러 가지 방법을 사용했을 때 생리적 반응은 각기 다르다.

직접 또는 간접적으로 클리토리스를 자극하면 여성에게는 보통 오르가즘이 일어난다. 클리토리스에 관해서 알려져 있는 유일한 기능은 성적쾌감을 받아서 전달하는 작용이다. 질 입구 쪽의 1/3 부분에도 대단히 민감한 조직이 있어서 오르가즘을 일으킬 수 있다.

또한 클리토리스에는 신경조직이 많이 모여 있다. 자신의 클리토리스가 어디에 있는가 확실히 알 수 없으면 해부도를 찾아보고 나서 거울과 손을 사용해서 조사할 수 있다.

성교할 때 페니스를 넣고 빼는 것에 의해 질의 입구에 소음순이 움직인다. 두 개의 소음순은 요도 위에서 합쳐져서 클리토리스를 덮는 형태로 되어 있다. 이 부분은 리드미컬한 동작에 대해 대단히 민감한 클리토리스 끝을 자극하는 것이다.

별로 잘 알려져 있지 않지만, 페니스의 동작만으로 오르가즘에 도달하지 않는 경우가 있다. 이 경우에는 다른 자극, 즉 보통 손가락에 의한 자극이 필요하다.

여성의 성적 반응 사이클은 다음과 같은 단계로 나타난다.

(1) 흥분의 단계 : 질이 젖고 유두가 팽팽해진다.

(2) 고원의 단계 : 호흡이 빨라지고 근육의 긴장이 강해진다. 질 주의의 조직이 부풀어 오른다. 클리토리스가 팽팽해지고 소음순의 색이 분홍색에서 짙은 붉은색으로 변한다.

(3) 오르가즘 : 질의 근육이 리드미컬하게 수축한다.

(4) 해소의 단계 : 몸이 오르가즘이 일어나기 전 상태로 되돌아 온다.

몇 번이나 오르가즘에 도달하는 여성도 있다. 임상보고서에 명확히 기재된데 따르면 5~20회나 오르가즘을 반복하는 여성이 있는가 하면 때로는 그 이상으로 〈너무 지쳐서 검사를 속행할 수 없게 되기까지〉 오르가즘을 반복하는 여성이 있었다고 한다.

연속적인 오르가즘은 성교할 때보다 마스터베이션을 할 때에 더욱 자주 일어난다. 왜냐하면 여성에게 몇 번이나 오르가즘을 일으킬 정도로 발기를 오래 계속할 수 있는 남성은 거의 없기 때문이다.

현재는 그레펜베르그 스포트(G스포트, 질구에서 약 5cm 질전벽의 조직 안에 있다고 한다)를 자극해 오르가즘을 경험하는 여성이 있다.

남성의 성적 반응인 경우, 흥분 단계를 특징지우는 것은 페니스의 발기이다. 페니스 안의 해면상조직이 충혈되고, 이어서 페니스가 단단하고 커지며 몸에서 일어선다.

발기는 반사작용으로 일어난다. 페니스나 기타 성감대의 자극은 음부 신경의 활동을 재촉한다. 이 신경은 척수 하부로 통해 있다. 그곳에서 신경중추가 페니스로 통하는 동맥의 혈관벽 근육을 느슨하게 한다. 동맥은 팽창하여 대량의 혈액을 해면상조직으로 급속하게 보낸다. 이 혈액이 페니스의 정맥을 압박해서 발기를 유지시켜, 결국에는 동맥의 근육이 수축해서 혈액의 유입을 제한한다.

남성은 또 에로틱한 광경을 보거나 상상하는 것만으로도 뇌의 쾌감중추가 자극을 받아 성적으로 흥분한다. 이 뇌의 중추는 척수의 반사중추와 연결되어 있다.

발기반사란 성과 관계가 없는 자극에 대해서도 일어나는 것으로, 예를 들어 방광에 소변이 모여있을 때나 배변시 힘을 주었을 때, 물건을 들어 올렸을 때의 긴장 등이 그 자극이 된다. 발기는 10초 이하로 일어난다.

성적 흥분상태일 때 남성의 회음도 긴장되어 두터워진다. 따라서 음낭이 몸에 달라붙어서 정색이 짧아지고 고환이 들어올려지는 것이다. 근섬유가 수축하기 때문에 남성이라도 유두가 팽팽해지는 때가 있다.

고원 단계에 오면 성적 긴장은 더욱 강해진다. 사정 전에 카우파선에서부터 점액이 몇 방울 나온다. 이 점액에 정자가 들어있기 때문에 여성이 임신하는 경우도 있다.

오르가즘 단계에서 남성은 사정을 한다. 사정은 두 가지의 단계를 거쳐서 일어난다. 오르가즘 전에 무수한 정자를 가진 정액이 고환에서부터 방광 옆에 있는 정낭으로 모인다. 이 조직, 즉 부풀어 올랐던 정낭과 정관은 리드미컬하게 수축하고, 정액을 후부 요도 안으로 밀어낸다. 그것과 동시에 전립선도 수축해서 분비액의 대부분을 정액 안으로 보낸다.

페니스 아래쪽에 있는 구(球)가 부풀면서 정액을 받아들인다. 이러한 변화가 오르가즘의 최초의 흥분을 일으킨다.

제2단계에서는 구와 페니스가 수축해서 강한 압력 하에 정액을 사출한다.

해소단계에서 남성의 몸은 점차 원래 상태로 돌아간다. 그리고는 성적으로 흥분하지 못하거나 다시 발기하지 않는 〈무반응기〉로 들어간다.

오르가즘에서 이 기간은 극히 짧고 10분간 3회나 오르가즘에 도달한 남성도 있지만, 보통 무반응기가 더욱 오래 계속된다. (→여성기의 구조, 그레펜베르그 스포트, 남성기의 구조)

16. 자꾸 긁지마라-옴

성교 및 기타 육체적 접촉에 의해 옮겨지는 피부의 기생질환이다.

이 증상은 진드기의 한 종류인 길이 0.5mm가 채 되지 않은 개선충이 피하에 들어갔을 때에 생기고, 붉은색의 지그재그 모양의 흔적을 관찰할 수 있다. 환자는 보통 견딜 수 없는 가려움에 고통을 호소하고, 알레르기 반응이 자주 나타난다. 긁어도 효과는 거의 없고, 작은 농포(膿泡)를 특징으로 하는 전염성 피부병의 하나인 〈농가진膿痂疹〉을 일으킬 수도 있다.

성교 중에 옮겨진 옴(Scabies)은 음부나 둔부에 침입된다. 옴은 또 손가락 사이의 피부나 손목 주위에 많이 나타난다. 팔꿈치의 주름, 옆구리 아래, 유방과 발에도 자주 나타난다.

이 기생질환은 같은 잠자리에서 자는 것만으로도 옮는 경우가 있다.

또한 옴은 키스, 포옹, 악수와 오염된 세면장 등을 통해서 전염된다. 옴이 번식하기 쉬운 장소로는 많은 사람이 씻지도 않고, 함께 북적대며 생활하는 곳이다.

증상을 처음 발견하였을 때에는 의사의 진찰을 받는 것이 무엇보다 현명하다.

환자가 입은 옷이나 이부자리 등은 늘 청결히 해야 한다. 그렇다고 침대나 실내를 소독할 필요는 없다. (→성병)

17. 신혼여행 이상무!

방광이나 요도 등의 요로가 세균에 감염되어 일어난다. 가장 일반적인 증상은 배뇨시에 타는 듯한 통증과 빈뇨, 요의핍박이다. 이것은 요통이나 발열, 하복부의 통증을 동반하기도 하며 소변에 피가 섞이는 경우도 있다.

치료하지 않고 그냥 두면 요로감염증(UTI, Urinary Tract Infection)은 방광에서 한쪽 또는 양쪽 신장으로 퍼져서 신우염을 일으키며, 결국에는 요독증이나 신부전증으로 번질 수도 있다.

요로감염증에 걸리는 여성의 수는 남성의 약 8배이다. 처음으로 성교한 다음에 그 증상이 나타나는 여성이 많으며, 이것을 〈신혼방광염〉이라고 부른다. 요도의 세균이 방광으로 들어가 20분마다 두배의 비율로 그 수가 불어나서 방광의 점막에 감염증을 일으키는 것이다. 요로감염증은 여성의 경우 성교의 회수가 갑자기 증가하거나 장기간의 금욕 후 성교를 재개했을 때 자주 일어난다.

성교할 때 여성의 요도와 방광은 자극을 받아서 팽창하는 것으로, 특히 질이 충분히 매끄럽지 않을 때에는 이 병에 걸리기 쉽다. 또한 항문이나 성기 주변의 감염성 미생물이 요도로 들어가는 경우가 있다. 요로감염증은 또 아날섹스를 해서 요도가 더러워졌을 경우에도 그 증세가 나타난다.

질의 감염증에 걸린 여성은 또 요로감염증에 걸리기 쉽다. 치루(痔漏)나 탈항(脫肛:치질의 하나. 점막이 항문 밖으로 빠져서 쳐짐)과 같은 항문의 병에 걸렸다면 요로감염증에 걸릴 위험성은 그만큼 높아진다.

폐경 후에는 질의 분비물이 줄고 요도가 연약해지기 때문에 요로감염증에 걸릴 가능성이 커진다. 더욱 나이든 여성은 요도의 점막이 요도구에서 외부로 나오는 경우가 있으므로, 요로감염증에 걸리기 쉽다.

극히 소수이기는 하지만, 사소한 해부학적인 문제 때문에 성교한 다음에 요로감염증이 반복되는 여성도 있다. 요도와 질 사이에 유착(癒着)이 있는 여성이나, 처녀막이 불완전하게 찢어져서 요도구와 질구가 연결된 여성은 세균에 감염되기 쉽다. 질에 삽입되는 페니스가 요도구를 질의 원래 입구로 넣기 때문인데 이 경우는 간단한 수술로써 해결된다.

소변의 정상적인 흐름이 방해를 받아 요로감염증에 걸리는 경우도 많다. 태어날 때부터 요도가 비정상적으로 생긴 여성도 있다. 출산시 조직이 손상 되어서 정상적인 배뇨가 되지 않는 여성도 있다. 가까운 기관의 종양이 방해를 하는 경우도 있고, 상처가 나은 자리에 남은 흔적이나 신장결석도 마찬가지로 정상적인 배뇨에 방해가 된다.

방광에 소변이 쌓이면 보통 방광 내에 존재하는 소수의 세균이 방광이란 배양기 덕택에 역할을 다하여 급속하게 세균이 증가해서 감염증을 일으킨다.

요로감염증은 또한 대장균이 요도로 들어가서 일어나는 일도 있다. 요로감염증의 예방으로서는 소변의 정체를 예방하기 위해서 매일 적어도 다섯 잔 이상의 물을 마셔서 자주 배뇨하는 것이 현명하다. 여성은 배변한 다음 대장균에 의한 오염을 일으키지 않도록 질 쪽에서 밖으로 즉, 앞에서 뒤로 닦아야 한다. 또한 아날섹스에는 콘돔이 필요한다지만 이런 개같은 짓을 해선 안된다. 하고 나서 항문이나 성기 주변을 깨끗이 씻도록 하며 이때 거품목욕이나 여성위생용 스프레이, 향수나 들어있는 질세정제와 같은 자극제는 피하는 것이 좋다고 주장하지만 의사 소견으로 행위자체는 사형에 해당되는(律法) 죄로 절대 하지말기를 권한다.

요로감염증을 자주 일으키는 사람은 성교 전에 배뇨를 해서 방광에 느껴지는 압박감을 줄이는 것이 좋다. 3, 4컵의 물을 마시고 성교 후 20분 이내에 배뇨를 하면 오염을 일으키기 전에 세균을 배출시킬 수도 있기 때문이다.

만약 요도감염증에 쉽게 걸리는 여성이라면 페서리의 사용은 삼가는 것이 좋다 페서리 링에 의한 압력이 방광을 자극할 우려가 있기 때문이다. 또 후배위에서의 성교는 방광염의 증상을 일으킬 수도 있기 때문에 피해야 한다.

 요로감염증의 치료로서 적어도 10일 정도 항생물질을 투여해야 한다.

그 증상은 대개 이틀 후에는 거의 완쾌가 되지만, 약물요법은 의사에게 지시받은 날짜대로 꾸준하게 행한다.

요로감염증은 탁구공과 같이 남녀가 교대로 감염되는 경우가 있다. 한쪽이 세균에 감염된 경우, 본인은 증상을 느끼지 못해도 치료를 받은 상대에게 몇 번이나 재감염을 시킬 수 있다. 그러므로 요로감염증 환자의 상대방은 소변검사를 해서 감염증을 일으키는 세균의 유무를 조사하는 것이 바람직하다.

치료에는 고통을 완화시키기 위해 주로 진통제가 처방된다. 이 경우에 환자는 물이나 주스를 많이 마셔야 한다. 그러나 커피나 차, 술은 요로를 자극하기 때문에 피하는 것이 좋다.

만약 요로감염증이 자주 일어나거나 완전하게 낫지 않으면 의사는 항생물질의 복용기간을 연장하도록 지시할 것이다. 소

(방광이 아프고 부을때)-두말, 파고지, 빈랑(각각 2) 흑축두(3), 청목향(1), 반묘7개, 이상의 약을 가루로 해서 벽오도열매크기로 빈속에 50개씩, 1일 1회

변의 흐름에 지장이 있고, 그것이 재발성이나 만성 요로감염증이 원인이 될 때는 보통 요도확장법과 수술, 또는 두 가지 중 하나를 시술받도록 권한다.

임신은 요로감염증에 걸린 여성에게 특이한 문제를 초래하다. 항생물질이 임신 후 3개월 이내에 태아에게 선천적인 기형을 일으킬 수도 있기 때문이다. 감염증이 별로 심하지 않은 경우에는 치료를 연기하는 의사도 있다. 가벼운 요로감염증의 임산부는 비타민C를 대량으로 섭취하는 것이 효과적이다. 또

한 만성이나 재발성 요로감염증은 조산의 원인이 되는 경우도
있다. (→아날섹스)

18. 너희에게는 머리털까지 다 세신바 되었나니

음모는 제거〈Pubic Hair Removal〉하는 편이 좋다고 생각하는 사람들이 있다. 또 성교 상대의 한쪽이(대개는 남성이지만) 상대방 여성에게 음모를 제거하도록 부탁하는 일도 더러 있다. 그리고 음모를 깎는 것이 일반화되어 있는 문화권도 있다.

많은 경우 그러한 사람들은 〈아름답지 않다〉고 생각하며, 동시에 성행위란 불결한 것이라고 생각할 수도 있다.

음모에는 여러 생리적인 기능이 있지만 모두 불가결한 것은 아니란 주장도 있으나, 다 필요해서 하나님이 붙여 주신 것이다.

어른에게 음모가 없어도 위험은 없다. 음모는 음부의 온도 조정에 도움을 주고 있다. 온도를 조절하는 것에 의해 성적 흥분이 있는 동안에 혈관이 퍼지는 것을 잘 유지하게 해준다. 또 보호적인 쿠션의 역할도 해서 성교시 마찰을 잘 흡수하게 한다.

음모를 제거하는 가장 안전한 방법은 음모 자체를 깎아내는 것이다.

우선 음부를 뜨거운 물로 씻고, 면도용 크림이나 비누 거품을 바르고 나서 새 면도날로 깎는다. 그 외에 뽑거나 전기분해법, 또는 탈모제를 사용하는 방법은 음부의 연약한 조직을 자극할 우려가 있다.

중경(仲景)이라는 책을 인용한 동의보감 표현을 빌리자면 임질증세는 소변이 좁쌀같고 소장이 땡기고 배꼽도 아프고 땡긴다.

이 병은 대개 성적 접촉을 통해서 감염된다. 임균은 페니스, 질, 직장과 같이 몸의 개구부 안쪽에 있는, 축축하면서도 따뜻한 점막에서 번식한다. 공기에 닿으면 그리 오래 살아 있지 못한다. 공중변소, 타월, 문의 손잡이 등 균이 붙은 물건에 닿아서 전염되는 경우는 거의 드물다.

성교상대가 만약 임질(Gonorrhea)에 걸려 있다면 콘돔을 사용하는 것으로써 감염의 위험을 줄일 수 있다. 성행위 전이나 후에 비누를 사용해서 물로 성기를 씻는 것도 좋다. 남성인 경우는 성교 후 즉시 배뇨하면 감염을 방지하는데 도움이 될 것이다.

일반적으로 필, 즉 경구피임약이 임질을 예방한다고 믿고 있지만, 실제로 그렇지는 않다. 포피(包皮)절제도 마찬가지다. 한번 걸리면 면역이 생기는 것도 아니다. 따라서 접촉이 많아지면 여러 번 감염된다.

여러 사람들과 성관계가 있는 사람은 정기적으로 임균의 검사를 받는 것이 좋다. 독신여성과 성관계를 가지면서 동시에 동성연애를 하는 남성은 자신도 모르는 사이에 보균자가 되어 있을 위험성이 대단히 높다.

임질은 그리 대단한 병이 아니라는 속설이 퍼져 있다. 그러나 실제로 방치해 두면 평생 장애가 되고 생명에 직결되는 수도 있다. 임균은 대개 생식기나 요도에 머물면서 얼마 안 있어 생식기 내부를 감염시킨다.

여성의 경우에는 골반내 염증성 질환을 일으키고 발열, 복통, 알레르기를 자주 일으킨다. 수란관이 손상되어 난자가 통과해야 하는 통로를 막는 일도 일도 생긴다. 이때에 임질에 걸린 여성의 약 25%는 이 병의 진행을 막기 위해 결국 자궁을 절제해야 하는 사태에까지 이르게 된다.

 〈가미오령산〉적복령(0.2), 백출(0.2), 택사(0.3)+저령(0.2)+계피(0.15)+감초(0.1)+등심(0.07)+호장근(0.3)+차전자(0.15)+녹각교(0.15)⟹하루 2첩, 18일분

남성의 경우에는 임질로 정관이 막혀서 생식불능이 될 수도 있다. 또한 임균이 전립선과 고환으로 번지기도 한다.

임균이 전립선을 침범하면 남성은 사정이 아주 빨라지고 피가 정액에 섞이거나 통증을 동반하는 일도 있다. 임질에 걸리면 전립선암이 되기 쉽다.

임균이 남성의 요도에 침범하면 평생 요도가 접혀진 채로 있는 〈요도협착〉이라는 질환을 일으키는 일도 있다. 즉, 반흔 조직에 의해 요도가 막혀져서 처음은 소변이 제대로 나오지 않다가 전혀 배뇨할 수 없게 된다. 방광에 소변이 고여서 생

긴 압박감 때문에 격심한 통증이 오며, 그대로 방치해 두면 신장에까지 파고들어 죽음으로 이어질 수도 있다.

요도협착을 치료하는 방법은 정기적으로 요도를 넓혀서 소변이 통과할 수 있도록 하는 것이다. 이 처치를 위해 젤리상의 마취약을 〈존데 Sonde:요도·식도 등에 넣어 속을 탐사하는 기구〉라고 부르는 금속제의 미끄러운 기구에 바르고 그것을 요도에 삽입한다. 의사는 요도가 충분히 벌어질 때까지 점점 굵은 존데를 넣는다.

임균에 감염된 신생아는 대부분 눈의 질환, 즉 임균성 결막염에 걸려 있으며, 물론 임균에 걸린 성인도 마찬가지이다. 이 병에 걸리면 눈에서 고름이 섞인 분비물이 나오고, 눈꺼풀이 빨갛게 붓는다. 이러한 증상이 나타나면 즉시 치료해야 한다. 그렇지 않으면 하루아침에 실명할 가능성도 있다.

임균은 혈액 안으로 들어가 〈파종성 임질〉이라는 전신감염을 일으키는 경우가 있다. 보통은 발열, 권태감, 관절의 통증이라는 증상이 나타난다. 팔이나 다리를 중심으로 피부가 병때문에 변색되기도 할 것이다. 환자는 임균성 관절염에 걸리기도 하는데, 무릎, 손목, 복숭아뼈에 증상이 나타나는 경우가 가장 많다. 관절염이 될 때에는 2,3일 후 통증이 한 곳의 관절에 국한되 조금 부어 오른다. 관절은 즉시 임균에 의해 감염되기 때문에 신속한 진료가 필요하다.

파종성 임질의 증상은 보통 성적 접촉에서 5~7일 후에 나타난다. 때로는 2,3주 후가 되기도 한다. 증상은 알레르기나 전염성 간염, 전신성 홍반성 낭창 등 다른 병과 비슷하다.

임질은 〈심내막염〉이라는 심장내벽의 염증을 일으키기도 한다. 변막이 감염되어서 외과수술에 의한 교환이 필요해지거나 한다. 이 치료를 게을리하면 심내막염은 울혈성 심부전이나 발작을 일으키는 결과를 낳기도 한다.

임균은 뇌의 내부에도 침입해서 뇌막염을 일으킨다. 간장에서는 간염의 원인이 되기도 한다.

임산부는 모두 이 병에 감염되어 있지 않은가 조사할 필요가 있다. 임질에 걸린 여성에게서 태어나는 태아는 태아가 나오는 통로에서 균에 접촉될 수도 있다. 신생아에게 있어서 가장 무서운 것은 임균성 결막염이다. 그렇게 되면 신생아의 눈에 항생물질을 매일 투약해야 한다. 유아의 경우, 임균이 뇌막염이나 관절염을 일으키는 일도 있다. 이 병은 조산의 원인이기도 한다.

또 이것을 미처 깨닫지 못하는 경우도 있다. 남성은 대개 보균자와의 성적 접촉을 한 후 2~10일에 첫 징후가 나타난다. 보통은 배뇨할 때 타는 듯한 기분이 들고, 페니스에서 고름이 섞인 분비물이 나온다. 치료를 하지 않으면 2년 동안은 그대로 병균을 뿌리고 다니게 될지도 모른다.

초기 증상은 치료하지 않아도 증상이 없어지기도 하지만, 균은 그대로 남아 있다.

감염된 남성은 대개 불쾌감이 심해서 의사에게 가지 않고서는 견딜 수 없게 된다. 하지만 다섯 사람 중 한 사람 정도는 아무런 증상도 없어 치료를 받지 않아도 된다. 실제로 임질에 걸린 남성 가운데에는 무증상 임질보균자가 가장 많을 것이다.

한편, 여성의 대부분은 초기의 징후가 잘 나타나지 않는다. 증상이 나타나는 경우라도 성적 접촉 후 7~21일 지나서 자각하는 것이 보통이다.

임질에 걸린 여성은 월경 이상, 빈뇨, 저열, 직장의 불쾌감, 가벼운 정도의 분비물의 증상을 경험한다. 그냥 내버려두면 가벼운 증상은 대개 사라진다. 이때 여성은 자각 증상이 없더라도 보균자이므로 전염의 가능성이 있다.

여성은 보통 임질이라고 진단받은 사람과의 성교 사실을 알았을 때, 비로소 자신이 이 병에 감염된 것 같다고 의심을 갖는다. 여성이 처음으로 임질에 의한 불쾌감(주로 생식기의 통증)을 지각하는 것은 처음 감염에서 몇 주일 후, 또는 몇 개월 후가 된다.

인두(咽頭)가 감염되는 경우도 있다. 보균자와 오럴섹스를 한 사람은 임균성 인두염에 걸리기 쉽다. 이 병은 페니스에서 인두로, 인두에서 페니스로 감염된다. 또 감염되어 있는 여성의 성기에서 인두로 옮겨지는 일도 있다. 단 임균성 인두염이 키스에 의해 번진다는 기록은 없다.

임균성 인두염인 경우, 이것만이 단독으로 발병하는 일은 좀처럼 없다. 환자는 대개 성기에도 감염되어 있다. 때로는 목구멍의 통증을 호소하는 일도 있지만 대부분은 그 징후는 없다.

직장이 감염되는 경우도 있다. 동성연애를 하는 남성은 직장으로 감염되는 경우가 많다. 성교 상대방이 몇 사람이나 있는 여성이나 아날섹스를 하는 여성에게도 자주 발견된다. 또한 감염된 질의 분비물이 항문주변의 점막을 건드리면서 감염되기도 한다.

항문 주변의 작은 이상은 자주 있는 일이고 증상이 가벼워서 방치되어 지는 경우가 대부분이다. 그 가운데에는 항문 안이나 주변이 가렵고 아프면서 그 부위가 몹시 뜨겁게 느껴지는 사람도 있다. 때로는 출혈이나 크림 형태의 고름이 섞인 분비물을 보거나 배변이 없는데도 변의를 일으키기도 한다.

감염의 유무는 세포진에 의해서 진단된다. 또 임균은 배양과 현미경 검사에 의해 검출할 수 있다.

여성의 경우는 분비물이 없거나 분비물에 임균이 보이지 않아서 임질의 진단이 대단히 어렵다. 생식기와 그 주변 부위(자궁경, 질, 요도, 직장, 인두)에서 채취한 표본을 배양하면 보다 정확한 진단을 내릴 수 있다.

임질은 대개 낫지만 이미 손상된 기관은 회복시킬 수 없다. 보통 초기의 치료로서 페니실린을 투여하여, 이와함께 페니실린의 배출을 늦추는 약인 프로베네시드를 병용한다. 페니실린 알레르기가 있는 사람은 테트라사이클린을 사용한다. 또 임균의 종류에 따라서는 일반적인 치료로서는 효과가 없는 경우도 있다.

임질은 치료가 끝난 뒤에도 1, 2주일은 계속해서 검사를 받는 편이 현명하다. 증상이 어느 정도 나아졌다고 해서 임균이 근절되었다는 확증은 없다. 또한 증상이 심해도 치료 후 임균은 잠복해 있을 수도 있다. 여성의 경우, 자궁경부의 검사 뿐만 아니라 직장 쪽도 검사받는 편이 좋다. (→성병)

제1법:즙체(메밀나무:그늘에 말린 것($\frac{1}{2}$)+방우아($\frac{1}{2}$)→잘게 썰어+물
　　　 3컵 ⇌ $\frac{1}{2}$로 졸임(1일분), 수시복용
제2법:호장근을 4~5일간 달여 먹음
제3법:녹각교를 다량복용, 그밖에(소복이 창만할 땐) 사신탕[자신환
　　　 100알을 사물탕에다 감초, 호장근, 목통, 도인, 활석, 목향을
　　　 넣고 ⇌ (탕)]을 복용하고 뜸을 뜬다

20. 피부에 진주색 구진이 생기면

전염성연속증이라고 하는, 이것은 피부나 점막에 발생하는 바이러스성 질병이다. 이 바이러스는 직접적인 성적 접촉이나 레슬링과 같은 몸의 밀착을 통해서 전염된다.

접촉성피부바이러스, 즉 전염성 연속증(Molluscum Contagiosum)에 걸린 환자의 대다수가 젊은 남녀나 어린 아이다. 대개 다발성 피부색이나 진주색 구진(丘疹)이 피부에 생기고, 그 한 가운데가 움푹 파이게 된다. 이런 현상이 가장 발생하기 쉬운 곳은 몸과 외음부이며, 눈꺼풀에도 자주 생기고 입이나 직장의 점막에 발생하기도 한다.

전염성 연속증은 보통 자연스럽게 치료된다. 이 바이러스가 몇 개월이나 살아 있는 경우도 있지만, 대개는 자연스럽게 없어진다. 이런 진단이 나오면 치료로서 보통 예리한 핀셋으로 구진을 뽑고 소독하면 된다. 출혈은 즉시 누르면 쉽게 멈추고 마취할 필요도 없다.

〈부스럼에〉:살구씨(껍데기채) →태운다→ (가루+참기름)+탈지면에 발라 삽입(:여성)하고 바른다(:남성)

21. 전희, 드디어 그 서막이 오르다

페니스를 질 안에 삽입하기 전에 행하는 성적 자극을 가리킨다. 어느 정도의 전희(Foreplay)가 정상이고 적당한지 확신이 서지 않는 사람이 많이 있다.

대답은, 삽입을 쾌감으로 느끼게 되는 상태가 좋은 것으로, 보통 두 사람 모두 성적으로 자극되고, 여성의 성기가 충분하게 젖을 정도가 되면 적당하다.

전희는 사람과 상황에 따라 아주 다양하다. 전희의 시간에 정해진 길이는 없다. 다만 기분 좋게 느끼는 것이라면 어떤 기교라도 좋다. 가능한 한 오래 계속해서 사랑의 행위가 기쁨을 나누는 것이 되도록 해야 할 것이다.

따라서 〈전희〉라는 말은 어울리지 않는다. 실제로 여성은 성행위 가운데 페니스를 질에 삽입하는 것보다 특히 전희를 할 때에 오르가즘을 느끼는 경우가 많다고 한다. 사실 페니스를 질에 삽입하는 것은 여성이 흥분되어 오르가즘에 도달하는 것을 도와주는 하나의 과정에 지나지 않는다.

마찬가지로 성교 후에 행하는 애무를 〈후회〉라고 부르는 것도 적당하지 않다. 전희와 마찬가지로 이것은 성행위의 연속된 과정의 일부로서 보는 것이 타당하다.

22. 성병 사마귀

첨규성콘딜로마라고하는데 대개 바이러스에 의해서 생기는 사마귀로, 성행위에 의해 전염되고, 성기나 항문 주위에서 발생한다.

항문에 생기는 사마귀는 아날섹스를 하는 여성이나 여자 역할을 하는 남성 동성연애자 사이에서는 흔한 증상이다. 그렇지 않은 사람들도 성기에 생긴 사마귀가 항문 주위로 번지는 일이 있다.

성병성 사마귀(Condyloma Acuminata)의 색은 분홍색, 하얀색, 또는 하얀 갈색이 많다. 이 사마귀는 내버려 두면 커져서 꽃양배추와 같이 된다.

여성의 경우, 성기에 사마귀가 생기면 임신이나 질 분비물의 자극으로 점점 커진다.

항문의 사마귀는 치질과 혼동되기 쉽다. 따라서 사마귀가 생겨도 대부분의 사람들은 이와 같은 증상을 모르고 지나친다. 통증도 없으며 증상이 가볍기 때문에 치질로 생각하기 쉽다. 항문의 사마귀는 치질과 마찬가지로 출혈하는 일이 있으며, 배변이나 아날섹스를 한 다음에는 특히 그런 경향이 강하다. 항문 사마귀라는 진단을 받은 사람들은 대개 멋적어하거나 부끄러워한다. 항문 사마귀 환자는 치료가 끝날 때까지 또 영원히 아날섹스를 피하는 것이 바람직하다. 또한 성기에 사마귀가 생긴 환자도 마찬가지로 사마귀가 없어지지 않는 한 성행위를 자제해야 한다.

 치료에는 다른 사마귀의 경우와 마찬가지로 외과 수술에 의해 절제하거나, 전기로 태우거나 한냉요법(환부를 냉동하는 것)을 시술한다. 항문 안의 사마귀에는 삼염화산소가 사용된다.

　치료 후에도 성병성 사마귀는 재발하기 쉽기 때문에 정기적으로 검진을 받는 것이 바람직하다. (→아날섹스, 성병)

칸디다 알비칸스(Candida)라는 진균이 원인으로 일어나는 질의 감염증을 말한다. 질 내부나 주변이 가렵고, 카테지치즈와 비슷한, 짙은 색 분비물에 하얀 것이 섞이며, 질과 음부가 빨갛게 짓무르고 쿡쿡 쑤시는 것이 그 특징이다. 또한 성교를 할 때에 통증이 따르기도 한다. 진균감염증에 걸리면 자주 요의를 일으키고 때로는 요도 주위가 얼얼하다고 느끼는 환자도 있다.

칸디다 알비칸스라는 진균은 보통 직장이나 질에 서식하고 있으므로 해가 되지 않는 진균 포자에 의해 감염된다. 하지만 질 안의 세균이나 균류, 기타 유기물의 정상적인 균형이 깨지면 칸디다속의 진균이 감염증의 징후를 보이기도 한다. 여성이 다른 감염균 치료를 위해서 항생물질을 복용할 경우 진균감염증에 걸리기 쉽다. 항생물질은 질 안의 정상적인 세균류도 죽이기 때문에 칸디다속을 그 이상으로 번식시킬 가능성이 있다.

임신 중인 여성이나 당뇨병에 걸린 여성은 체내 미생물의 균형이 변하기 때문에 칸디다증에 걸릴 확률도 높다. 경구피임약의 복용도 피임약이 질 안의 산성도를 낮추기 때문에 이 병을 유발시키기도 한다. 질을 세정하거나 거품목욕, 또는 농도 짙은 비눗물로 목욕을 하면 역시 질 안의 정상적인 산과 알칼리의 균형이 바뀌어서 칸디다증에 걸리기 쉽다.

여성은 다른 감염증이나 영양이 나쁜 식사, 수면부족 등에 의해서도 걸리기 쉽다.

이 감염증은 성교에 의해서도 많이 전염된다. 또한 남성의 대부분은 칸디다증에 걸려 있어도 그 증상이 나타나지는 않지만, 성교를 통해서 여성에게 옮길 수 있다. 그래서 만성 칸디다증에 걸려 있다고 생각하는 여성은, 상대방 남성으로부터 언제든지 새로 감염될 수 있다.

여성이 출산시 칸디다증에 걸려 있으면 태어나는 아기는 산도를 통과할 때에는 병균에 전염될 가능성이 있다. 감염 사실은 아기의 입에서 먼저 발견되는데, 보통 어린 아이의 입술과 잇몸이 헐고 심해지면 썩는다.

또한 의사는 여성의 분비물이나 붉게 변색된 질을 보고 칸디다증이라고 진단한다. 그리고 질 점액을 현미경으로 검사하면 병명을 정확하게 확인할 수 있다.

치료에는 약제가 효과를 보이지만, 칸디다증은 재발하기 쉽다. 때로는 나은 것처럼 보여도 다음 월경기에 재발되어 질 주변이 붉은색을 띠게 된다.

치료시 여성은 우선 비누를 사용하지 말고 좌욕과 습포로써 염증을 완화시킬 필요가 있다. 또한 의사가 항히스타민제를 처방하는 경우도 있다.

의사의 대부분은 칸디다증 환자에게는 경구피임약의 복용을 중단하라고 충고한다. 또한 여성이 병에 걸려있는 동안은 성교를 금하고, 성교를 할 경우 의사는 콘돔 사용을 권한다. 요즈음은 각종 항진균제가 많이 나와서 칸디다증의 화학요법도 크게 진척되었다.

칸디다증에 걸리지 않도록 하기 위해서는 면으로 된 속옷을 입는 것이 좋다. 음부는 항상 청결하게 하고 건조한 상태를 유지하며, 목욕을 할 때에는 음순을 벌리도록 하면 좋다. 여성은 음부를 닦을 때에는 반드시 항문 쪽을 향해 앞쪽에서 뒤쪽으로 닦도록 하고, 항문에서 나온 유기물이 질에 들어가지 않도록 주의해야 한다.

팬티나 수영복, 그리고 욕조의 표면은 깨끗하게 해야한다. 페서리를 사용하는 여성은 비누를 사용해서 페서리를 깔끔하게 닦아야 한다. 만약 증상이 오래 계속되거나 재발할 경우, 사용하고 있는 페서리를 버리는 것이 좋다.

칸디다증의 첫 징후가 있는 경우, 여성은 물 1 l 에 두 큰술의 식초를 넣은 용액으로 질을 세정하여 정상적인 산과 알칼리의 균형을 회복하도록 하면 좋다. 그렇지만 여성의 질을 감염증에 걸리지 않도록 하기 위한 예방법 중의 한가지라도 해도 피임 중에 질을 세정해서는 안된다. (→성병, 질병, 질내세정)

24. 후천성 면역 결핍증

에이즈(AIDS)는 1981년에 발견된 전염성의 새로운 성병으로, 환자의 대다수는 미국에서 발견되었다.

증상은 우선 감기에 걸린 것 같은 느낌이 들면서, 발열, 식욕부진, 구토증, 임파선의 부종 등이 나타난다. 점차 신체의 저항력이 없어져 가고, 〈카보시 육종〉이라는 피부암이라든지 〈카라니 폐암〉에 걸린다.

병원체는 바이러스로서, 감염되고 나서 발병하기까지의 잠복기간은 6개월에서 4년으로 폭이 넓고, 그 가운데에는 감염되어도 발병하지 않는 사람도 있다. 이 바이러스 구조와 그 이외에 대해서는 밝혀지지 않은 점이 많지만, 통계적으로 보면 환자의 72%가 동성연애를 하는 남성, 17.3%가 정맥주사를 이용한 마약중독자, 3.5%가 아이티사람(서인도제도에 있는 섬나라)이며, 이성 연애자는 0.8%에 지나지 않았다.

감염은 항문에 페니스가 삽입되었을 때 직장의 점막이 상처를 입고, 그곳으로 바이러스가 들어가는 일이 가장 많다고 생각된다. 그리고 아날섹스에 의하지 않아도 감염되는 경우가 있으며, 이성 연애를 하는 사람들이 어떻게 해서 감염되는가 하는 점은 아직 해명되지 않은 부분이다.

따라서 한국에도 계속적으로 환자가 늘어나고 있는 이 에이즈의 예방책으로서는 하나님의 법으로 사형에 해당되는 동성연애자는 회개하고 이성·부인으로 바꿔야 하며 이성간에도 불특정 다수의 상대와 성교를 피하는 것이 가장 현명한 방법이 될 것이다.

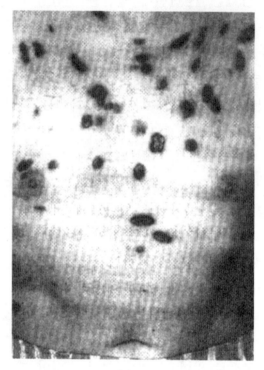

〔사진〕 에이즈에 전염된 환자의 가슴모습

제4장 성상식용어

1. 강간사고 피해 여성은 반드시 페니실린 주사를

　강간(Rape)은 전세계적으로 특히 급속하게 증가하고 있는 폭력 범죄이며, 불법적인 성폭행이다.

　여성의 경우, 강간의 위험성은 항상 내포하고 있다. 생후 몇 개월 지난 유아에서부터 90세의 할머니까지도 강간을 당했다는 예가 있다. 하지만 강간 피해자의 평균 연령은 10대 후반이고, 대부분이 10~19세이다.

　이 연령층은 강간과 그 후유증에 특히 상처를 입기 쉽다. 젊은 여성은 두려워하고 수치심을 느끼고는 침묵해 버린다. 피해를 입은 여성의 일상생활은 대개 규칙적이기 때문에 강간 범인은 희생자가 언제 어디에서 학교 버스를 타고 내리는지, 또 어느 길을 통해서 집으로 가는지를 주도면밀하게 파악한다. 더우기 10대 소녀들은 사람을 잘 따르고 사람을 신뢰하는 경향이 있어 특히 피해를 입기 쉽다.

　강간범은 전혀 모르는 타인이라고 단정할 수는 없다. 그 절반 가량은 피해자가 잘 아는 사람이다. 또 강간이 심야의 골목 뒷길에서 일어난다고만 할 수 없다. 강간 사건이 일어나는 장소의 약 절반이 집안이며, 피해자의 집에서도 자주 일어나고 있다.

　강간은 피해자의 거의 모두에게 있어서 심리적 충격이 크다. 강간당한 시점에서는 공포, 분노, 절망을 느끼고, 후유증으로 몇 개월 또는 몇 년 동안에 걸쳐서 불안, 심인성 질환, 성개념에 대한 혼란, 그리고 성에 대한 혐오감이 남는다.

10대 소녀가 강간을 당하면 그 충격은 매우 크다. 구약에는, 야곱의 딸 디나를 세겜이 강간한데 대하여 디나의 오빠들 시므온과 레위가 세겜이 속한 부족들의 모든 남자를 몰살하는 장면이 나오는데, 세겜이 디나를 아내로 삼겠다고 하였어도 오빠들은 너희 부족 남자들 모두가 할례를(:고대판 포경수술) 받아야 한다고 속여서, 수술 후 통증기간에 살육하는 것을 보면, 그 충격은 극히 심하며 요즘 비디오나 영화의 소재가 거의 이런 것이다. 그뿐만 아니라 구약 사사기19장에는 첩을 강간 당한 남편이 전11개부족에, 첩의 시체를 12로 나누어, 사발통문하여, 강간을 한 무리들이 속한 베냐민 지파 25, 100명의 남자가 다 몰살되는 충격적 장면도 있다. 집단의 충격은 물론 개인적 충격도 크다. 먼저 수치스럽다는 생각 때문에 부모와 잘 의논하지 않는다. 더구나 사춘기는 성적인 독자성을 확립해서 자신의 성을 자각하는 시기이기도 하다.

따라서 그러한 나이에 강간을 당하면 자기 자신이나 남성, 성에 대한 태도에 특히 나쁜 감정을 갖게 된다.

강간의 피해자는 성행위를 싫어할 뿐만 아니라, 부끄러움과 죄의식을 느낀다. 그러기 때문에 대부분의 전문가들은 강간이라는 것은 성적 형태를 취하는 범죄행위라고 단정한다.

강간범의 주목적은 성적 만족감이 아니라 오히려 피해자를 모욕함으로써 자신의 힘을 과시하고, 분노를 발산하는 것이다. 하지만 세상 사람들의 생각은 그렇지 않다.

세상 사람들은 피해자가 강간범을 유혹한 것은 아닌가, 은밀하게 강간을 즐긴 것은 아닌가라고 생각하기 쉽다. 의료 관계자나 경찰이 냉담하고 의심을 많이 할수록 강간의 충격은 더욱 깊어진다.

강간을 예방하기 위해서는 여성은 다음과 같이 대응하는 것이 좋다.

(1) 문에는 자물쇠를 채워둔다.

(2) 노크 소리가 들려도 함부로 문을 열지 말고 방문자의 신분을 잘 확인한다.

(3) 모르는 사람으로부터 전화가 걸려오면 혼자 있다는 것을 절대로 알리지 않는다.

(4) 낯선 사람이 찾아 왔을 때 어린 아이를 나가게 하지 않는다.

(5) 저녁에는 커튼을 치고 블라인드를 내린다.

(6) 귀가했을 때, 문을 즉시 열 수 있도록 열쇠를 준비해둔다.

(7) 남의 차에 함부로 타지 않는다.

(8) 남자 혼자 타고 있는 엘리베이터는 피한다. 수상한 남자가 엘리베이터에 올라 타면 자연스러운 동작을 하며 내린다.

(9) 자동차를 운전하고 있을 때는 가로등이 밝고, 사람 통행이 있는 길을 선택한다.

(10) 자동차의 문이나 창문은 잠궈 둔다. 자동차를 타고 신호 앞에서 멈추어 있을 때도 기어는 넣어둔다.

(11) 다른 차가 따라오고 있다고 생각하면 사람이 있는 곳에서 도로 옆에 잠시 멈추어 서서 그 차를 먼저 보낸다. 그래도 따라올 때는 경찰서, 소방서, 주유소 등 근처에 있는, 도움을 청할 수 있는 장소로 들어간다.

(12) 밤에 혼자서 다닐 때는 어두운 길, 사람이 없는 지역, 공터, 골목 등은 피한다.

(13) 길을 걸을 때 누군가 따라오고 있다고 생각되면 뛰어간다. 따라오는 남자도 발걸음을 빨리 하면, 뛰어가면서 비명을 지른다.

〈치한이예요!〉라든가 〈살려줘요!〉라고 소리를 지르는 것보다 〈불이야!〉라고 소리를 지르는 편히 훨씬 효과가 있다.

만약 강간을 당하려 할 때 저항해야 할까? 이 점에 대해서는 여러 의견이 있다. 상대가 칼이나 흉기를 가지고 있을 때에는 저항을 하면 목숨이 위험할지도 모른다. 하지만 상대를 겁먹게 해서 쫓아버릴 수 있다. 어떤 조사에 의하면 강간범의 절반 정도는, 만약 여성이 저항한다면 도망쳤을 것이라고 말하고, 나머지 반은 흥분해서 상대를 살해했을지도 모른다고 말하고 있다.

암이나 성병에 걸려 있다고 말해서 강간범의 흥을 깨거나, 냉정하게 자신이 살아있는 인간이라는 사실을 강간범에게 깨우쳐 줌으로써 도망칠 수 있었던 여성도 있다.

습격당한 여성은 본능적으로 범인을 뿌리치려고 한다. 그때는 있는 힘을 다해서 상대방에게 중상을 입힐 생각으로 반격하면 된다. 즉, 눈 앞에 손톱을 세우거나, 목을 엄지손가락으로 누르거나, 정강이나 성기를 발로 차거나, 발을 밟는 등 여러 가지 방법을 시도하다가 기회를 놓치지 않고 도망쳐야 한다.

강간피해자는 경찰에게 신고할 생각이라면 몸을 씻거나 질을 씻어서는 안된다. 자기 집에서 강간당한 경우에도 뒷정리를 해서는 안된다.

찢어지거나 더러워진 옷은, 속옷을 포함해서 경찰에게 증거로서 주어야 한다. 또 가능한 한 빠른 시일 내에 그 당시의 상황을 기억하는 대로 빠짐없이 기록해 두어야 한다.

강간당한 여성은 경찰이나 병원에 갈 때에는 친구나 가족과 함께 동행하는 것이 좋다.

강간의 피해자는 경찰에서 신고할 생각이 아니더라도 의사의 진찰을 받아야 한다. 대부분의 의사는 성병의 예방처치로서 일반적으로 페니실린 주사를 권장한다. 희생자가 임신을 할 수 있는 가능한 나이이고, 피임수단을 강구하지 않고 당시 배란기였을 가능성이 있는 경우에는, 의사가 임신을 방지하기 위해 성교 후 필, DES의 복용도 권할 것이다. 만약 희생자가 DES를 복용하지 않고 다음 달 월경이 없는 경우에는 반드시 임신 여부에 대한 검사를 받아야 한다.

강간 후의 검사에는 폭행으로 입은 상처의 치료, 성병 검사를 위한 세균배양, 혈액형의 판정을 위한 질 내용물의 견본 채취, 손톱 끝을 자르고, 빠진 체모 혹은 희생자 몸에 붙어 있는 혈액 견본의 채취 등 많은 절차가 필요하다.

또한 일부의 피해자에게는 커다란 후유증이 남는다. 몇 년이 지나도 불안이나 우울증이 남아 있거나 외출하는 것을 두려워한다. 이와 같은 경우에는 장기적인 심리요법이 필요하다.

강간당한 다음에는 성적 장애가 일어나는 경우가 종종 있다. 그 후유증으로 인하여 결혼 후에도 희생자가 좀처럼 성적 관계를 가질 수 없는 것이다. 성교나 강간을 생각나게 하는 어떤 성행위에 혐오감을 갖는 여성도 있다. 강간당한 다음의 몇 개월간은 오르가즘을 느끼지 않는 일도 일어날 수 있다. 적은 수이기는 하지만, 강간에 대한 반동으로 충동적인 성행위에 사로잡혀 계속 남자를 요구하여 강간의 기억을 씻으려고 하는 여성도 있다.

강간당한 여성의 성에 관한 고착된 감정은 성교 상대인 남성의 태도에 의해 커질 수 있다. 남성에 따라서는 강간을 폭력범죄로 보기보다도 여성측의 성적 규칙위반으로 간주하는 사람이 있다. 그는 여성이 더러워진 것처럼 느껴서 더 이상 관계를 갖지 않을 수도 있다. 이러한 태도는 피해자에게 더욱 모욕감을 느끼게 하고, 버려진 듯한 느낌이 들게 한다. 이와 같은 남녀의 곤란함을 해소한 다음에 심리학적인 카운셀링을 받는 것은, 커다란 성과를 얻을 수 있다. (→DES, 근친상간)

2. 골다공증

골다공증(Osteoporsis)에 걸리면 골조직의 밀도와 강도가 점차로 저하되고 뼈도 약해진다. 나이를 먹으면 이것은 극히 자연스러운 현상으로 나타난다.

환자의 대다수는 60세 이상이고, 그 중에서도 갱년기를 지난 여성이 특히 걸리기 쉽다.

골다공증은 대개 등뼈에서 시작된다. 약해진 등뼈에 체중이 실리면 등뼈가 압박되거나 짓눌려지기 때문에 허리에 통증이 오고 등이 구부러지며, 신장이 줄어든다. 환자의 육체적인 활동능력은 조금씩 저하된다.

병이 진행됨에 따라 다른 뼈, 특히 골반이나 팔, 다리의 뼈도 약해진다. 그러므로 골다골증은 몸을 부자유스럽게 만드는 여러 가지 골절의 원인이 된다.

골다공증에 걸려도 느끼지 못하는 사람이 많다. 뼈는 보통 때는 아프지도 않고 물러지지도 않지만, 결국에는 몹시 약해져서 부러지기 쉽다.

골다골증은 여러 가지 원인이 겹쳐서 일어난다고 보아야 한다. 건강한 성인에 있어서 오래된 뼈는 끊임없이 몸에 흡수되고, 새로운 뼈가 생성된다. 그런데 골다공증에 걸리면 뼈는 계속 약해지고, 재생은 느려진다.

이것은 뼈의 재생작용을 촉진하는 호르몬의 분비가 노화됨에 따라 감소하기 때문이라고 생각된다. 골다공증의 제2의 원인은 장기간에 걸친 칼슘 부족이라고 생각할 수 있다. 성인은 누구라도 매일 칼슘을 소비하고 있기 때문에 음식물을 섭취해서 칼슘을 보충해야 한다. 그렇기 때문에 일상 음식물의 칼슘량이 충분하지 못하면 뼈의 강도는 그만큼 감소한다.

제3의 원인은 운동부족이다. 보통 운동을 적당하게 하면 뼈의 강도와 밀도는 정상적으로 유지된다. 하지만 움직이지 않고 가만히 있는 사람의 뼈의 흡수열이 높아지기 때문에 뼈가 쇠약해진다. 젊은 사람이 병이나 상처로 움직일 수 없게 된 경우는 다시 활동을 시작함으로써 쇠약해진 뼈를 회복시킬 수 있다. 그러나 나이가 많은 사람은 일단 뼈가 약해지면 대개 그 회복은 더딜 수밖에 없다.

 1법 : 녹용　　　2법 : 보신오경법

골다공증은 일반적으로 칼슘과 단백질이 풍부한 식이요법으로 치료를 한다. 그럴 경우 적당한 양의 비타민 D도 칼슘을 정상적으로 흡수하는데 필요하다.

또한 뼈의 재생을 빠르게 하기 위해 호르몬 요법을 하는 경우도 있고, 신체 부위를 이용한 운동도 좋다. 이와 같은 치료는 병의 진행을 멈추게 하거나 늦추지만, 원래대로 회복될 전망은 극히 불투명하다.

골다공증 환자는 성교를 할 때, 허리나 팔, 다리에 무리한 힘을 가하지 않도록 주의해야 한다.

3. 청사초롱 첫날밤 문풍지에는 - 관음증

관음증(Voyeurism)은 다른 사람이 알몸이 되는 것이나, 성행위를 하고 있는 것을 봄으로써 성적 만족을 느끼는 증상 사람을 말한다.

어느 정도는 거의 모든 사람이 관음증이 있다고 할 수 있다. 다른 사람의 육체가 어떤 모습인지 누구라도 흥미를 갖게 마련이다. 다른 사람의 성행위에 관심을 갖는 것도 마찬가지이다. 가령 영화에서 정사 장면을 보거나 책을 읽거나, 또 자기 자신의 성기나 성행위하는 모습을 거울로 보는 것도 관음증의 한 종류로 볼 수 있다.

어렸을 때나 사춘기에는 자주 〈몰래 훔쳐 보기〉를 많이 한다. 보통 여성 쪽이 많고, 주로 여러 사람이 함께 훔쳐보게 된다.

성인이 충동적이고 협박적인 장면을 훔쳐 보고, 더욱이 그것이 성적 만족을 얻는 유일한 방법이 되는 경우에는, 그 행위는 변태적이라고 해서 심리요법이 필요하다고 간주된다.

관음자가 자신이 알고 있는 여성을 몰래 보는 일은 거의 없다. 또 몰래 본 여성에게 가까이 다가가는 일도 거의 없다. 그 가운데에는 엿보는 사이에 마스터베이션을 하는 관음자도 있다. 전형적인 성인 관음자는 여성에 대해서 대단히 겁을 먹은 남성이다. 그와 같은 남성은 대개 소극적이고 사회적으로

억눌려서 주춤 물러나 있는 상태에 있다. 이성과의 성경험은 다른 사람보다 적고 열등감이 강하다. 이런 사람은 여성과 성관계를 갖기가 어렵다.

4. 네 딸을 더렵혀 기생이 되게말라 – 근친상간

성적 애무에서 실제로 성교나 아날섹스, 오럴섹스에 이르기까지 정도의 차는 있지만, 근친상간(Incest)은 시대, 계급, 인종, 민족을 가리지 않고 행해지고 있다.

그런 탓에 근친상간은 일반 사람이 상상하는 것보다는 훨씬 많다. 형제가 성관계를 맺는 것은 드문 일이 아니다. 가장 자주 보고되는 것은 역사적으로 앞에 1장에서 언급한 소돔과 고모라성의 멸망시 최후 생존자인 롯과 두딸처럼「그 밤에 그들이 아비에게 술을 마시우고, 동침하여 큰딸이 들어가서 그 아비와 동침하니라」처럼 부녀간의 근친상간이지만, 구약 사무엘하 13장에는「암논이 그 말을 듣지 아니하고 다말보다 힘이 세므로, 억지로 동침하니라」해서 다말의 친오빠인 압살롬에게 이복형 암논이 살해당하는 주제인 오빠나 여동생, **우리나라에** 선 삼국시대 백제의 비류의 후손인 이장락(伊)의 아들 소잔오는 일본 미야자끼지방에 건너가 일향출운국을 세우는데, 가기 전에 웅진성에서 누나 어라하와 상간하고 애를 배게하니, 이는 남동생과 누나간의 상간! 또한편 아버지와 아들에 의한 근친상간의 사례도 점차 늘어나고 있다.

이 경우에 있어서 아버지에게 당한 딸은 대개 심한 정도의 정신적 중압감에 괴로워한다.

알콜중독과 근친상간은 그 관계가 밀접하다. 근친상간의 가정에서는 아버지가 알콜중독의 경우가 많기 때문이다. 「네 딸을 더럽혀 기생이 되게말라 음풍이 전국에 퍼져 죄악이 가득할까 하노라〈레위기19:29〉」…!

근친상간의 희생자는 인간관계를 모두 성적으로 포착하고, 그것이 남녀를 가리지 않고 친한 친구 관계를 만들어가는데 많은 장애가 된다. 일찍부터 성에 익숙해져 있기 때문에 난잡한 성, 매춘이라는 과도한 성적행동으로 치닫는 경향도 있다. 그리고 성인이 되고 나서는 성기능부전에 빠지는 예가 많다.

• 근친상간은 근본적으로 가정에 문제가 있기 때문에, 이것에 대처하기 위해서는 또한 카운셀링은 근친상간 희

가족 전체를 대상으로「너희는 골육지친을 가까이하여 그 하체를 범치말라 나는 YHWH이니라〈레위기 18:6〉」숙지시킬 필요가 있다.

생자의 고통을 완화시키는 데 도움이 될 것이다. (→페도필리다, 강간)

5. 노출증

자신의 생식기를 어울리지 않는 상황에서 일부러 다른 사람들의 눈에 보이게 하는 증상으로 환자의 대부분이 남성이다.

전형적인 노출증(Exhibitionsim) 환자는 그 밖의 면에서 보면 신뢰할 수 있는 평범한 사람이다. 회사원이나 학생으로, 결혼도 하고 대개 아이를 두고 있으며, 학력은 평균 이상이다. 또 일반적으로 소극적이고 인습을 고집한다. 성행위에 죄의식을 느끼고, 불능이나 조루 등의 문제를 안고 있다. 여성을 심하게 두려워하기 때문에 정상적인 방법으로는 만날 수 없는 경우도 많다.

가령 노출증 환자의 페니스가 발기하거나 자위를 한다고 해도, 그 동기는 성과는 관계가 없고 대개는 어릴 때부터 쌓인 분노의 표현이다. 그 사람들의 대부분은 신체에 느끼는 분노를 〈성적 욕구〉라고 생각하고 있다. 따라서 욕구불만이나 도발을 느끼는 상황에 대한 반응으로서 분노를 직접 표현하지 않고, 페니스를 노출하고 싶은 욕구에 휩싸이는 것이다.

그가 추구하는 것은, 충격이나 두려움, 또는 자신의 성기가 훌륭하다는 것에 대한 칭찬의 표현이다.

자신의 증상을 인정하는 노출증 환자에게는 대개 심리요법이 훌륭한 효과를 거둔다. 이때 그 사람이 한번 자신의 노출 행위와 분노의 감정과의 관련성을 이해하면, 보다 좋은 표현

방법을 배울 수 있다. 스스로를 노출하고 싶은 충동은 비록 남아 있다고 해도 대개 그것을 억제할 수 있게 끔 자기 자신을 조절하게 될 것이다.

노출증 환자와 우연히라도 마주친 사람은 철저하게 그 사람을 무시해야 한다. 「노아가 농업을 시작하여 포도나무를 심었더니 포도주를 마시고 취하여 그 장막안에서 벌거벗은지라 가나안의 아비 함이 그 아비의 하체를 보고 밖으로 나가서 두 형제에게 고하매 셈과 야벳이 옷을 취하여 자기들의 어깨에 메고 뒷걸음쳐 들어가서 아비의 하체에 덮었으며 그들이 얼굴을 돌이키고 그 아비의 하체를 보지 아니하였더라」 술이 깬 노아가 어떻게 했는가?… 소수이기는 하지만 잠재적인 노출증 환자도 있어서, 모욕을 받았다고 생각할만한 일은 일체 하지 않는 것이 현명하다. 위협하는 듯한 동작을 하거나 외설적인 말을 하는 노출증 환자는 되도록 피해야 한다.

6. 합성여성호르몬

DES는 위급한 경우의 피임법으로서만 사용해야 한다. 논쟁이 많은 이〈사후(事後)〉용 피임약은 강간 등 비상사태에 사용하기 위해서 미국의 식품의약품국에 의해 허가되어 있다. 대량의 합성 에스트로겐을 조합한 이 정제는 〈디에틸스틸베트롤(Diethystilbestrol) 또는 〈DES〉라고 불리고, 성교 후 71시간 이내에 투여되면 90% 이상의 확률로 임신을 방지한다.

DES는 위험한 부작용을 동반할 가능성이 있기 때문에 일상의 피임약이라고 생각해서는 안된다고 밝히고 있다. 일반적으로 심한 구역질과 구토를 일으키고, 이 이외에도 자주 나타나는 부작용으로서 유방의 극단적인 과민, 두통, 현기증, 그리고 월경불순을 들 수 있다. DES의 사용은 1회로 제한하고 두 번 다시 사용해서는 안된다. DES를 한 번 복용하는 것은 10개월분의 경구 피임약 사용과 같은 효과를 갖는다.

DES에 관한 논의가 문제시 되는 것은 발암성 때문이다. DES는 일부의 동물에게 암을 발생시키는 사실이 발견된 후, 소등 식용동물의 성장호르몬으로서는 금지되었다. 한때 DES는 유산을 방지하기 위해 사용되었다. 임신 중에 DES를 투여한 여성에게서 태어난 여아에게는 희귀한 종류의 질암 발생율이 대단히 높고, 남아에게는 생식기의 기형 발생율이 대단히 높다.

아직까지는 DES를 복용한 여성에 관해서, 그것이 원인으로 암이 발생한다는 내용의 자료가 없으며, 또 DES의 발암성에 대해서도 충분한 조사가 되어 있지 않다.

7. 동물기생체증

동물과의 접촉으로 발병하는 환자를 말한다.

동물, 특히 애완동물을 대단히 사랑해서 뺨을 부비거나, 어루만지거나, 안거나 입맞추는 사람들이 있다. 또 애완동물을 마스터베이션의 도구에 사용하는 사람들도 드물게 있다. 게다가 극히 소수이지만 동물과의 성행위를 하는 사람들이 있어 이런 경우를 〈수간 (獸姦)〉, 또는 〈동물애호증〉이라고 부른다. 「너는 짐승과 교합하여 자기를 더럽히지 말며 여자가 된 자는 짐승앞에서서 그것과 교접하지 말라 이는 문란한 일이니라~(중략) 남자가 짐승과 교합하면 반드시 죽이고 너희는 그 짐승도 죽일 것이며 여자가 짐승에게 가까이하여 교합하거든 너는 여자와 짐승을 죽이되 이들을 반드시 죽일지니 그 피가 자기에게 돌아가리라〈레위기 20장〉」

동물과의 접촉이 많아질수록 병에 감염될 위험도 그만큼 커진다. 병에는 돼지나 양, 개로부터 점막을 통해서 감염하는 레프트스피라증이나, 여러 가지 동물에게서 접촉이나 공기 전염으로 감염되는 탄저병, 그리고 개나 고양이에게 입으로 먹이를 먹이거나 바이러스에 오염되어 있는 대변에 닿아서 인체에 균이 들어오는 선충병이 있다.

또한 톡소소프라즈마증은 극히 가벼운 감염증으로, 대개 증상은 드러나지 않는다. 그러나 임신 중에 고양이와 입을 접촉하거나 대변에 닿아서 감염되면 위험한 질환이 되기 쉽다. 임신 중인 여성이 감염되면 20~30% 태아에 영향이 있고, 가벼운 정도의 기형부터 지능이 낮거나 중추신경의 장애에 이르는 이상 현상을 볼 수 있다,. 따라서 임신 중인 여성은 고양이에게 너무 가까이 가지 않도록 하고, 고양이의 배설물은 가족 가운데 다른 사람이 처리해야 한다. 고양이가 아닌 개의 경우에 「가나안 여자 하나가 그 지경에서 나와서 소리질러 가로되 주 다윗의 자손이여 나를 불쌍히 여기소서 내딸이 흉악히 귀신들렸나이다~ (중략) 대답하여 가라사대 〈자녀들의 떡을 취하여 개들에게 던짐이 마땅치 아니하니라〉 여자가 가로되 〈주여! 옳소이다마는 개들도 제 주인의 상에서 떨어지는 부스러기를 먹나이다〉하니 이에 예수께서 대답하여 가라사대 **〈여자여! 네 믿음이 크도다 네 소원대로 되리라〉** 하시니 그 시로부터 그의 딸이 나으니라.」 물론 '개들에게 던짐'이란 말씀이 선민인 이스라엘 사람이 경멸히 여기는 가나안 사람이란 뜻에서 개일수도 있고, 그 여자자신에게 예수님이 너는 개다라고 해석 해도 다 맞을 수 있다. 어찌됐든 딸은 병이 나았다. 물론 예수님은 이스라엘 집의 잃어버린 양에 반대되는 뜻으로 개라는 뜻을 사용했지만, 언뜻 볼땐 실제 '개(dog)'라고 보면 어떨까…? 한편 헤르페스나 매독, 임질 등 성병의 병원체가 되는 바이러스는 인간 이외의 동물 조직에서는 자라지 않는다.

마리화나(Marijuana)를 상용하는 사람들 가운데는 마리화나를 성과 연결해서 생각하는 사람이 많다.

마약에서 취하는 이 약은 성감을 강하게 해서 성체험을 풍부하게 한다고 한다. 그러나 마리화나를 피우면 시간의 감각이 어긋나거나 촉각력에 변조를 일으키기도 하며, 이 때문에 착각을 하도록 만든다. 마리화나 상용자는 성감이 고조된 것처럼 느낄지도 모르지만, 실제의 성행위는 보통때와 다르지 않거나 오히려 잘 되지 않는다.

관련 연구소에서는 최근 18~30세의 800명의 남성과 500명의 여성에게 마리화나가 성에 미치는 영향에 대해서 인터뷰를 한적이 있다. 그때 남녀 모두 다섯 사람 가운데 4명은 마리화나가 성의 기쁨을 높여준다고 대답했다.

그러나 그 문제를 더욱 깊이 파고들수록 성적 능력이 향상했다고 하는 그들의 생각은 사실이라고 하기보다는 오히려 상상에 의한 것임을 알 수 있다. 왜냐하면 대다수의 남성이 마리화나는 성욕을 증진시키지 않았다고 대답했기 때문이다. 게다가 마리화나는 발기력을 강하게 하거나, 쉽게 지속시키는 효과도 없었다. 사정을 조절하기 쉽게 하거나 오르가즘을 강하게 하는 효과도 없었다.

이 문제에 대해 여성들도 같은 내용의 체험을 말하고 있다.

마리화나는 성욕을 증진시키지 않았고 질을 매끄럽게 하지도 않았으며, 오르가즘을 강하게 하거나, 여러번 오르가즘에 도달하게 하지도 않았다고 한다.

남녀 모두 마리화나가 성감을 강하게 하는 것은, 정신적으로 긴장이 풀리거나 촉각이 민감하게 되는 것이 원인으로 된다고 말하고 있다. 보통 성에 대한 불안이나 죄의식이 강한 사람이라면, 마리화나는 긴장상태를 느슨하게 하거나 자제심을 풀어서 성체험을 풍부하게 할 수 있을 것이다.

마리화나가 성에 미치는 영향을 엄밀하게 조사한 과학적 연구는 거의 없다. 동물실험에서는 마리화나가 내분비계를 침범하는 것, 따라서 성호르몬의 분비를 방해할 가능성이 있다는 것을 지적하고 있기는 하다.

마리화나, 또는 그와 유사한 성분은 수컷 쥐의 교미 회수를 줄이고 정자의 증식을 저해한다. 남성 호로몬인 테스토스테론의 분비를 저하시키고, 성기의 구성요소의 중량을 줄인다. 반면 암쥐의 경우, 마리화나가 성호르몬의 농도 유지나 난자의 생성을 방해한다.

이와 같은 경향은 마리화나 상용자에게도 보여진다. 건강하고 젊은 남성 상습자의 테스토스테론의 분비가 감소한 것으로 보고된 연구도 있다.

마리화나의 농도가 강하면 한 번 복용으로도 같은 결과가 생긴다.

테스토스테론의 농도가 낮아도 성에 대해서는 아무런 영향도 미치지 않을 수도 있겠지만, 상용자 가운데에는 정자의 감소를 나타내는 경우도 있다. 이때 발기불능을 호소하는 사람도 있지만, 마리화나를 끊으면 2, 3주 이내에 성교능력은 원래상태대로 되돌아온다.

여성에 대해서도 마리화나가 성호르몬이나 생식에 영향을 줄 수 있는 가능성을 시사하는 연구가 심심하지 않게 제기되고 있다. 18~30세의 연령층에서 극도의 상습자(1주일에 4번)를 조사한 바에 따르면, 월경주기가 짧고 무배란 주기의 발생율이 높다는 것을 알 수 있었다. 생식과정이 인간과 아주 비슷한 벤갈잘의 경우 마리화나를 중간 정도부터 다량으로 준 그룹은 유산이나 사산의 발생율이 높은 수치로 나타났다. 이 비율은 수태할 수 있는 벤갈잘의 40%에 이르고 있고, 비실험 그룹의 8%와 대조적이었다.

전체적으로 동물이나 인체에 관해서 모여진 조사 자료는, 대량의 마리화나 상용이 성장이나 생식에 관계가 있는 선(腺)이나 호르몬에 악영향을 미칠 수 있다는 사실을 나타내고 있다.

9. 너희 중에 죄없는 자가 이 여자를 돌로 치라!

매춘(Prostitution)이라는 것은 애정에 의해서가 아니라 금전과 맞바꿈으로써 성행위를 하는 것을 말한다. 예수님은 양부요셉과 마리아의 가게에서 태어났다. 육적인 요셉의 피에서 태어난 것이 아니라 성령에 의해 임신된 것으로 아직까지 과학으로는 풀 수 없는 것이다. 예수님같은 성스러운 구세주 그리스도가 관련됐음에도 여하튼 이 양부 요셉의 족보에는 매춘으로 위장한 며느리 다말과의 행위를 한 시아버지 유다가 나온다. '모든 사람이 죄를 범하매 하나님의 영광에 이르지 못하였다'는 말일 것이다. 예수님을 아가페로 사랑해 뒤따른 많은 몸파는 여인들도 있었다. 이 사실을 잘못 해석 말기를… 매춘을 하는 사람은 보통 이성을 상대로 하고, 드물지만 동성을 상대로 하기도 한다. 한데 고대 이스라엘에는 동성매춘이 없었다고 한다. 왜냐면 하나님이 "이스라엘에는 미동이 있을 수 없다"라고 조건명령문을 제시하셨기 때문이라고 한다.

매춘을 하는 남녀는 성병에 감염되기 쉽고 다른 사람에게 감염시킬 위험도 높다. 매춘을 하는 남성은 다수의 상대와 성교를 하는 동성연애자와 마찬가지로 아메바증, 람블 편모충증, 간염, 첨규성 콘딜로마와 아날섹스에 항상 따르는 문제 때문에 의학적인 문제로 고민하기 쉽다. 「내 아들아 내 말을 지키며 내 명령을 네게 간직하라~(중략) 지혜에게 너는 내누이라하며 ~ 그리하면 이것이 너를 지켜서 음녀에게 말로 호리는 이방계집에게 빠지지않게 하리라~그때에 기생의 옷을 입은 간교한 계집이 그를 맞으니~어떤 때에는 거리, 어떤 때에는 광장모퉁이, 모퉁이에 서서 사람을 기다리는 자라~소년이 곧 그를 따라갔으니 소가 푸주로 가는 것같고 미련한 자가 벌을 받으려고 쇠사슬에 매이러 가는 것과 일반이라 필경은 살이 그 간(肝)을 뚫기까지에 이를 것이라 새가 빨리 그물로 들어가되~그 집은(음부(陰府))의 길이니라. 사망의 방으로 내려가느니라」

매춘부가 종종 성적으로 흥분하면서 오르가즘을 느끼지 않는다면 골반의 울혈에 시달리고 있다는 것이다. 실제로도 매춘부가 손님과의 성교에서 오르가즘을 느끼는 경우는 거의 없다. 매춘부를 대상으로 한 조사에 따르면 1/3이 손님과의 성교에서 가끔 오르가즘을 느끼고, 1/5이 손님의 쿤니링스(여성의 성기를 남성이 혀나 입술로 애무하는 것)에 의해 가끔 오르가즘을 느낀다고 한다.

그러므로 대부분의 매춘부는 성교가 잦다고 해도 한 주에 한 번밖에 오르가즘을 느끼지 않는다는 것이다. 그들이 행하는 성교는 감정을 갖지 않는 것으로, 오르가즘을 느끼는 것을 의외로 생각한다. 그 가운데에는 오르가즘에 대해 당황하거나 혐오감을 갖는 매춘부도 있다. 많은 매춘부는 성적인 흥분을 피하기 위해 성교보다도 오럴섹스를 더 선호한다. 그리고 마스터베이션이나 기둥서방과의 성교에 의해 성적 긴장을 푸는 경우가 많다.

매춘 행위를 하는 것은 대개 젊은 남녀이고, 전형적인 고객은 중년의 기혼 남성이다. 아내가 응하려고 하지 않거나 아내에게 요구할 수 없는 성행위를 하기 위하여 매춘부를 찾게 된다. 대부분의 경우, 그것을 페라치오(입술이나 혀로 남성의 성기를 애무하는 것)이다. 매춘부와의 새디즘적이고도 매조히스틱한 행위를 원하는 남성도 있다.

10. 마약

이것은 강정제(强精劑)라고도 불리우는데 성욕증진, 성행위의 개선, 불임증의 치료 등에 도움이 된다고 생각해 온 약물, 약초, 연고, 분말, 향료, 수약, 로션, 약물 등을 가르킨다. 미약이란 말은 고대 그리스에서의 사랑과 아름다움의 여신인 아프로디테(Aprodite)에서 유래했다.

즉, 아프로디테는 물질에 성욕을 증가시키거나 성적으로 홍분하도록 만드는 성질을 갖도록 명령할 수 있었다고 한다.

근거를 살펴보면 다음과 같다.

(1) 고대 이스라엘에서는 야곱은 레아와 라헬이라는 두 자매를 아내로 삼은 사람이다. 우리나라에도 옛날 궁에서는 왕의 잠자리를 두고 다툼이 있었던 것처럼 「그러면 형의 아들의 합환채 대신에 오늘 밤에 내 남편이 형과 동침하리라」 강정제와 잠자리권리를 바꿨다는 이야기, 예수를 믿기전에 같은 예수를 믿어도 잘못된 이단(3단이 아닌) 몰몬교에 가입했으면하는 소망이 있은 적이 있다. 왜냐면 열명의 처를 둬도 된다고 인정한다기에…? 아무튼 강정제인 합환채를 말한다. 고대 그리스에서는 렌즈 콩이 성욕을 자극한다고 생각하였다. 미약은 아니지만 고대 이스라엘에서 역시 하나님이 모세를 앞세워 이스라엘 백성을 광야로 인도해 갈 때 「누가 우리에게 고기를

주어 먹게할꼬 우리가 애굽에 있을 때에는 값없이 생선과 외와 수박과 부추와 마늘을 먹은 것이 생각나거늘 이제는 우리 정력이 쇠약하되 이 만나외에는 보이는 것이 아무것도 없도다」처럼 메추라기를 보내주신 걸 보면 강정제로 일조한다고 본다.

(2) 기원 1세기 로마의 위대한 박물학자인 프리니우스는 염소의 젖에 담근 당아욱의 뿌리가 성욕을 자극한다고 말했다. 그는 또 근대, 당근, 순무도 같은 효과가 있다고 믿었다.

(3) 중세에서는 인체의 형태를 한 흰 연꽃의 뿌리를 먹으면 임신이 잘 된다고 믿었다.

(4) 17세기 프랑스에서는 초콜릿을 사용한 요리나 과자, 빵이 최음제가 된다고 생각하였다. 따라서 수도승은 코코아 따위를 마시는 것이 금지 되었다.

(5) 20세기인 지금도 많은 사람들이 구하고 있지만, 진짜 최음제는 아직 발견되지 않았다. 하지만 약이라고 생각한 설탕의 정제가 모양이 최음제와 비슷하다고 해서 병을 낫게 한다고 굳게 믿고 있으면 효과를 보는 경우가 많다.

최근에는 인삼이 최음제의 효능을 지닌다고 보고되고 있다. 인삼은 고대 인도에서 강장약으로서 처음 사용되었다. 그리고 현대의 동양의학에서는 모든 종류의 성적 불능에 효과가 있다고 생각되고 있다. 불임이 고쳐졌다는 여성도 있다. 미국 인디언 사이에서는 인삼이 성적욕구나 성적 매력을 높이고 성교를 보다 좋은 것으로 만든다고 전해진다.

인삼 사용자에 대해 최근 미국에서 행해진 조사에서는 겨우 7%의 사람만이 성행위에 강해졌다고 느낀다고 하였다. 사용자의 대부분은 전체적으로 강건해졌다든가 피로가 없어졌다, 성욕이 생겼다는 등의 느낌을 말하고 있다. 다른 흥분제와 마찬가지로 그러한 효력이 성적 불안을 적게 하거나 억제감을 줄이는 효과가 있기는 하다. 하지만 성충동이 고조된다든가 불임증이 치료되었다는 주장은 없었다.

호르몬 분비에 대한 인삼의 영향은 완전히 알려져 있지 않지만, 월경불순이 된다는 기록이 있다.

비아그라는 협심치료제 개발과정에서 발견된 약물로 임상시험에서 복용뒤 부작용으로 발기상태가 유지되자 발기부전치료제로 개발된 것이다. 성적자극이 있을 때만 자연히 발기한다면 그것은 경구용인 경우에 한한다.

심장병 등 질병에는 사망에 이를 수도 있다. 혈관확장제를 직접 요도를 통해 음경해면체로 전달, 발기유도하는 것이 있고, 직접 환자가 음경해면체에 약물을 넣는 주사식치료제가 있다. 이 경우엔 5~15분내 발기가 이뤄져 30분~1시간 지속되며 성공율이 80~90%다. 크림형과 스프레이형의 조루치료제도 있다. 건강진단서, 연령제한, 주의사항 필독등 까다로운 게 많다. 65세 이상 노인은 첫사용시 25mg짜리만 복용하고 협심증 치료제인 질산염제제 복용자는 금지된다. 가능하면 사용하지 않는게 좋다.

미약의 대부분은 효력이 없어도 피해는 없지만, 그 가운데에는 상당히 위험한 것도 있다. 소위 스페니쉬 플라이 (Spanish Fly) 의 독성분인 칸타리민은 그리스·로마 시대부터 미약으로서 사용되어 왔지만, 실제로 이것은 맹독이다. 이 갑충에서 만들어진 성분은 염증을 일으키는 자극성 물질로서 변화하지 않고 소변에 섞인다. 그때 요도를 자극하기 때문에 자주 소변을 보게 되고 페니스를 발기시키는 일도 있다. 여성의 경우는 클리토리스가 울혈이 될 것이다.

스페니쉬 플라이는 생명을 빼앗을 지도 모른다. 중독증상에는 근육경련을 동반한 복통이 있고 자주 소변을 누게 되는데, 소변에는 혈액이나 방광의 내벽이 딱지가 되어 떨어진 작은 파편이 섞이는 경우가 있다. 죽기 직전에 프리아피즘, 즉 페니스의 이상 지속발기가 생기는 일도 있다. 유일하게 독성을 해소하는 방법은 다량의 수분을 취함으로써 독의 농도를 낮출 수 있는 정도이다. 최근의 미약 연구는 오로지 약제 중심으로 되어 있는데, 다종 다양의 처방에 의한 약이나 피로회복제에 강장약의 유효성분이 포함되어 있다고 한다.

적당량의 알콜이나 약제는 일시적으로는 성적 불안을 줄이고, 성적 억제를 없애주며, 성적 욕망을 자유롭게 할 수도 있다. 그러나 양이 지나치면 대개 성적 흥미가 약해지고 성교가 마음만큼 이루어지지 않게 된다.

또한 약물의 영향은 대단히 개별적이어서, 사람에 따라서 상당히 차이가 있으며, 동일인이라도 때와 경우에 따라서 다르다. 약물을 사용했을때의 주관적 성체험에서는 기대감이나 그때의 상황이라는 심리적 요소가 커다란 역할을 한다고 생각된다. 약물의 영향으로 성행위에 대한 지각이 정상이 아니기 때문에 신뢰할 수는 없다.

따라서 성적 욕망을 자극하거나 성적 기능을 회복하는 약으로서는 이것이 모든 사람에게 효과가 있다고 확정적으로 말할 수는 없다.

공교롭게도 가장 신뢰할 수 있는 미약은 부인약으로서도 이용되는 안드로겐이라는 남성 호르몬이다. 이것을 다량으로 복용하면 현저하게 성욕이 증진된다. 그러나 안드로겐에도 한가지 결점이 있어서 털이 많아지거나, 여드름이 생기거나, 클리토리스가 커진다. 즉 여성을 남성적으로 만드는 효과가 있는 것이다. (→알콜)

 강정보양식:콩비지+구기잎(3g)+생강(2g)+파1뿌리+된·고추장 20g+소갈비60g

11. 바르비툴계 약제

　이 약은 성적 억제력을 약하게 하고 그 때문에 성적인 기쁨을 증대시키는 경우가 있기는 하다.

　하지만 바르비툴계 약제(Barbiturates)의 사용자 가운데에는 이것이 오히려 성기능을 저해한다는 쪽이 많다. 실제로 바르비툴계 약제가 수면제, 진정제, 경련 진정제로서 사용되면 중추신경계의 작용을 저해하고 말초신경이나 골격근, 평활근의 기증을 약화시킨다. 바르비툴계 약제는 성호르몬의 분비를 막기도 한다. 이것을 남용하는 여성은 자주 생리불순이 된다. 사용자 가운데에는 성욕이 저하되고, 임포텐스를 겪으면서, 오르가즘에 도달하기 어렵다고 호소하는 사람도 많다.

　단, 장기적 치료에 이것을 사용하는 사람들의 대부분이 바르게 사용한다면 성기능에 변화를 느끼지 않는다.

12. 오줌지림

여성가운데에는 오르가즘이 있을 때 소변을 보는 사람이 있다. 매번, 혹은 때때로 그런 체험을 하는 여성은 3-5%에 이른다고 한다.

갑작스러운 배뇨는 비뇨생식기계의 구조상 결함이나 다발성 경화증과 같은 신경의 병이 원인이 되기도 한다. 또한 당뇨병처럼 **요실금**〔:7쪽 마늘을 습지로 싸서 잿불에 구워 **溫水**와 함께 복용, 아침·저녁 빈속에〕 증세에 기인하는 경우도 있고, 요로 감염증 때문에 일어나기도 한다. 만성적인 요의 핍박이나 성교할 때 방광의 조절을 잃어버리기도 한다.

오르가즘을 느낄 때 오줌을 흘리는 원인중 가장 많은 것은, 성교전에 방광을 비워두지 않았기 때문이다. 여성에 따라서는 성에 대한 불안감에서 요실금 증세가 생기기도 한다.

성교후에는 대개 남녀 모두 요의를 일으킨다. 남성의 경우는, 성교할 때에 전립선이 충혈되기 때문에 요의를 일으킨다.

전립선이 방광 근처에 있고, 방광 주변의 충혈이 배뇨를 재촉하기 때문이다.

여성의 경우, 페니스가 방광에 닿기 때문에 방광이 가득찬 것 같은 느낌이 들어서 요의를 일으킨다. 동의보감에서는 전포라고 한다.

1.소변이 개운치 않고 자주마려우면 : 산수유10g, 복분자6g, 상표초6g, 산약8g을 지어먹는다.

2.소변잦고 빈뇨 : 축천산

3.소변 안나올땐 : 목통탕

4.요로결석:하고초

5.방광염에 차전4g+일엽초+물(두컵) ➡ (두시간 후에)

6.방광염엔 갈대뿌리 10g+민들레뿌리10g찔레꽃뿌리10g ➡
   (늉이될때)

7.(방광 열있고 누기어렵고 색이 누렇게 나오는) : 만전목통탕

8.(소장의 열로 누기어려움) : 도적산

9.(소변불리, 혈변, 오줌에 피) : 사물탕

10.청심연자음

11.(방광에 열, 소변막힘, 오줌에 피) : 8정산

12.(소변이 마르진않아도 막힘) : 자신환

13.(전포하여 일주일 지난 소변막힘) : 이석산

14.(소변불리, 열, 숨막힘, 구토, 한(寒)) : 기축이진탕

15.(산후 방광상함, 소변불금) : 저포탕

16.(腎水부족, 소변불통, 소변多少) : 육미원

17.(포기 부족, 소변수십회 잦음) : 축천원

18.(기가 허, 유뇨, 불금) : 삼기탕

19.(어린이의 포가 참, 양기부족, 야뇨) : 계장산

13. 사춘기엔 누구에게나 마귀의 자살 유혹이 있다

이 땅의 청소년들이여! 사실과 진상은 바로 알것은 방황과 유혹은 사춘기엔 누구에게나 있는 법이다. 바른 것, 취할 것은 취하고 버릴 것은 과감히 버리라! 기타 미성숙 성인도 마찬가지.

새디즘은 다른 사람을 모욕하거나 괴롭히거나 상처를 줌으로써 성적 쾌감을 얻는 것을 말한다. 반대로 매조히즘은 모욕을 당하거나 고통당하는 것에 성적 만족감을 얻는 것이다.

이 두가지 말은 자주 연결되어〈새드매조히즘(Sado-masochism)〉이 되는데, 각각의 성향을 나타내는 사람의 대부분이 새디즘과 매조히즘의 양쪽 요소를 가지고 있고, 경우에 따라서 역할을 바꾸기 때문이다.

어느 정도의 새드매조히즘적인 성적쾌감은 대부분의 사람에게 있다. 또 새드매조히즘적인 공상은 일반적이다. 대부분의 부부에게 있어서 물거나 긁거나 꼬집거나 상대를 초조하게 하는 것은 정상적인 성회의 일부이다.

일반적인 생각과는 달리 이성연애자 가운데 새드·매조히스트가 차지하는 비율은 동성연애자의 경우와 거의 같다.

대부분의 새드·매조히스트에게 있어서 그 행위는 연극 공연과 같은 정성들인 의식으로서, 대부분의 경우 실제로는 고통을 일으키지 않고 학대나 고통을 위장하는 데 불과하다. 채

찍이나 쇠사슬등 소도구나 의상도 갖추지만, 대개의 사람은 새드 · 매조히스틱한 연극 정도로 충분히 성적 해방감을 충분히 맛본다. 그 가운데에는 상대방을 고통스럽게 할 때나 자기가 고통을 받을 때에 오르가즘에 도달하는 사람도 있다. 상대의 행위를 받는 사람은 희생자로 보일지도 모르지만, 대부분의 경우 행위를 받는 사람이 스스로 자신이 받는 고통의 양과 종류, 지속시간을 지시하고 있다.

새드매조히즘을 그린 포르노 소설도 많다.

새드매조행위를 하는 사람의 대부분은 서로 동의하기 때문에 상대에게 심하게 상처를 입히거나 심리적 손상을 주는 일은 없다.

행위 자체를 어느정도 알고 있고 신뢰하고 있을 때는 안전하다. 사실 상대방이 미리 정해진 선을 넘는 일이 없다는 안심과 만족감도 그 일부를 이루고 있다.

그러나 불행하게도 새드 · 매조히즘이 중상이나 죽음을 불러일으키는 경우가 있다. 채찍질이나 불에 태우는 일, 구타, 흉기의 사용등이 치명상을 일으키기도 한다.

이럴 경우 미국에서는 매년 〈緊縛긴박〉이라고 불리는 행위로 죽음에 이르는 예가 약 50건 있다. 이 행위에서는 고통이 아니라 묶였을 때에 느끼는 무력감이 자극이 된다. 사망사고가 생기는 것은, 묶인 사람이 욕조의 물안에 빠지거나, 또는 로프나 쇠사슬로 묶인 사람이 불에 넣어진 때다. 그 중에는 마스터베이션으로서, 스스로 몸을 묶는 사람도 있다. 하지만 자신에게 쇠사슬을 두른 다음 열쇠를 잃어버리고 움직일수 없다면 상태는 거의 치명적이다. 대학가의 신입생 술멕이기 연못에 빠뜨리기 등도 마찬가지다.

또 매조히스트가 마스터베이션으로서 목을 매달기도 한다. 사정을 하기 위해 목을 매다는 것은 〈성적 질식〉이라고 하며 사춘기의 남아에게 많다. 이 행위로 사망하는 사람은 연간 200명에서 400명에 이른다고 추정된다. 목을 매다는 것은 보통 1,2분이다. 뇌에 산소가 공급되지 않으면 오르가즘의 쾌감이 강해진다고 하지만, 로프를 느슨히 할 틈도 없이 의식을 잃어버리면 곧 죽음에 이르고 만다. 결국 자살이라 하나님이 준 생명을 버리는 죄악이다. 자살은 결코 아름다운 감상이나 연주·예술 등 못이룬 꿈을 이루는 피안의 언덕이 아니다. 죽고난 뒤에는 심판이 기다리고 있다. 새하늘과 새땅 새 예루살렘! 양과 염소의 최후 심판날에 죄목중의 하나다. 이 땅의 젊은 청춘들이여! 사춘기엔 반드시 방황의 유혹이 있는 법이다. 매일 성경1쪽씩을 새벽에 읽고, 중심을 잡아라. 「하나님은 중심을 보시느니라, 사람은 외모를 보지만…」, 삶(人生)이 무엇인가? 복잡하게 미로에 빠져본 일이 있다면, 간단하게 「하나님을 찬양하는 것」이 삶의 목적이란 걸 깨닫게 될 것이다. 예수님도 사단에게 시험받으셨다. 〈네가 만일 하나님의 아들이어든 뛰어 내리라〉— "주 너의 하나님을 시험치말라!"

14. 16세 소년이라면…꼴린다?

젊잖치 못하게 뒷골목 깡패냐? 사춘기(Puberty)라는 것은 성적 성숙, 즉 생식 능력의 최종적인 달성과정이다.

사춘기는 시상하부라고 불리는 뇌의 일부에 있는 화학반응에 방아쇠를 당길때부터 시작된다. 지금가지의 연구에서는 무엇이 시상하부에 지시를 해서 특정한 호르몬을 뇌하수체로 보내는가는 정확하게 알려져 있지 않다.

뇌하수체는 간뇌의 밑, 눈 높이의 위치에 있는 내분비선의 하나로, 여기에서 나오는 호르몬이 남아의 고환과 여아의 난소를 규정한다.

마지막으로 고환과 난소가 성호르몬을 분비한다. 남성호르몬은 테스토스테론이고, 여성의 것은 에스트로겐과 프로제스테론이다. 성호르몬은 유방이나 성기의 발달, 얼굴이나 겨드랑이 아래 ,음모의 발모와 같은 제2차 성징을 발달시키지만, 그보다 최대의 육체적 변화는 자신의 아이를 만드는 능력을 갖추는 것이다.

성적으로 성숙하는 나이는 개인차가 크다. 이과정은 여덟살부터 시작될수 있고 어떤 애는 열여덟살부터 시작되기도 하지만, 남아는 15, 16세 여아는 그보다 2, 3년 빠른 것이 보통이다.

그러나 아이도 부모도 〈평균〉, 〈전형〉, 〈표준〉이라는 말은 통계용어에 지나지 않는다는 사실을 알아야 한다. 사람의 성적 발육은 반드시 규칙적인 단계를 밟지는 않는다. 청소년의 각 성숙단계는 소위 〈표준〉과 비교해서 빠를 수도 있고, 늦을 수도 있으며 눈에 띌 정도로 빠르게 진행되는 경우도 있다. 이때 발육이 표준에서 벗어나는 경우는 결함이기보다는 개인적인 차이에 지나지 않는다.

극히 소수이지만, 사춘기가 비정상적으로 빨리 오는 아이가 있다. 여아가 8세 이전에 사춘기 징후를 보이는 경우에는 반드시 의사의 진찰을 받아야 한다. 남아가 9세 이전에 변화를 보인 경우도 마찬가지이다. 일부의 아이들에게는 음모 또는 유방의 발육등 사춘기의 변화가 단독으로 나타나는 일이 있으며, 이 상태는 〈불완전 조숙〉이라고 불린다. 이 이외에 생식기의 성숙도 포함해서 사춘기의 변화를 끝내는 아이도 있는데, 이것을 〈완전 성숙〉이라고 부른다.

성적 조숙이 지나치게 빨리 다가오는 일도 있기는 있다. 예를 들면 5개월된 남자 아이의 페니스가 발육되거나 다섯 살 정도의 남자 아이가 사정을 하거나 한 살 미만의 여자 아이에게서 월경이 시작된 예도 있다. 최연소 임신기록으로는, 세 살에 월경을 시작해서 다섯 살된 여자 아이가 임신을 한 예가 있다. 이 여자아이는 1939년 5월 15일 제왕절개로 2.9kg의 남아를 출산했다고 한다.

아이의 사춘기 징후가 좀 빠르게 나타난다고 해서 문제가 되는 경우는 많지 않지만 때로는 질병의 원인이 되기도 한다.

성적 성숙은 생식기 또는 부신에 종양이 생겨서 일어나기도 한다. 선천적인 뇌의 결함, 뇌종양, 또는 신경계의 손상도 이와 마찬가지로 조숙의 원인이 된다. 이 종양균이 의학적 원인에 의해 생길 가능성은 남자 아이의 경우가 여자 아이보다도 훨신 많다. 때로는 아이가 잘못해서 피임약이나 폐경기에 사용하는 의약등 성호르몬을 마셨을 때에는 성 조숙의 징후가 나타나는 일도 더러 있다.

이때 조숙한 발육에 순응하는데 아이들은 상당한 곤란을 겪게 된다.

예를 들면 조숙한 소녀는 발육되어 가는 자신의 유방을 어색하게 생각해서 두껍고 헐렁한 옷을 겹쳐 입음으로써 숨길 것이다. 아이의 행동에 관하여 의학적인 문제가 있으면 부모는 그것을 아이에게 설명해야 한다. 자연스러운 성장과정이라고 하면서, 부모는 아이로 하여금 두려워하지 않도록 이해시킨다. 사춘기의 성교육을 홍보하는 기관이 그 역할을 담당해주면 더욱 좋을 것이다.

부모는 아이에게 3년 이내에 친구들도 똑같은 경험을 할 것이라고 강조하도록 한다. 그러면 아이도 사춘기의 육체적 변화를 어느 정도 편하게 받아들일 것이다. 전문가는 일반적으로 사춘기의 아이라면, 특히 그 나이에 어울리도록 다루는 것이 현명하다고 생각하고 있다. 가령 13살로 보여도 9살아이에게는 그 나이에 맞는 교육을 시키도록 한다.

한편, 사춘기가 극단적으로 늦은 아이들도 있다. 대개의 경우에는 9-11살에 갑자기 키가 커지고 여아는 유방의 발육이 시작된다. 13살이 되어도 유방이 전혀나오지 않는 소녀는 사춘기가 늦었다고 판단하여 의사의 진단을 받는 편이 좋다.

마찬가지로 대개의 소녀는 11-13세에 월경을 시작하지만 9세에 시작되는 경우도 있고, 18세에 시작하는 일도 적지 않다. 대부분의 소녀는 유방 발육이 시작하고 나서 2,3년후에 초경을 한다. 그렇기 때문에 가슴이 나오기 시작하고나서 4년이 지나도록 월경이 없는 경우라면 반드시 의사의 진단을 받아야 한다.

18세 이상의 소녀에게 월경이 없는 경우도 의사에게 진찰을 받아야 한다. 이 상태를 〈원발성 무월경〉이라고 부르며, 여러 가지 생리적 상태가 원인이 되지만, 대부분 선천적이다. 그 원인이 되는 것으로는 자궁경 또는 질의 폐색, 선천적인 자궁의 기형이나 결여, 난소의 기능부전이나 호르몬 결핍등을 들수 있다. 또한 심리적인 긴장감이 쌓여 그렇게 나타나기도 한다.

소년의 경우, 사춘기가 늦어지는 것은 보통 성장이 더딘 것과 관련이 있다. 동급생과 비교해서 훨씬 키가 작고, 14, 15세가 되어도 성적 성숙이 시작되지 않는 경우에는 의학적으로 〈체질적 지연성장〉이라고 보아도 좋다. 이 상태는 청소년에게 많고, 그 또래의 여자아이들보다 약10배정도 크게나타난다. 체질적 자연성장은 자주 유전적인 특질로 나타나는데, 가족에 따라서는 모두 16살때까지는 표준치보다 작았다가도 갑자기

15cm나 키가 자랐다는 경우도 있다.

전형적인 체질적 지연 성장의 소년은 나이보다도 세 살 정도 어리게 보인다. 그리고 같은 나이의 친구보다도 2-4년 정도 늦게 사춘기에 도달한다.

체질적 지연성장은 소년의 뼈 나이를 판정해서 싱장과 연령의 상관 관계를 조사하는 것으로써 확인할 수 있다. 뼈의 성장 과정은 물론 개인차가 있지만, 예측할 수 있는 단계를 쫓아서 진행되기 때문에 의사는 뼈 나이를 계산 할수 있다.

소년의 성적 성숙과 성장이 늦은 경우, 그 의학적 원인으로서는 알레르기, 영양부족, 당뇨병과 내분비선의 이상등 만성적인 증상을 생각할 수 있다. 그 이외에도 적혈구부족 빈혈, 소화기의 문제, 그리고 뼈, 간장, 또는 신장의 질환에 의해서도 성장이 늦어지기도 한다. 때로는 가족간의 애정이나 행복감 등을 경험한적이 없는 〈정서적 차단상태〉도 지연의 원인이 된다.

이때 남성 호르몬을 사용하는 요법은 성적 성장과 사춘기의 급격한 성장을 재촉하지만, 반면 희생이 따른다. 성장을 빨리 하면 최종적으로 신장이 3-6cm작아진다. 이 경우 대부분의 의사들은 부모에게 기다리도록 권한다. 시간이 지나면 치료하지 않아도 상태가 호전된다. 의사가 체질적 지연 성장과 사춘기 지연에 호르몬 요법을 고려하는 것은 대개 소년의 심리적 문제가 치료의 위험성과 맞먹을 정도로 심각한 경우에 한정하고 있다. (→내분비 장애, 월경)

15. 성기능을 증진시키는 체조

신체 상태가 좋으면 성적 기능과 기쁨도 고조되는 법이다.

신체 상태를 좋게 하기 위한 체조에는 다음과 같은 운동이
필요하다.

(1) 심폐의 건강

심폐능력이 고조되면 심장 발작을 예방할 수 있다. 더욱이
심폐의 훈련에 따라 몸상태와 호흡이 개선되면, 성적 쾌감이
뚜렷하게 고조된다. 심폐의 훈련에는 활발하고 계속적인 운동
을 적어도 일주일에 다섯 번은 할 필요가 있다. 조깅, 수영,
경보연습, 줄넘기등이 좋다.

(2) 지구력

근력과 스태미너를 붙이는 운동이 좋다. 예를 들면 팔굽혀
펴기나 수영은 팔의 근육을 강하게 한다. 걷는 것이나 조깅은
다리의 근육을 강하게 한다. 또 윗몸 일으키기는 배근과 복근
의 상태를 좋게 한다.

(3) 유연성

몸의 부드러움은 성교에도 중요하다. 움직임이 자유롭고 유
연하다면 여러 가지 체위를 행할 수 있다. 몸을 늘리고, 구부
리고, 꺾고, 또는 스트레치 체조를 하는 것은 유연성을 붙이
는데 효과적이다.

(4) 엉덩이와 괄약근의 체조

엉덩이의 근육과 항문, 생식기 사이에 괄약근을 수축시켜 5초간 긴장을 유지했다가 풀어주는 체조를 하루에 30회정도 실시한다. 이체조는 언제 어디에서 어떤 자세라도 할 수 있다.

(5) 위 근육 운동

하루종일 다른 일을 하면서 할 수 있는 간단한 체조이다, 보통 호흡하면서 위의 근육을 긴장시킨다. 그대로 다섯을 센다. 조금 더 강한 체조로서는 천장을 보고 누워서 양쪽다리를 하나씩 천장을 향해 들어 올렸다가 조용히 내려놓는 동작이 있다. 다음으로 두 다리를 동시에 들어 올려서 정지동작 상태에서 스무번까지 세고 내린다.

(6) 허리운동

허리부분의 움직임이 자유롭게 되면 더불어 성적인 동작도 자유롭게 된다. 기본적인 체조는 우선 두 다리를 가지런히 하고 뒤꿈치, 엉덩이, 후두부를 벽에 대고 똑바로 선다. 배를 집어 넣고 허리 부분을 벽에 붙인채 허리를 앞쪽위를 향해 내밀고 5초간 그 자세를 유지하고 나서 반대의 동작을 한다. 허리 부분에 일정한 공간이 생기도록 엉덩이를 벽에 붙인 채 가능한 높이 밀어 올린다. 5초간 그 자세를 유지한다.

다음에 허리를 앞으로 내미는 운동과 뒤로 밀어 올리는 운동을 계속 반복하고, 운동 범위가 가능한 한 넓어지도록 한다. 두 다리를 벌린 상태에서 같은 체조를 하는것도 좋다. 반쯤 구부린 자세로 하면 허벅지의 근육도 강해진다.

(7) 허벅다리 운동

간단한 운동으로서는 의자의 앞부분에 조금 걸터 앉아서 양 무릎사이에 부드러운 공을 끼운다. 무릎을 가능한 한 깊게 붙인다. 7초간 그 자세를 유지하고 나서 느슨히 한다. 이것을 4,5회 반복한다.

양 다리를 30cm정도 벌리고 선다. 발꿈치에 체중을 실어서 발끝은 서로 가능한 한 안쪽으로 향한다. 다음에 가능한 한 바깥쪽으로 향한다.

이 회전 운동을 4,5회 계속한다. 잠시 쉬고 이 운동을 4,5회 반복하여 점차 회수를 늘린다. (→질의 운동)

16. 성도착

이성異性의 옷을 즐겨 입는 것을 말한다. 성도착(Trans-vestism)자는 대부분 남성이다. 여성의 옷을 입으면 그들은 강한 성적 만족을 얻는다. 보통 이 습관은 사춘기에 시작된다.

성도착자라고 해서 동성연애자는 아니다. 오히려 대다수가 결혼해서 안정된 직업을 가지고 있고 자녀도 있다. 그리고 일반적으로 남성의 옷을 입고 있다. 그들은 연약하지도 않고 여성이 되고 싶다는 이성화에 대한 소망도 없다.

대개의 경우는 여성복을 가끔 남몰래 입는 습관을 가지고 있으며, 간혹 여성의 속옷을 한두 가지 입는 사람도 있다. 더러는 가발을 쓰고 화장해서 완전히 여장을 하기도 한다.

성도착자 가운데에는 관대한 아내에게 자신의 습관을 공유하도록 하는 사람도 있다. 예를 들면 성교를 할 때 남편이 아내의 슬립이나 브래지어를 착용한다. 여성의 옷을 뭔가 입지 않으면 성교불능이 되는 성도착자도 있다. 그들에게 있어서 여성의 옷은 페티시즘(Fetishism：물신, 주물숭배)인 경우와 마찬가지로 성적 감정을 일으키는 요소를 가지고 있다.

어린아이의 경우, 이성의 옷을 자주 입는다면, 성적 적응에 장애가 있는 징후를 보이는 것이다. 여자 아이의 옷을 자주 입는 3,4세의 남자아이가 있다면 그 부모는 정신과 의사와

상담하는 것이 좋다. 특히 아이가 여성적인 행동을 지나치게
행하는 경우라면 더욱 그래야 한다.

17. 색광

성욕항진(Hypersexuality)이라고 하는데 성적인 관심이나 행동이 병적으로 심한 것을 말한다. 남성의 경우는 〈남자 색정증(Satyr)〉라고 부르고, 여성은 〈여자 색정증(Nym-phomaniac)〉라고 부른다.

남자 색정증은 성욕을 억제하지 못하고 지나치게 성적 만족을 추구해서 과격한 행동을 하는 것이 특징이다. 그 남성의 생활행동 반경에는 성행위가 지배적 요인이 된다. 그렇게 때문에 성욕을 충족시키지 못하면, 자제를 할수 없고 분별력도 없어진다.

〈돈환 증후군〉은 남자 색정증의 일종이라고 할수 있다. 돈환은 다수여성에 대한 의도적인 성관계를 맺음으로써 열등감을 극복하는 것을 무의식중에 목표로 하고 있다. 돈환은 눈앞의 성교 상대방에게 홍미는 없다. 자신이 홍분하고 여성을 성적으로 정복할 수 있다는 사실을 확인하면 다음 여성에게 옮겨가지 않고서는 견딜 수 없게 된다. 억제할 수 없는 욕망은 강한 나르씨스적 욕구에 의해 더욱 커진다. 경우에 따라서는 이 광적인 이성애의 요인을 무의식의 동성연애의 충동에 대한 무의식적인 방어 행위라고 생각할 수 있다.

여자 색정증은 여성이 성적으로 만족하지 못하기 때문에 항상 성적 만족감에 굶주려 있다. 색정증 증상의 여성 가운데에는 오르가즘에 도달할 수 없는 사람도 있다. 그 여성들은 오르가즘에 도달할 가능성을 찾아서 계속 상대방을 바꾼다. 한편 여러번 오르가즘에 도달하는데도 쉽게 만족하지 않는 여성도 있다. 구약 성경 에스겔서에는 오홀라와 오홀리바 자매가 나온다. 「그가 앗수르 중에서 잘생긴 모든 자들과 행음하고 누구를 연애하든지 그들의 모든 우상으로 스스로 더럽혔으며 ～ 그 아우 오홀리바가 이것을 보고도 그 형보다 음욕을 더하며」 두 자매의 음란인 색정증을 왜 하나님이 인용하셨을까? 색정증을 비유해석하면, 우상숭배로 인한 멸망에 이르게된다는 뜻! 우상에 절하는 자들은 명심할진저! **「헛된 신에게 제사를 드리는 자는 수치를 당할 것이라」** 하나님이 제일 미워하는 인간이 만든 우상에 절하는 일들! 색정증은 우상과 반드시 관계가 있다. 이스라엘의 예루살렘과 사마리아를 상징하는 두자매가 오늘 우리에게 주는 메세지는 뭘까? 묵상해보라!

대개 색정증은 위래 심인성이다. 성에 대한 충동적인 욕구가 열등감에 대한 보상 행위가 되는 경우가 많다. 이런 색정증은 강박 신경증의 증세라 본다.

정신병으로 인하여 색정증이 되는 환자도 있다. 조증(躁症)에 걸린 사람은 남녀 모두 조증 상태일 때 보통 사회적·성적 억제력이 약해지기 때문에 성욕항진의 증상이 나타나기 쉽다. 이러한 환자는 성교의 상대방을 몇사람이나 충동적으로 선택하거나, 다른 사람 앞에서 옷을 벗거나 때로는 마스터베이션을 행한다. 이조 전기 연산군이 산 실례이다. 조증에 있어서 이러한 성행위의 과잉은 페노티아딘계 정신치료약으로 고칠수 있다. 남성의 경우, 성욕항진은 염색체 이상과 같은 선천적인 요인에관계되기도 한다. 여성은 부신이나 난소 종양 때문에 가끔씩 이런 증상이 생긴다.

또 뇌의 기능장애도 그 원인이 될 수 있다. 뇌의 측두엽 질환은 가끔 충동적인 성행위를 일으킨다. 환자는 갑자기 분별력이 없이 성욕을 느끼거나 노출증이나 페티시즘등 비정상적인 성적행동을 나타내기도 한다. 뇌의 전두엽 질환도 정상적인 절제력을 약하게 해서 마찬가지로 정상을 벗어난 성행동을 일으키는 경우가 있다. 뇌의 장애를 제대로 치료할 수 있으면 성적 증상도 없어지는 것이 보통이다.

· 심인성 성욕항진은 심리요법을 실시함으로써 많이 극복된다. 남성은 매일 또는 하루 걸러 경구피임약을 복용하면 성충동이 억제되는 경우가 있다. 여성의 치료법으로서 프로제스테론(황체호르몬)이나 트란퀼라이저등이 사용된다.

18. 스테로이드

스테로이드(steroids)는 복용기간이 10일 이내라면 성적 기능에 영향을 미치지 않는다. 그러나 장기간에 걸쳐서 스테로이드를 복용해야 하는 사람은 성욕이 없어진다. 교원증(膠原症:피부와 근육이 붙거나 근육과 뼈가 이어져 붙거나 세포와 혈관사이가 메워지는 병의 총칭), 혈액질환, 만성알레르기, 피부염의 증상에 스테로이드를 장기간 사용하는데, 성욕의 감퇴는 스테로이드 부작용의 초기 징후라고 볼수 있다. 이와같은 반응이나 그밖에 바람직하지 않은 반응이 생긴 환자는 의사와 의논해야 한다.

우울증과 기타 정신장애가 스테로이드의 장기 복용으로 일어날 수 있는데, 이것도 성적기능을 해칠수 있다. 스테로이드의 장기 복용은 또 뇌하수체의 고나드트로빈의 분비를 방해해서 성호르몬의 분비를 억제한다.

남성의 경우 대량의 스테로이드는 정자의 생산을 억제해서 불임을 일으킨다. 여성은 월경이 불순해지거나 전혀 하지 않는 경우도 있다. 스테로이드는 또 질감염증의 위험율을 높인다. 스테로이드크림의 사용을 포함해서 스테로이드 상용이 오래되면 유방등에 눌린 것 같은 자국이 나타나기도 한다.

이 강력한 약제는 근육의 쇠약이나 현기증, 두통을 일으켜서 성적 기능에 영향을 준다. 스테로이드는 혈당량을 높이기

때문에 갑자기 잠재적이던 당뇨병을 일으켜서 발기 불능이 될
가능성도 있다.

19. 오직 성령의 충만함을 받아라-알콜

「재앙이 뉘게 있느뇨 근심이 뉘게 있느뇨 분쟁이 뉘게 있느뇨 원망이 뉘게 있느뇨 까닭없는 창상이 뉘게 있느뇨 붉은 눈이 뉘게 있느뇨 술에 잠긴 자에게 있고 혼합한 (:칵테일)술을 구하러 다니는 자에게 있느니라~순하게 내려가나니 너는 그것을 보지도 말지어다 이것이 마침내 뱀같이 물것이요 독사같이 쏠것이며」과불급이자 필요악인 알콜(Alcohol)은 셰익스피어의 《《맥버드》》가운데 시종이 말한 것 같이 〈성적욕망을 일으키게 하는 원인은 되지만 성적 달성능력은 빼앗는다〉 그렇다!

대부분의 사람은 소량의 알콜로 편안한 기분이 된다. 성행위에 대한 불안도 극복되고 성적 반응이 증가 될 수도 있다. 그 가운데에는 성적 제어감을 극복하는데 충분하고, 더욱이 행위에 방해가 되지 않는 적당한 알콜 양을 파악한 사람들도 있다. 그러나 알콜은 중추 신경의 기능을 약하게 한다. 남성의 경우, 분명히 음부의 신경기능을 저하시키고 발기기능이 약해진다. 알콜류를 자주 애용하는 것은 임포텐스의 가장 큰 원인중의 하나다. 모임에서 귀가한 부부가 성교를 시도해도 자주 실망감을 느끼며 끝을 마치는데, 바로 그런 이유 때문이다.

알콜의 영향은 개인차가 있기 때문에 특징짓기 어렵다. 점심 식사 때 반주로 한 잔 마시고, 일이 끝나고 나서 또 한 잔 하고, 저녁 식사 때와 식후에 소량의 술을 마시는 사람은 취했다고 느끼지 않으며 자신이 마시고 있다는 생각조차 하지 않을 것이다. 그런데 이럴 때 혈중의 알콜량 때문에 발기되기도 한다.

남성이 담배를 피우는 경우, 스트레스가 있을 때, 또 식사의 섭취량이 너무 많거나 너무 적은 경우, 또한 병약한 경우에는 알콜에 대한 내성은 보통 때보다 낮아질 것이다. 여성의 경우에는 알콜에 의해 성적 반응이 약해질 수도 있다. 「술취하지말라, 이는 방탕한 것이니 오직 성령의 충만함을 받으라」

20. 암페타민

암페타민(Amphetamines)은 보통 식욕을 감퇴시켜서 체중을 줄이기 위해 처방된다. 성적 능력에 대한 암페타민의 영향에 대해서는 아직까지 거의 연구되어 있지 않다. 소량을 복용했을 때 성적 능력에는 거의 영향이 없지만, 임포텐스에 걸렸다든가 성욕이 변했다고 호소하는 남성도 있다.

암페타민을 상용하는 여성 가운데 성적 장애가 생기거나 만족스럽지 못한 성행위를 할 수 밖에 없는 사람이 더러 있다. 또 성교 상대자를 계속 바꾸는 사람도 있다. 그러나 그러한 문제는 암페타민의 복용에 따라서 일어난다고는 생각되지 않는다. 오히려 약의 남용과 성적 장애는 모두 당사자의 성격에 그 원인이 있다고 보아야 한다.

남성은 대개 암페타민을 사용하면 성적인 행동이 보통 때보다 적극적으로 된다. 특히 남성의 경우 대량의 정맥주사를 맞으면 성충동이 증가하는 것같이 보인다. 암페타민을 주입하면 몸이 저리는 것처럼 느껴져서 오르가즘이 진정될 때와 같은 기분을 느낀다. 그 가운데에는 발기가 계속 되고 사정이 지연되어서 오르가즘을 느끼는 회수가 증가한다고 하는 남성도 있다.

21. 약물요법

약물요법(Medications)이 성기능에 악영향을 미치는 일은 종종 있는 현상이다.

약이 성에 미치는 부작용은 사람에 따라서 다르고 흡수율이나 체중, 대사율, 복용기간, 배출율, 1회 복용량, 다른 약과의 상승작용 등 여러 가지 상황에 따라 나타난다.

따라서 특정한 약이 성에 미치는 영향을 정확하고 확실하게 미리 예측할 수 없다. 약이 성에 미치는 부작용이 모두 당연한 결과라든가 일정하게 변하지 않는다라고 하기보다는 오히려 〈치료의 가능성이 있다〉고 하는 성질의 것이다.

또한 성에 있어 후유증을 남길 수 있다는 가능성을 알지 못하고 정기적으로 처방을 내리는 의사도 있다. 성에 대한 부작용이 있다는 사실을 환자에게 숨기는 의사도 드물게 있을 수도 있다. 왜냐하면 환자가 이성적으로 받아들이지 않고, 과민한 반응을 일으키는 것은 아닐까, 또는 의사가 진찰 결과를 말했을 때 환자가 겁을 내고는 약을 복용하지 않을 수도 있다고 걱정하기 때문이다.

한편 약 때문에 일어난다는 사실을 알지 못한 채 많은 환자가 성의 문제로 고민을 하게 된다. 가장 좋은 것은 의사가 솔직하게 다음과 같이 말하는 것이다.

"이 약을 먹으면 성생활에 문제가 생기는 일이 있습니다.

만약 그런 문제가 일어나면 알려 주십시오. 약을 다시 조절해
드릴테니까요."

약의 부작용으로 생긴 성기능은 정상적인 원래 상태로 되돌
릴 수 있다. 많은 경우 약을 바꾸거나 투여량을 적게 하는 것
으로써 부작용을 최소로 하거나 없앨 수 있다. 한 종류의 약
을 쓰기보다 여러 약을 섞었을 때 이 문제가 해결되기도 한
다.

그러나 환자는 성적인 장애의 원인이 오직 복용하고 있는
약 때문이라고 생각해서는 안된다. 질병이나 부부간의 불화,
노화, 알콜 등 다른 원인에 의할 수 있으므로 그런 경우에는
의사와 의논하는 것이 좋다.

22. 자연스러운 가족계획

자연스러운 가족계획(NFP, Natural Family Planning)에는 아래와 같이 네 가지 방법이 있으며, 그 모두가 월경주기내의 임신가능한 날을 계산해서, 정해진 날짜에 맞추어 성교를 피하는 것이다.

(1) 달력 주기법 : 이 방법에는 세 가지 전제 조건이 있다.

① 배란은 다음번 월경전 14일 전까지 5일동안에 일어난다는 사실에 근거한다.

② 배란된 난자의 수정능력은 24시간 미만이다.

③ 여성 생식기내에서 정자의 수정능력은 4일 미만이다.

이 방법은 배란의 징후에 근거하는 것이 아니라 월경주기를 6~12회 측정한 결과에 따른다.

예를 들어 월경 주기가 28~29일 경우를 살펴본다. 월경이 짧게는 28일째부터, 길게는 30일째에 시작된다고 보고, 그 숫자에서 배란예정일을 뺀다. 그리고 다시 정자(혹은 난자)의 생존기간을 가감하고, 안전을 위하여 하루를 각각 가감한다. 수식으로 써보면 다음과 같다.

28-14(배란일)-4(정자생존기간)-1(안전을 위하여)=9
30-14(배란일)+1(난자생존기간)+1(안전을 위하여)=20(난자 생존기간을 3으로 해야 20이되는데…?어쨌든…)

그래서 9~20일은 가임기간이 되므로 이때는 성교를 피하도록 한다.

이 방법의 단점은 월경주기의 길이가 바뀔 가능성이 항상 있기 때문에 임신가능기간의 계산법이 틀릴 수도 있다는 점에 있다.

(2) 기초체온법 : 이 방법은 임신가능한 날과 그렇지 않은 날을 나타내는 체온의 변화를 그래프로 그려 나타내는 것을 말한다.

이것에 의해 배란할 시기를 정확히 규명해 내는 것은 아니지만, 체온이 조금 상승했다면, 보통 그것은 배란이 시작된 것을 의미한다. 배란 전의 체온은 35.80~36.70℃ 정도이다. 배란기와 배란후에는 36.40~37.30℃ 정도가 된다.

이와 같이 체온이 상승한 다음 3일간 성교를 피해야 한다. 체온은 기초체온계를 사용하는 것이 가장 좋으며, 입, 항문, 질, 옆구리, 아래쪽 등 어느 한 부분을 재도 좋다. 단, 같은 위치에서, 매일 같은 시각에 잠에서 깨는 즉시 측정하는 것이 바람직하다. 체온은 병이나 스트레스, 약, 술, 수면부족의 영향으로 변동되는 수가 있기 때문에 이러한 원인도 체온표에 써두어야 한다.

(3) 배란법 : 이 방법은 월경주기에 따른 자궁경부의 점액에 생기는 변화에 근거하고 있다. 이것을 보통 〈경관점액법〉이라고 부르는데, 자궁 경부의 점액 변화는 여성 자신이 조사

해야 한다.

월경이 있은 후 점액이 적어지고, 그 다음 끈적끈적한 점액이 나온다.

배란이 가까워지면 점액의 양도 증가한다. 계란의 흰자와 같이 투명하고 매끈한 점액이 손가락 사이에서 실을 잡아당기는 것같은 현상이 일어나면 임신하기 쉬운 시기가 왔다는 징후이다. 배란 후 약 4일째가 지나면 점액이 탁해지고 끈적해지며 양이 적어지다가 전혀 나오지 않게 된다.

이 방법을 처음 사용할 때는 우선 1개월간 성교를 하지 않아야 한다.

그렇게 해야 자궁경부의 점액이 월경주기내에서 어떻게 변화하는지 알수 있기 때문이다. 월경 도중과 그 다음 주기의 첫 단계에서는 이틀마다 성교를 하지 않으면 임신가능기의 점액 상태를 정확하게 측정할 수 있다. 또한 배란기에 점액이 보이면 4일간 성교를 피하는 것이 좋다.

(4) 신리듬법 : 이것은 배란기를 스스로 확인하는 여러 가지 방법을 종합한 것이다. 여성은 자궁경부와 그곳의 점액 변화와 기초체온의 변화를 관찰할 수 있을 뿐만 아니라 배란의 2차 징후, 즉 성욕의 증진, 유방의 압통, 복부의 팽만감, 외음부의 부종, 난소의 희미한 통증, 질이 조금 더러워지는 등 여러가지 변화를 알 수 있다.

배란시에는 자궁경부가 두꺼워지며 매끈매끈한 점액이 많아진다. 또 자궁경부는 조금 올라가서 어느 정도 팽창한다. 그러한 배란의 징후를 알고 기록할 수 있기 때문에, 이 변화가 일어나면 며칠간은 성교를 피해야 한다.

모든 피임방법과 마찬가지로 자연스러운 가족계획에도 그 나름대로의 장점과 단점이 있다.

장점이라면 약품이나 이물을 전혀 사용하지 않는다는 점이다. 수정에 대한 인식이 고조되고, 여성의 신체 구조나 생리에 대한 지식이 증가하고 있다. 그리고 피임을 성공시키기 위해서 부부사이의 대화나 협조가 늘어나며, 금욕기간에 성욕이나 애정을 다른 방법으로 표현할 기회가 주어진다는 점은 좋다.

단점으로는 자연스러운 성욕의 발로와 그 충족이 방해를 받으며, 수정이 되지않는 날에 맞추어 성반응을 예정해야 하고, 신체의 변화를 일관적으로 기록해야 한다는 것이다.

모든 방법은 여성이 자신의 신체 리듬을 잘못 파악하거나 서로의 의견충돌로 인하여 실패할 가능성이 있다. 질병이라든지 기후의 변화, 장소의 변화, 또는 가족의 문제와 직업상의 긴장, 스트레스 등의 요인에 따라 이상과 같은 변화는 복잡해질 수 있다. (→피임)

23. 콘돔미니엄 분양비 합리적인가?···

콘돔(Condoms)은 성병과 임신, 그 양쪽을 예방하기 위해서 사용된다. 콘돔을 대단히 효과적으로 바르게 사용하면 90~97%까지 성병과 임신을 예방할 수 있다.

젤리 등과 같은 살정제나 페서리를 병용하면 콘돔의 효과는 확실하다.

또한 다른 부작용도 거의 없다. 게다가 콘돔은 가격이 저렴하고 휴대하기도 간편하다.

콘돔은 보통 20cm 정도의 길이로 미리 감아진 상태로 분

여러가지 콘돔

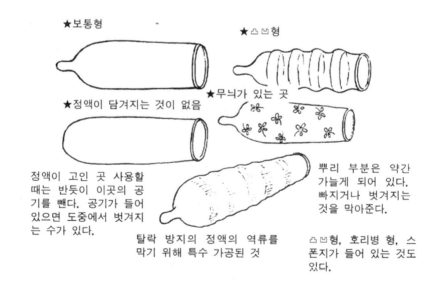

★보통형

★凸凹형

★정액이 담겨지는 것이 없음

★무늬가 있는 곳

정액이 고인 곳 사용할 때는 반듯이 이곳의 공기를 뺀다. 공기가 들어 있으면 도중에서 벗겨지는 수가 있다.

탈락 방지의 정액의 역류를 막기 위해 특수 가공된 것

뿌리 부분은 약간 가늘게 되어 있다. 빠지거나 벗겨지는 것을 막아준다.

凸凹형, 호리병 형, 스폰지가 들어 있는 것도 있다.

말이 뿌려져 있다. 정액이 고이도록 유두 형태를 한 모양이 끝에 있는 콘돔도 있다.

그렇지 않은 콘돔을 사용할 때에는 끝에 1cm 정도 여유를 남겨서 사용하면 좋다.

콘돔은 발기한 페니스에 씌운다. 이때 이것을 성희의 일부로서 여성이 남성에게 씌우는 것도 좋다. 익숙해지면 어둠에서도 몇 초 안에 씌울 수 있기 때문에, 일부러 성교를 중단하거나 경우에 따라서는 발기한 페니스를 수축시키는 일도 피할 수 있다. 콘돔에는 성감을 높이기 위해 여러 가지 색이나 모양을 하거나 각종 표면처리를 한 것도 있다.

사정한 후 페니스가 작아지면 콘돔이 질 안으로 빠지는 경우가 있다.

따라서 남성은 페니스가 약해지기 전에 질 밖으로 꺼내야 한다. 그 때에는 콘돔 위끝을 손가락으로 눌러서 벗겨지지 않도록 해야 한다. 그 다음에 콘돔을 뺄 때에는 정자가 페니스에 묻어 있기 때문에 여성에게서 몸을 떼어내야 한다.

성교할 때마다 새로운 콘돔을 사용해야 한다. 정액이 질구에 젖을 우려가 있으므로 여성은 즉시 피임용 젤리나 크림 또는 포 형태의 살정제를 1회분 삽입해야 한다.

극히 드물지만 남성 또는 여성이 고무에 알레르기 반응을 일으켜서 성기에 발진이 생기기도 한다. 이 문제는 일반적으로 새끼양의 껍질로 만든 콘돔으로 바꾸면 해결된다.

콘돔에 흠집이 생기는 것을 피하기 위해 열을 받지 않도록 해야 한다.

주머니나 지갑에 넣어서 가지고 다니거나, 자동차의 글러브 박스에 넣어 두면 쉽게 변질된다. 그리고 콘돔은 약국에서 사는 편이 좋다.

콘돔은 사용 전에 결함이 없다는 것을 확인해야 하지만, 필요도 없는데 잡아당기거나 부풀리면 흠이 날 것이다. 그러나 미리 윤활제를 발라 놓은 포장 콘돔은 건조 상태여서 찢어질 가능성은 없다. 자신이 윤활제를 바른다면 젤리상이나 크림상의 살정자제가 좋을 것이다. 바셀린이나 오일은 콘돔을 변질시킬 가능성이 있는데다 정자를 죽일 힘이 없기 때문에 사용해서는 안된다. 또 안전성에 조금이라도 의문이 생기는 콘돔은 즉시 버린다. 허지만 대부분 콘돔은 얇은데 비해 튼튼하고 불량품도 아주 적다(-피임, 살정자제, 성병, 페서리)

24. 페도필리아

페도필리아(Pedophilia)는 문자 그대로라면 〈어린이에 대한 사랑〉이라는 뜻이지만, 실제로는 사춘기 이전의 아이와 성적으로 접촉하고 싶어하는 일부 어른(대개는 남성)의 욕구이다.

대상은 대부분이 8~11세의 여아로, 친절한 행동이나 선물, 약속 등에 의해 유혹당한다. 때로는 협박받는 일도 있지만 폭력에의해 일어나는 경우는 거의 드물다.

페도필리아를 하는 사람은 여아의 나체를 보는 것만으로도 만족하지만, 때로는 아이의 생식기를 본다든지 그것에 닿거나 키스를 하기도 한다. 또 자신의 성기를 애무하도록 하거나 페라치오를 강요하는 일도 있으며, 드물게는 그 대상과 성행위를 하는 경우도 있다.

아이를 노리는 치한의 대부분은 공통적으로 고독감과 소외감을 느끼고 있으며, 자신은 쓸모없는 사람으로, 사람을 사귀는 것이 서툴다고 느끼며, 그 자신이 무력한 희생자라고 여긴다.

아이를 노리는 전형적인 치한은 기혼자로 결혼생활에 문제가 있으며 성생활을 정상적으로 유지하지 못하는 경우가 대부분이다. 실제로 아내와의 성관계에 장애가 있는 것이 페도필리아의 중요한 동기를 이룬다고 해도 좋다. 그러한 남성은 아이와의 성적인 접촉에 의해 우월감을 느끼고 성적 능력에 자신감을 갖는다. 그들은 대개 같은 유형의 범죄를 반복하여, 같은 나이, 같은 성별, 같은 용모의 아이를 찾아서 그러한 행위를 한다.

음주가 페도필리아에 연결되기도 한다. 보통 때에는 억제하고 있던 마음이 심리적으로 이완되면 사람에 따라서 그런 범죄 행위에 휩쓸리는 경우도 있다. 소수이지만 지능이 낮은 사람이나 정신 이상자인 페도필리아 환자도 있다.

• 페도필리아의 치료에는 최면요법, 심리요법, 행동요법 등 여러가지 치료법이 사용된다. 아이의 입장에서 말하면 이런 장난은 보통 아이를 놀라게 해서 당황하게 만든다. 그러나 부모가 도를 지나쳐 과민하게 반응하면 아이는 더욱 불안감을 느끼게된다.

불행하게도 아이가 페도필리아의 희생자가 된 경우, 부모는 아이에게 더욱 깊은 정신적인 상처를 입히지 않도록 신중하게 일을 처리해야한다. 즉 부모가 가능한 한 냉정하게 그 아이의 이야기를 귀담아 듣는 것이 제일이다. 그 때 자신의 관점을 먼저 말하지 말고 아이가 그 사건을 어떻게 받아들이고 있는가를 아는 것이 중요하다. 그렇지 않을 경우 어른(때로는 얼굴을 아는 어른)이 팬티 냄새를 맡거나 생각지도 않는 곳을 만지거나, 또는 기묘한 짓을 하고 싶어하는 것을 단순히 이상하게만 생각하는 아이가 많기 때문이다.

이와 같은 불상사가 일어났을 때에는 아이에게는 아무런 책임이 없고, 문제가 있는 것은 어른 쪽이라고 말을 해서 아이를 안심시킬 필요가 있다. 그런 장난을 친 사람은 정신적으로도, 병적으로도 도움을 필요로 하는 사람이라고 말해주면 좋다.

몸은 이물질을 거부한다.

페서리(Pessary)는 피임을 목적으로 한, 테두리가 탄력적인 부드러운 원반상의 고무제 기구이다. 피임할 때에는 이것과 정자가 자궁에 들어가기 전에 죽이는 피임용 젤리나 크림을 병용한다. 이것만으로도 85~97% 안전하지만, 콘돔과 함께 사용하면 거의 99% 이상 피임이 된다.

페서리를 올바르게 사용하기 위해서는 우선 그 원반상의 표면에 살정자 크림 또는 젤리를 바른 다음 이것으로써 자궁경을 막도록 해 질 안으로 삽입한다.

살정자제를 사용하지 않으면 페서리 테두리를 빠져나간 정자에 의해 임신할 가능성이 커진다.

페서리에 부작용은 없다. 페서리는 성교 몇 시간전에 삽입해 둘 수 있다. 또 살정자제는 2시간까지는 그 약의 효과가 지속된다. 따라서 페서리를 삽입하고 난 다음 2시간이 경과한 뒤에 성행위를 하는 경우에는 페서리는 그대로 두고 살정자제를 추가하면 가장 안전하다. 삽입한 살정자제는 1회의 사정에 한해서 효과가 있기 때문에 성교를 반복할 때에는 정해진 양의 살정자제가 필요하다.

성교 후에는 적어도 6시간 동안 페서리를 그대로 두어야한다. 질의 세정도 마찬가지로 6시간 기다려야 한다. 페서리

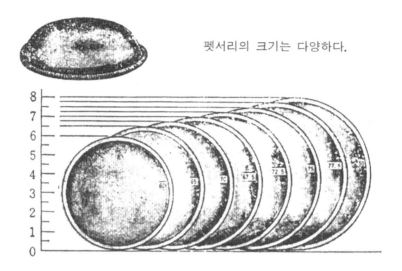

펫서리의 크기는 다양하다.

를 며칠간 넣어도 해는 없지만, 별로 권장할 만하지 않으며 꺼내는 편이 좋다. 과민증이나 감염증에 걸릴 가능성이 적어지기 때문이다.

취급방법을 정확하게 한다면 페서리는 약 2년간 사용할 수 있다. 질에서 꺼내면 중성 비누와 따뜻한 물로 씻어서 자연건조시킨 다음, 녹말 가루 등의 식용 가루를 뿌리고 나서 용기에 넣는다. 사용한 후에는 반드시 고무 부분을 살짝 늘려서 불에 비추어서, 약해진 부분이나 작은 구멍은 없는지 확인해야한다.

페서리는 월경기간에 사용해도 좋다. 페서리를 한 상태에서 월경이 시작되어도 해는 없다. 실제로 월경기간 중에 성교하는 경우에는 혈액이 흘러나오지 않도록 페서리를 사용하는 여성도 있다.

　페서리 규격을 맞추어서 바르게 삽입하는 방법을 배우기 위해서는 의사와 의논하는 것이 좋다. 이때 여성은 질의 손가락 하나 정도의 깊이에 코 끝과 같은 응어리를 느낄 수 있을 것이다. 이것은 자궁경으로 페서리로 덮어야 하는 부분이다. 이때 페서리 테두리는 자궁경 상부의 손가락 끝이 닿지 않는 정도의 깊이까지 들어간다. 그리고 페서리를 삽입할 때는 질의

①삽입 전 페서리의 양면에 젤리 바르기

②엄지와 검지로 넣기 좋은 모양으로 만들기

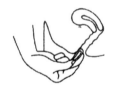

③소음순을 좌우로 벌리고 볼록하게 나온 쪽을 아래로 천천히 넣기

④인지로 밀면서 자궁구에 넣기

⑤치골의 들어간 부위가 페서리 앞에 닿도록 하고, 전체가 페서리에 덮혀 있는 것 확인하기

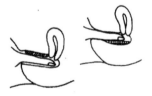

• 바르게 장치되지 않은 경우

〔그림9〕페서리 넣는 방법

점막이 상하지 않도록 손톱을 짧게 깎는다.

페서리는 다른 여성의 것을 빌리거나 의사의 처방 없이 구입해서는 안된다. 삽입 방법이 바르지 않거나 치수가 너무 작으면 피임 효과가 없다.

또 성교 도중에 위치가 벗어날 가능성도 있다.

페서리를 사용하기 시작하면 1주일 정도 지나서 의사에게 찾아가 사용 방법이 맞고 문제가 없다고 확인 받는 것이 현명하다. 페서리 규격을 맞추는 부분에 있어서 결혼 후 성교가 많아짐과 동시에 질 근육이 발달하기 때문에 몇 주일 지나서 새로운 규격의 페서리로 바꾸어야 한다.

그런 다음 다시 의사에게 찾아가 규격과 사용법이 맞다는 것을 확인하기까지는 콘돔이나 질 안에 살정자제 등을 삽입하는 등의 피임법을 병용해야 한다.

페서리를 사용하는 여성은 적어도 일년에 한 번은 검사를 받을 필요가 있다. 오랜 기간 페서리를 사용하고 있어도 삽입 위치가 달라질 수 있기 때문이다. 약 9kg 이상의 체중이 증가 혹은 감소된 경우, 또는 인공 유산이나 출산을 한 경우에는 규격을 바꿀 필요가 있다. 또 아래와 같은 상황이 일어났을 경우에도 규격 또는 삽입방법을 다시 확인해야 한다.

(1) 상대방 남성이 페서리 테두리의 감각에 불만을 호소했을 때

(2) 불쾌감이 두드러지기 때문에 페서리를 빨리 꺼내야만

할 때

(3) 페서리 테두리가 완전히 닫히지 않거나 테두리와 질벽 안 사이에 쉽게 손가락이 들어갈 정도로 페서리가 너무 작을 때

(4) 월경 기간 이외에 페서리를 꺼내서 보면 피가 묻어 있을 때

이것은 테두리에 이유없는 압력이 가해져 있거나 삽입방법이 바르지 않을 때, 또는 상처나 병이 있다는 것을 의미한다.

가려움이나 그 밖에 과민한 기분을 느낄 때에는 고무나 살정자제에 알레르기 반응을 일으키고 있다는 가능성이 있다. 또한 피임 크림에 대한 알레르기는 페서리의 제품을 바꾸는 것에 의해 극복될 수도 있다.

한편, 동의보감 입장으로는 사용하지 않는 편이 좋다. (→콘돔, 피임)

26. 페티시즘

이것은 특히 성애에 대한 홍미를 가지게 하는 물건(또는 육체의 일부)에 애착을 갖는 것을 말한다.

그 대상물(장갑, 모발, 구두 등)은 무엇보다도 성적 만족을 주는 근원이 된다. 이것은 마스터베이션을 할 때 사용하거나, 다른 사람과의 성행위에 있어서 홍분을 돋구기 위해 이용되기도 한다.

페티시스트 가운데에는 그 물건에 닿지 않으면 성적으로 홍분하지 못하거나 오르가즘에 도달할 수 없는 사람이 있다. 또는 그 물건을 상상함으로써 성행위의 효과를 얻는 사람도 있다. 또 페티시스트라도 사람에 따라서는 대상물이 없어도 홍분하고 오르가즘에 도달할 수는 있지만, 그때의 쾌감은 비교적 약하다.

페티시스트는 자신이 성적으로 홍분하기 위해서 필요한 물건을 수집하고 있는 경우가 대부분이다. 예를 들면 여성용 하이힐이나 가죽 장갑 등이다. 대상이 되는 물건이 젊은 시절의 마스터베이션 체험과 관계가 있는 경우도 있다. 때로는 특정한 사람이 늘 지니고 있는 물건이 대상이 되기도 한다. 그러한 물건은 처음에는 그 사람의 상징이고 대용품이다. 점차 성욕을 일으키게 하는 사람보다도 중요해져서 오히려 이것이 성적쾌감을 일으키게끔 된다.

페티시즘(Fetishism)은 본인이 걱정하지 않는 한 치료할 필요는 없다.

27. 피임

활짝 피지않은, 가지꽃 14송이를 채집 말린후, 기와에 놓고 누렇게 구워 가루를 내 월경후 1~6일내 매일 빈속에 청주와 같이 복용(단, 가지를 먹으면 무효…?)

피임(Contraception)방법을 선택할 때에는 그 방법의 확실성, 부작용의 위험성, 사용자의 기호와 성교의 회수에 따라 적합한가를 고려해야 한다.

다음 표는 여러 가지 피임방법의 효과를 비교한 것이다. 안정성과 효과의 양쪽을 보면 콘돔이나 피임용 폼은 좋은 쌍이 된다. 또 피임용 폼과 콘돔은 비교적 가격이 저렴하고 약국에서 즉시 구입할 수 있으며, 이 방법은 미리 준비할 필요가 거의 없기 때문에 성교회수가 별로 많지 않은 부부에게 가장 적합할 것이다.

콘돔과 페서리의 조합은 더욱 효과적이다. 부작용도 거의 없고, 성교가 조금 더 빈번해지고 확실히 성교 예정을 세울 수 있는 여성에게 적합하다. 페서리를 사용할 경우 의사의 진찰과 사용법에 대해 주의깊게 지시받을 필요가 있다.

성교회수가 많은 여성은 성교 직전에 준비를 필요로 하지 않는 피임링을 선택해도 좋다. 이 방법은 자신의 성기에 직접 피임 장치가 닿는 것을 싫어하는 여성에게 바람직하며 그 점에 있어서는 경구피임약도 마찬가지다.

〔표1〕

피임방법의 효과비교(단위는 %)

피 임 방 법	항상 완전하게 했다고 가정한 경우	조정에 근거한 실제의 효과
경구피임약(에스트로겐과 프로제스토겐 배합)	99.66	90~96
미니필(프로제스토겐만)	99.5~99	90~96
피임 링(IUD)	97~99	95
콘돔과 폼제 또는 페서리의 병용	99이상	95
콘돔	97	90
페서리	97	90
폼제	97	84
질외 사정	91	75~80
신리듬법	87	79
질세정법	?	60
피임법 없음	10	10

주:90%의 피임효과라는 것은 수태능력이 있는 부부 100쌍 가운데 90쌍이 1년간 임신하지 않았다는 의미이다.

경구피임약이 많은 여성들에게 선호되고 있는 까닭은 예방효과가 뛰어나며, 비교적 긴 시간 성교를 할 수 있기 때문이다. 그런 반면 경구피임약은 정확하게 복용해야함으로 번거럽고, 때로는 치명적인 부작용의 가능성이 있기도 하다.

피임법 가운데에는 효과가 적은 방법도 있으며 또 성교 후에 질을 세정하는 것은 위험한 예방방법이다. 질외 사정도 별로 믿을 만한 피임법은 아니다. 또한 아기에게 모유를 먹이는 여성은 쉽게 임신하지 않지만, 이것을 피임법이라고 할 수는 없다.

피임의 방법으로서 성교 또는 마스터베이션에 의한, 빈번한 사정에 의지하는 것도 현명하지 않다. 빈번한 사정은 분명히 정액의 양과 정자의 농도를 줄이는 경향이 있기 때문에 쉽게 임신이 되지 않는다. 그러나 정자의 농도가 아주 낮고 정액의 질이 빈약해도 임신하는 경우가 있다. 더구나 정자의 농도를 줄이자마자 정자수와 정액의 질이 적절한 수준으로 돌아와서 임신할 가능성이 상당히 높아진다.

낙태는 위험하고 비용이 드는 산아제한 수단이다. 그리고 피임수술은 더 이상 아이를 원하지 않는다고 확신하는 사람이 선택하는 마지막 피임방법이다. (→임신중절, 콘돔, DES, 페서리, 피임 링, 살정자제, 질외사정)

28. 피임 링

가급적 사용하지않는게 좋다는게 한방 동의보감적 원칙이다. 피임 링(IUD, Intrauterine Device)은 크기가 작고 탄력적인 플라스틱이나 금속제 기구로, 자궁안에 삽입한다.

피임 링에 의한 피임율은 95~99%이다. 자궁 안에 기구를 삽입함으로써 여성은 자동적으로 피임할 수 있다. 또 불임수단과 경구피임약을 제외하면 사용자가 성교 전에 미리 준비하지 않아도 되는 유일한 피임방법이다.

피임 링의 정확한 메커니즘은 완전하게 이해되어 있지 않다. 자궁내막에 변화를 일으켜서 임신을 저지하는 것이라고 생각된다. 월경 주기중 착상에 대비하는 시기를 바꾸는 것이라고 추측된다. 피임 링은 또 난자가 운반되는 속도를 빨리해서 배관에 영향을 주고, 그것에 의해 수정되는 것을 저지시킨다. 피임 링이 유산의 원인이 될 가능성도 생각할 수 있다. 즉 난자가 수정했다고 해도 난관과 자궁의 수축이 강해져서 착상이 되지 않을 수도 있다.

체내에 이물질이 있는 것에 저항감을 느끼는 사람에게는 피임 링이 적당하지 않다.

피임 링을 사용하는 여성은 플라스틱 제품이나 동제품을 선택하게 된다. 플라스틱제는 언제까지나 넣어 둘 수 있지만, 동제품은 2, 3년마다 바꾸어야 한다.

피임 링은 여러가지 크기로 나누어져 있으며, 지금가지 임신한 적이 없는 여성에게는 소형이 적당하다.

피임 링을 삽입하기 위해서는 산부인과의 진찰이 필요하다. 의사는 질을 오리 부리 모양의 질경으로 열어서, 튜브 형태의 도입관을 사용하여 피임 링의 삽입을 준비한다. 특히 의사는 여성의 월경기에 삽입하려고 할 것이다. 이 시기는 임신할 가능성이 없고, 자궁경이 부드러워서 삽입이 가장 편하기 때문이다.

피임 링에는 실과같은 꼬리가 있어서 삽입 후에는 자궁경 밖으로 나온다. 이 실은 길기는 하지만, 본인도 남성도 느끼지 못하나. 첫달은 적어도 1주일에 한 번, 그 다음은 월경이 끝날 때마다 실이 조정가능한 위치에 있는지 손가락으로 조사해 볼 필요가 있다.

만약 실이 없어졌거나 자궁경에 링이 있다고 느껴지면 의사에게 진찰을 받아야 한다. 이 경우는 월경기간에 배출되었을

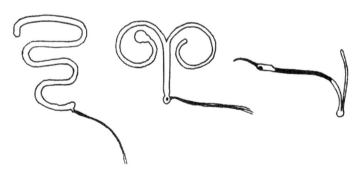

〔그림 10〕 여러가지 모양의 피임 링

가능성이 크기때문에 생리대나 탐폰을 조사해서 피임용 링이 나와있지 않는가 확인하는 것이 좋다. 어떤 피임 링은 배출되어도, 다른 종류를 사용하면 배출되지 않을 수도 있다. 삽입한 여성은 3개월 이내에 재검사를 받아야 한다. 가능하면 삽입한 다음 첫 월경이 끝나는 즉시 검사하는 것이 바람직하다.

이상이 없으면 그 다음은 보통 1년에 한 번 검진으로도 충분하다. 피임 링을 넣으면 보통 분비물이 증가된다. 이것은 물과 같이 투명한 점액으로 냄새는 적다. 분비물에 이상한 냄새가 있다면 감염증의 징후일수도 있으므로 의사에게 말해야 한다. 피임 링을 삽입하고 나서 1, 2주일은 다소 출혈이 있는 경우가 많다. 또 월경시와 같은 경련 등의 통증도 자주 있다. 또한 삽입하고 나서 2,3번의 월경은 시기가 빨라지고 기간이 길어질 것이다. 월경기나 그 이외에도 출혈의 흔적을 볼 수 있다. 그러나 이런 불쾌한 증상은 2,3개월이면 없어진다.

피임 링의 효과를 완전하게 하고 싶으면 임신할 가능성이 높은, 월경기와 다음 월경 사이의 7~10일 정도 질용 살정자제를 사용하는 것이 좋다. 피임 링 사용의 실패율이 높은, 처음 1년간은 다른 피임법을 병행하는 것이 좋다.

피임 링에는 효과가 좋기도 하지만, 부작용이 일어나기도 한다. 사용자에 따라서는 피임 링으로 경련이나 출혈 때문에 제거해야 하는 경우도 있다. 또 잠시 지나고 나서 질에 이상한 냄새가 나기도 한다. 피임 링 꼬리에 감염된 박테리아가 원인이 되어 일어나는 것으로, 질에 항생물질을 넣으면 곧 깨끗해진다.

　피임 링의 사용자는 사용하지않는 사람보다 골반내 염증성 질환에 걸리기 쉽다. 임신경험이 없는 여성으로 성교의 상대가 두 사람 이상 있는 경우는 피임 링을 사용해서는 안된다. 이것에 따라서 골반내 염증성 질환에 걸릴 위험성이 증가되며, 불임이 되거나 자궁적출을 해야할 경우도 일어나기 때문이다. **그 중에는 적어도 한 번 무사하게 출산하기 전까지 절대로 여성에게 피임 링을 권장하지 않는 의사도 있다.**

　월경기에 감염증이 생기기 쉽다. 월경기에 비정상적인 통증을 느끼면 즉시 골반내 염증을 조사할 필요가 있다. 이럴 때는 오랜 감염증이 제발하는 경우가 많다. 이와 같은 감염증은 항생물질로 치료할 수 있다. 또한 보통 의사는 피임 링을 제거하라고 권한다.

　피임 링 사용의 부작용에 있어 아주 드물게는 삽입자 2,500명 가운데 약 한 사람 정도, 자궁천공(기구가 자궁벽을 관통하는 것)이 생긴다. 이 경우의 대부분은 통증이나 별다른 증상이 없다. 자궁천공은 삽입을 잘못해서 일어나는데, 복강으로 들어가 버린 피임 링은 수술로써 꺼내야 한다.

　자궁이 비정상적으로 작거나 변형되어있는 경우는 피임 링을 사용할 수 없다. 일반적으로 골반내 염증성 질환이나 성병, 그리고 기타 부인과의 감염증을 앓은 사람에게는 피임용 링은 권할 수 없다. 또 중증인 빈혈, 월경량이 많은 경우나 부정 자궁출혈, 자궁암, 자궁선유종이 있는 여성도 제외된다.

이 기구 때문에 자궁이나 자궁경암이 암에 걸렸다는 얘기는 아직 없다. 그리고 삽입 중에 아무런 이상이 없었다면 피임링을 제거한 다음에도 임신에는 지장은 없다(→피임, 골반내염증)

29. 「생육하고 번성하라」에 반기를 든 인본주의 제2탄

피임용 필(Contraceptive Pill, 경구피임약)은 주로 배란을 억제함으로써 임신을 방지하는 호르몬 배합제다.

필의 중요한 장점은 그 효력에 있다. 잠재적인 문제가 많다고는 하지만, 피임 링보다 효과가 크다. 필은 성생활이 안정되고 하루일과가 규칙적인 여성에게 적합한 피임방법이다.

필을 사용하는 여성은 월경 주기가 안정되고 어느 정도 규칙적이어야 한다. 대개의 경구피임약에는 두 가지 종류의 여성호르몬이 배합되어 있다. 에스트로겐과 프로제스토겐으로, 두 호르몬은 배란을 저지시키고 자궁경의 점막이 두꺼워져서 정자가 가까이 갈 수 없게 되고 자궁벽을 변화시켜서 수정란을 받아들이는 게 불가능하게 한다. 두 호르몬이 배합된 피임약은 하나의 반응이 일어나지 않아도 다른 반응에 의해서 목적을 달성할 수 있기 때문에 효과적이다. 한편 〈미니 필〉에는 프로제스토겐밖에 없다. 따라서 배란을 저지하지만, 자궁경내의 점액을 짙게 해서 정자가 난자에 이르는 것을 막지는 못한다.

필의 처방에는 산부인과의사의 진찰이 필요하다. 의사는 병력을 자세하게 조사해서 필의 복용이 적당하지 않은 경우를 알아내야 한다.

필의 계속적인 복용은 월경이 시작된 후 5일째 되는 날부터 시작한다.

복용을 시작하고 나서 처음 2주일은 다른 피임법을 병용해야 한다. 그 기간은 아직 필만으로는 완전하게 피임이 이루어지지 않았기 때문이다.

한 알이라도 먹는 것을 잊어버리면 다음 월경이 시작되기까지 임신의 가능성이 있다. 잊어버렸을 때에는 잊어버린 만큼 다시 복용하고 그 다음은 월경이 시작될 때까지 처방대로 복용해야 한다. 그래도 콘돔이나 살정자제, 페서리 등 다른 피임법을 병용해야 한다. 때때로 1, 2개월간 필의 복용을 중지하고 몸을 〈쉬면 낫겠지〉하는 생각을 하는데, 의학적인 근거는 없다. 그렇기 때문에 의사 이외의 처방은 절대로 사용해서는 안된다.

의사는 여성 각자의 필요에 따라서 경구피임약을 처방할 수 있다. 털이 많은 여성에게는 프로제스테토겐이 적은 필을 처방한다. 필의 복용 후 질에서 출혈이 있는 등의 부작용이 있는 경우에는 난포 호르몬의 함유량이 많은 필로 바꾸어야 할 것이다.

대부분의 필은 21일분이나 28일분 단위로 구입할 수 있다. 의사가 28일분 처방을 하고, 마지막 7일분을 불활성으로 해두는 것도 좋은 방법이다. 그렇게 하면 매일 한 알씩 먹는 습관에 익숙해질 것이다. 또한 필을 끊었을 때에는 곧 다른 피임방법을 강구해야 한다. 그리고 임신을 바라는 경우에는 약의 복용을 중지하고 나서 처음 2, 3개월 동안은 유산하기 쉽기 때문에, 적어도 3개월 동안은 다른 피임방법을 사용해야한다.

여성은 필을 복용하기 전에 그 위험성이 이익과 비교해서 그 정도가 어떤지를 냉정하게 계산해 볼 필요가 있다. 성교회수가 적은 경우에는 필을 고려해서는 안된다. 만일의 성교에 대비해서 필을 복용하기에는 너무 위험 부담이 크다.

필 사용자의 다섯 사람 중 한 사람은 부작용을 경험한다. 그 반응의 대부분은 임신초기의 증상과 비슷하며 몇 개월이면 없어질 것이다. 그중에는 구역질이나 구토, 부종, 유방의 과민이 포함된다. 많은 사용자는 질에서 분비물이 많이 나오기 때문에 그 부위가 항상 젖어 있는 불쾌감을 호소하기도 한다. 두통, 현기증, 여드름, 정신적인 억압상태 등도 그리 많지는 않지만 역시 필에 따르는 부작용이다. 드물게는 탈모현상이 부작용의 하나로 생기기도 한다.

여성에 따라서는 생각지도 않은 시기에 갑자기 질에서부터 출혈이 있어서 당황하는 경우도 종종 있다. 또한 체중이 늘어나는 예도 많지만, 그것은 식용이 늘고 수분의 유지량이 증가하기 때문이다. 호르몬의 배합을 바꾸면 부작용은 제거되거나 완화된다. 복용량의 변경이나 부종을 줄이는 이뇨제 등 다른 약제를 병용하는 것도 같은 효과를 올릴 것이다.

만성적인 장애가 있는 경우에는 필이 그것을 더욱 악화시킬 우려가 있다. 편두통이나 우울증, 천식은 자주 필에 의해 악화된다. 그 외의 증상으로서는 고혈압, 당뇨병, 자궁경의 유

선유종, 심장, 간장, 또는 신장의 질병을 들 수 있다. 필은
또 비타민이나 미네랄의 흡수를 저해하기도 한다.

필을 복용하는 여성은 혈전정맥염에 걸릴 위험이 높다. 혈
전정맥염은 정맥에 응혈이 생기면 그 결과 손발을 잃거나 마
비를 일으키며, 시력을 잃거나 죽음에까지 이르는 병이다. 또
한 심한 두통을 일으키고 숨이 차며 시력이 약해진다. 그리고
다리나 가슴의 통증을 느꼈을 때에는 즉시 의사와 상의를 해
야 한다. 이상한 부종 또는 피부나 눈에 갈색 반점이 생기거
나 노란색으로 변색이 되었을 때 등의 색의 변화에 대해서도
의사에게 보고해야 한다.

필에 관련되어 뇌졸중, 심장마비, 그리고 정상적이지 않은
아이를 출산할 위험이 증대되기도 한다. 4년 이상 필을 복용
한 여성은 치명적인 피부암, 악성 흑색종에 걸릴 위험이 필을
복용하지 않은 여성에 비해 2배로 증가된다. 자궁경암에 걸릴
위험성은 보통 여성의 3~5배이다. (→피임)

30. 아편전쟁은 21세기에도 계속! −헤로인

헤로인(Heroin)을 섭취하면 보통 남녀 모두 성기능이 저하된다. 남성은 성욕의 감퇴나 임포텐스, 사정지연, 성기능부전 등 성교능력에 지장을 초래하는 일이 자주 발생한다. 여성 헤로인상용자는 불임이 되기 쉬우며, 월경이 정지되는 일도 많다. 또한 자주 성욕이 감퇴되고, 가슴 크기도 작아진다. 이것은 헤로인이 성호르몬의 생성을 방해해서, 상용자의 성행위를 힘들게 하기 때문이라고 생각된다. 진통제인 메타돈도 같은 영향을 미친다고 하지만, 보통은 그렇게 심하지 않다.

헤로인의 사용자는 약 복용을 중단해도 성기능이나 생식능력이 즉시 회복되는 것은 아니다. 내분비계의 이상은 몇 개월 계속된다. 심리적인 장애도 마찬가지로 오래 계속 되어서 그 때문에 성기능이 방해받는 경우도 있다.

31. 소돔과 고모라성 멸망의 주역 −동성애

AIDS(에이즈) 감염의 위험!

동성에게 성적 매력을 느끼는 것으로, 실제로 성적 관계를 맺는 일도 포함된다. 이 말은 일반적으로는 남성의 경우에만 사용되며, 여성인 경우에는 레즈비언(Lesbian)이라고 한다. 카터 및 클린튼이나 기타 역대 미대통령들도 선거를 의식해 어쩌지 못했다는 이 문제에 있어, 특히 드러내놓고 귀를 뚫고 다니는 세대들에게! 앞에서 거듭거듭 이 죄악에 대해 소돔과 고모라 멸망의 원인으로 언급경고하였다. 하나님이 가증히 여기는 범죄를 인간위주로 보지 말기 바란다.

「저희가 이같은 일을 행하는 자는 사형에 해당한다고 하나님의 정하심을 알고도 자기들만 행할 뿐아니라 또한 그 일을 행하는 자를 옳다 하느니라〈로마서1:32〉」

동성연애자는 왜 있는 것일까? 진짜 이유는 아직 아무도 모른다. 하지만 본인의 환경, 심리적 특질, 가족이나 기타 사람들과의 관계 등 여러 가지 요인이 겹쳐서 되는 것이라고 생각된다.

동성애(Homosexuality)는 어느 계급, 어느 직종에 존재한다. 결혼한 사람, 결혼한 적이 있는 사람도 많다. 그리고 다른 사람에 비해서 그들이 감정적으로 불안정하지도 않다.

실제로 호모인 남성의 대부분은 이성연애를 하는 사람들과 구별되지 않는다. 일반적으로 연약한 여성과 같은 동성연애자는 오히려 예외이며, 이런 타입은 동성애 인구의 소수에 불과하다. 대다수는 보통 이성연애를 하는 남성과 마찬가지로 남성다운 외모를 지니고 있다. 레즈비언도 대부분이 남자다운 여자라는 일반적인 생각과 일치하지 않는다.

동성애와 질병과의 관계를 전체적으로 볼 때, 실제로 성관계가 있는 호모인 남성은 비교적 성병 발생율이 높다.

상대가 특정한 한 사람으로 한정되어 있으면 성관계에 의해 옮겨지는 병의 위험은 적어질 것이다. 그러나 성교 상대가 불특정 다수인 경우는 임질, 비임균성 요도염, 매독, 간염, 음부 헤르페스, **그리고 에이즈에 걸릴 위험이 특히 높아진다.**

이 성병은 자신도 모르는 사이에 진행되어서 오진되기 쉽다. 그것은 인두나 직장에서와 같이 보통과는 다른 부위에서 증상이 나타나거나 아예 드러나지 않는 경우가 많기 때문이다. 의사에게 정확한 진단을 받기 위해서는 자신이 동성연애자라는 사실을 알리는 것이 현명하다. 그것을 모르면 의사도 구강의 임질을 단순한 인두염으로 오진하기 쉽다.

많은 상대와 오럴섹스나 아날섹스를 하는 남성은 임질을 발견하기 위해 3~5개월마다 인두, 요두, 직장의 배양검사를 받는 것이 좋다. 또 성관계가 많은 동성연애자는 B형 간염의 예방접촉을 받는 것도 생각해야 한다.

그 외에 동성연애자에게 많은 감염증에는 아메바증과 람블편모충증이 있으며, 모두 장내 원충류에 의해 발생한다. 이것은 아날섹스를 한 다음에 오럴섹스를 하거나, 입과 항문을 접촉함으로써 감염된다. 또 살모넬라증이나 세균성 적리와 같이 설사를 하게 되는 장 전염병도 동성연애자 사이에 퍼지고 있다.

아날섹스에 의해 직장에 상처가 나기도 한다. 첨규성 콘딜로마나 모슬도 동성연애자에게 자주 볼 수 있다. 레즈비언은 이성연애의 여성이나 남성 동성연애자에 비해서 성교에 의해 병에 감염되는 경우가 훨씬 적다. 하지만 많은 상대와 관계를 맺거나 남성과도 성관계가 있는 레즈비언은 성병에 걸릴 위험이 있다. (→후천성 면역 결핍증, 첨규성 콘딜로마, 성병, 람블 편모충증)

32. 환각제

　LSD나 메스카린과 같은 환각제(Hallicinogens)는 자주 미약(媚藥)으로 취급된다. 이용자 가운데에는 흥분을 증가시키고 감도가 고조되었다고 하는 사람도 있다. 남녀 모두가 〈폭발적인〉 오르가즘을 느꼈다고 하는 경우도 있다.

　그런데 어떤 연구자는 LSD에 최음효과는 없다고 하면서, 〈LSD를 사용하는 사람은 자신이 성행위를 시작하는 것에 기분을 계속 집중시킬 수 없기 때문이다〉라고 말한다.

　LSD나 메스카린은 다른 약물을 여러 가지로 뒤섞여 놓은 불순물인 것이 많다. 때문에 약의 효과에도 큰 차이가 있고, 사람에 따라서, 또 같은 사람이라도 경우에 따라서 다르다.

　과학적인 연구는 아직까지 거의 이루어지지 않았다. 수컷 쥐의 경우, 환각제를 소량 복용시키면 성행위가 촉진되지만, 다량으로 복용시키면 완전히 저하된다.

33. 너희 몸은 하나님의 거하시는 성전 -흡연

담배굴뚝 아궁이로 만들지마라!

흡연(Smoking)은 일반적으로 성기능을 떨어뜨린다. 흡연이 성욕과 성적 능력에 미치는 영향에 관한 조직적이고 결정적인 연구는 거의 없다. 일부의 증거가 제시하는 바에 따르면 흡연의 습관은 남녀를 가리지 않고 성욕을 감퇴시키며 생식능력을 손상시킨다.

임신중 흡연을 하면 태아의 체중 부족이나 유산 위험의 증대, 유아의 사망률 증대에 악영향을 미친다. 임신 중인 여성이 담배를 피우면 니코틴이 태아의 혈관을 수축시키고, 태아에게로 가는 혈류와 산소의 공급을 줄인다. 혈액과 산소가 줄어들면 태아는 정상적인 속도로 성장할 수 없게 된다.

임신중 흡연하는 어머니에게서 태어난 아이의 체중은 흡연하지않는 어머니에게서 태어난 아이보다도 평균 140g~230g이 적다. 이와 같은 아이의 체중은 대개 2,500g 이하로, 병에 걸리거나 사망할 위험도 크다.

임신 중에 담배를 피우는 여성은 흡연하지 않은 여성보다도 사산하는 경우가 많다. 또한 아이가 출생 후 1개월 이내에 사망할 확률도 높다.

경구피임약을 사용하는 여성, 특히 40세 이상의 여성인 경우, 흡연은 더욱 해를 미친다. 흡연과 피임약의 사용을 동시에 하는 경우의 사망은 각각 어느 한 요인에 의한 사망률보다 훨씬 높아진다. 흡연은 조기 폐경으로도 연결된다.

흡연자는 호흡량이 적은 경향이 있으며, 긴급사태시 신체에 산소를 공급하는 능력도 적다. 또 흡연을 하면 기도(氣道)의 내막이 두꺼워지고, 기도가 분비물로 방해를 받는다. 기도벽의 근육이 수축되기 때문에 기도가 좁아지고, 공기의 흐름도 적어진다. 단 한 개비의 담배를 피워도 공기의 흐름은 상당히 줄어든다. 이와 같이 호흡량이 적어지면 성행위 도중에 호흡이 가빠져서 괴로워지거나, 쉽게 피로해진다.

흡연은 성기능을 방해하는 위험한 의학적 장애와 자주 연결된다. 심장병이나 폐기종, 만성기관지염 등의 호흡기계 질환나 폐나 인두, 식도, 구강의 암 등이 그 예이다.

남녀 어느 한쪽이 흡연자이고 다른 쪽이 그렇지 않은 경우에는 흡연을 둘러싸고 의견이 충돌되기 쉽다.

흡연자의 호흡에서 불쾌한 냄새가 나며, 치아도 누렇게 변색되며 자주 기침을 하고 가래가 많이 생긴다. 그렇기 때문에 담배가 필요악 기호품이기는 하지만 건강한 체력과 즐거운 성생활을 위해서는 금연하는 것이 좋다.

 연뿌리

제5장 성기능에 영향을 줄 수 있는 일반적인 질병

1. 간염

동의보감에서는 이를 時行黃病이라 든지, 역매 또는 발황이라하며 오단, 9단, 28후, 36황이라고 분류하나 크게는 음황과 양황으로 나눈다. 음황은 만성이고 양황은 급성을 말한다.

만성간염에는: ①청간단
②창인환
③백모근탕
④산죽, 영지, 검은 무우
⑤오미간염환
⑥(체력좋고 손발참) 대시호탕
⑦(전신나른, 위장약하면) 사역산
⑧(구토 나는, 색없는) 소시호탕
⑨시호계지탕
⑩인진호탕(쑥의 과수)+대황+치자
⑪인진오령산=인진호탕+오령산
⑫(급성에는)감초합제
⑬백아근탕(만성에)
⑭(간농양) 가미금령지산
⑮(복수, 간경화) 공하축수탕

성행위로부터 B형 간염(hepatitis), 즉 간장의 바이러스성 염증을 일으키는 일이 있다. B형 간염은 간장병 중에서도 특히 악성으로, 혈청간염과 같은 바이러스에 의해 일어난다.

B형 간염은 성교에 의해서도 감염되지만, 오럴섹스와 아날

섹스에 의해 감염될 확률이 더욱 높다.

일단 감염되면 최초의 징후로서 눈의 흰자위가 노랗게 되는 현상이 나타난다. 간장에서 혈액으로 들어가는 담즙색소가 그 원인이 된다. 피부도 노랗게 되는 황달현상도 있지만, 간염 환자 가운데에서 이 징후가 전혀 나타나지 않은 사람도 많다. 동의보감에서 특이하게 코에 약물을 넣어 치료하는 휴비퇴황법이라는 황달치료법이 있다.

기타 증상으로서 피로감, 식욕감퇴, 소화불량 등을 들 수 있고, 구토증세가 나타나는 경우도 있다. 또한 가려움증과 두통, 그리고 오른쪽 옆구리에 통증이 일어날 수도 있다. 처음에 고열 증세가 있지만, 대개 2, 3일 지나면 정상적으로 되돌아 온다. 간염은 몸이 비대해지면서 약해진다. 소변이 짙어지고, 결국에는 엷은 커피색이 된다. 특이한 점은 흡연자가 담배를 몹시 싫어하게 되며, 담배를 끊어 버리는 일도 있다.

간염에는 반드시 의사의 진단이 필요하다. 혈청을 임상병리과에서 검사하면 간염인지 아닌지 진단할 수 있다. 그러므로 간염에는 대개 안정이 제일 중요하다. 금방 일어나거나 몸을 심하게 움직이면 병을 악화시켜, 경우에 따라서는 간장에 심한 장애를 남기게 된다. 황달이 있을 때는 더더욱 그러하다. 그냥 내버려 두면 죽음에 이르기까지 한다.

현재는 B형 간염에 대한 예방주사가 나와서 6개월에 걸쳐 3번 주사를 맞으면 적어도 5년간 예방할 수 있다. 감염의 위험이 높다고 생각되는 사람들, 예를 들어 의료관계자, 신장투석(腎臟透析)을 받은 사람이나 자주 수혈을 하는 사람, 감염된 사람 가까이에 있는 사람, 마약중독자, 성관계가 잦은 사람 등은 이 예방주사를 접종해 두면 좋다. (→아날섹스, 오럴섹스, 성병)

제1법:랍설수(1합)+차전초+인진호+갈근+사과+산장초+훤초근+
청고+왕과근+편축+황백+치자+소맥묘+대맥묘+부어+리어
+자라+도근+만정자함과대+수근+생사+고호+사전+동규+
백오계+웅+돼지똥+비게(돼지)(각1냥)=가루로 쑤어+물+조
청에 넣음, 용법:1회 1숫갈, 매일 3회, 50일
제2법:미나리를 짓이겨+꿀→복용
제3법:초명결씨(20g)을 빨아서 ⇒ (진하게 된거)수시복용

2. 간질

「선생님! 청컨대 내 아들을 돌보아 주옵소서 이는 내 외아들이니이다 귀신이 저를 잡아 졸지에 부르짖게 하고 경련을 일으켜 거품을 흘리게하며 심히 상하게 하고야 겨우 떠나가나이다〜(중략) 예수께서 대답하여 가라사대〈믿음이 없고 패역한 세대여 내가 얼마나 너희와 함께 있으며 너희를 참으리요 네 아들을 이리로 데리고 오라〉하시니 올 때에 〜 경련을 일으키게 하는지라 예수께서 더러운 귀신을 꾸짖으시고 아이를 낫게 하사 그 아비에게 도로 주시니」

간질(Epilepsy)은 중추신경계의 만성질환으로 뇌의 이상한 반응으로 인하여 발작을 일으킨다. 이것은 자주 의식에 이상이 있거나 의식을 상실하기까지 한다.

이러한 현상은 유아기에서부터 시작되는 일이 많으며 정확한 원인을 알 수 없는 것이 보통이다. 간질은 유전적인 요인이 크다고 생각된다. 또 뇌를 다쳤거나 종양, 뇌졸증 등이 원인이 되어 일어날 가능성도 있다.

간질 자체는 대부분 낫지 않지만, 발작은 보통 평생 동안 약물치료를 꾸준하게 함으로써 억제할 수 있다.

간질은 몇 백년 전부터 성의 신화(神話)와 연결되어왔다. 중세에는 간질의 증상이 과도한 성교에 의해서 일어난다고 생각되었다. 마스터베이션이 간질의 원인이 된다든가, 간질의 결과라고 생각하기도 했었다. 금세기 초에도 마스터베이션의 결과라고 생각되는 간질의 치료에는 거세(去勢)나 포피절제가 권장되었다. 하지만 이것들은 모두 무의미하다.

간질 환자 가운데에는 흥분하게 되면 발작할 수 있기 때문에 극단적으로 심한 감정은 피해야 한다고 의사로부터 주의를 받아, 성적인 흥분이나 오르가즘이 발작을 유발한다고 두려워하는 사람도 있다. 하지만 성행위가 발작을 초래하는 일은 극히 드물다.

대부분 간질환자의 성기능은 그 이상한 영향을 받지 않는다. 성에 관한 부분 중 가장 영향을 많이 받는 부분은 성욕의 감퇴일 것이다. 또 그런 현상은 간질환자에게 자주 있는 열등감, 사회적 편견, 환자 자신의 증상에 대한 불안과 무기력의 결과라고도 생각된다.

①권백탕
②시호계지탕

3. 하나님의 명령과 규례와 법도위반을 기억나게 하는 결핵

결핵균에 의한 전염병으로 전신이 쇠약해지고 비뇨 생식기에 해를 미치는 것에 의해 성기능을 손상시킬 가능성이 있다. 예전에 결핵(Tuberculosis)은 자주 있었지만, 오늘날에는 점차 그 모습이 사라지고 있다.

 (각혈) : 오징어먹물

폐가 결핵균에 의해 손상되면 환자는 식욕이 없어지고, 쉽게 피곤해지며 체중이 줄고 오후에 미열이 나기도 한다. 또 성에 대한 관심이 적어지는 것도 폐결핵의 환자에게 자주 나타나는 증세이다. 병이 심해지면 숨이 차며 피로를 쉽게 느끼기 때문에 성교의 회수는 제한될 수밖에 없다.

폐결핵은 환자의 입에서 나오는 결핵균을 가진 타액에 의해 전염된다.

그러므로 결핵균으로 오염된 옷이나 물건을 매개로 해서 전염되는 일은 별로 없다. 결핵균은 건조시키거나 햇빛에 쪼이면 급속히 활동이 줄어들기 때문이다.

가족 중 어느 한 사람이 결핵에 걸린 사실이 발견되면, 가족 전원은 결핵 검사를 받아야 한다. 결핵에 걸릴 위험이 큰 가족, 예를 들어 유아나 장기간 병에 걸려 있는 사람은 예방 처치를 하도록 해야 한다.

치료를 받고 있는 환자는 병을 전염시킬 힘이 급속히 저하된다. 보균자라도 전염력이 없는 상태가 10일에서 2주일 동안 계속되기도 한다. 따라서 결핵에 대해서 효과적으로 치료를 받고 있는 사람은 상대방을 감염시킬 위험성 없이 성교를 할 수 있다.

결핵균이 비뇨생식기 계통을 침범하는 경우는, 생식기에 직접 악영향이 나타날 것이다. 병은 폐에서 혈류를 통해 번져서 생식기 뿐만 아니라 신장에도 침범한다.

여성의 비뇨생식기계 결핵의 경우, 난관결핵이 90~100%를 차지한다. 자궁이나 난소도 결핵균에 걸려 있는 여성은 불임이나 골반의 통증, 전신의 쇠약, 월경장애로 고통스러워 한다. 성교나 스포츠, 월경기에도 고통을 심하게 받는다.

비뇨생식기계의 진행성 결핵에 걸린 여성은 임신할 가능성은 없더라도, 결핵약을 복용하는 동안에는 피임하는 것이 좋다. 만약 임신을 하면 약의 영향으로 선천적인 장애아를 출산할 가능성이 있기 때문이다. 이런 경우에는 양수검사를 하는 것이 현명하다. 만약 태아에게 선천적인 이상이 발견되면 중절할 수도 있다. 단 결핵에 걸린 여성이 낳은 아이라고 해서 선천적으로 결핵에 걸리는 것은 아니다.

남성의 경우는 먼저 신장이 침범당하고, 다음에 전립선이나 정낭에 온다. 전형적인 증상으로는 배뇨곤란과 배뇨시의 통증, 빈뇨와 요의핍박, 고환의 염증, 만성 전립선염이 있다. 또한 병이 악화되면 생식불능이 된다.

비뇨생식기계의 결핵에 걸린 사람의 경우, 치료를 받지 않아도 성교시에 병을 옮기는 일은 없다. 하지만 가정의 위생상태가 잘 되어 있지 않으면 어린 아이는 위험하다. 비뇨생식기계의 결핵에 걸려 있으면서 치료를 하지 않는 남성의 소변은 보통 많은 결핵균을 가지고 있다. 소변으로 더러워진 옷이나 이부자리에 닿으면 어린 아이도 병에 감염될 수 있다.

숙지황(8), 산수유, 산약(4), 오미자(4), 구기자, 우슬, 인삼, 천문 등 맥문동(각2냥), 황백, 지모, 보렴, 육계(각1냥), 목단피, 백복령, 택사(각 3냥), 생건지황(3냥), 쇠양, 구판(각 3냥)를 믹서(mixer)로 갈아서 가루+꿀⇒환(알약)을 만들어 80개씩 (온수에 타서) 매일 3차, 한약과 양약을 겸용할 것

폐결핵의 경우와 마찬가지로 비뇨생식기계의 결핵도 하이드라지드, 가나마이신 등 폐결핵 치료약을 사용해서 치료한다.

제1법:한약처방으론 마늘을 갈아 즙을내 자기 전에 반스푼씩 복용하는 법이 있다.
제2법:(고환결핵)오배자

결핵치료약이 성기능에 좋지 않은 영향을 미친다는 보고는 아직까지는 없다. (→전립선염)

「그러나 너희가 내게 청종치 아니하여 이 모든 명령을 준행치 아니하며 나의 규례를 멸시하며 마음에 나의 법도를 싫어하여 나의 모든 계명을 준행치 아니하며 나의 언약을 배반할진대 내가 이같이 너희에게 행하리니 곧 내가 너희에게 놀라

운 재앙을 내려 폐병과 열병으로 눈이 어둡고 생명이 쇠약하게 할 것이요~」…

「네가 만일 네 하나님 YHWH의 말씀을 순종하지 아니하여 내가 오늘날 네게 명하는 그 모든 명령과 규례를 지켜, 행하지 아니하면 이 모든 저주가 네게 임하고, 네게 미칠 것이니~네가 악을 행하여 그를 잊으므로~ 저주와 공구와 견책을 내리사~께서 폐병과 열병과 상한과 학질과 ~ 재앙으로 너를 치시리니〈신명기 28:15-22〉」…

4. 고혈압증

고혈압증(Hypertension) 환자의 성행위는 혈압이 오르기 때문에 위험하다고 걱정할 것이다.

실제로 성적으로 반응하는 동안에는 혈압이 오르지만, 그 영향은 일시적이며, 심장혈관의 고혈압성 질환에는 아무런 영향도 없다.

고혈압증은 건강상 커다란 문제이다. 현재 우리나라도 상당수이며 미국인 약 2,300만명이 병에 걸려 있고, 자각증상이 없는 사람도 많다. 그 가운데 신장병이나 부신종양 등 특정한 병에서 진행된 경우도 더러 있다.

이에 대해서 압도적으로 많은 것이 〈본태성〉 고혈압증으로, 다른 병과 관계가 있다고 볼 수 없고, 그 원인도 알 수 없다.

혈압은 동맥을 통하는 혈액의 힘 크기를 가르킨다. 보통 동맥내의 압력은 수축기압(최대혈압)이 100~140이고, 확장기압(최소혈압)이 70~90이다. 단, 이 한도는 때에 따라서, 사람에 따라서 다르다. 보통은 140/90, 또는 150/90까지의 혈압이면 정상이다.

유전형질이 고혈압증의 주요인이지만, 비만, 스트레스, 염분의 과다 섭취가 증상을 더욱 악화시킨다.

고혈압증은 〈침묵의 병〉이라고도 불리운다. 대개 합병증이 드러날 때까지 아무런 증상이 나타나지 않으며, 더욱이 이 합병증은 방심할 수 없다. 고혈압증은 심장병이나 동맥경화증, 신기능부전, 뇌출혈(뇌졸중)에 연결될 수 있다.

실제로 심한 고혈압증에 걸렸으면서도 치료를 받지 않은 사람은 발작을 일으킬 위험성이 대단히 높다. 갑자기 과격한 운동을 할 경우 더욱 그러하다. 격렬한 성행위도 여기에 해당될 수 있다.

고혈압을 약으로 조절하고 있다면 성행위의 결과에 따른 발작이 일어날 가능성은 상당히 줄어든다. 또 성행위를 할 때에는 가장 좋은 효과를 볼 수 있도록 시간을 맞추어서 약을 복용할 수도 있다. 또한 치료 프로그램에 근거해서 컨디션을 조절하는 운동은 격렬한 동작에 대한 지구력을 키우게 하고 혈압을 낮추는 데도 도움이 될 것이다.

본태성 고혈압증에 대한 치료법은 없지만, 적절한 요법에 의해 증상을 완화시킬 수는 있다. 투약은 고혈압 치료의 중요한 방법이다. 그 외, 감량, 운동, 휴식, 심리요법, 금연 등이 있다.

유감스럽게도 고혈압 치료에 사용되는 약은 때때로 성적 반응을 손상시킨다. 남성은 성적 반응이 늦어지고, 성욕이 감퇴되어 임포텐스가 될 가능성이 있다.

복용을 중지하면 이 문제는 간단하게 해결될 것이다. 약물 반응은 예측할 수 없고 개인차가 많이 난다. 어떤 약에는 알레르기를 일으키는 환자가 다른 약으로는 아무 반응도 하지 않는 경우도 있다.

지금까지 빠른 성적 반응에 익숙해 있던 남성은 두려워서 자주 겁먹은 패닉 상태에 빠지기도한다. 그런 남성은 심인성 임포텐스가 되거나 약 복용을 중지할 수 있다. 약은 단지 반응을 늦추는 것 뿐이고, 자극을 오래 주면 시간은 걸려도, 발기도 하고 오르가즘에도 도달할 것이다.

여성의 경우, 강압제는 질의 축축함을 없애고 오르가즘에 도달하는 것을 불가능하게 만든다고 한다. 또 강압제를 사용하는 여성 가운데에는 성적 충동이 저하되는 경우도 있다. 한편 성교에 대한 강한 욕구는 있는데도 생리적으로 흥분할 수 없어서 욕구불만에 빠지는 사람도 있다.

메틸드퍼제(알드메트)는 강압제의 하나로, 이것이 여성의 성감에 악영향을 준다는 것으로 알려져 있다. 그아네티딘은 남성의 사정을 곤란하게 하고, 여성에게도 그 나름대로의 영향을 끼친다. 이 문제는 투약의 양을 가감하거나, 강압제의 종류를 바꾸면 해결되는 수가 있다.

남성과 여성의 장애는 약에서만 생기는 것은 아니라 피로, 스트레스, 부부간의 불화, 술의 양, 합병증과 그 치료 등 다른 요인이 약제와 함께 일어난다. 이러한 여러 가지 원인을 제거한다면 강압제를 복용한다 해도 환자의 성기능은 회복될지도 모른다. (→동맥경화증, 임포텐스, 뇌졸증)

 가지를 매일 많이 먹는다. 모세혈관에 좋다

5. 관장

항문을 통하여 직장이나 대장에 약물을 투입하는 것을 말한다. 관장(Enemas)을 해서 성적인 쾌감을 느끼는 경우가 있다. 남녀 모두 직장은 생식기와 인접하기 때문에 직장의 확장에 따라 성적 자극을 받는 사람이 있어도 그리 놀랄 일은 아니다.

관장은 마스터베이션의 하나로 일어나는 경우가 많고 다른 사람에게 하도록 권하는 경우도 있다. 관장을 좋아하는 사람은 어릴 때에 관장받고 그 성적인 자극을 발견했을 것이다. 성인이 되고 나서 이것을 마스터베이션으로 행하는 경우 비밀로 해야 하는 〈부끄러운〉 행위라고 생각해서, 오랫 동안 배우자에게까지 비밀로 하는 사람도 있다.

관장은 남녀 모두에게 해를 주는 경우가 있다. 자주 관장을 하면 의존성이 생기기 때문에 관장하지 않으면 배변을 할 수 없게 되기도 한다. 또 관장기를 잘못 사용하면 직장을 손상시킬 수 있다. 또한 잦은 관장은 복통이나 장의 경련을 유발하는 일이 있다.

어린아이의 배변에 관장을 하는 것은 현명하지 않다. 이 습관에는 의학적인 근거가 없을 뿐만 아니라 심리적인 문제를 일으킬지도 모른다.

심리적인 측면으로 보면, 어린 아이는 관장을 하는 어머니가 자신을 공격해서 복종을 강요하는 것이라고 느낀다. 어머니가 아들에게 관장을 해주는 경우, 아들이 느끼는 성적인 흥분은 근친상간적인 감정을 일으키는 원인이 될 수 있다.

때로는 수술이나 X선 검사 전에 아이에게 관장이 필요한 경우가 생긴다. 그때는 아이에게 마음의 준비를 충분히 하도록 한다. 어떠한 조치를 취하는 것인지, 어떤 느낌이 드는지 또 어느 정도 시간이 걸리는 것인지 등을 아이에게 설명해 주어야 한다. (→아날섹스, 마스터베이션)

6. 혈액을 알카리성으로 바꾸는게 키포인트

관절염(Arthritis) 환자는 관절이나 등뼈의 통증 때문에 성행위 도중에 자유로운 동작에 방해받은 경우가 있다.

그렇기 때문에 통증을 가능한 한 피하기 위해서는 만성 관절염 환자는 고통이 그리 심하지 않은 낮 시간에 성교를 하는 것이 좋다. 또 진정제나 염증을 억제하는 약을 사용하고 나서 성교를 시도하는 것도 좋다. 사전에 뜨거운 물로 목욕을 하거나 샤워를 하고, 또 아픈 곳에 온습포를 하는 것도 좋다. 또한 유연체조를 하면 통증을 방지하는 데 도움이 될 것이다.

이때 환자는 여러 체위를 시도해서 가장 쾌적한 체위를 발견하는 것이 좋다. 중요한 것은 허리와 등뼈에 체중이 실리지 않도록 하는 것이다. 여성에게 고관절 구축(股關節 拘縮)이 있어서 발을 뻗을 수 없는 경우에는 남성은 여성과 성행위를 할 때 곤란함을 느낄 것이다.

관절염에 걸린 여성에게는 여성 상위가 가장 편한 체위이다. 그러나 후배위나 두 사람이 옆으로 누워서 할 수 있는 횡위도 적합하다.

그 중에는 관절에 심한 통증이 있어서 성교를 무리하게 느끼는 관절염 환자도 있을 것이다. 피부를 부드럽게 하기 위해서 물침대나 마사지용 오일을 사용하면 효과가 있다. 또한 카운셀링도 도움이 된다.

이럴 경우 상대방은 관절염의 통증을 거부의 표현으로 해석할 수 있다. 뿐만 아니라, 통증을 주는 것을 두려워서 성교를 포기할지도 모른다.

실제로 성교에는 통증의 부작용이 있으며, 때로는 그 후유증이 몇 시간에 걸쳐서 계속되는 경우도 있다.

고관절에 이상이 생겨 장기간에 걸쳐서 성행위를 할 수 없는 환자는 보철 수술을 받는 것이 좋을 수도 있다. 하지만 이러한 환자는 성행위를 할 때는 동작에 주의를 해야 한다. 허리를 무리하게, 또는 극단적으로 움직이면 보철한 것의 위치가 이탈될 위험이 있기 때문이다.

①(종기)→월비가출탕
②(노인무릎기형)→방풍통성산(배가 딴딴, 변비에도)
③(임독성통증)→감초부자탕
보양식:혈액은 알칼리성으로 지방·단백 피하고 칼슘(Ca), 인, 식물성 기름, 비타민 섭취

7. 내분비 장애

내분비계는 신체의 대사를 조정하고 체내 환경을 일정하게 유지하며 몸이 외부 환경에 대응할 수 있도록 한다.

내분비계는 호르몬을 만들어내는 10개 정도의 내분비선으로 구성되어 있다. 호르몬은 혈액에 의해 몸 이외의 부분으로 운반되고, 그곳에서 활동을 자극하거나 멈추거나 하는 화학물질이다.

내분비선의 대부분은 서로 영향을 주며 상관적인 계(系)를 이루고 있다. 따라서 하나의 선이 장애를 일으키면 다른 선의 메커니즘을 자극하거나 기능을 방해해서 몸에 여러 가지 영향을 끼친다. 그 가운데에는 성에 관계되는 것도 있다.

(1) 뇌하수체의 이상 : 뇌하수체는 간뇌 밑에 있는 콩알 만한 크기의 기관이며, 여기에서 생성되는 호르몬은 여러 가지 다른 내분비선에 영향을 미친다. 뇌하수체의 호르몬에는 성장호르몬, 갑상선자극호르몬, 유선자극호르몬, 성선자극호르몬, 부신피질자극호르몬이 있다.

성장호르몬은 뼈가 자라나기를 촉진함으로써 몸의 성장을 조절한다.

갑상선자극호르몬은 갑상선을 자극해서 호르몬을 생성한다. 유선자극호르몬은 유방의 유선에서 젖이 나오도록 촉진한다.

성선자극호르몬은 생식과 그 밖의 성적과정에 있어서 대단히 중요하고 복잡한 순환의 상호관계 속에서 남성이라면 고환, 여성이라면 난소에 영향을 준다. 부신피질자극호르몬은 부신에 자극을 준다.

뇌하수체는 그 자체나 가까이에 생긴 종양, 방사선요법이나 덩어리진 혈액, 외과수술 등 여러 요인으로 인하여 기능이 저하된다.

이때 뇌하수체에 종양이 생기면 그 중의 약 60%가 호르몬 부족으로 이상이 생기게 된다. 최초의 전형적인 징후는 성기능의 저하, 즉 고환이나 난소가 만드는 호르몬의 부족 현상이 일어난다. 이것은 생식이나 성기능을 파괴한다. 그 이외에 자주 볼 수 있는 증상으로는 근력의 저하, 두통, 수면이나 식욕에 이상이 생기는 것 등이다.

분만 후 출혈 다음에 자주 일어나는 증후군에는 뇌하수체의 조직이 파괴되는 결과, 뇌하수체의 기능에 결함이 생긴다. 이 장애의 최초 증후로서는 대개 젖이 나오지 않는다. 출혈로부터 회복에 이르기까지의 속도가 두드러지게 느리다. 월경이 정지되거나 양이 극히 적어지는 일이 많고, 임신 능력에도 장애가 온다. 또 갑상선이나 부신의 기능부전도 자주 일어난다.

뇌하수체의 성선자극호르몬이 분비되지 않으면 남녀 모두 성선(性腺)이 현저하게 위축된다. 남성의 경우는 정자의 생성이 중단되고 성욕이나 성교능력이 떨어진다. 또한 사정도 잘 되지 않는다. 그 원인으로 얼굴에 털이 나지 않게 되고, 체모

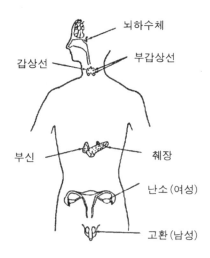

〔그림 11〕 내분비선

도 적어진다. 또 남성에게 특징적인 것은, 유약하게 되고 체중이 감소되며 근육이 쇠약해진다는 점이다.

이러한 현상의 대부분은 테스토스테론 요법으로 회복시킬 수 있다. 이때 고환의 기능을 회복하고 정자의 생성을 정상적으로 하기위해서는 성선자극호르몬에 의한 자극이 필요하다.

생식능력은 여러 가지의 호르몬을 병용하는 것으로 회복되는 경우가 많다.

여성의 경우 뇌하수체에 장애가 생기면, 대개 배란이 없어지고 에스트로겐이 부족해지기 때문에 불임으로 이어진다. 에스트로겐이 결핍되면 질의 점막이나 유방의 조직이 위축된다. 이때 대부분의 여성은 성욕이 감퇴되고 오르가즘 반응도 둔해지기 쉽다.

때로는 뇌하수체가 지나치게 많이 기능하기도 한다. 선단거대증(先端巨大症:뇌하수체에 생긴 선종(腺腫)의 원인으로 사춘기가 지난 뒤에 일어나는 뇌하수체 기능 항진증)은 뇌하수체의 종양에 의해 성장호르몬이 너무 많아서 일어난 결과이다. 이런 비정상적인 현상의 전형적인 초기증상으로는 두통이나 시력장애가 생기고, 얼굴이 거칠어지며 커지고, 두개골이 두꺼워지고 턱이 돌출되며 손발이 커진다.

이것이 사춘기 이전에 일어나면 거인증이 되고 몸의 큰 골격이 지나치게 성장하여 병적으로 키가 커진다.

이 장애가 있는 여성은 대개 월경이 불규칙적으로 되거나 멈추기도 한다. 대부분은 성충동이 저하된다. 프롤락틴(최유호르몬) 수준이 높아지며 젖이 분비되는 일도 있다.

남성의 경우에는 대부분 성충동이 저하된다. 단 초기에는 성욕이 증가하는 일도 있다. 거의 임포텐스가 되는 일이 많아서 거대증 남성환자의 30~40%에 이른다.

이 장애를 가진 사람들의 약 15~20%는 당뇨병에 걸려 있기 때문에 성충동의 지장을 초래할 수도 있다.

그렇지만 거인증은 완쾌되기가 어렵다. 치료에는 수술, 방사선요법, 약물요법이 포함된다. 부수적으로 생기는 성적 장애는 반드시 치료로 완치된다고는 할 수 없지만, 호르몬 요법이 성기능을 다소 호전시키는 수도 있다.

(2) 랑켈한스섬의 이상 : 췌장의 일부에 랑겔한스섬이라는

내분비선이 있다. 이 선은 인슐린과 글루카곤이라는 호르몬을 분비한다. 인슐린은 탄수화물 대사를 조절하고 포도당이 글리코겐으로 바뀌는 것을 도와주며 세포내의 포도당의 산화를 조절한다. 인슐린이 부족하면 포도당의 혈중농도가 높아지기 때문에 그 결과 당뇨병이 되고, 성행동에 여러 가지 영향을 미치게 된다.

　(3) 갑상선의 이상 : 갑상선은 H형태를 한 조직으로, 그 호르몬인 티록신은 신체의 전체적인 대사율을 조절한다.

　갑상선의 기능이 저하되어 티록신의 생성·분비가 감소되면 대사율이 낮아진다. 갑상선의 장애는 갑상선 그 자체의 결함에서도 생기고, 뇌하수체 시상하부의 이상에서 발생하는 일도 있다.

　갑상선의 기능이 선천적으로 이상이 있으면 크레틴병 (Cretinism:선천적으로 갑상선의 결손이나 기능 저하로 인하여 성장 발육이 저해되는 병)이 된다. 지능장애, 소인증, 불균형적인 체격이 그 특징으로, 사춘기가 늦어진다. 이런 경우 갑상선 호르몬을 보완한다면 성적으로 성숙할 것이다.

　점액수종은 성인의 갑상선 결함에 의한 병으로, 정신작용이 완만하게 되고 대사속도가 떨어지며 얼굴이나 몸이 부어오른다.

　갑상선 기능감퇴증의 경우는 그 이외에도 허약하고 쉽게 피로해지며, 피부가 건조해지고 거칠어지며, 추위에 약하고 언어 사용이 활발하지 못하게 되며 기억력을 상실하거나 변비,

근육통 등이 생길 수도 있다.

갑상선 호르몬이 결핍되면 성기능이 몹시 쇠퇴한다. 남성은 약 80%가 성욕 감퇴를, 40~50%가 발기 곤란을 경험한다. 그에 따라 정자의 생산도 줄어든다.

갑상선 기능감퇴증에 걸린 여성 가운데에는 성적으로 흥분하기 어려운 사람이 있고 오르가즘에 잘 도달하지 않는 경우도 있다. 이 가운데 약 35%는 극도로 월경량이 늘어나면서도 월경이 없어지는 현상도 더러 나타난다. 결함의 정도가 조금 더 심해지면 임신능력에 지장을 초래하는 일이 많다.

갑상선의 기능저하에 관련된 성기능의 감퇴는 대개가 몸의 각 계통에 대한 장애의 영향이나 증상이 겹쳐진 결과이다.

갑상선기능감퇴증은 갑상선호르몬에 의해 완치할 수 있다. 치료 후에는 거의 대부분의 성기능도 정상적으로 되돌아온다.

티록신의 분비가 너무 많으면(이것은 갑상선 기능항진증이라고 하지만) 대사율이 증가하며 비정상적으로 활발해져서 안정감을 잃어버린다.

이 상태에서 갑상선이 부어서 안구가 돌출하는 바세도씨병(Basedow)이 되는 일이 있다.

갑상선 기능항진증은 쇠약, 피로감, 떨림, 체중의 감소와 식욕의 증대, 불규칙한 심장 박동, 정서적 불안감 등의 증상을 동반한다.

성욕 자체는 변하지 않지만 감소되는 것이 보통이다. 성욕이 경감되는 경우 때로는 성욕이 한층 높아진다고도 볼 수 있지만, 어떤 때는 이것에 임포텐스를 동반하기도 한다. 실제 임포텐스는 갑상선 기능항진증에 걸린 남성의 40%에서 볼 수 있다.

여성의 경우에는 월경이 일정하지 않고 자주 정지된다. 주기 또한 일정하지 않다. 그러나 보통 오르가즘 반응에는 이상이 없다.

갑상선기능항진증의 치료에는 수술에 의한 갑상선의 일부 절제라든가 여러 가지 약제투여, 방사선용 화합물의 사용 등이 있다. 보통의 경우 성기능은 치료와 함께 회복된다.

1법-(불안등엔):반하후박탕+계지(또는 감초) or 우황청심환
2법-(설사등엔):감초사심탕을! 〈지방질은 피할 것〉
3법-익모황금고
4법-해조산
5법-가미근앵환

(4) 부신의 이상 : 부신은 양쪽 신장의 위쪽에 있고, 내부의 수질(髓質)과 외층을 이루는 피질로 되어 있다. 부신의 수질은 아드레날린과 노르아드레날린을 분비하고, 그 대사작용이 긴급하게 되어, 몸을 조절한다. 스트레스가 있으면 아드레날린이 급증하고 심장박동이 빨라지고 격심하게 되며, 호흡양도 증가해서 혈액이 잘 응고하게 되고 소화가 늦어진다.

부신피질은 적어도 다섯 종류의 활성 호르몬(그 가운데 가장 잘 알려져 있는 것이 코티존)으로 구성되는 코르틴을 분비한다. 그것은 글리콘겐이나 단백질, 지방을 포도당으로 바꾸

는 것을 도와주고, 혈액 안의 포도당의 양을 증가시킨다. 부신피질호르몬 가운데에는 남성호르몬과 비슷한 작용을 하는 것도 있다.

부신피질호르몬의 결핍은 부신 그 자체의 질환에 의한 때도 있고, 뇌하수체나 시상하부의 장애에 의해 일어나는 일도 있다.

애디슨씨병(Addison)은 부신피질의 만성적인 기능부전증이다. 보통은 피로, 체중감소, 저혈증, 피부색소의 증가, 식욕부진, 구토증, 하부의 고통, 성격의 변화 등이 생긴다.

이때 부신에 이상이 있는 여성은 체모가 줄어드는 경우도 있다. 또한 자주 성욕이 두드러지게 감퇴한다. 애디슨씨병에 걸린 여성의 30~40%는 오르가즘 능력이 약해진다든가 없어졌다고 한다.

남성의 경우에도 대개 성에 대한 관심이 저하되고, 약 35%가 임포텐스가 된다. 애디슨씨병을 치료하면 체력이나 기분과 함께 성기능도 즉시 회복되는 것이 보통이다.

(가슴 팔딱팔딱이면):구감초탕,

보통은: (팔미환+부자+육계)를 탕으로 해서

부신피질 호르몬의 하나인 코티존이 지나치게 많이 만들어지면 〈쿠싱증후군〉이라고 불리는 증상이 일어난다. 이것은 부신종양이 원인인 경우가 많다.

이 증후군은 비만, 복부의 적자색조흔, 다수의 멍, 피부색소의 증가, 체모의 증가 등 여러 가지 외관상의 변화를 일으킨다. 남녀 모두 이러한 신체상 매력의 감소가 성기능에도 악영향을 미치는 경우가 있다.

또 〈쿠싱 증후근〉에 걸리면, 근력이 약해지고 고혈압이나 당뇨병에 걸려 성격이 바뀌기도 한다.

쿠싱 증후군에 걸린 여성의 대부분은 월경이 멈추고, 질의 감염증에 걸리기 쉽다.

남성은 자주 성욕의 감퇴를 호소한다. 경우에 따라서는 발기도 곤란해 질 수 있다.

이때 병을 조절할 수 있으면 성에 관한 변화는 부분 치료된다. 하지만 이 징후군에 의해 일어난 당뇨병이 호전되지않는 경우는 언제까지나 임포텐스가 계속될지 모른다. 고혈압 치료를 위해 사용하는 약제도 임포텐스의 원인이 되는 경우가 있다.

부신성기증후군은 효소의 유전적 결함 때문에 부신피질이 안드로겐을 과다하게 분비했을 때 일어난다. 태아기 때 이 병에 걸리기 되면 대개 남녀의 구별이 애매한 성기가 된다.

증상은 클리토리스가 커지는 정도에 따라서 가벼운 증세에서부터 평균적 크기의 페니스와 같이 보이는 것까지 그 폭이 넓다. 체내의 생식기는 정상이지만, 질이 닫혀지는 경우도 있다.

치료를 하지 않으면 외관이 남성같이 되어서, 가슴이 넓고 근육질이 되며 허리가 좁아지며 털이 많이 자라난다.

치료법으로서는 어릴 적에 클리토리스의 크기를 가능한 한 작게 하는 수술을 하는 것이다. 질의 개구수술이 필요하다면 그것은 사춘기를 피하는 편이 좋다. 그리고 아주 어렸을 때 하면 상처가 생길지도 모른다.

가능하면 6세 이전에 스테로이드 요법을 시작하면 안드로겐의 과잉분비가 억제된다. 여성의 2차성징이 비교적 정상으로 발달하고 대다수의 사람이 임신할 수 있게 된다.

성인이 되고나서 부신성기증후군이 나오면 여성은 여드름이 증가되고 체모나 얼굴의 털이 짙어지며 클리토리스가 커진다. 통상적인 예로는 월경이나 배란이 정지되고 불임이 된다. 그 이외에 성충동이 증가하는 것도 특징이다.

이 변화는 대부분 예외 없이 여성에게 커다란 충격을 주고, 그것이 성기능에 영향을 미치게 된다. 남성화의 증상은 대개 콘티코스테로이드요법으로 원래대로 되돌릴 수 있다. 치료를 하는 데 걸리는 기간은 대개 1년이나 2년쯤 된다. 때로는 평생 치료를 요하는 경우도 있다.

(5) 상피소체(上皮小體)의 이상 : 상피소체는 갑상선 잎(葉) 위에 있는 4개의 작은 선이다. 그곳에서 나오는 파라트호르몬은 혈액 안의 칼슘 양을 조절한다. 이 호르몬이 부족하면 사람의 성격이 신경질적으로 되고 근육의 격심한 수축이나 경련이 자주 일어나고, 그 때문에 정상적인 성기능에 많은 지장을 초래하는 일이 있다.

(6) 시상하부(視床下部)의 이상 : 시상하부는 대뇌의 아래

부분에 위치해있고, 그 신경세포가 신경호르몬을 분비한다. 시상하부의 기능에 장애가 생기면 극도로 비만이 되는 수가 있다. 이 때문에 성기능에도 그 영향이 미칠 수 있다. 비만에 의한 자신감상실이 그 원인이 될 가능성도 있다.

(7) 성선(性腺)의 이상 : 성선이라는 것은 남성의 경우에 2개의 고환, 여성은 2개의 난소이다. 이 선은 정자 또는 난자를 만드는 것 이외에 성호르몬도 만든다.

남성호르몬은 총칭해서 〈안드로겐〉이라고 불리운다. 〈테스토스테론〉은 고환에서 분비되는 중요한 남성 호르몬이다. 이것이 남성의 2차성징, 즉 굵은 목소리, 수염, 그리고 남자다운 체형을 만든다.

난소는 여성호르몬인 〈에스트로겐〉과 〈프로게스테론〉을 만든다. 에스트로겐은 유방의 성장과 허리의 근육 등 2차성징의 형성을 담당한다. 프로게스테론은 에스트로겐과 함께 난소에 의한 난자의 생산이나 그것에 따르는 자궁의 변화를 조절하는 것으로, 이 결과 월경의 주기가 생긴다.

이때 고환이 정상적으로 기능하지 않으면 테스토스테론의 분비가 감소하든지 정자의 생성에 지장을 초래하거나 그 두가지 증상, 모두 나타난다. 이 상태를 〈남성기능부전증〉이라고 부른다.

성기능부전을 초래하는 원인으로서는 여러 가지 질환을 들수 있다.

그 가운데에는 선천적인 고환의 결손, 유행성이하선염이나 임질에 의한 염증, 뇌하수체나 시상하부의 이상, 척추손상, 기타 여러가지 특수한 증후군이 일어날 수가 있다.

테스토스테론 부족이 어릴 때 일어나면, 사춘기의 일반적 변화가 나타나지 않는다. 언제까지나 유아와 같은 페니스, 작고 부드러운 고환, 발달이 안된 근육, 변성이 안된 목소리의 상태로 있을 것이다.

이것이 성인이 되고 난 다음 일어나면, 성욕이나 성교능력이 감퇴되는 것이 보통이다. 결손이 오랜 기간에 걸치면 남성의 2차성징이 감퇴되기 시작한다. 테스토스테론의 부족은 대부분의 경우 테스토스테론을 보충하는 요법에 의해 체료할 수 있다.

남성기능부전에 관련되어 자주있는 증상의 하나가 클라인펠터증후군으로, 이 증후군에 걸린 남자 아이는 보통과는 다른 염색체의 패턴을 가지고 태어난다. 테스토스테론의 수준은 대부분 정상 이하이고, 고환은 일반적으로 극히 작으며, 정자를 생성하지 못한다.

클라인펠터 증후군에 걸린 남성이 성인이 되면 독특한 체형이 된다.

키가 크고 팔다리가 대단히 길며 근육의 발달은 빈약하고, 가슴이 커지며 얼굴이나 몸에 털이 적게 난다.

이 증후군에 걸린 남성은 성충동이 거의 일어나지 않고, 사람에 따라 정도의 차이는 있지만 대부분 임포텐스이다. 그러므로 클라인펠터증후군과 연결된 정신박약이나 행동이상은 상당히 높은 비율에 이른다.

　성충동의 저하나 임포텐스로, 테스토스테론의 결핍이라면 그것을 보충하는 요법으로 대부분 좋아질 것이다.

　남성기능부전증 가운데 상당히 희귀한 증상의 하나로 고환성 여성화증후군이 있다. 태내에 생긴 남아는 정상적인 양의 테스토스테론을 분비하지못하면 태아의 조직이 그것에 물들지 않기 때문에, 정상적인 남성으로서의 효과가 나타나지 않는다. 그 아이는 음순, 질, 크리토리스를 비축하고 얼핏 보기에 여성과같은 외성기를 가지고 태어난다. 하지만 실제로 자궁이나 자궁경부, 그리고 난관도 없고 질은 깊지 않은 것이 보통이다.

　그 아이는 여성과 같이 보이지만, 발생학상은 원래 〈남성〉이기 때문에 남성과 같은 기능을 가진 고환을 가지고 있다. 더우기 대부분은 고환이 복부에 위치해 있다든가, 불완전하게 그 아래쪽을 향하고 있어서 생식능력은 거의 없다.

　고환성여성화증후군에 걸린 아이는 대부분이 〈여자 아이〉로서 자라고, 대개 보통의 어린 시절을 보낸다. 이 아이를 남자 아이로서 키우는 것은 별로 좋지 않다. 왜냐하면 외견상은 항상 여성이기 때문이다.

　그 아이가 자라서 사춘기가 되어도 일반적인 남성의 변화는 나타나지 않는다. 반대로 이 증후군에 걸린 아이는 정상적인 여성과 같이 유방이 발달하고, 태도나 행동이 눈에 띄게 여성적으로 된다. 이러한 아이들은 성선 호르몬 등에 장애가 있어서 월경은 없을 것이라든가, 자궁이 정상적으로 발육하지 않기 때문에 임신은 무리일 것이다라고 진단받는 일도 있다.

이때 난소가 정상적으로 제 기능을 하지않을 때에는 정상적인 성적성숙을 바랄 수 없다. 자궁은 커지지 않고 유방의 발육도 없으며, 음모나 액모는 자라지 않고 월경도 시작되지 않을 것이기 때문이다.

난소의 기능부전은 난소의 선천적 결손이나 외과수술, X선 조사, 또는 시상하부나 뇌하수체의 종양 등 여러가지 장애에 의해 일어난다. 그 외에 내분비나 대사의 이상도 성적성숙을 저해하는 일이 있고, 당뇨병이나 신장질환과 같은 만성의 병, 비만, 영양실조에 의해서도 일어날지 모른다.

여성기능부전증 가운데 상당히 많은 원인 중에 터너 증후군이 있다.

이 질환은 성염색체 가운데 그 중 한가지가 결핍되어 있기 때문에 성선이 없든지 혹은 대부분 발육하지 않는 것이 특징이다.

터너증후군에 걸린 아이는 언뜻 보기에 정상적인 외성기를 가지고 있다. 하지만 질은 보통 깊지않은 경우가 대부분이고, 자궁은 작다. 또한 여성으로서 기능을 발휘할 수 있는 난소의 조직은 없다. 신장이 몹시 작고, 또한 두가지 이상의 특징을 갖추고 있다. 즉 익상경, 위치가 낮게 돌기된 귀, 넓은 유두를 가지며 아이와 같은 가슴, 노화된 용모, 둥글고 깊은 입천장, 짧은 털, 고혈압, 심장의 이상이 그것이다. 지능은 정상적인 경우도 있고 조금 낮은 경우도 있다.

이 증후군은 10대가 되어도 월경이 없는 것을 알 때까지 모르고 지내는 경우가 많다. 여성호르몬보충요법으로 2차성 징은 있겠지만, 임신능력은 없다. 성충동은 사람에 따라 조금 약한 정도부터 심하게 낮은 경우까지 있고 보통 오르가즘 기능은 없다.

성인이 되고나서 생기는 난소기능부전은 난소나 시상하부, 그리고 내분비선의 장애에의해 일어나는 것일 수 있다. 만성 쇠약이 되는 병도 그 기능에 영향을 주는 수도 있다. 가장 많은 것은 이렇다할 기관의 질환은 없는데도 시상하부, 뇌하수체, 난소 사이의 정상적인 상호관계가 무너지고, 난소에 장애가 나타나는 것이다. 때로는 강한 정신적 스트레스 다음에 일어나기도 한다. 경우에 따라서는 난소의 종양이 원인으로 난소가 제 기능을 다하지 못하는 때도 있다.

나이가 많아도 건강상태가 양호한 사람은 그 성교 상대가 성적으로 관심을 가지고 있는 한 80세, 90세 또는 그 이상이 되어도 성생활을 계속할 수 있다. 앞서, 예수님의 족보, 물론 피가 섞였다는 뜻이 아니라, 양아버지 요셉의 선조 족보를 말하는 것이다. 수천년을 거슬러올라가면 믿음의 조상이라는 아브라함이 나온다. 「그가(:천사) 가라사대〈기한이 이를 때에 내가 정녕 네게로 돌아오리니 네 아내 사라에게 아들이 있으리라〉~(중략) 아브라함과 사라가 늙었고 사라의 경수는 끊어졌는지라, 사라가 웃고, 이르되 내가 노쇠하였고 내 주인도 늙었으니 내게 어찌 낙이 있으리요~(중략) 아브라함이 그 낳은 아들, 곧 사라가 자기에게 낳은 아들을 이름하여 이삭이라 하였고~아브라함이 그 아들 이삭을 낳을 때에 100세라」…

대개 젊을 때나 중년기에 만족할만한 성생활을 보낸 사람이라면, 고령이 될 때까지도 성생활을 계속할 수 있다.

하지만 대부분 나이가 많은 사람은 보통 성적능력과 고령에 대한 고정관념의 피해자가 되고 있다. 노인이 되면 성에 대한 관심이 없어지고, 관심을 가지고 있어도 성교를 할 만한 능력이 없다는 설이 지금까지 지배적이었다. 또한 노인에게 있어서 성행위는 체력을 소모시키기 때문에 위험할지도 모른다고 하는 사람도 있다. 아마 가장 중요한 것은 노인의 성교는 보기 싫고 부당하다는 감정일 것이다.

나이든 부모가 있는 아이는 대부분 부모를 성적인 존재로 보고싶어 하지않는다. 부모가 성에 조금이라도 관심을 보이면 아이들은 외설적이라든가 나이에 맞지 않는다라고 보기 쉽다. 그러므로 청년기의 남성에게는 정상적인 성욕이라고 생각되는 것이 50세 또는 그 이상의 남성에게는 음란이라고 받아들여진다.

또한 많은 노인은, 나이가 많아짐에 따라 성욕은 약해진다고 하는 사회의 일반적인 고정관념을 믿는다. 나이를 먹음에 따라서 성적 흥미가 없어진다고 믿기 때문에 실제로 그러한 현상이 일어나는 것이다.

양로원 등 고령자를 위한 시설은 〈성(性)없는 노년〉이라는 고정관념을 버리지 않고 부부조차 남녀별로 수용하고, 프라이버시는 거의 없든가 전혀 없는 상태로 시설되어 있다.

고령자 가운데에도 자신이 여전히 성에 흥미가 있다는 사실을 알고 있으면서도 비정상적이라든가 죄가 된다고 생각하는 사람이 있는 것 같다.

최근의 보고서에 의하면, 그와같은 고정관념을 부정하고, 많은 고령자가 여전히 성에 흥미를 가지고 있으며, 상당히 나이가 들 때까지도 성생활을 유지하고 있다는 사실을 분명히 밝히고 있다. 고령자에 관한 어떤 연구에서는 회답자의 93%가 성교를 좋아한다고 대답했는데, 회답을 보낸 사람 중 미혼자를 포함한 압도적인 다수가, 성생활은 현실이라고 말하고 있는 통계가 그 예이다.

대부분의 사람은 자신의 성반응이 점차로 변화하는 것을 경험한다. 성행위를 경험하는 과정이 40대, 50대, 또는 60대부터 그것이 시작되는 일이 많다. 일반적으로 정기적이고 빈번한 성교가 성적인 감도를 유지하는 것같이 생각된다.

여성도 노화됨에 따라서 성욕이나 오르가즘에 도달하는 능력이 저하되는 것은 아니다. 폐경 후 여성은 배란하지 않기 때문에 임신을 할 수 없다. 그렇다고 해서 성적 흥미나 성을 즐기는 능력을 억제할 필요는 없다.

노화는 분명히 여성의 성반응 방법에 약간의 변화를 일으킨다. 질은 성적 흥분을 느끼는 데에도 시간이 걸리고, 윤활액의 분비량도 감소할 것이다. 클리토리스도 작아지고, 성적으로 흥분해도 질은 전만큼 넓어지지 않는다.

또한 오르가즘에 도달하는 데 시간이 걸리고 절정에 도달하는 시간은 짧아질 수도 있다. 오르가즘에 의한 의한 수축이 젊었을 때보다 적어진다. 혹은 나이를 먹고 여성호르몬인 에스트로겐의 분비가 감소하기 때문에 한창 오르가즘을 느끼는 순간부터 그 다음까지, 또는 오르가즘을 느낀 다음까지도 자궁에 고통을 동반한 경련을 경험하는 여성도 있기도 하다.

이런 증상에는 에스트로겐 보충요법이 도움이 될 것이다. 하지만 오르가즘 다음에는 나이든 여성 쪽이 일찍 성적 흥분에서 깨어난다.

그 가운데에는 에스트로겐 부족이 원인이 되어 성교에 고통을 느끼는 여성도 있다. 그와같은 경우는 반드시 의사와 의논해야 한다.

반면 남성은 노화되면 발기에 시간이 걸리고 전만큼 단단해지지 않는 것이 보통이다. 또 자연스럽게 발기하는 사례도 적어진다. 발기시키기 위해서는 페니스를 직접 자극하는 것이 더욱 필요해질 것이다.

고령의 남성은 사정할 때까지 발기상태를 오래 유지할 수 있는 능력이 강해진다. 단 사정 전에 위축되면 완전한 발기는 어려울 것이다.

노화되면서 남성은 사정의 필요성이 감소된다. 노인은 자주 사정하지 않고도 대단히 만족스러운 성교를 할 수 있다. 사정할 때 그 힘, 즉 정액의 양도 전보다 적어진다. 사정시 근육수축의 회수가 줄고, 수축하는 간격도 길어진다.

사정을 하면 페니스는 급속하게 줄어들고, 자극에 반응하지 않는 기간이 전보다 오래 계속되고 나서 다시 발기한다.

노화에 따르는 이러한 성반응의 변화는 흔히 있는 일이고, 누구에게나 일어나는 현상임을 인식하지 못하고, 많은 남성이 불안해하거나 우울증에 빠지곤 한다. 그러한 변화는 성적능력 상실의 시작을 예고하는 것으로 오해하고, 성교를 쉽게 포기하는 남성도 있을 것이다. 더우기 행위에 대한 불안 때문에 정신적 · 심리적 임포텐스가 되어 나타나는 일도 자주 있다.

이러한 남성에 대해서 여성은, 남성의 노화에 의한 성적 변화란 자주 나타나는 현상이라고 들려주는 것이 좋다.

「너는 너의 본토 친척 아비집을 떠나 내가 네게 지시할 땅으로 가라~너는 복의 근원이 될지라~아브람이 하란을 떠날 때에 75세 였더라~(중략) 그를 이끌고, 밖으로 나가 가라사대 "하늘을 우러러 뭇별을 셀 수 있나보라" 또 그에게 이르시되 "네 자손이 이와같으리라" 아브람이 YHWH를 믿으니 YHWH께서 이를 그의 의로 여기시고」 …그렇다 믿음의 눈에 나이가 무슨 소용있나… 고령자인 경우, 성적 흥분상태가 오래 걸리기 때문에 예전보다 천천히 성희를 즐기고 나서 페니스를 삽입하는 것이 좋다. 오히려 시간이 천천히 걸리는 것에 대해 만족감을 느끼는 여성이 많기 때문이다.

또한 고령자 쪽이 되면 오래 발기를 지속할 수 있기 때문에 여성은 오르가즘에 도달할 수 있다.

잠시 금욕한 다음 성생활을 회복하는 경우는, 고령 쪽이 젊은 사람보다 훨씬 힘들어할 수도 있다. 성생활에서 멀어져 있던 고령의 여성은 성생활을 지속하는 여성과 비교해서 질의 축소가 상당히 진행되고 있을지도 모른다. 남성의 경우, 오랫동안 금욕생활을 하다가 성생활을 회복하려고 할 때 자주 발기하지 않는다.

부부의 어느 한쪽 또는 양쪽이 모두 병약하거나 만성적 질병에 걸려 있으면 성생활을 중지하게 되는 상황에까지 이를 수 있다.

그밖에도 고령자 생활에는 성생활을 그만두게 하는 스트레스가 있다.

나이를 먹으면 정년퇴직, 이사, 친구, 또는 가족의 죽음이라는 현실과 대처해야 한다. 체력이 쇠약해지고 육체적인 노화가 나타나면 먼저 자신감을 잃는다. 그렇게 되면 노화되었기 때문에 예전만큼 성적 능력이 좋지 않다고 생각해서 성행위를 할 기분이 일어나지 않을 수도 있다.

배우자의 죽음은 많은 성적 장애를 일으킨다. 남편이나 아내가 앞서 죽으면 그것을 슬퍼하는 동안은 보통 성적 충동이 일어나지 않는다. 이 시기에는 또한 제대로 수면을 취하지 못하거나 식욕이 없어지고, 건강상태가 악화되어 심리적으로 불안정하게 되거나 기운이 없어지기도 한다.

하지만 건강한 남녀의 경우에는 성욕은 슬픔 탓으로 잠시 뒤쳐졌을 뿐이다.

왜냐하면 시간이 지나면 성적 충동이 다시 일어나고 눈물이 마름과 동시에 강해진다.

이때 성적인 충동이 또다시 일어나면 상처한 남성이나 남편을 잃은 여성은 곤혹감을 느낄지도 모른다. 그들의 성적 기분은 대개 배우자와 공유한 쾌락에 연결되어 있다. 따라서 성적 기분 또한 사랑하는 사람이 없는 쓸쓸함을 생각하는 것만으로 끝나기도 한다.

성욕의 재현도 또한 남겨진 배우자에게 있어서는 죄의식과 연결되기도 한다. 살아남은 사람들은 자주 이렇게 말한다.

"내가 정말 이기적일까요. 남편이(아내가) 죽어도 성적인 기쁨을 얻고 싶다고 생각해요."

만족할 수 있는 친밀한 성적 상대를 잃은 상태란, 남겨진
사람에게 있어서는 중대한 손실임에도 불구하고, 거의 누구와
도 아무런 의논을 하지 않는다. 만약 부부의 성생활이 풍부하
고 만족한 것이었다면 그 배우자는 성생활에 대한 상실감을
더욱 강하게 느낄 것이다.

9. 네 죄사함을 받았느니라 −뇌졸증

뇌로 가는 혈액공급에 지장을 초래하는 뇌 혈관의 이상을 말한다. 그 원인은 색전증(폐색)이라든가 혈전증, 또는 출혈 등으로 인하여 일어난다. 뇌졸증은 자주 고혈압 증세가 장기 방치된 다음에 오기 쉽다.

또, 생명을 건진 뇌졸증(Stroke) 환자에게도 여러 증상의 신경 손상의 후유증이 있다. 그 중 대부분 완전히 마비되어 눈이 보이지 않고 말도 할 수 없는 중증인 사람이 있는가 하면, 팔의 힘이 다소 약해 진 정도로 후유증이 아주 적은 사람도 있다.

대개 뇌졸증 환자는 몸의 일부에 약간의 마비가 온다. 또 시각이나 말하는 능력 및 기억장애가 오거나 자신이 누구인지 파악하지 못할 정도에까지 이른다. 그 현상으로 몸이 저리거나 쿡쿡 쑤시는 느낌 등 감각에 변화가 나타난다. 더러 배뇨나 배변의 제어력을 잃는 환자도 있다.

뇌졸증의 결과로 성생활에도 장애가 일어난다. 뇌신경이 손상되어서 발기불능이나 불완전한 발기, 사정지연, 그리고 오르가즘의 결여라는 장애에 걸린 사람도 적은 수이지만 있다. 뇌졸증이 성욕을 감퇴시키기 때문이다.

하지만 뇌졸증 다음에 오는 성적 곤란은 신경의 장애에 의한 것보다 신체적 요소와 정신적 요소가 얽혀서 생기는 경우가 가장 많다. 뇌졸증 환자는 근육이 약해지고, 신체의 균형을 잡기가 힘들고 마비증세가 있기 때문에 성행위를 하기도 어렵다.

그러므로 환자의 마음 상태가 성생활에 보다 커다란 영향을 미칠 것이다. 일반적으로 뇌졸증 환자는 다른 사람에게 의지할 수밖에 없다는 사실에 굴욕감을 느낀다. 그들은 무력감에 휩싸이고 자신감도 상실한다.

말을 제대로 하지못해서, 멍청이나 어린 아이와 같은 취급을 당한다면 점점 생기를 읽어버릴 것이다. 그래서 뇌졸증이 있은 다음에는 우울증이 자주 나타난다.

대개 뇌졸증 환자는 성교가 잘 안되는거 아닐까하며 커다란 불안감을 느낀다. 여성으로부터 거절당할 것을 미리 두려워하기 때문이다.

또한 성행위로 인하여 뇌졸증이 재발될 것을 두려워해서 성생활을 완전히 포기하는 환자도 많다. 이론상 성행위를 해서 뇌졸증을 일으킬 위험이 가장 높은 경우는 출혈에 의한 뇌졸증 환자이지만, 그와 같은 환자라도 위험은 거의 없다.

또 여성 쪽이 뇌졸증 손상이 크게 될 것을 두려워해서 성교를 피하기도 한다. 부부는 그러한 불안감에 대해서 의사와 이야기하고 성교에 실제의 위험이 있는지 확인해야 한다.

뇌졸증이 있은 다음에 성기능을 회복하는 것은 환자의 나이와 발병전 성행위의 빈도와 관계가 깊다. 소수지만 비교적 젊은 45세 이하의 환자는 뇌졸증 후 성기능에 장애가 거의 없고, 가령 있어도 그 수는 아주 적다.

하지만 대부분의 뇌졸증 환자는 상당수가 고령이기 때문에 대부분 발병 전부터 만성병이나 기타 원인으로 성적 곤란을 경험한다.

「한 중풍병자를 사람들이 침상에 메고 와서 예수앞에 들여놓고자 하였으나～ 예수께서 저희 믿음을 보시고 이르시되 〈이 사람아 네 죄사함을 받았느니라〉～중풍병자에게 말씀하시되 〈내가 네게 이르노니 일어나 네 침상을 가지고 집으로 가라〉 하시매 그 사람이 저희 앞에서 곧 일어나 그 누웠던 것을 가지고 ～ 자기집으로 돌아가니」…

뇌졸증 환자에게 자주 사용되는 고혈압 치료에 필요한 약제가 성욕과 성적 기능을 방해하는 일이 있지만, 이 영향은 약의 종류나 투약량을 바꾸는 것에 의해 줄일 수 있다.

환자가 성에 흥미를 잃지 않은 경우에는 여러 배려에 의해 성적인 만족을 누리게 할 수 있다.

쾌적한 체위를 시도하는 것도 좋다. 예를 들면 남성 환자는 남성 상위에 곤란함을 느끼고, 여성상위의 체위를 즐긴다. 요실금이 있는 경우에는 성교 직전에 배뇨해야 한다.

부부가 프라이버시를 확보하고 서두르지 말고 성행위를 할 수 있도록 충분히 시간적인 여유를 갖는 것이 중요하다. 또 발병 전과 같은 성교를 요구하지 말고 두 사람이 가능한 한 서로 협력하며 성행위를 즐기는 것이 보다 현명한 방법이 될 것이다.

동의보감처방:제1법-뽕나무의 흰껍질(잘게썰어) ➡ (불기운으로
바싹) 말린것+물3컵 ➡ 하루 수회 복용
제2법-우황청심환(발작시), 삼환사심탕(충혈제거,
출혈멎게),
제3법-소금받이끼
제4법-담삼산

10. 번데기(공장용 아닌)를 많이 먹자

인슐린 부족에 의한 만성병으로 성적인 장애를 자주 일으킨다. 이때 환자는 대개 당뇨병(Diabetes)이 발견되고 나서 몇 년 후에 발기의 정도가 약해진 것을 부인한다. 그리고서 반 년부터 1년 정도 지나는 동안에 발기는 점차 강도를 잃어버리고 지속시간도 짧아져 간다. 그렇지만 보통 성에 대한 관심은 줄어들지 않고 오르가즘을 느끼며 사정할 능력은 잃지 않는다.

이러한 발기불능은 당뇨병성 신경질환 즉 전신 신경의 미세한 손상이 진행되는 결과이다. 당뇨병이 조용하게 진행되는 상태에서, 먼저 임포텐스가 당뇨병의 초기 징후로서 나타나는 일도 있다. 그와 같은 경우 임포텐스는 급속하게 진행되고, 성욕의 감퇴를 동반한다. 보통 가려움, 체중의 감소, 또 극단적인 공복감, 갈증, 게다가 빈뇨라는 당뇨병의 증상도 뒤따른다.

임포텐스가 당뇨병의 초기 징후인 경우에는, 보통 당뇨병 자체를 치료하는 것으로서 해소될 수 있다. 다소 늦게 나타나는 임포텐스라도 처치가 적절하면 그 진행을 늦추거나 억제시킬 수도 있다. 하지만 이미 발생한 조직의 손상을 회복할 수는 없다.

당뇨병성 임포텐스는 주기적으로 나타나는 일이 많다. 따라서 부부가 항상 성적 접촉을 유지하고 있으면 그 사이에 성교를 즐길 수 있을 것이다. 또 페니스의 삽입 이외에도 서로 상대를 성적으로 만족시키는 방법을 찾으면 된다.

임포텐스가 된 경우 페니스 보철도 생각할 수 있다. 당뇨병에 걸린 남성은 보철방법을 사용할 수 있으며, 어느 쪽에도 적합할 것이다. 보철방법에는 두 가지가 있는데, 하나는 반강체(半剛體) 실리콘 고무로, 이것을 이식하면 항상 발기한 상태가 된다. 또 하나는 팽창형 장치로, 자신이 발기를 조절할 수 있다.

다만 당뇨병에 걸린 환자가 수술을 받는 경우 합병증의 위험이 따른다. 당뇨병 환자가 임포텐스가 되어도 당뇨병 이외의 요인에 의한 경우도 생각할 수 있다. 심인성 임포텐스의 경우가 될 수 있기 때문이다. 당뇨병 환자는 정신적인 스트레스를 받는다. 사실 병 때문에, 자신은 예전만큼 왕성하지 않다고 생각하고, 성적능력에 불안을 느껴서 임포텐스에 빠지는 일도 있다.

마찬가지로 환자의 약물치료가 발기를 방해하는 경우도 있을 것이다.

부작용으로서 임포텐스를 일으키는 약도 많다. 당뇨병 환자는 또한 심장질환, 감염증, 호르몬 이상 등 성기능에 지장을 초래하는 다른 병에도 걸리기 쉽다. 그와 같은 합병증이 해소되면 성적 문제도 해소될 것이다.

여성당뇨병 환자는 성욕이 감퇴되고 오르가즘을 느끼는 일도 드물거나 불가능해지는 경우가 있다. 이 상태는 일반적으로 천천히 진행되고, 의사의 진단이 내려진 다음 몇 년 후에 나타난다.

성기능부전은 당뇨병성 신경질환, 또는 같이 있는 맥관계 질환의 결과라고 생각할 수 있다. 당뇨병을 주의 깊게 치료함에 따라 성기능을 회복할 수도 있을 것이다.

그 이외 당뇨병에 관련된 요인이 성적 곤란의 원인이 되거나 그것을 악화시키는 경우도 생각할 수 있다. 당뇨병에 걸린 여성은 피로나 체력의 쇠약 때문에 성교에 흥미를 잃기도 한다. 또 당뇨병에 걸린 여성은 만성적인 질의 감염증에 걸리기 쉽고, 그 때문에 성교에 불쾌감을 느낄 수도 있다.

당뇨병에 걸린 여성 가운데에는, 임신합병증이나 산아의 선천적인 결함의 위험성이 높다는 사실을 두려워해서 심인성 성기능장애를 일으키는 사람도 있다. 생명에 관계되는 만성병을 안고 있다고 하는 스트레스도 마찬가지로 성적 장애를 악화시킬 것이다. 결혼생활이나 업무상의 문제, 약물요법, 그리고 음주에 대해서도 마찬가지다. 그 이외의 호르몬 이상이 성기능부전의 원인이 되기도 한다. 그러한 이유로 당뇨병에 걸린 여성이 오르가즘을 느끼기 힘들다고 호소할 때에는 철저한 의학적 검사가 필요하다. (→술, 임포텐스, 페니스 보철)

- 번데기를 장기복용
- 산에가서 산귀래나무뿌릴 캐 잘개썰어 말림(0.5)+물(4컵)
  ➡ 2컵:1일복용분, 마심
- 기도원에서 금식기도를 7일씩 2번하면

11. 메밀묵과 두충나무잎 동맥경화에 좋다

동맥의 혈관이 굳어지고 유연성을 잃는 현상으로, 심장병이나 뇌졸증의 원인이 되기 쉽다.

동맥경화(Arteriosclerosis)에는 여러 가지 위험인자와 밀접하게 관련되어 있고, 또한 그것은 동맥경화증과 같은 병이나 합병증을 잘 일으킨다.

가장 높은 위험인자는 고혈압, 콜레스테롤이나 트리그루세이드의 증가, 흡연, 당뇨병, 비만증이다. 위험이 크다고 생각되는 다른 인자로서는 운동부족, 성격, 행동형태, 동맥경화증 등을 들 수 있다. 이 위험인자의 일부 또는 전부를 없애든지 개선시킨다면, 심장병과 같은 동맥경화의 합병증에 잘 걸리지 않는다.

동맥경화의 위험은 나이가 들수록 높아진다. 또 여성보다도 남성 쪽이 동맥경화에 걸리기 쉽다. 동맥경화가 되어도 아무런 증상이 나타나지 않다가 심각한 합병증이 생긴 후 비로소 알려지는 경우도 있다. 대부분 동맥경화는 성생활에는 아무런 영향을 끼치지 않는다.

그렇지만 동맥경화증에 걸린 남성의 경우, 임포텐스로 고민하는 사람도 더러 있다. 특히 복강이나 골반의 동맥에 경화가 있는 경우에 그러하다. 골반 주위에 혈액의 흐름이 줄어들고 발기에 필요한 혈액의 흐름이 방해를 받게 된다. 골반에서 동맥경화가 일어났을 때의 증상으로서는 허리나 대퇴부, 둔부 근육에 통증을 동반한 경련이 있다. 이런 증상은 도보중에 잠시 쉬면 좋아지는 것이 보통이다.

동맥경화를 외과적으로 치료해서 성기능을 전면적으로 회복하는 환자도 있다. 그러나 수술에 성공해도 임포텐스인 환자가 더러 있다. 그와 같은 환자는 페니스의 보철이 도움이 될 것이다. 그 가운데에는 수술을 받은 다음 사정을 할 수 없거나, 좀처럼 사정이 되지 않는 사람도 볼 수 있다. (→심장병)

12. 두통

성교를 피하는 구실로서의 두통(Headache)은 농담에 자주 오르내린다. 이야기상 〈두통〉이 발생하는 쪽은 아내이지만, 현실에서는 남편 쪽도 마찬가지다.

두통은 성에 대한 불안, 죄의식, 또는 성교 상대에 대한 일상의 혐오감에서 비롯된다. 즉 성교 거부라는, 예상되는 감정으로 인하여 두피근육의 수축이라는 생리적 반응을 일으키고, 성행위의 시간이 가까워지면 언제나 머리가 아파온다.

이러한 두통은 결혼생활의 불화에서 비롯되며, 부부의 어느 한쪽이 사랑의 행위를 피하려고 두통을 구실로 하면, 두 사람 사이가 점점 멀어지게 된다.

머리가 아픈데도 성행위를 하면 두통은 더욱 심해진다. 그럴 경우 자신은 이용당하고 있다고 느끼며, 사랑받고 있는 것이 아니라고 생각하고 있으며, 욕구불만이나 분노, 불안이 더욱 가중된다. 이러한 감정을 상대방에게 이야기하지 않으면 근육의 긴장이 증가해서 머리나 목의 통증이 더욱 심해진다.

근수축성 두통은 수근(首筋)이나 머리 앞부분부터 아프기 시작하는 것이 특징이다. 그 아픔은 대개 둔해져서 오래 계속되고 욱신욱신해진다. 요통과 같은 다른 심신의 장애를 동반하기도 한다.

이때 그 부위를 따뜻하게 하거나 마사지를 하면 근육의 긴장을 완화시키는 데 효과가 있다. 만성근수축성 두통환자인 경우, 신경안정제는 중독성이 있기 때문에 신중하게 복용해야 한다.

그 가운데에는 오르가즘 전의 성적 흥분으로 머리가 아파지는 사람도 있다. 이것은 오르가즘을 향한 긴장이 무의식 중에 머리나 목의 근육을 수축시키기 때문이다. 이런 두통은 의식적으로 긴장을 풀면 예방하거나 고칠 수 있다.

종종 두통을 일으키는 사람은 통증을 이유로 성교를 피할 수도 있다.

두통이 오래 계속되거나 상당히 자주 일어나면 대개는 환자가 된 기분이 된다. 이와 같은 만성적, 또는 지속적인 두통은 스트레스와 연관되어 있는 경우가 많다.

손을 쓸 도리가 없는 편두통에 항상 시달리는 사람도 종종 심하게 고통을 느끼기 때문에 마찬가지로 성교를 피하게 된다.

편두통은 강렬하고, 보통은 머리의 한쪽이 우선 천천히 아프기 시작하고 몇 시간 또는 몇 일간 계속된다. 그 가운데에는 시작되기 전에 섬광이 보이거나 마비되거나, 일부분은 순간적으로 시력을 상실하는 사람도 있다. 편두통은 대개 일정 기간을 두고 일어나며, 정적, 동적 스트레스가 있을 때는 더욱 빈번해진다. 이것은 머리의 혈관 장애에 의한 것이라고 생각된다.

사람에 따라서는 두통이 잠재적인 우울증의 징후일 때가 있다. 그러한 사람은 종종 성욕의 감퇴가 보이고, 그것도 대개 우울 상태와 관련되어 일어난다.

소수이지만 오르가즘일 때에 머리가 아픈 사람도 있다. 이런 두통이 계속 일어나거나 회수나 정도가 증가한다면, 신경과에서 충분히 검사를 받는 편이 좋다. 뇌 혈관속에 피가 고여있다든지 뇌종양이나 농양(膿瘍)의 가능성도 있기 때문이다.

고혈압도 오르가즘일 때 신체적 또는 정적, 동적 흥분으로 인하여 더러 두통을 일으킨다. 이 통증은 강하고 범위가 넓으며 몇 시간이고 계속 멈추지 않는다.

오르가즘일 때의 두통에 대하여 생각할 수 있는 원인 중에는 또 당뇨병과 갑상선 질환이 있다. 이러한 두통으로 고민하는 사람의 극히 일부지만 척수액의 압력이 낮은 경우가 있다. 이때 바른 자세로 누워있으면 곧 회복될 것이다.

편두통은 성교에 의해 악화되기도 한다. 오르가즘의 순간, 국

①석고(7)+인삼(7)+천궁(7)+아교(7)+적복령(7)+세신(7)+감촌(7)+맥문동(7)+치자인(7)+용뇌(7)+서각(7)+주사(2)=가루(물로 쑤어)+꿀=환을 지어 오자대로 1회에 2개씩 하루에 5회, 3회면 듣기시작
②천궁산
③청상견통탕(좌,우막론, 단, 노인·열없는자 금지!)
④이진탕
⑤사물탕

부적인 편두통과 함께 전형적인 통증을 느낀다. 이와 같은 두통은 아픈 부위의 소동맥이 확장하고 있는 것이다. 통증이 좀처럼 멈추지 않을 때에는 혈관수축제가 효과가 있을 것이다.

때로는 협심증이 원인이 되어 오르가즘일 때에 두통을 일으키는 일도 있다. 성행위가 협심증을 일으키고, 그것이 때때로 턱이나 목의 통증으로 나타난다. 이 통증은 대개 격렬하고 아주 천천히 가라앉는다.

오르가즘에 의한 두통은 대부분 양성이다. 이 경우 생리적인 증상이 고통의 원인으로 되는 일은 없다. 원인은 성교 도중 과도한 흥분이 혈압을 다른 때보다 높게 하기 때문이며, 남녀 모두에게 있는 프로스타글랜딘(Prostaglandin:전립선·정낭 등에서 만들어지는 호르몬 모양을 한 일군의 약제)이라는, 호르몬과 비슷한 화학물질 때문은 아닌가라고 생각되기도 한다.

오르가즘에 따르는 두통은 대단히 심하고 오랜 시간 지속되며 머리 양쪽에서 일어나는 것이 특징이다. 보통 통증은 한두 시간 계속되는데 그중에는 며칠간 두피와 목에 둔한 통증이 남는 사람도 있다. 그러나 대개 오르가즘이 끝날 때마다 통증이 생기는 것은 아니다.

오르가즘시 유발되는 두통을 방지하기 위해 성관계 전 알콜을 끊으라고 충고하는 일이 자주 있다. 알콜은 혈관의 확장을 불러일으키는 경향이 있고, 그것이 통증을 조장할 수 있기 때문이다.

①(코가 막히고 귀가울리며, 가렵고, 부인의 혈풍엔):소풍산

②(부인의 혈이 허하고 간이 허해서 생긴 두풍):양혈거풍탕

③(저리고, 두드러기, 구토, 담, 거식):천향산

④(몹시 어지럽고 토할 것같은 풍담):천마반하탕

⑤(가슴답답, 침이많으며, 얼굴에 열, 풍허한데):보허음

⑥(볼이 시푸르둥둥, 구토, 눈물뜸):궁신도담탕

⑦(부인의 산후, 혈허두통):궁오산

⑧(추위, 바람, 감기, 기침, 가래):육안전

⑨(담궐두통으로 몸이 무겁고, 사지가 차고, 구토, 어지럼, 눈못
뜸):반하백출천마탕

⑩삼생환(담궐두통)

⑪8미환(신허로 생긴 두통에)

⑫당귀보혈탕(혈허에서 온)

⑬황기익기탕(양이 허해서 온)

⑭순기화중탕(기가 허해서)

13. 방광염엔 해바라기대가 좋다

　일반적인 방광염에는 ①용계시럽, ②활석산, ③해바라기대 (급성일 경우)가 쓰이며, 신우방광염엔 황백지모탕을, 또는 편금환 금인탕을!

　방광절제(Cystectomy)는 방광을 제거해서 인공적으로 소변 철구를 만드는 수술로서, 암의 치료법으로 시술되는 경우가 가장 많다. 따라서 최대한 피하고 위험이 덜한 한방요법·동의수술요법이 없나 수소문해 본다.

　철저하게 방광절제를 받은 남성은 골반신경의 말초 지맥이 중단되기 때문에 임포텐스가 된다. 또 이 수술로써 전립선과 정낭도 제거되기 때문에 사정도 불가능해진다.

　하지만 페니스를 손이나 입으로 자극하면 절정감을 경험할 수 있다.

　고환은 기능을 잃지 않고 호르몬과 정자를 만들어, 정자는 다시 흡수된다. 따라서 여성화는 결코 일어나지 않는다.

　방광절제를 받은 환자는 페니스 보철 수술을 받으면 좋다. 단, 그 수술을 받지 않아도 성교를 즐기고, 상대에게 육체적으로도 정신적으로도 만족감을 줄 수 있다.

　반면, 여성은 대부분 성기능이 그대로 남는다. 방광과 요도만이 절제되는 경우에 여성은 방광절제 후에도 성적으로 완전히 반응할 수 있고, 출산 능력도 잃지 않는다. 하지만 때때로 내부생식기의 일부를 외과적으로 제거할 필요가 생긴다.

방광을 절제한 환자는 복부를 절개해서 배뇨를 위한 출구를 만들고, 배뇨장치를 해야 하기 때문에, 수술이후 첫 번째 성관계시에는 당황하겠지만, 대부분은 곧 극복할 수 있다. (→페니스 보철)

14. 뚱뚱이는 권투선수를 닮아라

지나치게 뚱뚱한 사람은 대개 사회적으로도 성생활에서도
제대로 대우를 받지 못한다.

사람의 표준 체형으로서 날씬하고 젊고 스포츠맨다운 모습
이 오늘날의 모범이 되고 있다. 그와 반대로 뚱뚱한 체격은
폭음, 폭식과 태만의 표시로 여겨져서 소외당하기 쉽다. 이와
같은 육체적 조건에 있어 더욱 심각해지는 쪽은 남성보다 여
성이다.

비만(Overweight) 체질의 사람은 자신이 시각적으로, 성
적으로 타인에게 불쾌감을 주고 있다고 느끼며, 특히 성적인
면에서 손해라고 생각한다. 그렇기 때문에 체격에 대한 부끄
러움과 자기혐오를 느끼는 경우가 많다.

비만인 사람은 이성을 만나는 것도 편하지 않을 것이다. 이
성이 자신을 끔찍스럽게 생각하지는 않을까 불안해 하여, 이
성에게 가까이 가거나 말을 걸지도 못한다. 이성이 자신에게
말을 거는 경우는 스스로 의심의 눈길로써 바라볼 것이다. 따
라서 그들의 성활동의 기회는 그 폭이 좁아진다.

대부분의 비만자의 경우, 체중이 상당히 나간다고 해서 성
적능력을 반감시키지는 않는다. 대다수는 성교를 즐기고, 정
상적인 성활동을 한다. 몸이 뚱뚱한 사람은 보통의 체중을 가
진 사람보다는 성교회수가 적을 수 있겠지만, 성교란 그들에

게 있어서 중요한 즐거움의 원천이다.

그러나 지나치게 뚱뚱한 것은 여러 질병과 관련이 있기 때문에 성적인 문제가 생길 위험도 있다. 당뇨병은 주로 비만인 사람이 걸리기 쉽고, 비만이 원인으로 작용하여 성교불능이 되거나 오르가즘에 잘 도달하지 않기도 한다. 고혈압도 뚱뚱한 사람에게 많다. 혈압을 조절하는 약은 대개 성기능을 저해시킨다.

아주 뚱뚱한 사람은 몸을 심하게 움직이면 숨이 가빠지기 때문에 성교를 힘들어할 수도 있다. 또한 가슴에 통증이 오기도 한다. 그러한 사람은 성교를 천천히 하며 수동적인 체위로 하는 것이 현명하다. 즉 상대의 옆이나 아래에 눕는 것이다.

비만은 성호르몬을 변화시킬 가능성이 있다. 뚱뚱한 여성은 보통 체중을 가진 여성보다 월경 이상이 될 확률이 높다. 비만과 관련해서 다모증이 자주 발생하거나, 월경이 정지하거나 양이 아주 적어지기도 한다. 그렇기 때문에 비만 여성이 체중을 줄이면, 월경은 대개 정상으로 돌아온다.

반면, 뚱뚱한 남성은 테스토스테론의 농도가 보통 체중을 가진 남성보다 상당히 낮다.

비만인 사람 가운데에는 체중 문제가 원인이 되어 더러 우울상태에 빠지는 사람이 있다. 우울상태에 빠지면 일반적으로 성욕이 감퇴된다.

성교를 피하기 위해 뚱뚱한 상태로 있는 비만자도 드물게 있다. 의식적이든 무의식적이든 육체관계를 피하기 위해 뚱뚱하다는 것을 핑계로 삼기도 한다.

 운동요법

15. 밥맛이 없으면 입맛도 옛말 −식물성 저지방 패스트후드나 피자를 사줘라

신경성 거식증(Anorexia Nervosa)에 걸린 환자는 사실상 먹는 것을 그만두기까지 한다.

환자는 남녀에 관계 없이 모든 연령층에 분포하지만, 가장 전형적인 것은 12~18세의 청소년기 여자 아이다. 환자는 마르고 쇠약해지면서 굶어 죽는 경우도 있다.

부모는 아이들의 모습에 신경을 써야 하며, 병에 걸렸다면 즉시 치료를 받아야 빨리 낫는다. 거식증의 전형적인 증상을 살펴보면 다음과 같다.

(1) 극단적인 체중의 저하

거식증에 걸리면 체중의 40%나 줄어드는 일도 더러 있다. 체중이 56~32kg으로까지 줄어든 소녀도 있다.

(2) 월경의 정지

젊은 여성의 경우 영양상태가 나빠지면 분비되는 호르몬의 균형이 무너진다. 그 때문에 배란이 정지되고 장기간에 걸쳐 생식기능에 장애가 생긴다.

신경성 거식증에 걸린 여성의 대다수는 체중이 15%정도 줄고 월경이 멈춘다. 정상적인 체중으로 돌아온 후에도 대부분은 몇 개월에서 몇 년 지나서야 월경을 다시 시작한다. 두 번 다시 정상적 상태를 회복하지 못하는 경우도 있다.

(3) 성충동의 결여

환자는 성에 대해서 거의 흥미를 갖지 않는다. 대개 성행위나 마스터베이션에 대해서 부정적인 생각을 가지고, 오르가즘에 도달하는 성반응을 일으키지 않는다.

(4) 거식(拒食)

식사를 해도 아주 소량이고 대개 하루에 한 번밖에 먹지 않는다.

(5) 체형에 대한 잘못된 생각

환자는 말라서 강제 수용소의 죄수와 같아도 자신은 뚱뚱하다고 주장한다. 환자는 자신이 쇠약해졌다는 사실을 인정하지 않고, 거울 앞에 서도 자신은 아름답고 건강하게 보일 정도일 뿐이라고 주장한다.

(6) 과도한 운동

완전히 녹초가 될 정도로 뛰고 나서 피로한 기색을 보이지 않는 환자도 있다.

(7) 공복감의 부정

신경성 거식증에 걸리면 실제로는 대단히 배가 고픈 상태임에도 불구하고 음식물에 대해서는 병적으로 혐오감을 갖는다. 음식물을 입에 대면 병에 걸린다든가 어떤 피해라도 있는 것처럼 생각하는 경우도 있다.

(8) 근육조직의 파괴

이 증상이 진행되면 몸은 절대적으로 필요한 단백질을 요구해서 자신의 신체로부터 단백질을 섭취하기 시작한다. 그래서 심장과 폐 등의 장기가 손상되는 일이 있다.

신경성 거식증의 원인은 무엇일까? 정신병 전문가들의 진단에 의하면, 이 병은 어른이 되는 것을 거부하거나, 성적으로 성인이 되어야 한다는 사실 자체를 거부하는 것이라고 본다. 그런 이유 때문에 자신의 육체가 성인이 되어 가는 것을 어떻게 해서라도 막으려는 의도에서 비롯되었을 수도 있다. 그렇게 하면 환자 자신은 실제로 기아상태가 되어 원하는 만큼 효과를 얻는다. 즉 신체의 선이 어린 아이와 같이 되고 가슴 발육도 거의 없어지며 월경도 정지해 버린다.

　신경성 거식증은 어른이 된다는 사실에 대한 10대 청소년의 복잡한 마음의 반응일 수도 있다. 여기에 공통적으로 나타나는 점은 환자가 보호와 독립, 두 가지를 모두 강하게 요구한다는 사실이다. 아이가 음식을 입에 대지 않는 것은 부모에 대한 의존심을 버리려고 하는 반응의 한 형태가 된다. 동시에 부모는 필연적으로 그 아이의 건강상태를 걱정하게 된다. 따라서 아이는 두 가지 측면에서 거식증을 이용할 수 있다. 즉 부모에게서 독립된 행동이 가능함과 동시에 부모의 보호하에 있을 수 있기 때문이다.

　신경성 거식증은 어린 소녀가 다이어트를 시작했을 때 그 발단이 있지만, 이 병은 항상 환자에게 심한 감정장애를 유발한다.

16. 신염엔 메밀묵을

신장병(Kidney Disease)은 남성이 걸릴 확률이 여성보다 두 배나 더 높다.

신장병 환자에게는 성적 장애가 자주 일어난다. 남성은 신부전증에 의한 요독증(尿毒症:신장의 기능이 부전하여, 소변으로 배출되어야 할 성분이 혈액 속에 머물러 있어서 일어나는 중독증상)이 자주 성욕을 감퇴시키고, 발기나 그 지속이 어렵게 된다. 정자의 생산이 적어지기 때문에 생식능력이 없어지기도 한다.

여성은 성적으로 흥분하는 일이 드물게 되고 오르가즘의 회수나 깊이가 줄어든다는 호소가 많다. 그 중에는 오르가즘에 도달할 수 없는 여성도 있다. 월경 주기의 변화도 빈번해진다. 배란이 불규칙적으로 되어서 임신하는 일은 좀처럼 없다.

진성(眞性) 당뇨병이나 기타 만성신부전증을 자주 한꺼번에 일으키는 잠재적인 병이 있으면, 신장장애와 관계 없이 성기능에 지장이 있다.

혈액투석(혈액을 삼투압의 차이를 이용해서 정화하는 일)은 성적 장애를 악화시키는 경우가 많다. 신장병 기계에 의존해서 생활하는 사람은 **만성 신부전증**〔붉은 팥 10g+접골목 7g+택사7g+물1대접반 ➡ (1/30이될때), 식후복용, 1개월 장복〕때문에, 이미 손상되어 있는 성기능도 눈에 띄게 떨어질 가능성이 있다.

혈액투석을 받고 있는 남성 10명 가운데 7명이 임포텐스와 성욕의 감퇴로 고민하고 있다. 이 성적 문제는 생리적 요인과 심리적 요인이 겹쳐서 생긴다. 혈액투석은 만성빈혈, 혈액 중 아연농도의 감소, 상피소체 호르몬의 증가와 자주 연결되기도 하는데, 그 모든 것이 임포텐스를 불러 일으킬 수 있다.

혈액투석에 의지하는 환자 가운데에는 고혈압이 많다. 올라 간 혈압을 억제하는 약도 성교능력에 있어 장애를 일으킨다. 혈액투석 자체만으로도 피로해지기 때문에 소모가 심해서, 1 주일에 몇 차례 성관계를 갖는 것 자체가 무리일 수도 있다.

혈액투석은 부부 관계에 커다란 긴장을 불러 일으킨다. 병에 대한 걱정도 커질 것이고, 원만하지 않은 성생활에서 오는 스트레스가 성적 기능에 영향을 주지 않을 리가 없다.

게다가 혈액투석 환자는 우울증에 빠지기 쉬우며, 실제로 투석환자의 반수가 그러하다. 우울증은 성욕을 감퇴시키고 성 기능을 해치는 것이 특징이다.

투석을 받는 남녀 모두 생식불능이 될 수 있다. 여성은 월경이 멈추는 일이 있고, 남성은 자주 정액의 양이나 질의 변동폭이 크다.

그러나 신장이식을 한 다음 일부의 환자는 성생활이 개선되었다고 한다. 이때에는 남성보다 여성 쪽이 병에 걸리기 전의 상태로 회복되는 경우가 많다.

성욕은 대부분의 사람이 다시 일어난다. 남성의 경우 생식능력을 되찾을 수도 있다. 신장이식을 받은 여성 가운데에는 임신한 사람도 있다.

신장이식을 받은 환자가 고민에 빠지는 성적 장애는 대부분이 정신적인 문제에서 비롯된다. 격렬한 성교로 인하여 이식된 신장이 제 위치에서 벗어나는 것이 아닌가 걱정하는 환자들도 적지 않다.. 대부분의 이식환자는 신장이 거부반응을 일으키는 것을 상당히 걱정한다. 성생활에 관한 문제에다 경제적인 불안이나 가정내의 불화도 남아 있을 수 있다. 수술 후 신체의 외관이 손상되어 고민하는 환자도 있다. 거부반응을 억제하기 위해 스테로이드 투여 역시 성교에 나쁜 결과를 초래할 가능성이 있다.

대부분의 부부는 수술이 성공한 다음에도 성관계에 응어리가 남는다.

두 사람 모두 새로운 기대를 가질 필요가 있다. 환자나 간호를 해 온 배우자도 다시 한 번 연인 사이로 돌아가는 것이 필요하다.

제1법-[수박껍질(말린것 40g)+백모근(띠의 뿌리60g)+물(5컵) ➡️ 달여 ½되면=1일 분량, 1일 3회, 온수로 해서]
제2법-[죽순+옥수수털을(1:1비율분량으로해서)+물 ➡️ 용액 마심]
제3법-인동주, 금성신염엔 ` 용계, 를
제4법(뇨결석에는)배석자산
제5법(신장결석엔)비뇨배석탕
제6볍(비뇨기결석)석도탕
제7법(비뇨기결석)가미계자탕

17. 이소룡은 왜 허준선생을 못만났나? -실신

성적으로 흥분했을 때나 오르가즘 다음에 실신(Fainting)하는 것은 드문 반응이다. 성행위 때문에 의식을 잃은 적이 있는 사람은 심장혈관의 장애나 신경계통의 이상을 진찰받는 것이 좋다.

때로는 성행위를 할 때 육체의 심한 움직임이 원인이 되어 실신하기도 한다. 운동을 심하게 했을 때 실신을 경험한 사람이라면 성관계 다음에도 같은 반응을 일으킬 가능성이 크다. 만성 또는 급성의 질병이 잠복해 있기 십상이다.

성행위에 따르는 실신은 정서적인 스트레스에 의하기도 한다. 실신하면 얼굴이 새파래지고 땀을 흘리며 호흡이 거칠어지고 혈압이 내려가서 의식을 잃는 것이 일반적인 특징이다.

때로는 오르가즘 전의 억제력을 잃어버리는 정도를 실신이라고 생각하는 사람이 있을 수도 있다.

조각, 반하가루를 코에 넣고 안식향과 사향을 살라 코에 넣음. 또 백출, 침향, 목향, 정향, 사향, 안식향, 백단향, 주사(각각 0.05), 향부자, 유향, 용뇌, 서각, 가자피(각각 1)를 가루로 쑤어 벽오동열매 크기로 1회 50알, 따뜻한 술에 복용

18. 심근경색엔 단삼복합탕을!

심장이 나쁘다고 해서 성행위를 그만 둘 필요는 없다. 성교는 심박수나 혈압, 호흡을 증대시키기 때문에 심장병 환자의 대부분은 발작을 일으키는 것을 두려워해서 성교를 꺼리는 경향이 있다. 환자의 아내(또는 남편)도 자주 그것을 걱정한다. 그 결과 욕구불만이나 부부간에 충돌이 생겨 오히려 심장의 상태를 악화시킨다.

성행위를 다시 시작하는 것은 심장병(Heart Disease)의 회복 정도에 따른다. 이것은 환자 각각의 몸 상태를 잘 알고 있는 의사의 판단에 맡기는 수밖에 없다.

하지만 그것은 환자 쪽에서도 조언을 구할 필요가 있다. 임상 조사에 의하면, 심장발작을 일으킨 환자의 2/3가 의사에게 진찰을 받으면서 성생활에 대한 충고를 전혀 받고 있지 않았다. 나머지 1/3은 의사가 해준 충고를 너무 막연하게 생각해서 별로 도움이 되지 않았다 한다.

일반적으로 심장의 발작이나 수술로 입원한 환자는 퇴원하고 나서는 성교 상대를 포옹하거나 어루만지는 정도로 부담이 적은 형태의 성행위를 재개하는 것이 좋다. 성교를 전제로 하지 않는 이 온화한 행위는 임포텐스를 일으킬 수 있는 불안감을 해소하는 데 도움이 될 뿐만 아니라, 자신감이 생겨서 성교를 쉽게 재개할 수 있게 해준다.

환자는 심장박동수가 1분간 130까지 증가해도 견딜 수 있을 정도가 되면 마스터베이션이나 오럴섹스를 해도 상관 없다. 순조롭게 회복되는 중이라면 대개 4~8주 후에 행하는 것이 좋다.

성교는 일반적으로 우리가 생각하고있는 정도로 체력이 필요한 것은 아니다. 그와는 달리 성교보다 차를 운전할 때 심장박동수가 더욱 커지는 경우도 더러 있다. 계단을 1층이나 2층을 오르거나 빠른 걸음으로 길을 몇 블록 걸어갈 수 있게 되면 대개 성교를 재개할 수 있다. 평균적인 환자라면 심장 발작 후 약 16주 정도 지나면 이 상태가 될 것이다.

한번 스트레스테스트를 받고 심전도(心電圖:심장의 활동 전류를 곡선으로 기록한 도면)를 재어 두면, 어느 정도의 성행위에 견딜 수 있을까 정확하게 판단할 수 있다. 심전도에서 의사는 환자가 안전한 최대 심장박동수가 어느 정도인지 알수 있고, 그것을 기초로 성교 중 심장박동수가 안전권 내에 있는가를 추정할 수 있다.

성행위가 자신의 심장에 어떤 영향을 미치는가를 더욱 정확하게 판정하기 위해서는 가정에서 성행위를 하는 도중에 소형 심전계를 사용해도 좋다. 이렇게 해서 얻은 객관적인 수치는 불안을 느끼고 있는 환자에게 빠른 시일 내에 원래와 같은 성행위로 돌아갈 수 있도록 자신감을 불어 넣어준다. 대개의 의사는 전반적으로 심장 혈관의 상태를 좋게 하기 위해 계획적인 운동을 권장할 것이다. 그러한 운동의 내구력이 조금이라도 증진되면 성행위의 재개도 빨라진다.

한참 성행위를 하는 도중이나 끝난 다음에 가슴에 통증이 있으면 의사에게 알리는 편이 좋다. 이때 성행위의 직전에 니트로글리세린(글리세린의 삼질산에스테르, 발연질산과 황산의 혼합액 중에 글리세린을 안개같이 불어 넣어서 만듦)을 먹도록 지시받았을 수도 있다. 그 밖에도 위험한 징후가 있으면 알려야 한다. 예를 들면 성교 후 15분 이상 가슴이 계속 뛴다든가, 성행위의 흥분에서 깨어나지 않거나 성교한 다음날 심한 피로감을 느끼는 경우가 그렇다.

심장병에 걸린 사람은 성행위 동안 기분을 편안하게 해야 한다. 성교가 운동경기와 같을 필요는 없다.

성행위에 가장 좋은 시간은 하루밤 푹 잔 다음날 아침이다. 방을 어느 정도 시원하게 해준다. 덥고 습도가 높은 기후는 성행위를 위험하게 만들 수 있기 때문이다. 평소 익숙하지 않은 고지대(해발 500m이상)도 마찬가지다.

다음은 심장의 부담을 줄이는 세 가지 체위를 소개한 것이다.

(1) 누워서 서로 마주본다.

(2) 위로 향해서 눕고 상대가 위로 올라탄다.

(3) 발이 아래에 닿는 낮고 폭이 넓은 의자에 앉는다.

심장병에 걸린 사람이 식사를 많이 하거나 술을 마신 다음에는 3시간 정도 성교를 피하는 것이 좋다. 식사, 특히 호화로운 식사는 심장의 부담을 가중시킨다. 알콜도 심장에 과중한 작용을 요구하고, 소량이라도 성적 반응을 둔화시키기 때문에 심장박동이 심해지기 쉽다.

새로운 상대나 배우자 이외의 사람과의 성교는 대단한 부담이 된다.

죄의식이나 환경의 변화, 불안 등으로 스트레스가 생기기 쉽기 때문이다.

심장병환자 가운데에는 성행위 도중에 발작을 일으켜 죽지 않을까 걱정하는 사람이 많지만, 그런 경우는 극히 드물다.

심장이 나쁜 사람은 병 때문에 마음이 약해져서 의존심이 강하고 생산적인 일을 할 수 없게 되기도 하며, 그 때문에 자존심이 없어지고 성행위에도 지장을 초래할 수도 있다. 또 불면, 불안, 우울증 등을 동반하는 경우도 있다. 자칫 잘못하면 성기능부전을 불러일으키는 경우도 있다.

심장발작으로 수술한 뒤에는 임포텐스가 되기 쉽다. 그 대부분이 심리적 원인으로 일어나며, 이것은 환자가 받은, 몸과 마음의 커다란 스트레스를 생각하면 당연하다고도 할 수 있다. 여성인 경우는 성행위에 대한 두려움으로 인한 거부감이나 불면증이 생겨서 오르가즘에 도달하기가 어렵기도 할 것이다.

치료약 때문에 성교에 지장이 생기는 경우도 있다. 심장병이나 고혈압 치료에 사용하는 약 가운데에는 성행위에 영향을 주는 것이 있다. 특히 부작용으로서 임포텐스가 있지만, 약을 바꾸면 대부분 낫는다.

　심장병 환자 가운데에는 성생활을 포기하려는 구실로서 무의식중에 자신의 병을 이용하는 사람도 있다. 하지만 일부러 그런 식으로 생각할 필요는 없다. 가능하면 전문적인 카운셀링을 받는 것이 좋다. (→임포텐스)

①진보단
②우황청심환
③(심장판막초기)가미온담탕
④(심계항진, 어지럼, 창백, 부종)사미안신탕
⑤(정맥울혈, 실신, 전신쇠약) 가미지황탕
⑥(심근염에):당귀비해산〈당귀, 비해, 목통〉

19. 알콜중독

알콜중독(Alcoholism)에 걸리면 남녀 모두 성기능부전이 되는 일이 많다. 술에 취해있는 남성의 약 50%, 술에 젖어 있는 여성의 약25%가 성기능이 약해진다는 통계가 나와 있다.

남성이 알콜중독에 걸리면 성욕이 감소된다. 임포텐스가 되는 것은 아주 흔한 일이며 사정이 곤란해지는 경우도 있다.

술에 젖어있는 여성은 대부분 성적으로 제대로 흥분되지 않는다. 그 가운데에는 오르가즘에 도달하는 회수가 예전보다도 훨씬 적어졌다든가 클라이맥스에 이르러서도 쾌감이 별로 없다거나 전혀 느끼지 않았다는 경우도 있다.

알콜음료를 항상 지나치게 이용하면 남성호르몬이 파괴되기 때문에 남성기능에 즉시 악영향이 오기도 한다. 테스토스테론의 생산이 감소되거나 어떤 원인에 의한 것인지는 모르지만 테스토스테론이 생기지 않는 것 같다. 그리고 정자의 생산도 감소할 것이다. 알콜중독자에게 자주 볼 수 있는, 영양부족 때문에 호르몬 장애가 일어날 수도 있다.

장기간에 걸쳐 알콜음료를 과도하게 계속 마시면 고환이 위축되기까지 한다.

그러므로 성기능의 회복은, 조직이 어느 정도 회복될 수 있는가에 달려있다. 보통 몇 개월 또는 몇 년에 걸쳐 알콜을 절제한 다음에도 성기능이 정상으로 돌아오는 남성은 약 절반에 지나지 않는다. 여성의 경우, 그 영향은 별로 잘 알려져 있지 않다.

또한 알콜중독증은 심리적 요소와 관계되기도 한다. 회복기의 알콜중독자는 대개 자신을 소중히 하는 마음이 약해지고, 죄의식으로 괴로워하거나 우울상태에 빠지는데, 이것은 모두 성적 장애의 원인이 될 수 있다. 더욱 나쁜 것은 이와 같은 심리적, 정신적 고통이 있으면서도 또다시 알콜중독에 빠진다는 사실이다.

결혼생활도 어느 한쪽이 알콜중독에 걸려 있으면 원만하게 유지되지 않는다. 그와같은 결혼생활의 특징으로서는 부부간의 불신, 적대감, 대화의 부족 등을 들 수 있다. 그럴 경우 성관계는 육체적 학대로서 나타날 수 있다. 이처럼 부부 사이의 감정이나 관계는 잘 회복되지 않고, 알콜중독자가 술을 끊은 다음에도 성적 장애를 일으키는 일이 종종 있기 때문이다.

이와 마찬가지로 회복기의 알콜중독자도 〈성교를 만족스럽게 할 수 있을까〉 불안감을 느낀다. 그들은 의심이 깊어지며 자신의 성적 반응을 체크한다. 불안한 체크증세는 성적으로 곤란한 상태로까지 가게끔 한다.

회복기의 알콜중독자는 원만한 성관계를 갖도록 하는 것이 현명하다.

그러나 술을 끊고 나서 3~6개월에는 오르가즘, 완전한 발기, 사정과 같은 능력을 바라지 않는 편이 좋다.

환자에게 있어서 이 시기는 알콜중독에 관계가 있는 의학적, 약학적인 문제나 영양상의 문제를 해결하는 기간이다. 개인적인 문제, 부부간의 장애도 이 시기에 회복될 것이다.

만약 6개월부터 12개월이 지나도 문제가 남아 있다면 성생활에 대한 카운셀링을 받든지, 심리요법을 받는 편이 바람직하다. (→술, 임포텐스)

 1법:수박껍질(말린것) ⟶달임 그 물을 수시로 마심
2법:검은 콩 삶은 물을 마심
3법:갈근즙, 생과즙 많이 먹는다

20. 암

암(Cancer)은 단일 병이 아니라 몸의 이상 세포가 무제한으로 증식한다는 특징을 공통적으로 갖는, 200개 이상이나 되는 병의 총칭이다.

암은 다른 어떤 중대한 병보다 신속한 치료를 필요로 한다. 악성종양의 증식이 하나의 부위에 한정되어 있는 동안이라면 파괴하거나 제거할 수 있을 것이다. 검출되지 않거나 종양이 작다고 해서 무시한다면, 그것은 대부분 틀림없이 몸 전체로 번져서 죽음을 초래할 것이다.

진찰과 치료 후 적어도 5년간 재발하지 않을 경우 암이 〈치유되었다〉라고 간주한다. 현재의 치유율은 세 사람 중 한 명으로 되어 있고, 1950년에 네 사람 중 한 사람, 1930년의 다섯 사람 중 한 사람 꼴이었던 것보다 향상되고 있다. 환자 전원이 적당한 진찰과 치료를 받으면 치료율은 두 명 중 한 명으로 급상승한다고 추정되고 있다. 그러나 암은 불치의 병이라는 잘못된 생각이 뿌리 깊은 탓으로 치료가 가능한 수술이나 치료 자체를 거부하는 환자가 있다.

또 암을 두려워한 나머지 진단을 믿지 않고, 그 때문에 의사의 지시를 무시하는 사람들도 있다. 병을 직시하지 않고, 잠시 내버려 두면 자연스럽게 그 문제가 해결된다고 생각하는 사람들도 있다. 조사에 따르면 암의 징후를 알고 있어도 의료

기관에 가기까지 3개월이상이나 망설이는 환자가 10명 중 4명의 비율로 나타났다. 또한 1년 이상 망설이는 사람이 5명 중 1명 있으며, 그러는 동안 암이 많이 번진 경우가 있다. 그래서 암에 대한 공포심 그 자체가 치유에 있어 최대 장애가 된다.

매년 한 번씩 건강진단을 받는 것으로써 다른 어떤 예방조치보다도 훨씬 많은 생명을 구할 수 있다. 그 방법의 하나로 금연도 현명한 태도일 것이다. 흡연은 폐암의 주요 원인이며 다른 중병의 큰 요인이 되기 때문이다.

암연구회는 〈경계해야 하는 7가지 징후〉, 즉 지금은 암이 아니더라도 의학적으로 주의해야 할 징후를 이렇게 강조하고 있다. 다음에 말하는 징후 가운데 하나라도 2주 이상 계속되면 의사의 진단을 받는 것이 바람직하다.

(1) 배변 또는 배뇨의 이상
(2) 짓무름이 낫지 않는다.
(3) 이상한 출혈 또는 불순물
(4) 유방, 그 이외 다른 곳의 응어리 또는 덩어리
(5) 소화불량 또는 삼키는 것이 곤란한 경우
(6) 사마귀, 점의 명확한 변화
(7) 심한 기침

또한 소변에 조금이라도 피가 섞여 있으면 즉시 검사를 받는 것이 좋다. 통증이 암의 초기 징후인 경우는 좀처럼 없다.

그러면 암이란 무엇인가? 암세포는 이유도 없이 급속하게 증식하여 마치 폭주하는 것처럼 보인다. 성장하는 암은 정상적인 세포에 필요한 영양분을 먹고 건강한 조직을 압박해서 침식해 간다.

암세포는 근원적으로 발생한 그 부위의 암 조직에서 나뉘어져 혈류나 림프계를 경유해 몸의 다른 부분으로 옮겨진다. 그 세포는 그곳에서 〈전이〉라는 제2차보금자리를 형성한다. 간장, 신장과 같은 중요한 기관으로 이전되면 환자의 생명은 급속하게 짧아진다.

암은 그 종류에 따라 각각 성질도 다르다. 어떤 종류의 암은 성장해서 주위의 조직에 천천히 퍼져 간다. 또 다른 종류의 암은 급속하게 성장해서 즉시 퍼져 간다. 그렇기 때문에 어떤 종류의 종양에 효과가 있는 치료법이라도 다른 종류의 종양에는 효과가 없는 경우가 많다.

또한 한 곳에 여러 종류의 다른 유형의 암이 생겨서 각각 성장 과정을 거치는데 이 경우는 치료방법도 각각에 맞는 것이 필요하다.

종양이라고 해서 모두 악성은 아니다. 양성의 종양은 한정된 장소에 발생하는 세포 덩어리로서 번지는 일은 없다. 그것이 해를 미치는 것은 그 덩어리가 다른 기관을 압박해서 기관의 정상적인 기능을 방해하는 경우 뿐이다.

우리나라에서는 암이 손가락에 꼽힐 정도로 많은 사망원인이 되고 있으며, 가장 많은 사망원인은 심장병이다. 통계에 의하면 인구 2억 이상의 미국국민 가운데 연간 약 645,000여 명이 암에 걸려서 약 28만여 명이 사망한다고 한다. 현재의 추세대로 증가해가면 거의 4명 가운데 한 명이 언젠가는 암에 걸리고, 감염자의 약 6명 가운데 한 명이 암으로 사망하게 될 것이다.

남녀 모두 암에 걸릴 위험성은, 어릴 때부터 쌓여가다가 45세 이후는 발생율이 급증한다. 20세부터 60세에 걸쳐서는 남성보다 여성이 암에 걸리는 경우가 많다. 유방, 자궁, 그 이외의 생식기계통의 암 발생율이 높기 때문이다. 60세를 지나면 전반적인 암 발생율은 남성쪽이 높아진다.

암으로 사망할 확률은 55대 45의 비율로 여성보다 남성 쪽이 많다. 암으로 사망하는 남성의 경우 주된 것은 폐암, 위암, 전립선암이다. 여성에게는 결장암, 직장암, 유방암, 자궁암이 가장 많다.

암이라고 진단을 받는 것만으로도 성생활에 영향을 미칠 수 있다. 무서운 병에 걸렸다는 충격으로 의기소침하여 성적 관심을 잃어버리는 사람들이 있다. 또한 암이라고 진단받은 사람은 병 자체를 걱정하기보다는 먼저 고민에 휩싸이게 된다. 즉 의사로부터 어떤 치료를 받아야 하는지, 발병사실을 다른 사람에게 이야기해야 하는 식의 것들로 번민한 나머지 성교를 시도하지못하고 최소한의 기운도 잃어버린다.

게다가 암 환자는 고통이나 대수술, 몸의 쇠약, 그리고 죽음 등에 대한 공포와 싸워야 한다. 대부분의 사람은 불안과 분노와 절망감이 서로 뒤섞인 상태로 자기자신의 육체에 배신 당했다는 생각을 갖는다. 이러한 감정이나 생각이 성기능을 방해하는 원인이 될 수도 있다.

암이 생식기나 유방을 침투하면, 성기능에 주는 악영향은 더욱 커진다.

생식기와 유방으로 환자의 의식이 지나치게 집중될 뿐만 아니라 그 가운데에는 이러한 기관의 암을 실제로 또는 상상으로서도 마스터베이션, 중절, 부도덕한 성행위 등의 보상이라고 생각하는 사람들도 있다. 그러한 사람들은 생명을 지키기 위해 성행위를 포기해야 한다고 말하기도 한다.

심리적인 영향 이외에도 그 밖에 암이 육체에 미치는 영향, 예를 들면 무기력감, 식욕감퇴, 근육위축화로 심한 쇠약을 일으켜서, 그것이 원인이 되어 성기능에 문제를 일으키거나, 아예 기능자체를 불가능하게 만들어 버리는 수도 있다.

이때는 암의 치료도 성기능을 손상시킬 가능성이 있다. 가장 일반적인 치료법은 수술, 방사선 요법, 화학 요법인데, 방사선과 화학요법은 구역질이나 구토를 일으키고, 극도의 불안감이나 몸의 제어력 상실감을 불러 일으킨다. 어떤 종류의 화학요법에 따라서는 머리카락이 빠지고, 성의 욕구나 자신감을 더욱 감퇴시킬 수도 있다. 생식기의 수술과 방사선 치료도 성기능을 방해한다. 마찬가지로 여성이 유방절제수술을 받은 다음의 반응이나 남성측의 반응도 성기능에 영향을 줄 수 있다.

치료 후 여러가지 심리적인 문제나 인간관계의 문제가 성기능에 영향을 주기도 한다. 위축된 생각, 자신감 상실, 몸에 상처가 있다는 감정이 환자의 성에 대한 관심을 감퇴시킨다. 환자는 언제나 암의 재발에 대한 불안감을 느끼며 그 생각을 머리에 가득 채우고 있다. 환자도 상대방도 성행위는 이제 자신들에게 어울리지 않는다고 생각해 버린다.

부끄러움과 당혹감 때문에 성행위 자체가 힘들어지기도 한다. 암 환자는 수술의 커다란 상처로 인하여 상대방에게 성관계 요구를 거절당하지 않을까 두려워 한다. 자기혐오의 마음이 상대에게 옮겨지는 일도 있다. 이러한 감정은 치료 후 성행위를 재개할 때 장애가 된다.

암이 결혼생활에 미치는 영향에 대해서는 거의 연구되어 있지 않다.

어떤 사람은, 암 환자는 남성도 여성도 육체적으로 가까이 가고 싶다는 욕구는 강해지지만, 성행위에 대한 관심은 약해진다고 말하고 있다.

이와 같이 성행위에 대하여 여러가지 장애가 있음에도 불구하고, 많은 암 환자는 성에 대해서 강한 관심을 잃지않고있으며, 계속 성생활을 유지하기를 원한다. 그러한 사람은 암 자체와 치료가 성적 능력에 어떤 영향을 미치는지 의사나 간호사와 의논하는 편이 좋다. 기간을 정해 하나님께 부르짖어 기도를 해서 고쳤다는 사례도 있다. (→유방암, 자궁경암, 유방절제, 음경암, 전립선암, 질암)

21. 때론 성적불륜을 상기시키는 -요통

요통(Backache)에는 여러 가지 원인이 있으며, 몸이 불편하거나, 2, 3일 이상 계속되는 경우에는 의사에게 진찰을 받아야 한다.

보통 이 통증은 등에 지나치게 부담을 주면 일어난다. 예를 들면 무거운 물건을 들거나, 오랫동안 허리를 구부린 상태로 일을 하거나, 부자연스러운 자세로 앉거나, 서거나, 잠자거나 하는 경우에도 통증이 일어난다.

척주(脊柱)는 〈척추골〉로 이루어진, 등의 가운데 부분이다. 척추골의 하나하나에 골질(骨質)의 돌기가 여러 개 있고, 그 돌기에 인대와 근육이 연결되어 있다. 각각의 척추골 사이에는 단단하지만 탄력적인 반상(盤狀)의 물질이 있어서, 이것이 완충기의 역할을 한다.

등쪽에 과도의 힘이나 부담을 주면 근육이나 힘줄을 다치는 경우도 있다. 한계능력 이상으로 늘어난 인대는 심한 통증을 일으킨다. 근육 뿐만 아니라 근처의 근육도 일시적으로 땅기고 수축되어 경련을 일으키면서 움직이는 것조차 힘들어진다. 통증을 느낀 사람은 긴장을 하고, 근육도 굳어지며 그 때문에 점점 아프게 되어 만성화되는 일도 있다.

척추간반(脊推間盤)이 손상되기도 한다. 정상적인 위치에서 벗어나서 민감한 신경으로 들어가는 경우도 많다.

등의 통증이 증대한 병의 전조, 예를 들면 암이나 관절염의 전조가 되기도 한다. 등 아래쪽이 아플 때는 골공증(骨空症) 초기의 증상인 경우도 적지 않다. 통증의 원인이 등뼈의 감염성 또는 선천적 질환에 의한 경우도 있다.

출산전 산모는 몇 개월간 등의 통증으로 괴로워한다. 태아의 무게 때문에 〈척주만곡(脊柱蠻曲)〉을 일으킬 수 있다.

정신적인 장애도 허리통증의 원인이 된다. 이런 경우 특히 등 아래쪽이 아프며 굳어지고, 구부리는 것과 움직이는 것도 곤란해지며 엉덩이 부근이나 다리에 예리한 통증을 동반한다.

심인성으로 생기는 허리통증의 커다란 원인은, 정신적으로 강한 긴장으로 인하여 근육이 균형을 잃어버리기 때문이다. 통증에 의해 근육수축이 점점 심해져서 통증이 점점 강해진다. 정신적 불안, 의기소침으로 인하여 근육 경련을 일으키기도 한다.

성적인 긴장이나 알력에서 오는 스트레스가 자주 허리 통증의 원인이 된다. 또한 부자연스러운 체위는 허리에 부담을 주기 쉽다. 성적으로 흥분해도 오르가즘에 도달하지않는 경험을 반복하는 여성은 골반충혈을 일으키고, 허리 통증이 증상으로서 나타나는 일이 있다. 남녀 모두 성행위를 피할 구실로 이 허리 통증을 자주 호소한다.

허리 통증의 치료법은 여러가지가 있다. 예를 들면 마사지, 열냉용법, 침대에서의 안정, 운동, 투약, 수술, 심리요법 등이 있다.

허리 통증을 완화시키기 위해서 성행위가 도움이 되기도 한다. 근육의 경련이 있는 등 심한 통증으로 괴로워하는 환자는 성행위 때문에 만성이 되는 것은 아닌가라고 걱정하지만, 실제로 성행위는 통증을 초래하는 근육경련과 정신적 긴장을 부드럽게 해준다.

허리가 아플 때에는 뜨거운 물로 목욕을 하든가, 허리에 따뜻한 것을 대고 나서 성행위를 시작하면 좋다. 진통제는 성교에 앞서 1시간 전에 복용하는 것이 좋다. 성행위 도중 애무도 도움이 된다. 그것은 통증을 부드럽게 하고, 남녀 사이에 정신적으로 따뜻한 애정과 성적인 흥분을 가져온다. 행위 후의 애무도 효과적이다.

허리 통증으로 고통받는 사람은 보통 둔부에 베개를 대고 눕는 자세가 가장 편안한다.

만성적인 허리 통증으로 괴로워하는 사람이 자주 걱정하는 것은 성행위 때문에 병이나 통증이 악화되지 않을까하는 점이다. 증상이 가라앉고 통증을 전혀, 또는 거의 느낄 수 없을 때라도 환자는 성행위를 해서 병이 재발할지도 모른다는 불안감을 느낀다. 이 불안감이 남성에게는 임포텐스로, 여성에게는 불감증으로 나타날 수 있다.

만성적인 요통으로 고생하는 사람은 대개 근육이 약하거나 탄력성이 부족하다. 근본적인 대책은 근육의 힘, 내구력, 탄력성을 증진시키는 운동을 하는 것이지만, 성행위를 하면서 허리를 앞뒤로 움직이는 것은 대단히 좋은 운동이 된다. 이것은 등, 하복부, 둔부, 대퇴부의 근육을 단련시켜서 만성적인 허리 통증을 낫게 할 수도 있다. 운동으로 가장 좋은 효과를 얻기 위해서 성행위는 천천히, 신중하게, 자주 하도록 한다.

①귤씨(0.2)+원두충(0.2) → 볶아서 → (노란)가루+술+소금=1일3회, 식사후

②(과음·포식 후 방사로 생긴 식적요통):속효산 또는 사물탕, 이진탕

③(신이 허해, 방사과도로 신손상):청아환, 보신탕(개가 아님)

④(높은데 떨어짐, 무거운 거 들다 허리가 놀람):여신탕, 오적산

⑤(풍이 신을 상해, 모든 풍질에 기본):오약순기산

⑥(아픔이 심하여 못찾음):가미용호산

22. 우울증엔 교회에 가가 찬송을 불러라 할렐루야!

　우울증(Depression)이라는 것은 우울과 좌절감 또는 패배감이 상상할 수 없을 정도로 심해지는 정신의 이상을 말한다.

　질병에서 오는 우울증과 바람직하지 않은 사건에 대한 정상적인 정적·동적 반응이라는 것은 아주 근소한 차이를 보인다. 이혼이나 실직 등으로 타격을 받은 다음에는 대부분의 사람들은 일시적으로 우울상태를 경험한다. 병이나 수술도 우울상태를 초래할 수 있다. 사랑하는 사람을 잃어버렸을 때는 대개 몇 주일 또는 몇 개월이나 그 상태가 계속된다.

　대부분의 경우 그와 같은 우울상태는 상당히 빠르게 해소되고 정상적으로 행동할 수 있게 된다.

　하지만 사람에 따라서는 우울상태가 몹시 오래가거나 심해지기까지 한다. 그런 사람은 특별한 사건이나 계속 되는 사건이 계기가 되어 일어나는, 〈외인성(外因性)〉우울증으로 고생하는 사람도 있다. 이런 우울증은 더 일반적인 호칭으로 말하면 정신이상으로, 우울상태가 우발적으로 반복되는 것이 특징이다. 이 조울증은 일종의 내인성 우울증으로 우울상태와 병적으로 지나친 소동을 교대로 일으킨다.

　우울증의 원인은 불분명하다. 일부의 연구자는 생화학적인 이상, 또는 특정한 사건이 발병의 원인이 되는 것은 아닌가라고 생각하고 있다.

우울상태에 있는 사람 스스로도 반드시 그 증상을 알고 있는 것은 아니다. 사람에 따라서는 자신의 기분을 자기자신에게만 숨기거나, 자신을 괴롭히고 있는 것의 정체를 파악하지 못하기도 한다.

우울상태에 있는 사람은 불면이나 불규칙한 수면으로 자주 고민한다.

피로나 흥분 이외에 식욕 감퇴나 체중 감소도 볼 수 있다. 두통, 요통, 번민 등 정신적·육체적 증상도 많은 우울상태의 사람들에게 있어 흔히 나타난다.

직장이나 놀이, 타인과의 관계에서 얻어지는 기쁨은 줄어들고 인간관계를 친밀하게 하는 능력도 적어진다. 우울상태에 있는 사람은 육체적으로도 활발하지 않고 적극적인 태도나 결단력있는 태도 역시 별로 보이지 않는다. 절망감이나 심한 무기력감으로 괴로워하는 사람도 있다. 직장이나 가정에서 정상적으로 일을 할 수 없게 되는 사람도 있다.

그 가운데는 기쁨을 느낄 수 없기 때문에 반동적으로 쾌감을 찾아서 해결하려는 사람도 있다. 지나치게 많이 먹거나 많이 마시거나, 극단적으로 육체에 위험이 따르는 일에 도전을 하기도 한다.

성행위에 관심이 적어지는 것도 우울증의 한 증상이다. 대부분의 사람에게 있어서 성적인 몽상은 성적 흥분의 중요한 자극제이지만, 우울상태에 있는 사람은 그 능력을 상실하는 경우가 많다.

우울증에 걸리면 성욕이 감퇴된다는 사실은 잘 알려져 있지 않다. 사람에 따라서는 심인성 반응이 관계하는 것 같다. 정신적으로 상당히 불안한 사람은 모든 에너지를 그 자신을 극복하는 데에 쓰기 때문에, 성행위를 위한 시간과 에너지가 거의 남아 있지 않다.

증상이 심한 우울증에 따르는 생리적 변화나 호르몬의 변화가 성욕을 방해하는 일도 있을 것이다. 만성적으로 긴장하고 있는 남성은 혈중 테스토스테론의 농도가 낮다. 반면 우울상태의 여성에게는 월경불순, 특히 무월경증이 자주 일어난다. 뇌의 시상하부에 스트레스의 영향이 미치면 뇌하수체에 성 호르몬의 생산량이 줄어드는 현상이 나타날 수도 있다.

성욕이 감퇴되면 성행위를 늘려서 대항하는 사람도 있다. 자신감을 회복하고 부족한 성욕을 채우려고 충동적인 성행위로 치달리는 경우도 적지 않다. 남성도 여성도 고독과 우울에서 도피하려는 시도로, 음란한 행위를 하는 경우가 있다. 그것은 대개 기계적이고 기쁨이 없는 육체적 접촉으로 끝날 뿐이다.

우울상태에 빠지면 동성애를 시도하는 사람도 있다. 안정이 되지않고 흥분된 우울증 환자는 강박적으로 마스터베이션을 하는 일이 있다. 대부분 긴장을 풀고 잠들려고 하는 시도로서 마스터베이션을 한다.

우울상태로부터의 성적인 도피로서 노출증, 페도필리아, 근친상간, 또는 성적 망상의 형태를 취하는 경우도 적지 않다.

이와같은 충동적인 성행위는 그 사람에게 죄의식을 싹트게 해서 우울증을 악화시키고 더욱더 그를 성적 행동으로 몰아넣을 수도 있다.

하지만 우울증 환자의 대부분은 성교의 회수가 줄어든다고 한다. 성적흥미가 감퇴되는 것도 한 원인이지만, 우울상태에서는 다른 사람과 좀처럼 사교적인 관계를 맺지 않기 때문에, 감정적으로 친한 관계나 성행위의 기회 자체가 줄어드는 것도 원인으로 작용한다.

대부분의 경우, 우울증은 환자의 성기능 그 자체에는 영향을 미치지 않는다. 성행위에 대한 흥미가 다소 약해지고 성교의 회수가 줄어든다고 해도 성교를 할 때는 신체가 정상적으로 반응할 것이다. 그 중에는 오르가즘에 도달하기 어렵거나 사정곤란 또는 발기불능 등 성기능부전으로 고민하는 사람도 있다.

이와같은 문제는 성욕의 감퇴가 원인이 되어 생길 수도 있다. 예를 들면 우울상태에 있는 남성은 거의 성욕을 느끼지 않을 것이다 아내가 그런 행동을 보이면 당황해서 성교하려고 해도 충분하게 발기하지 못하고, 더구나 그것조차 지속할 수 없을지도 모른다. 이와 같은 경우 남성은 커다란 불안감에 휩싸인다. 이 불안감은 다음 성행위를 할 때가 되면 더욱 심해진다. 이러한 남성이 성적으로 잘 반응하지 않는 것을 두려워한 나머지 무리하게 발기하려고 하면 심인성 발기불능에 빠지기 쉽다.

우울증이 성적인 문제에 의해 일어나는 경우도 적지 않다. 이 경우는 보통 가벼운 증세로 끝나지만, 성적 곤란이 해결되면 거짓말같이 사라진다. 이런 우울병에는 의약요법으로 효과가 없다. 오히려 카운셀링을 권하고 싶다.

우울증은 남성보다도 여성에게 훨씬 많다. 그 이유는 분명하지 않다.

우울증은 성격에 따라서도 특히 잘 나타나는 경우가 있지만, 융통성이 없고 사람에게 신경을 많이 쓰고, 강박관념이 강한 사람에게 흔히 잘 나타난다. 성실하고 근면하면서도 한편으로 감정 변화가 심하고 유머가 없는 사람은 느긋한 성격을 가진 사람보다 우울증에 걸리기 쉽다.

우울증의 치료를 받으면 대개 성욕이 증진되고 성행위는 치료 전보다 더 즐거운 것이 된다. 대부분의 환자에게는 항우울제의 투여와 심리요법을 같이 쓰는 것이 효과적이다. 그러나 환자에 따라서 전기쇼크 요법도 더러는 필요하다.

하지만 철저한 진찰이 필요하다. 여러가지 병에 대한 투약이 우울증의 원인이 되는 경우도 있기 때문이다.

반하후박탕(조울증, 염세적일때)
시호억간탕(독신녀 성문제)
도인승기탕(월경시 불안초조)

23. 밥 잘먹고 뭐 잘싸면…

동의보감에선 후음(後陰)이라고 해서 항문에 관련된 병들을 취급하고 있다.

최대한 위험스러운 치료법은 피하는 걸 원칙으로하며 한편, 항문에 관련된 **탈항증**에는 ①삼기탕(폐와 신의 허로 생긴 탈항) ②용골산(대장허로 생긴 탈항) ③사물탕(혈이 열한 경우에), 그외에 항문일반질환으로〈**대변으로 나오는 피가 맑으면**〉: 패독산, **피가 어두우면** : 향연환, **장이차면** : 생강+계피, **열이쌓여내리면** : 삼환탕과 환, **맥이넓고 크면** : 황련해독탕〉을!

인공항문(Ostomies)은 대변이나 소변을 배출하기 위해 인공적으로 만든 작은 구멍이다.

결장(結腸) 인공항문은 결장암이나 직장암 수술을 한 후에 만드는 경우가 많다. 수술 범위가 넓어서 결장 하부의 대부분과 직장을 포함하는 경우, 배설물을 배출하기 위해 수술을 해서 복벽(腹壁)에 인공적으로 구멍을 만드는 것이다. 최대한 한방 동의요법으로 치료할 수 없는가 수소문해본다.

인공항문성형수술은 성적 능력에 여러 가지 영향을 미친다. 광범위한 수술이기 때문에 신경에 장애가 일어 서 회복할 수 없는 성적 손상을 받는 남성도 있다. 결장 인공항문을 만든 남성 가운데에는 성교불능이 되는 사람도 있고, 역행성 사정으로 고민하는 사람도 있으며, 사정할 수 없는 사람도 많다. 그러한 남성의 대부분은 50세 이하이기 때문에 수술 전부터 병이나 약물요법에 기인하는 성적 장애를 겪었을 가능성도 있다.

회장(回腸)항문(회장을 이용한 인공항문)을 만드는 것은 장의 염증성 질병을 앓은 다음에 가장 많다. 이런 경우 결장(대개 직장도)을 절제한 다음 소장을 이용해서 복부 전면에 작은 구멍을 만든다. 성교불능이나 사정장애가 일어날 확률은, 암 수술에서 기인하는 결장 인공항문의 경우보다도 상당히 적다.

암 이외의 원인으로 결장 인공항문을 만드는 경우에는 성교불능이나 사정장애가 일어나는 예는 암의 경우보다도 훨씬 적다.

인공항문성형수술 다음에 성교불능이 된 사람은 그 상태가 평생 계속된다고 생각하지 않는 것이 좋다. 수술 후부터 몇 개월, 혹은 몇 년 지나고 나서 성교능력을 되찾는 사람도 있다.

여성의 경우, 인공항문이 어떠한 성적 영향을 초래하는가는 거의 조사되어 있지 않다. 대다수의 여성은 성에 대한 흥미와 오르가즘에 도달하는 능력을 잃지는 않는다. 그러나 성교시의 통증이나 질의 감각에 이상이 있다는 여성이 있다.

결장 인공항문도 회장항문도 여성이 임신하거나 건강한 아이를 낳을 능력에는 보통 해를 끼치지 않는다.

인공항문이 인간의 심리에 주는 영향은 대단히 크며, 특히 육체적인 영향보다 성적 영향 쪽에 훨씬 크다. 장을 없애고 방광이 제대로 조절되지 않으면 자존심에 심한 상처를 입게 된다. 인공항문성형에 의해 자신의 모습에 대한 이미지가 바뀌어서 수치와 당혹감을 느끼는 사람도 많다. 또한 수술을 받은 당사자가 상대방의 이와 같은 반응을 두려워할 수도 있다. 냄새가 나거나 인공항문으로부터 뜻하지 않은 배설로 인해 상대를 불쾌하게 할 우려도 있다. 그리고 인공항문을 손상시키지는 않을까라는 불안도 성행위를 방해한다.

암수술의 결과로 인공항문을 만든 경우는 재발의 불안도 더해지기 때문에 문제는 더욱 어려워진다. 방사선 요법이나 화학요법도 건강이나 성의 문제를 일으키기도 한다. 또 우울증에 걸려서 성에 대한 흥미를 잃을 수도 있다.

인공항문을 만든 사람이 성생활에 적응하는 것은 상대방과의 관계가 좋고 나쁨에 따라서 결정되는 경우가 많다. 상대방의 행동 여하에 따라 인공항문을 한 사람의 자존심이나 자신감은 강해지거나 완전히 없어진다. 이때는 두 사람의 솔직한 대화가 특히 중요하다. 대화는 만족한 성생활을 달성하는 데에 가장 기초가 된다.

이때 사실을 있는 그대로 받아들이는 것이 성체험을 쌓는데 크게 도움이 된다. 인공항문을 손상키는 것이 걱정스러운 여성은 여성상위의 체위를 하면 된다.

인공항문에 주머니를 사용하고있는 경우는 성교 직전에 주머니를 비워두면 안심할 수 있다. 불투명한 주머니쪽이 투명한 것보다 바람직하다. 탈취제를 주머니에 넣거나 세정식을 사용하는 사람은 항문 덮개에 올려서 사용하면 좋을 것이다.

성교를 위해 주머니를 벨트가 아니고 몸에 테이프로 붙이는 사람도 있다. 항문이나 주머니를 스카프 또는 천으로 덮는 사람도 많다. 팬티아래 봉제선을 잘라서 입는 사람도 있다. 어느 정도까지 노출해야 서로에게 불쾌감을 주지 않는지 경험에 따라 현명한 방법을 찾아야 한다.

인공항문을 하고 있는 사람은 장에 부담을 주는 음식물을 피하는 것이 현명하다. 특히 성행위를 할 경우에 있을 때에는 더욱 그러하다.

인공항문을 했기때문에 회복할 수 없는 성교불능으로 고민하는 사람에게는 인공 페니스도 생각할 수 있고, 다른 성감대를 손이나 입으로 자극할 수도 있다. 또 인공항문을 한 사람 가운데에는 항문 그 자체가 성적으로 민감하게되어 그것을 만지면 의외로 쾌감을 얻는 사람도 있다. (→암, 페니스 보철)

24. 영어 연수학원인가? -SLE

　결합조직의 질환인 전신성 에리스마토수스(Systemic Lupus Erythematosus)는 만성의 통증을 동반하는 다른 병과 마찬가지로, 전형적인 경우는 자신의 신체에 대한 이미지를 바꾸고 자존심을 잃게 한다. 초조함이나 위축감, 우울증, 모든 일에 대해서 무관심하게 되는 것이 보통이고, 대개는 성욕도 감퇴된다. 또한 이 염증성 결합조직질환의 증상은 자주 성기능을 저해한다. 발열, 쇠약, 피로 때문에 환자는 성에 대한 흥미를 잃어버릴 수 있다. 얼굴에 발진이 있는 경우가 많기 때문에 환자는 이 증상으로 인하여 자신은 성적 매력이 부족하다고 느끼기도 한다.

　보통은 관절의 통증 때문에 움직임이 제한되고 성교가 곤란해지기 때문에 더욱 고통스러워진다. 성교에 앞서서 따뜻한 물로 목욕을 하면 불쾌감이 어느 정도 완화된다.

　온수욕을 하고 따뜻한 방에서 하는 성교는, 이 병에서 자주 볼 수 있는 다른 문제, 즉 레이노(Raynoud) 현상에서 생기는 불쾌감을 완화시키는 효과도 있다. 레이노 현상은 환자의 다섯 사람 중 한 사람의 비율로 나타나는 증상으로, 발가락에 흐르는 혈액의 양이 줄어들기 때문에 통증이나 손이 고와지며 푸른 빛을 띠는 것을 말한다. 성행위 도중에는 많은 혈액이 음부에 집중해서 손, 발가락에 흐르는 혈액의 양이 더욱 줄기

522 · 허준의 동의보감으로 배우는 건강법

때문에 통증이 증가한다. 뜨거운 물과 따뜻한 방은 혈관의 확장을 도와서 혈액순환을 좋게 한다.

환자는 성교 도중에 손이나 발로 자신의 체중을 지탱하지 않는 것도 중요하다. 왜냐하면 압력이 가해지면 혈액의 공급이 그만큼 줄어들기 때문이다. 이것을 예방하는 안전한 체위 가운데 하나는 환자가 상대방 아래쪽에 위치하는 방법이다.

이 병의 치료에 사용되는 약제는 자주 성교 도중에 긴장이나 통증을 완화시켜 주지만, 성적 장애를 일으킬 수도 있다. 사용되는 약제로서는 콜티존 등의 스테로이드, 항염증약, 정신안정제 등이 있다.

일부의 환자는 입안이 짓물러서 키스 등 입에 의한 성행위가 고통스러워진다. 이 증상의 치료에는 스테로이드 양치질을 하는 약이 사용된다. 세균성 감염증이 있는 경우에는 항생물질도 첨가된다.

환자가운데에는 질도 포함해서 점막이 건조해지는 사람도 있다. 점막이 건조해지면 성교가 고통스럽게 된다. 이것에 대해서는 수용성 윤활제가 아주 효과가 있다. 또 소수이기는 하지만 질의 궤양으로 고민하는 환자도 있다. 이것도 성교를 고통스럽게 하지만 보통 스테로이드 고약으로 통증이 줄어든다. 치료 기간에는 잠시 성교를 피해야 하며, 다른 형태의 성행위를 시도하면 좋을 것이다. (→스테로이드)

25. 직장의 통증

성교 후 발생하는 직장의 통증(Rectal Pain)은 남녀 모두 가끔씩 경험한다.

직장 하부와 생식기는 모두 선골전신경의 지배하에 있으며, 오르가즘이 있을 때 일어나는 근육의 수축에는 항문괄약근과 방광경의 수축이 일부 포함된다.

보통 이 수축은 통증을 동반하지는 않지만, 감각이 예민한 사람은 항문이 수축하는 감각을 불쾌하게 느끼거나 아프게 느끼는 현상이 있다. 여성보다 보통 남성에게 많은데, 그것은 사정이 여성의 오르가즘보다 더욱 강하게 항문의 수축을 일으키기 때문이다.

성교를 할 때 심한 통증을 느끼는 경우에는 의사의 진단을 필요로 한다. 왜냐하면 통증은 열상(裂傷) 등 직장이 이상에 의한 것일수도 있기 때문이다.

또 직장 근육의 경련이 통증의 원인이 되기도 한다. 성행위의 일부인 직접적인 직장의 자극은 그곳에 경련을 일으킬 수도 있다. 사람에 따라서 성교 후 직장의 통증은 심인성인 경우에도 나타난다.

26. 척수손상

척수에 손상(Spinal cord Injury)을 입는 것은 주로 청소년층으로, 15~29세의 남성에게 가장 많다.

주원인으로는 자동차 사고와 오토바이 사고, 수영이나 다이빙 사고, 굴러떨어졌을 때다.

척수가 손상되면 모든 신경섬유가 절단되기도 하나 일부의 신경섬유가 연결되어 있어서, 척수에는 어느 정도의 감각과 기능을 유지할 수 있는 능력이 남아 있는 경우도 있다. 그리고 손상이 불완전한 경우에는 성적 기능이 유지되는 일도 많다.

보통 척수에 손상을 입은 사람들에게 있어서 성적 기능은 중대한 관심사가 된다. 위험하지 않다고 보장되면 많은 사람들이 그 다음 묻고 싶은 것은, 〈성생활은 어떻습니까?〉라는 것이다. 그러므로 성적 기능을 회복하는 것이 보행능력을 회복하는 것보다 중요하다고 생각하는 환자도 있다.

척수의 손상은 성적 기능에 여러 가지 영향을 미친다. 손상된 후 성적 반응이 어느 정도인가는 확실히 예측할 수 없다.

여성의 경우는 보통 척수손상 후에도 성욕이 유지된다. 그러나 이 분야에서 많지 않은 연구에 의하면 오르가즘을 느끼는 능력은 두드러지게 감소하든가 완전히 잃어버리는 것이 보통이다. 그러므로 오르가즘에 도달하는 능력은 음핵과 음순에 감각이 있느냐 없느냐에 달려 있다.

한편 척수에 손상을 받은 많은 여성이 과거의 경험을 생각하는 것만으로도 오르가즘을 느끼는 경우가 있다. 오르가즘을 동반하는, 선명한 성적인 꿈도 꾼다고도 한다. 또한 여성에게 있어서는 생각지도 않은 신체의 부분에서 성감을 발휘하는 일도 있다.

오르가즘에 도달하지 않아도 성교를 즐기는 여성도 있다. 대부분은 상대방이 오르가즘을 느낄 때 강한 만족감을 느낀다고 한다.

생식기에 감각이 없는 여성은, 이 감각이 영구적으로 상실되는 것이라고 생각해서는 안된다. 척수는 손상을 받으면 쇼크 상태에 빠지고, 그 회복은 4~6개월 걸린다. 척수에 손상을 입으면 2년정도 지나서 생식기의 감각이 돌아오기도 한다.

척수에 손상을 받은 여성과 성교를 할 때에는 몇 가지의 배려가 필요하다. 그와같은 여성의 질은, 젖지 않는 일이 있으며, 감각이 무디거나 전혀 느끼지 못하는 경우도 있어서 윤활제가 필요할지도 모른다.

성교 도중 허리와 다리의 근육이 아프기 때문에 어떤 체위에는 불편함을 느끼는 여성도 있다. 그러므로 통증이 심할 때에는 약제가 필요하기도 하다.

척수에 손상을 입으면 배뇨와 배변을 조정할 능력을 잃어버리기 때문에 성교 중에 실금할 위험도 있다. 따라서 행위 전에 배뇨를 하고 성교 전 몇 시간은 수분을 삼가하는 것이 현명하다.

척수에 손상을 입은 여성이라도 정상적인 임신과 분만은 가능하다. 손상을 입은 다음에 월경 주기가 바뀌는 일도 있지만, 그것이 1년 이상 계속되는 경우는 좀처럼 없다. 생식능력은 생식기 자체에 손상이 없으면 손실되지 않는다. 따라서 임신을 바라지 않는 경우에는 피임법을 사용하는 것이 좋다.

척수를 손상당한 남성도 대개 성욕은 남아 있지만, 우울과 성적 기능에 대한 불안, 성기 감각의 결여 등 많은 요인에 의해 성욕이 줄어들기 쉽다.

척수에 손상을 입은 남성의 대부분은 성적 기능이 손상되며, 성교에 필요한 발기력을 유지할 수 있는 것은 환자의 15~20%에 지나지 않고, 정상적인 사정 능력도 90%정도 잃어버린다.

척수손상을 입은 남성의 대부분은 발기가 가능하지만, 그와 같은 발기는 성행위를 하는데에 있어서 도움이 되지 못한다.

척수의 높은쪽이 손상된 남성의 대부분에게는 〈반사발기〉가 일어난다. 이것은 음부의 직접적인 자극이 일으키는 발기이다. 반사발기는 음부와 척수 사이의 반사궁에 의해 지배를 받고, 반사궁은 뇌에서 내리는 지시를 필요로 하지 않기 때문에 척수의 손상보다도 아래 부분에서 기능을 유지할 수가 있다. 반사발기는 보통 극히 짧은 시간에 일어나므로 보통 감각이 따르지 않는다.

척수 손상을 입은 남성 가운데에도 심인성 발기를 경험하는 사람이 있다. 이것은 지시가 뇌에서 척수를 통해서 전달되었을 때 생긴다. 뇌에서 행해지는 공상이나 기억은 원래 시각, 청각, 후각에 의한 자극을 받아 그 지시를 내린다.

이 심인성 발기는 완전하지는 않지만, 반사발기보다는 지속력이 있어서 성교가 가능한 경우가 있다. 그러나 반사발기와 마찬가지로 회음에는 감각이 없는 것이 보통이다.

남성은 발기를 유지할 수 없지만, 여성이 페니스의 삽입을 바라는 경우에는 〈끼워넣기(스태핑)〉이라는 방법을 시도하면 좋다. 남성이 위로 향해서 눕고, 그 위에 여성이 걸터앉아서 무릎을 꿇고, 남성의 페니스를 무리하지 않게 자신의 질 안으로 끼워 넣는 방법이다. 이 방법으로 오르가즘에 도달하는 여성도 있다. 남성은 인공 페니스를 생각해도 좋을 것이다. 또 척수 손상을 입은 남성의 대부분은 음부나 유방을 손 또는 입으로 자극하는 것에 의해서 여성에게 성적 만족을 주고 있다.

척수를 다쳐서 성적 기능에 장애가 생겨도 쾌감을 느낄 수 있는 남성은 많다. 이때는 육체적인 접촉으로 친밀해지고 편안해짐을 느끼게 된다.

그리고 손상을 입은 후 2년 또는 3년이나 지나고 나서 성적 기능이 회복되는 일도 있다.

척수에 손상을 입은 남성은 대개의 경우, 생식능력이 손상되며 정액의 양과 정자의 활발한 운동은 일반적으로 감소된다. 또 정자의 수나 운동 능력에서 보면 임신시킬 가능성은 있어도 발기나 사정에 장애가 있기 때문에 수정이 불가능한 경우도 있다. 그 가운데에는 역행성 사정으로 고민하는 남성도 있다. 또한 척수의 손상을 받은 남성의 정액을 회수해서 그 아내를 임신시키려는 시도는 지금까지 성공을 거두지 못했다.

척수 손상을 입은 경우에는 부부가 서로 신뢰감을 갖는 것이 무엇보다도 중요하다. 자신의 욕구나 성욕을 솔직하게 표현한다면 그들 사이에서 일어나는 고민은 대개 성적으로 만족할 만한 방법이 발견되어, 해결할 수 있을 것이다.

그래서 여러 가지 체위나 새로운 방법을 시도해서 가장 쉽게 쾌감을 얻는 방법을 찾는 것이 좋다.

척수 손상을 입은 사람에게 있어서 무엇보다도 필요한 것은 인내심이다. 성적 반응과 기쁨이 시간이 지남에 따라 증가하는 경우도 있다. 또한 많은 커플은 서로의 성기가 제 기능을 다하지 않더라도 육체적으로 사랑을 표현하고 받아들일 수 있다는 사실을 알게 될 것이다.

27. 천식

천식(Asthma)의 증상은 아주 가벼운 것에서부터 생명에 관계되는 것까지 여러 갈래로 나누어지지만 그 인과 관계는 아직 해명되지 않았다.

신경이 예민한 사람은 여러가지 스트레스로 인하여 발작이 일어난다. 바이러스성 호흡기 질환, 운동, 알레르기 항원(알레르기 반응을 일으키는 원인이 되는 것)도 그 원인이 된다. 차가운 공기를 마신 것만으로도 천식이 생기는 수가 있고, 가솔린이나 금방 바른 페인트 냄새가 심하게 나는 공기나, 담배 연기가 가득한 공기 등 자극물이 섞인 장소에서 호흡하는 것만으로도 발작이 일어나는 경우가 있다.

정신적인 스트레스가 천식발작을 악화시키거나 발작을 일으키는 일도 있다. 그런 경험을 하면 당연히 성행위를 할 때마다 긴장하게 되고 아예 회피하기까지 할 것이다.

많은 천식 환자에게는 그들 나름대로의 공통점이 있는데, 그것은 성행위를 할 때 발작의 원인이 될 수 있다. 다시 말해 불안감에 휩싸였을때는, 발작이 일어날 수 있으므로 처음으로 성교를 경험한다든지, 그런 상황에 천식의 발작도 있을 수 있다.

천식 환자 가운데에는 다른 사람에게 이끌려서 끌려가듯 하는 성행위진행에는 반응하지 않으려는 사람들이 있다. 이런 태도를 취하고 있으면 상대방측은 자신이 성교의 주도권을 가져야 한다고 생각할 수도 있다. 그러한 사고방식은 화가 나거나 불만족스러운 감정이 되어 나타나며, 그 때문에 성적으로 불능이 되어서 발작을 일으키게 될 수도 있다.

 선인장을 생째로 달여 복용

천식환자의 성적 기능을 개선하는 약제는 여러가지 종류가 있다. 그 가운데에는 신경안정제가 불안을 없애주고 또 성행위를 할 때 증상을 일으키지 않도록 하며, 항우울제 가운데 성적 기능을 눈에 띄게 향상시키는 것도 있다.

일부의 천식 환자에게는 항히스타민제의 사용이 도움이 된다. 성행위하기 약 30분전에 항히스타민제를 복용하면 천식의 발작이 일어나지 않는 사람도 있다. 대다수의 천식 환자에게 있어서 성행위전 기관지확장기에 의한 치료는 성적 능력을 눈에 띄게 개선시킨다. 그리고 천식 환자의 일반적인 건강상 장애를 치료하는 일도 성적 기능을 개선시키는 처방책이 된다. 그 중에는 알레르기 과민성이 중요한 원인이 되어서 발작을 일으키는 환자도 있다. 때로는 알레르기 항원이 성행위와 밀접한 관계를 가져서, 베게나 이불 안에 있는 털에 대한 알레르기가 천식의 발작을 일으키는 수도 있다. 그와 같은 경우, 알레르기 항원을 알 수 있다면 그것을 배제(排除)하면 된다.

①〈고질적 천식〉

인삼(8)+생강즙(2ℓ)+파루인(5)+반하(3)+오미자(6)+상백피(3)+ 정력자(4)+고마근(3)+마두령(3)+조협(3)+ (리:10)+리어육(5)+호 도, 행인, 귤피(각2냥)+자소자(3)+저폐(3)+아교(2)+단육(2)+(인뇨 2)+묘두골(3)=(가루+물)+꿀1병

복용법:매일 1스푼, 5회, 1개월   주:밑줄은 쑤다의 뜻

②(좌심실쇠약 발작적일때, 호흡곤란):가미팔미지황탕

③(기관지천식):가미소청룡탕

④(기관지천식):가미팔미지황탕

⑤(숨가쁘고 힘없는자, 상성하허, 기침콜록콜록):소자강기탕

⑥(기식이 촉박한, 신수부족, 잘때 땀남, 오후에 열, 기침가래, 음식땡기지 않음):자음강화탕

⑦(기혈허하고 오한, 발열, 입마름):팔불탕

⑧(위장무력, 헛배, 식욕부진):사군자탕

⑨(기가 짧아 호흡이 촉박, 허노로 인한 빈혈):정원음

28. 치액

항문 및 직장의 정맥이 울혈에의해 결정상의 종창을 이룬 치질을 말한다.

치핵(Hemorrhoids)의 일반적인 증상은 출혈, 통증, 가려움증이다. 때로는 부은 정맥이 직장에서 돌출될 수도 있다.

치핵을 치료하지 않고 그대로 내버려 두면 무서운 합병증을 일으킬 수도 있다. 또한 자주 출혈을 하면 빈혈이 될 수도 있다. 치핵 위에 혈액이 응고되어서 통증을 일으키는 경우도 생긴다. 또 감염증이 생기거나 치질이 끊겨서 출혈하는 경우도 있다.

가벼운 증상의 치질이라면 의사는 변비의 통증을 완화시키는 연고나 좌약 등을 처방할 것이다. 또 하루에 3, 4번 뜨거운 물로 씻으면 편안해 질 것이다.

또한 혈관을 수축시키는 약이나 변을 부드럽게 하는 약품이 처방되는 경우도 있다. 이 증상이 생겼을 때 수술이 바람직한 것은, 대개 통증이나 출혈, 감염증을 동반하는 중증인 경우이며, 대부분 수술로써 완쾌된다. 그러나 직장의 혈관을 전부 절제할 수 없기 때문에 수술해도 치핵이 재발되는 사람도 있다.

1법:계란기름을 치질구멍에 매일 넣는다

2법:〈피고름,통증〉에는 겨자씨가루+꿀을 개어 바른다

3법:〈수십년되 똥과 분비물이 구멍으로 나올땐〉:혈갈, 웅담, 우황
(0.05)를 고약으로 수시로 붙이고 연화, 흑축, 두말(각1), 당귀
(0.5), 빈홍(0.2), 사염초(3), 고삼(1.5)을 가루로 쑤어 꿀에 재워
벽오동열매크기 환을 지어 1회 50개씩, 1일 1회복용, 18일 계속

4법:소뿔가루

5법:복어기름(염증성외치질):주의!

6법:홰나무건류액

7법:백반용액

8법:생지황, 당귀, 쑥, 파밑둥을 우려낸 물로 씻는다

9법:(치루)양혈음과 구멍을 메울 삽약, 흑옥단, 위패환, 색루공방등
많이 있다

· 치질금기음식:날거, 찬거, 굳은거, 성질이 찬 약, 술, 국수, 맵고
열을 내는 음식, 생각, 닭고기

　여성은 임신중에 치핵이 생기는 경우가 있다. 크기가 늘어
난 자궁이 혈관을 압박해서 혈액의 흐름을 저해하고, 과민하
게 만들기 때문이다.

　심한 기침이나 무거운 물건을 들어올린다든가 오래 계속 서
있는 작업도 치핵의 원인이 되기 쉽다. 만성 변비로 변이 굳
어졌기 때문에 계속 배에 힘을 주는 경우에도 이런 상태가 되
기 쉽다.

　치핵은 종양 때문에 직장의 혈관이 압박받거나 심장병으로
혈액순환이 나빠졌을 때에 일어나기도 한다. 비만인 사람은
보통 체중인 사람보다 치질에 걸릴 확률이 높다.

스스로 치질이라고 생각하는 사람 가운데에는 실제로 성병성 사마귀인 사람이 있어서, 병을 만들고 있는 경우도 있다. 따라서 직장 주위에 이상한 증상이 있다면 의사에게 진찰을 받는 것이 좋다. **(탈항이 심할땐)** 사향(0.02), 별1개, 파두각, 생각, 박초, 백반, 용골(이상 각각 0.2)를 가구로 해서 한첩을 온수로 먹는다. 1일 1회, 12일을 복용한다.

　　또한 치질이 있는 사람의 경우에는 더더구나 아날섹스를 피해야 한다. (→아날섹스)

29. 파킨슨병

파킨슨병(Parkinson's Disease)은 퇴행성 신경병으로 대개는 성적 지장을 초래한다. 이 병에 걸리면 손발이 떨리며 근육이 단단해지거나 동작이 느려진다. 이러한 증상 때문에 환자는 자주 성교에 곤란함을 느낀다. 파킨슨병에 의해 자주 나타나는 현상은 임포텐스이지만, 이것은 일반적으로 기질성 질환이 진행된 결과이다.

또한 심리적 요인이 성부전을 초래하는 일도 있다. 환자가 자신의 흰머리나 힘이 없는 목소리, 과도한 타액분비를 부끄럽게 생각하기 때문에 그렇게 되는 일도 있다. 이것은 얼굴의 근육이 경직되기 때문에 환자는 둔감하고 반응이 느리다고 생각하기 쉽다. 그렇기 때문에 그들은 배우자로부터 멀어지고 성활동도 감소할 것이다. 환자 가운데에는 반응성 우울증에 빠져서 성욕이 감퇴되는 사람도 있다.

하지만 신경과 근육에 장애가 있어도 만족한 성생활을 하는 것은 가능하다. 파킨슨병 환자는 성행위를 할 때 반응이 늦어지기 때문에 천천히 충분한 시간을 들여 하는 것이 좋다.

L-도파(L-DOPA:L형 Dioxyphenylalamin의 약칭. 아미노산의 일종)에 의한 치료를 받으면 환자는 성적 기능이 회복되었다고 생각하는 경향이 있다. 이 치료를 받으면 운동기능이 좋아지기 때문에 행동이 기민하게 되고, 어느 정도 성적도취감에 잠길 수 있

다. 이러한 기분은 성활동을 북돋우는 경향이 있기 때문에, L-도파가 〈최음제〉라는 근거없는 소문이 퍼지는 요인이 될 수 있다.

L-도파는 또 호르몬의 분비를 바꾸는 것만으로 성기능에 영향을 미칠 수도 있다. 남성의 경우, 정액의 양과 점성이 증가되며, 폐경 후의 여성인 경우는 질에서 나오는 분비물이 늘어나는 일도 있다(자궁에서 출혈이 생기는 경우도 있다).

L-도파의 투여로 몸이 견뎌내지 못하는 환자도 있다. 이 치료로서 일어날 수 있는 부작용으로는, 과도한 우울증, 자살 지향성, 노망, 환각등의 정신장애와 심박이상, 고혈압, 그리고 정맥염 등을 들 수 있다.

30. 피부병

　피부에 이상이 있는 사람은, 상대방에게 혐오감을 주거나 성적으로 불쾌한 기분을 들게 할 것이다. 부끄러움과 자의식에 의해 환자의 성적 반응은 방해를 받을 수도 있다. 상대방이 혐오감을 느낄 것을 상상해서 성행위를 피하기도 한다.

　먼저 좌창가운데 여드름이 있다. 주로 사춘기의 남녀의 얼굴·가슴·등에 나타난다. 얼굴에 여드름이 났다면, 그 때문에 자신감을 잃고, 소극적으로 될 수도 있다. 그렇기 때문에 10대를 지나도 여드름이 낫지 않을 때에는 소극적인 생각이 더욱 극단적으로 되어 사회적 또는 성적인 관계를 방해할 수 있다.

　여드름 치료에는 경구 또는 국소용 항생물질이나 에스트로겐 요법, 피부를 건조시켜서 벗겨 내는 연고나 비누, 자외선을 쐬는 방법 등이 있다.

①(변비엔)도인승기탕
②(붉은 얼굴에)청상방풍탕
③(빈혈,월경) 당귀작약산
④복숭아꽃을 빻아 즙을 바름
⑤지방질 음식 피할것

　여드름으로 깊은 자국이나 곰보자국처럼 된 사람이라면, 수술도 가능하다.

건선(마른버짐)은 때로는 미관상 불쾌감이 많다. 피부의 외관을 보기 싫게 할 뿐만 아니라, 건선은 음부에도 자주 생기기 때문에 성교 후에 피부가 진무르거나 따끔거리는 일이 있다.

건선(마른버짐)은 만성 또는 재발성 질환으로, 그 특징은 은백색을 띠면서 피부가 벗겨지며, 크고 작게 피부가 짓물러진다. 이 병은 유전성으로, 완치되는 일은 드물지만 몇 가지 치료법이 효과를 올리고 있다. 지금은 효과를 높일 수 있는 새로운 치료방법이 연구되고 있다. 이것은 경구 메토키사렌(오크소라렌)을 사용하고, 다음에는 일정한 기간 파장이 긴 자외선을 이용하는 치료법이다.

 계지가황탕(초기에)

여성의 머리가 빠지는 것도 피부병의 일종이며 성적인 면에 종종 커다란 영향을 미친다. 머리카락과 여성다움은 밀접하게 연결되어 있으며, 머리가 자주 빠진 여성은 대개 자존심을 잃어버린다. (이것과 대조적으로 남성의 대머리는 남성다움의 표시라고 보는 일도 있지만, 이 설을 입증하는 연구는 없다). 여성이 대머리가 되는 경우는 중독, 신경장애, X선 조사(照射), 약제, 또는 갑상선 장애 때문이다. 그 밖의 원인으로는 머리염색, 머리를 너무 세우는 것, 헤어 드라이어를 지나치게 사용하는 것 등이 있다. 발모의 치료에는 스테로이드가 많이 사용된다.

정신적인 문제가 피부병의 원인이 되는 수도 있다. 문제가 정서적인 것에 기인하는 경우에는 정신요법이 효과적일 수 있다. 예를 들면 신경성 피부염이나 아토피성 피부염은 심인성 요소가 강한 장애라고 생각된다. 마찬가지로 성기나 항문의 가려움에는 성적인 갈등이 원인이라고 생각되는 경우도 있다. 또한 피부의 건강 상태는 성적인 문제까지도 포함하여 스트레스의 정도가 강한 생활에 의해 악화된다.

사실 피부의 장애와 성적 능력의 관계는 대단히 복잡하다. 성의 문제가 스트레스가 되어 피부과적인 증상을 악화시키고, 이어서 그 증상이 다시 성의 문제를 심각하게 만드는 등 악순환이 반복된다. 사람에 따라서는 성의 문제와 피부의 장애 양쪽이 우울증의 일부를 이룰 수도 있다. 피부에 이상이 있어서 성욕의 감퇴나 임포텐스, 또는 오르가즘에 잘 도달하지 않는 등의 성적인 문제가 있는 사람들의 경우, 집중력의 감소, 식욕의 감소, 그리고 불면이라는 다른 징후가 나타난다면 우울증인지 의심해 보아야 할 것이다.

감염에 대한 걱정은 성행위의 의욕을 꺾기도 한다. 피부병에 걸린 사람은, 그것을 옮기지는 않을까라고 걱정한 나머지 성적 접촉을 피하게 될 것이다. 실제로 모든 피부과적인 장애 가운데 전염되는 경우는 약 10%에 불과하다. 환자는 의사의 진찰을 받아서 자신의 피부병이 사람과의 접촉으로써 옮겨지는지의 여부를 확인해야 한다.

사람에 따라서는 스스로의 성적 충족을 손상시키는 자의식이나 자기혐오를 카운셀링이나 정신요법에 의해 극복할 수 있다.

31. 호흡기계질환

호흡기계의 병으로 인하여 성기능은 상당히 손상된다.

폐기종이나 만성기관지염 환자는 가벼운 운동을 하더라도 숨이 차오르게 된다. 그 때문에 성행위는 산소부족으로 곤란해지는 것이다.

호흡기계질환(Respiratory Disease)의 주된 원인은 흡연으로, 〈흡연자의 기침〉은 그 초기의 징후이다. 그밖의 초기 징후로는 숨을 헐떡이는 호흡기계의 감염증 또는 호흡기계의 염증 등이 있다. 때로는 체력의 쇠약이나 체중의 감소, 성욕의 감퇴를 호소한다.

대부분은 증상의 악화와 함께 성적인 곤란을 겪는다. 안정을 취하다 조금 움직이는 것만으로도 숨이 찬 환자는 성행위 하는 데에 상당히 제약을 받는다. 사실 성교가 무거운 짐이 되기 때문에 행위를 끝까지 마칠 수 없을 것이다. 이렇게 해서 남성도 여성도 성욕을 잃어버리며 게다가 특히 남성의 경우는 발기불능이 되기도 한다.

중증환자는 숨이 찬 것에 불안감을 느끼고 질식을 두려워하기 때문에 성행위를 포함한 육체적인 활동을 피하게 된다.

허준의 동의보감으로 배우는 건강법

초판 1쇄 발행 / 2012년 1월 31일

지은이 / 최학룡
펴낸이 / 채주희
펴낸곳 / 해피&북스

등록 / 제10-1562호(1985. 10.29)
주소 / 서울특별시 마포구 신수동 448-6
전화 / (02) 323-4060, 322-4477
팩스 / (02) 323-6416

잘못된 책은 구입하신 서점에서 바꿔드립니다.